U0034992

有貓情說

士口欲渡／著

目錄

梧桐劍──上卷：
鳳凰再現

梧桐山峨然矗立於北大荒山以南九百里處，傳說上古時代曾有一隻鳳凰棲息於此，此山也因遍布梧桐樹而得名。梧桐村坐落於梧桐山間，此遺世獨立的小村僅有數十戶人家。村口有片終年翠綠的松墓林，是村人過世安葬的墓地，平常人跡罕至，除了下山辦事的人，鮮有人跡行經此處。

林印桐，十七歲，和村裡大多數男人一樣，從事砍柴的工作，砍了柴，一些可供生活使用，剩餘的則運至山下山溪鎮兜售。

今日他因爲午後一陣驟雨而耽擱回村的時辰，行經村口松墓林時，不自覺地加快腳步，濺起的水花打濕小徑兩側的白色雛菊。忽然，他被眼前的景像震懾住，顧不得天雨路滑，直直向著村裡一路狂奔。

梧桐村地處偏遠山區，多年來的權力核心就是村長——吳天良。印桐急奔至村長宅院，話也說不清，便領著村長和一隊義勇村民舉著火把趕往松墓林。

一到村口，衆人先是凝立不動，接著驚呼聲此起彼落，村長大喊：「快把她放下來！快把她放下來！」村民們呆了半晌後才回過神移動步伐，印桐驚問：「村長那矇眼的黑布……」村長打斷他：「別多問！快抬回義莊！」於是幾個年輕力壯的男子，縱使千百個不願，仍被迫扛著那「東西」走向義莊。當中自然有年紀較輕的印桐。夜空中飄下絲絲冰冷的

細雨，輕輕降臨在眾人身上，臉頰滑落的，不知是雨水，抑或是發自內心深處恐懼的汗水。

村裡的義莊，離村口不遠，但一行人卻走了好久才抵達：一間傳統且破舊的黑瓦三合院，正房門上有塊斑駁的朽木匾額，上頭刻著——「死裡藏生」。其中一個滿臉鬍鬚的黝黑壯漢喊：「無常婆！我是阿虎！快出來！有死人啊！」眾人同時望向他，他才意識到自己失言。這時一位身穿藏青色衫褸的白髮老婦，佝僂著背，拖著蹣跚的步伐，從屋裡走來緩緩道：「來……啦……來……啦……。」眾人平時極少到這義莊來，雖是聽過無常婆的名號，但初次見面卻令他們寒毛直豎。她慢慢抬起頭睜開細針般的雙眼，掃視一干人等，「來來來……快抬進來……。」印桐等人巴不得立刻拋下那「東西」，於是迅速邁進左屋內，屋內由左至右分別陳列五張石床，眾人依據她的指示，將那「東西」放在最右邊的空石床後，便爭先恐後擠向屋外，打了井水滌淨雙手。正當事情告一段落，眾人打算離去時，門上那匾額突然掉落砸中印桐的腦袋，他唉呦一聲眼前一黑，應聲倒下。

隔天一早，印桐睜開惺忪雙眼坐起身來，雖然外面陽光普照，但也不知是否是屋內塵埃掩蓋日光，只覺得昏暗冰冷。想起昨日那驚悚的一夜，猛然爬起身，發現自己正躺在那「東西」一旁的石床上，不由得大驚失色：「哇！」一個翻身就滾到床下。這時無常婆緩步入內，低沉道：「呵……呵……睡得可好嗎？小子你睡了三天啦……。」印桐只想馬上逃離這個地

方，於是急奔出門，頭也不回的狂奔回家。印桐的父母在他十二歲時就被襲村的妖物殺害了，此後，他獨自在破陋的瓦房裡生活，承受不少苦痛，他立志有朝一日將爲父母報仇。到家後，隨意煮些麵條壓壓驚，忽覺疲憊，便倒頭大睡。

不知睡了多久，印桐緩緩睜開雙眼，坐起身來，這時無常婆緩步走進來，低沉道：「呵……呵……睡得可好嗎？你睡了三天啦……。」這句話如同鋒利的箭矢，瞬間穿透他的心。他二話不說，起身拔腿就跑，狂奔回家途中，太陽竟已西沉，內心嘀咕著：「是作夢？還是鬼遮眼？」這般想著，已到家外，撞門入內，上門拴，餘悸猶存，隨意吃些麵條壓壓驚，此時天色已完全陰暗，印桐又沉沉睡去。

隔日，印桐猛然睜開雙眼，坐起來，查看自己身處何處，這時無常婆緩步走進來，低沉道：「呵……呵……睡得可好嗎？你睡了……」印桐不管三七二十一，再度奪門而出，無常婆在後頭抬手喊道：「喂……小子……夜路走多……可是會……」印桐只想馬上逃回家裡，其時天已黑，密布的烏雲，覆蓋住照路的月光。跑了良久，印桐心想：「怎麼還沒到家？」眼前的場景，不是熟悉的路，而是村口那片松墓林。有時人生中的恐懼越想逃離越是逃不掉，四周一片漆黑，這時印桐耳中傳來「沙……沙……沙……」的聲響，他大汗淋漓摸黑向前疾馳，但那聲音卻不曾遠離，持續追趕著他，敵暗我明，不安徬徨的恐懼更甚於當場

見鬼。突然眼前湧現一陣紅霧，自古以來，凡在山林間突現濃霧，白色者，多爲土地一類之善神；紅色者，則多爲冤魂邪靈。印桐見狀，直覺往相反方向跑，這時紅霧漸淡，霧中浮現一位紅衣長髮女子，五官不甚清楚，輕飄飄地朝著印桐跑去，雖說是跑，卻更像是爬行，速度快得嚇人，眼看就要被追上，印桐想起以前聽壯漢阿虎說過：「遇到『髒東西』，人怕鬼三分，鬼更怕人七分咧！只要氣勢他娘的夠強，什麼鬼就會被你嚇得屁滾尿流！」他停下腳步轉身吸氣大吼：「你他娘的追什麼追啊！」萬萬沒料到那紅衣女絲毫不懼，反而伸出血紅色的利爪，掐住他的脖子，印桐心想：「壞了，這個死阿虎，我要去蘇州賣鴨蛋了。」剎那間，一把香直直戳中紅衣女的手背，女子立即收手退去，跌坐地上的印桐喘口氣後昂首一瞥，竟是無常婆！她手裡拿著一大把點燃的香，香煙裊裊，少說也有上百枝細香。「得饒人處且饒人……」無常婆笑容可掬道。

「讓我猜猜，你就是無常婆吧！沒想到早先我用行屍被你識破，現下你又來壞我好事！」紅衣女矯揉做作地說。

「不錯，我就是無常婆！梧桐門第三十九代掌門！區區行屍可難不倒我，就憑你這蛇妖，能幹出什麼好事？」

「唉呦，嘴可眞刁，就讓你見識見識本姑娘的本事！」話未說完，紅衣女伸出利爪，向

無常婆的咽喉攫去，無常婆看似老態龍鍾，實則身手俐落，一揮香格開利爪，隨即一躍而上朝紅衣女天靈蓋刺去，紅衣女從腰間拔出一條蟒蛇般的紅色軟鞭，一揮動就將大把香擊斷，更將無常婆接連逼退數十步。

呆立一旁的印桐想起一些畫面，指著紅衣女激動怒罵道：「我想起來了……當年襲村殺死我爹娘的妖物就是你！」「傻小子快跟我來！」無常婆拉起一旁氣呼呼的印桐，迅速奔逃，這無常婆看來年邁，想不到竟力大無比！拉著一人奔馳起來竟如一陣疾風，但那紅衣女速度更是驚人，手提軟鞭，再次施展「騰蛇游步」迅如閃電般向二人追來。無常婆奔至一棵繁茂大榕樹前停下腳步，一回頭紅衣女也已在身後。

「唉呦老婆子，你也稱得上健步如飛，當日我漏宰那小子，完美的我豈能有這般失誤，我要先嚐嚐他的味道，倘若你鐵了心要護著他，待會兒動起手時可怨不得我不公平。」紅衣女七分嫵媚中帶著三分殺意微笑道。

「這小子與我有緣，你作惡多端，早就該死，還嚐什麼嚐？」一旁的印桐沒想到無常婆竟會這般護著自己，又想起父母之仇，怒火燃起：「就算一死，我也要跟你同歸於盡！但別傷害這位婆婆，她與你可沒什麼深仇大恨。」

無常婆心想：「看不出來這小子年紀雖輕，心底卻是有勇且良善，甚好甚好！」她開口

道：「傻小子，你倒是挺不怕死的，且讓婆婆看看你有何本事！」印桐朗聲道：「消滅害人妖物，印桐當仁不讓！」上陣前他在無常婆耳邊低語：「婆婆，我不知能拖住妖物多久，您快逃跑吧！」無常婆望著他的背影眼眶莫名濕潤。

「哪來的自信，接招吧！」那女子舞起軟鞭，那軟鞭像是一條有生命的紅蛇般，逶迤向著印桐爬來。這時無常婆一個閃身已將印桐拉開，她叫印桐躲去大榕樹下，塞給他一片榕樹葉，囑咐他絕對不可離開大樹半步，否則性命難保！她自己則從袖中抽出一柄劍，印桐看那劍長約一呎半，細長而尖，沒有劍鞘，劍身和劍柄皆是純銀所製，一體成形，泛著紅光。她一個翻身輕巧避開軟鞭，同時挺劍而出直刺紅衣女心臟，紅衣女不躲不閃直接以手擒住劍身，露出得意的笑容，這時手掌突感燒灼，紅衣女大驚卽刻鬆手，後退三步驚問：「這是什麼劍？」「梧桐劍。」無常婆冷笑一聲回。「梧桐劍！迷糊道人跟你什麼關係？」「迷糊道人是我師弟，怎麼？他欠你花酒錢？」「我師弟藍蜈蚣簡道就是死在他手中！」「這麼說你也是鬼母那老妖婆的手下？」「哼！本姑娘就是鬼母大人座下五毒妖，排行第四最美艷的紅蛇女洪艷，奉鬼母大人之命來取你性命。」「呵呵……原來是五毒妖，怪不得身手如此毒辣，我師弟品德不僅低下，學藝更是不精，看來你的老相好應是無甚可取，死了倒也乾脆。」紅蛇女一聽大怒道：「今日我就要你爲我師弟陪葬！看招！」紅蛇女軟鞭更加凌厲，

鋪天蓋地朝無常婆噬去。無常婆將梧桐劍施展開來，周邊出現紅色火球般的劍圈，一一抵擋掉紅蛇女的攻勢。樹下的印桐看傻了眼，他不曾想過有生之年可以看見如此神乎其技的對決。紅蛇女久攻不下益加惱怒，嘴裡一吐，吐出數十條紅色小蛇，向著無常婆飛去，無常婆盤旋而上，將小蛇盡數擊退，這時紅蛇女看見破綻，軟鞭直攻無常婆腳踝，無常婆「哎呀」一聲跌落地面，一時無法站起，只能大喊：「你殺我可以，千萬別殺那小子！」紅蛇女得意不已，心想：「在那婆子面前，先將那小子吃了，讓她痛苦萬分，再殺她，以報師弟的仇！」她對無常婆放出一條紅蛇纏繞住她雙手雙腳，接著徐步走向大榕樹，印桐眼見無常婆落敗，正思考該如何相救，沒料到紅蛇女卻朝自己走來。這時印桐耳邊出現無常婆的低語：「快跟我唸縛身咒，樹神敕令，糾結樹神，絲蠶！」印桐照唸，手中的樹葉突然發出光芒，身旁的大榕樹也發出綠光，所有藤蔓立即纏上紅蛇女，就連手上軟鞭也被藤蔓纏了去。紅蛇女大驚，卻已動彈不得，「老榕樹！幹得好！」這時紅蛇女才發現剛才紅蛇纏繞的無常婆，竟變成一節樹枝，她立卽曉得自己上了替身咒的當，這時眞正的無常婆出現在大榕樹旁，自懷中揣出一顆殷紅珠子，接著唸動咒語：「鳳棲梧桐，彩翼雙飛，浴火重生，破諸魔邪！」只見那珠子泛起五彩霞光，霞光中竟然出現一隻紅色鳳凰，只見牠通體火紅，烈焰焚天，筆直向著紅蛇女衝去，碰撞瞬間，整棵大榕樹卽成火海，但大榕樹卻絲毫沒有被燒灼，在熾熱火焰中，只聽得紅蛇女扯著尖銳的嗓子大喊：「哈哈哈師弟！師姐來陪你了！鬼母大人會爲我們報仇的！哈哈哈……」她的聲音與身影逐漸消失在熊熊火焰中。印桐和無常婆佇立大樹旁，他驚惶未定地問：「她死了……？」無常婆敲敲他的腦袋：「傻小子！害人的妖邪死了是好事應當舉杯歡呼，幸好我先在百年老榕樹布了陣，再加上我梧桐門鎭派之寶——『鳳凰神珠』……」話說一半，無常婆突然倒地不起，印桐嚇一跳，忙過去攙扶，並掐掐她人中，「唉呀……人老就不中用了……傻小子……你聽著……，剛才那紅蛇女是鬼母手下五毒妖之一，她師弟被我師弟消滅了，鬼母一定會再派人來殺你，但我大限已到……就要走了……傻小子……你手過來……。」印桐緩緩伸出手，無常婆一握，印桐感覺到一股暖流從手掌源源不絕的流入體內，「以後……你就是梧桐門的……掌……掌門……我時辰……時辰到了……」無常婆就此撒手人寰，印桐心底不捨又難過，畢竟若沒有她的保護，自己早就死於紅蛇女之手，這使他想起父母被紅蛇女殺死的那個雨夜，大哭了一場。他在義莊附近挖個墳墓，並用木板親手做了一副棺木，小心翼翼將她妥善安葬，並刻一個墓碑：「前輩無常婆之墓，晚輩林印桐謹立。」

隔天中午，印桐不知不覺又來到義莊，想起昨晚一切，恍如大夢一場。正門未關，門上匾額依然是「死裡藏生」。站了良久，深吸一口氣，緩緩踏進屋內，走至桌前，忽然兩本

書自樑上掉下來砸中印桐的頭，他摸摸頭並將其拾起，拂去上面厚積的塵，兩本書分別是：《梧桐道術精要》、《梧桐劍法奧義》。

印桐心想：「昨晚無常婆說我是什麼梧桐掌門……不妨看看這兩本書在寫什麼。」他幼時父親曾教過他讀書識字，他翻了翻《梧桐道術精要》，看不太懂，改翻《梧桐劍法奧義》，原本只是隨手翻閱，沒想到越看越有趣，到後來簡直無法自拔，並自己揣摩書上記錄的劍法，手執樹枝依樣畫葫蘆。往後幾天，印桐砍柴後一有空閒便到這來練習劍法，回家時，他始終將書本藏在匾額的後方，畢竟無常婆未正式贈與他，因此不便擅自帶走。

就這樣過了三日，午後，印桐正在三合院外練劍，不知不覺已近黃昏，突然左邊廂房傳出「碰！」的一聲，印桐望向廂房，心裡想起當日紅蛇女提到什麼行屍，不及細想，只見兩片門板倒了下來，一位身穿白衣的女子，雙眼爲黑布所蒙蔽著，探出雙手，正向屋外走來，印桐一驚，立卽倒退三步，「傻小子！未戰先怯輸一半，對梧桐掌門來說，區區行屍有什麼好怕！」印桐愣住回頭一看，竟是已經往生的無常婆！「婆婆！你不是已經……？」「你別管，總之閻王暫時不想收留我，這女屍乃是紅蛇女所設計的行屍，她知道村裡凡是來路不明的屍體都會被送到我這，所以安排這女屍來偷襲我，只是早被我識破，用寒冰咒將其冰封，我一死，寒冰咒的法力就漸漸消失了，只是紅蛇女已被消滅，這行屍咒卻未破解，難道另有

術者提供她這道符咒？」「婆婆我該怎麼做？」「行屍乃邪術者運用未腐之屍，施以咒術，給與其指令，經過七七之期煉製而成。其軀體堅硬無比，你手中那破樹枝……是發揮不了作用的，不過正好可以用來練劍。」這段時間印桐皆以樹枝來練劍，雖然努力練習，但畢竟方位、力度與箇中奧妙仍有不足之處，「小子，耍一套梧桐劍法我瞧瞧。」印桐點頭，舉起樹枝向女屍刺去，一一施展梧桐劍法，而無常婆則在一旁不斷指點糾正，一下力道不夠，一下角度不對，一下又身法太沉，每招每式似乎都極不滿意，好在那行屍反應遲鈍，只得任由印桐練招，在無常婆不斷指正怒罵下，印桐專心使出劍招，梧桐劍法一共三十六式，印桐起初只能依照順序出招，到後來已能隨意出招，且漸趨精熟，無常婆點點頭道：「好小子！一點就通也真聰穎。今日練到這，可以解決她了。」「可是婆婆，我這破樹枝怎麼解決她？」「小子，順手教你兩招，凡是操縱行屍，必定會施加行屍咒，符咒可能藏於行屍口中、鞋底或是任何一處隱蔽之處，你試著以心眼觀之。」印桐凝神專注盯著女屍，「我知道了！在眼睛！」他興奮使出一招「梧桐葉落」，由左至右劃過女屍雙眼，女屍哀號一聲，蒙眼黑布裂開，驚見女屍雙眼被刻意挖空，只剩兩個凹洞，眼窩內則各有一張灰色符塞著，她發狂似衝向印桐。「小心！蒙眼布被切開後，她就會狂性大發！快用火炎咒！」無常婆大喊。「什麼火炎咒？」無常婆又急又怒：「快去正廳左邊第三格櫃子拿火炎符！」印桐一聽，馬上跑進

屋內，手眼並用仔細尋找櫃子上小字，果然找到火炎符，打開抽屜，取出一道黃色符咒，上面有紅色硃砂所畫之龍首圖騰，奔至屋外，眼看那女屍就要衝過來了，無常婆道：「快跟我唸！火神敕令！燎原火神，炎龍！」印桐手執火炎符並照唸，那火炎符化作一條火龍，向著女屍攻去，並貫穿她的軀體，女屍慘叫一聲，化成一堆黑色的灰燼。印桐暗暗心驚，若遲一步，可就成了女屍的嘴下亡魂。驚險的一夜，印桐更決心將道術及劍法學好，於是開始在無常婆的指點下，日日勤練各種符咒，那符咒放在屋內櫃子，是無常婆生前所畫，共有三十種，無常婆一一細說，並要印桐將口訣背下，練習畫符與施咒。

不知不覺也過了一個月，這段時間印桐將梧桐劍法三十六式練得滾瓜爛熟，三十種符咒也運用自如。無常婆的魂魄依然暫居於門上那塊寫有「死裡藏生」的朽木匾額裡，印桐早晚三炷香供養著。

一日，印桐正在練劍，烈日突然被一大片黑雲所遮蔽，無常婆現身道：「印桐！村裡來了妖物。」「什麼！什麼妖物？」印桐停下手中的梧桐木劍。「不清楚，你帶著些常備符咒快去村裡巡視，當心點！」

印桐先趕去村長家，希望他能提醒村民幫忙注意是否有異狀，村長吳天良正在大廳上和一群仕紳飲酒作樂，一聽哈哈大笑：「哈哈哈，印桐啊！你是不是太常在義莊，造成你整天

胡思亂想？我還要處理堆積如山的公文，你先回去休息吧！要不留下來讓小桃和小雀招呼你喝一杯？」在眾人的嘻笑聲中印桐默默離去。

時至酉時，印桐仍然找不到妖物的蹤影。「會不會是婆婆弄錯了？」印桐心裡想著，並走回自己家，才剛推開木門，一顆面目猙獰的人頭就飛出來，直逼眉睫，印桐向後一倒，打了三個滾才立身站起，定睛一看，屋內竟站著一個無頭的綠色矮胖身軀，而那頭飛了出去，立卽又飛回項上，一百八十度轉過頭來。「你是誰？爲何在我家？」「小子！你不必知道我是誰，因爲你很快就會被我劈成兩半！」說完那男子拔出腰間的綠蟾刃，朝向印桐劈來，印桐隨手舉起桌上鐵斧將刀架開，「好大的勁兒，震得我虎口一麻！」印桐心裡暗自一驚，但這一個月來料想自己已將梧桐劍法練熟，於是振了振精神，拋斧拔劍運勁挺去，使出一招「梧桐雨下」，那妖物將印桐的劍招一一卸下，印桐見狀，忙又使出「月影梧桐」，這劍招形爲齊攻對手天靈蓋與腳踝，實則直搗敵人心臟，可謂一殺招。那妖物一見殺招，還未等印桐劍招使盡，已使出一招「劈荊破棘」，從上而下將印桐硬是逼退三尺之外，「好強！我恐怕不是他的對手。」印桐心裡暗自盤算，手從懷中揣出了一道土黃色的符咒，「看我的沙影咒！土神敕令！遁地土神，沙猴！」那符咒瞬間化爲一團飛沙，將那妖物完全包裹於其內。印桐見此法生效，立卽奔向義莊。

「婆婆！快出來！妖物殺來了！」印桐大喊，但哪裡還有婆婆的影子？屋內屋外都找不到她，「快出來受死！」印桐知道頃刻間那妖物已然追上，於是再次挺劍出門迎戰。「再逃也是沒用的！」妖物佇立於門外。此時印桐看見月光下他猙獰的綠色面孔，不禁打了個寒顫。

「妖物！看劍！」印桐再次拔劍，使出一招「火鳳燎原」向妖物攻去。妖物以綠蟾刃阻擋攻勢，並將梧桐木劍劈成兩半。

「停！我知道我難逃一死，死前想問你個問題。」

「好！你問。」

「你為何來到梧桐村？」

「嘿嘿，紅蛇女和無常婆同歸於盡的消息傳遍了妖界，鬼母大人派大爺我來斬草除根，順便取回梧桐三寶，識相的就乖乖交出來，或許本大爺還能留你一條全屍！」他心下則想：「待我得到梧桐三寶，鬼母也得臣服於本大爺替我斟茶倒酒，嘿嘿嘿。」

「可否告知尊姓大名？好讓我知道被誰所殺，來生再報。」

「鬼母大人座下五毒妖——綠蟾蜍詹刃！這下你死也瞑目了吧！看刀！」印桐正要施展暗藏的寒冰咒，就在此時，一柄神劍飛射而來，擊退綠蟾蜍，印桐一看，原來是當日無常

婆所持的梧桐劍！「小子，梧桐劍是會自己挑主人的，只有祂所認可的人才能手握此劍，否則將會被烈焰灼傷，我相信現在你有資格拿起梧桐劍了，替我好好教訓這隻臭蟾蜍！」無常婆飄在空中朗聲說道。印桐一聽，握住梧桐劍的瞬間，劍身閃耀出強烈的白光，使綠蟾蜍無法直視，印桐使出一招「鸞鳳和鳴」，此招同時進攻對手左右二路，最終則匯聚於中心，綠蟾蜍架刀格擋，雙刃相觸時火光四射，雙方各退了一步，綠蟾蜍略感吃驚，印桐則是精神大振，立卽又使出「龍飛鳳舞」，這是一招三連擊，劍招華麗靈動，第一劍主攻敵人咽喉，第二劍翻身轉攻敵人後腦，第三劍順勢而下直攻脊椎。綠蟾蜍揮刀防守，後腰卻還是被劍劃出一道傷口，這綠蟾蜍心下盤算：「這小子仗著利劍占盡上風，嘿嘿瞧我弄些手段給他嚐嚐。」綠蟾蜍放下綠蟾刃，雙手握拳在胸前相碰，口中唸唸有詞，印桐正感疑惑，忽然綠蟾蜍身體泛起綠色光點，接著他口中吐出大量的淤泥，將印桐包圍在中間。「哈哈這下看你怎麼逃出我的泥沙地獄！」綠蟾蜍得意的說。印桐施展風雲咒：「風神敕令！巽颯風神，雲虎！」當印桐飛至空中時，淤泥竟然像是有意識般伸出觸手緊緊抓住他的腳踝，他急忙揮劍斬斷觸手，但是另外數十隻觸手又攫向他！一旁觀戰的無常婆心下焦急，臉上反而露出笑容朗聲說道：「哎呀！這隻臭蟾蜍打不贏傻小子，只好出此下策，呸呸呸！眞是贏了也不光彩！若我還活著，一定到處跟妖怪們說，讓你在妖界抬不起頭。」綠蟾蜍一聽惱羞成怒，回

罵道：「老太婆！誰說我打不過他！」兩人爭吵得面紅耳赤間，印桐逮到空隙施展寒冰咒：「冰神敕令！寒霜冰神，凍熊！」轉瞬間所有淤泥盡皆結冰，綠蟾蜍發現時已來不及，正要伸手拿起綠蟾刃，印桐已使出「梧桐葉落」斬斷他手腕！緊接著一招「鳳翔九天」，由下往上將他身體劈成兩半！無常婆大讚一聲「好！」「怎麼可能！這臭小子！」綠蟾蜍身體漸漸變爲一坨綠色爛泥，但這爛泥卻急速蠕動並團結成一顆大肉球！「婆婆，我解決蟾蜍妖了！」印桐仰頭樂道，卻見無常婆皺眉道：「不好，這肉球會爆炸的！他想和你同歸於盡！」印桐一聽差點昏倒，只見肉球持續縮小，這時印桐心生一計，立卽施展三張風雲咒，將那肉球迅速送上空中，過沒幾秒，那肉球就在天空中爆炸開來，村民們受到驚嚇紛紛跑出來查看，只道是有盜墓集團在炸山。

「他刀法既快且勁，又會淤泥妖術，若非有梧桐劍在手，再加上婆婆的協助，眞會命喪他手。」印桐擦擦額上的汗。「這傢伙是挺厲害，等你有天梧桐門的劍法和道術到了家，他自然不是你的對手，我們梧桐門最講究苦練，我給你的功力還沉睡在你體內，好好運用，好了，我這把老骨頭累壞了，休息去。」說完無常婆化作白煙回到匾額內。

印桐心想：「這次敵人如此強大，若下次再有妖物來，我豈不是自身都難保？更遑論保護村民、爲父母報仇。」印桐坐在河畔，出神地望了望漸亮的東方，他站起身來，對自己

說：「當陽光照耀大地一次，我就要變得比昨天更強！」

夕陽西沉，火紅斜暉映照在梧桐山腰的秋楓上，令人感覺一陣寂寥，青石子路上，一位灰衫老婦和她兩個孫女正在趕路。

「奶奶，要不要歇一會兒？」一個十六歲身著白衫的辮子姑娘柔聲問。

「唉呦……我的腿眞瘦得很，可再不趕路天就黑了，我們繼續走吧。」那白髮老婦疲憊說著，雙手將左右兩位孫女的手臂牽得更緊了。

「奶奶，還要多久才到梧桐村啊？」另一個十歲左右身著黑衫的女童皺眉問著，她頭的左右各綁著一束頭髮。

「快了快了。」

「三天前你就說快了快了。」女童嘟嘴埋怨著。

「快了快了。」

「等一等，我要去方便。」女童說完一溜煙就往草叢裡衝進去。

「咕妞小心點，慢慢走啊。」白衫姑娘提醒完扶著奶奶走到一塊石頭上坐下。

「奶奶怎麼突然想回來梧桐村呢？」

「人老了，總是會想落葉歸根，回到自己的故鄉才安心，只是沒想到竹林村會被妖物入侵啊！」

「奶奶，您說梧桐村有鳳凰棲息，這是眞的嗎？」

「小玥，奶奶說的當然是眞的，奶奶小時候就曾經親眼看過呢！有一個比我大幾歲的姑娘，手裡握著一柄銀色的劍，好長好長，她還能叫出鳳凰，消滅村裡害人的白狐妖哩！」

「原來如此，這咕妞怎麼去這麼久？」小玥站起身走到草叢外喊著她的名字，但卻沒有任何回應，她心裡不禁擔心了，回頭對著奶奶說：「奶奶，您在這裡等我，我去找找咕妞這丫頭。」說完向著草叢裡邊走邊叫著咕妞。可一直走到河畔，都沒有聽見回應，天就要黑了，只剩河床中凸出的石頭探出頭來，她哽咽更大聲喚著咕妞的名字，但是依舊只有溪水潺潺流水聲。她踉蹌跑回去大喊：「奶奶！咕妞不見了！」只見原本奶奶坐著的石頭空著，她佝僂的身影也消失了。她焦急大喊：「奶奶！咕妞！」她的眼淚已潸潸落下。這時她感覺到草叢間有騷動，一個頭上長著一角的巨大黑影站在那裡，牠血紅色的雙眼，在夕陽下反射出令人畏懼的紅光，牠朝著她直奔而來，伸出黑色的手掌，這時一道紅光一閃而過，那黑怪慘叫一聲落荒而逃。「你還好嗎？」她睜開眼，只見一個紅衫女孩手執朱紅鞭子，對她微笑問著。「女俠，我是李小玥，我奶奶和妹妹都不見了，你可以幫我找找她們嗎？」那

女孩取出五張符，往上一撒，那一張張符都變成一隻隻小紅鳥，分別往五個方向搜索，很快就發現祖孫二人倒臥在一處草叢裡。李小玥喜極而泣，祖孫倆醒來還不知道發生什麼事，紅衫女說：「剛才的是山妖，專門潛伏山林間，不過牠們平常不太會襲擊人，看來妖界近來有些動盪。這三道平安符給你們，配戴在身上，尋常妖物就不敢靠近你們了，一路小心。」祖孫三人千恩萬謝，紅衫女轉瞬間就消失在三人面前，奶奶激動說著：「我說的當年那女孩就跟她差不多年紀，只是武器不同，感謝老天爺保佑，感謝老天爺。」帶著兩個孫女雙手合十朝著天空拜了又拜。又走了一段路，奶奶：「過了前面松墓林就是梧桐村了！」祖孫三人依著奶奶模糊的記憶回到祖厝，只見屋裡的老榕樹根已爬滿斷垣殘壁，滿目荒煙蔓草，哪還能住人？奶奶腦海浮現童年景況，圍繞著屋子且走且說；李小玥則靜靜聆聽，心下擔憂著今晚與今後的落腳處；咕妞又餓又累，不時抱怨驅趕著腳邊飢腸轆轆的蚊蚋蟲蟻。三人同時流淚了。

這時一群男子從山下賣完薪柴剛回到梧桐村，看見祖孫三人，其中一個男子停下腳步探頭問：「請問，奶奶您需要幫助嗎？我是林印桐，住在附近。」

三人聽聞有人出聲相助，都露出欣喜的表情，奶奶問：「年輕人，你是哪一家的孩子啊？」「我的爺爺是林火旺。」「住在梧桐村三溪口的林火旺？你父親是不是林益松啊？」

「對，沒錯，奶奶您認識他們？」「我跟你爺爺林火旺是青梅竹馬，從小玩在一塊兒，記得我搬離梧桐村時，你父親才剛滿五歲呢！」「原來如此！請問奶奶您貴姓？」「我和你同姓。」「林奶奶，這兩位是？」「她們是我的孫女李小玥和李小瑆，我後來成親後就移居到離梧桐村十里外的竹林村，轉眼就過了五、六十年，不料前陣子村裡突然有蜘蛛精作亂，村裡的男人幾乎都給吃了，我的老伴多年前早已病逝，她們的爹娘也早在十年前就被妖精殺害了，剩我們祖孫三人相依爲命啊！」林奶奶說到這裡不禁悲從中來，老淚縱橫，小玥忙安撫她。印桐想到自己父母也是被妖物所害雙雙辭世，不禁對那姊妹二人的遭遇感同身受，便道：「林奶奶，印桐在義莊另有工作，多半住在那裡，若您能代爲看顧祖宅，在下也就無後顧之憂，不知道奶奶您意下如何？」祖孫三人一聽又驚又喜，當下就由印桐領著她們回家。沿途三人和印桐訴說遇到山妖一事，並取出那女子給的平安符，印桐一看略爲吃驚，因爲上面畫的正是梧桐門的護身咒。他替她們打理好一切後就前往義莊，臨走前還在屋子四周設下符咒結界，以免山妖鬼魅再度來犯。

印桐走在路上，正在思考那符咒的事，眼前突然竄出三隻浣熊精，二大一小，牠們看到印桐先是嚇了一跳，正要逃走，印桐卻已施展定身咒，三精動彈不得，其中一隻體型最大的浣熊精喊：「放牠們走！放牠們走！殺我就好！」另外一隻也喊：「我不走！我不會丟下你的！大俠，求求您放我們的小孩走。」印桐一聽，立即意會到牠們是一家三口，看見牠們，想到自己多久不曾體會過父愛母愛呢？不禁眼眶濕潤，手指一揮，解除定身咒，三精立即抱在一起痛哭，同時驚魂未定又不解地盯著印桐，印桐露出微笑道：「三位不用擔心，我不會傷害你們，只是你們這麼匆忙是怎麼回事？」最大隻的回：「感謝大俠不殺之恩，我們一家三口本來生活在竹林村，但是日前突然來了一隻蠻橫的蜘蛛精，不僅殺害當地男人吸取能量，就連我們妖力比較弱的妖精也殺，爲了生存，我們只好連夜逃走，沒想到就遇到大俠您了。」印桐低頭沉思：「蜘蛛精……該不會又是鬼母的手下吧？」他抬頭對著浣熊精一家三口說：「謝謝你們告訴我這些，你們快逃去安全的地方吧！」浣熊精三口千恩萬謝後正要轉身離去，突然一道火焰飛射而出阻擋牠們的去路。只見紅衫女自樹林中翻騰一圈出來，語氣平靜而溫和地說道：「師父有令，梧桐村內所有妖物一律不准離開。」「火炎咒？你怎麼會梧桐門的道術？」印桐問。「你知道梧桐門？你可識得無常婆？」紅衫女問。印桐心想自己其實並沒有正式拜無常婆爲師，但是他心底確實是把她當成師父一般敬重，於是便回：「正是先師。」紅衫女略爲驚訝：「原來她已經仙逝，這麼說梧桐劍和鳳凰神珠在你身上？」印桐回：「梧桐劍確實在我手中，鳳凰神珠先師並沒有傳承給我。」紅衫女秀眉微蹙道：「若沒有鳳凰神珠，該如何跟師父交代呢？」這時印桐示意浣熊精一家趁隙溜走。「對了，我忘

了說，我已經在梧桐村的邊界設置天雷陣法，所有妖物只能進不能出，否則，會遭受雷擊的。」印桐暗暗心驚，沒想到眼前和自己年齡相仿的少女居然能夠布此大陣，要知道，布陣可是比單純使用符咒來得複雜百倍，一個細微的疏失，都可能使自己遭受池魚之殃。「在下林印桐，不知姑娘如何稱呼？」只見紅衫女面露笑容喜道：「令小琪。」「令姑娘，可否高抬貴手放浣熊精一家活路？」「陣法我已布下，師父之命我也不便違抗，這樣吧，你帶他們回家一起住好嗎？反正你也收留了祖孫三人，再多三口也沒要緊。」她說完自己忍不住掩嘴而笑。印桐則想：「原來她暗中有在留意祖孫三人，倒也是個心思細膩的姑娘。」「多謝令姑娘手下留情！」印桐盯著令小琪拱手說。小琪臉色微紅笑回：「您眞好心，我先告辭了。」她說完一個翻身，已翩然消失於黑夜中。印桐心裡還停留在她微笑的畫面，直到浣熊爸提高音量叫了他第三次「林大俠」他才聽到。「浣熊爸，我不是什麼大俠，叫我印桐就好，我先帶你們回義莊，待風波平靜後你們再上路比較安全。」於是印桐將牠們一家安頓在義莊旁的大榕樹，同時他也焚香告訴榕樹爺爺，請祂代爲照顧牠們一家。往後幾日，印桐在村子邊界都遇到不少從竹林村逃出來的精怪，像是麻雀精、蝴蝶精、貓妖、蘑菇精、荷花精等，他都將其帶回義莊安頓，很快地，義莊就成了逃難妖精的避難所，印桐也在牠們身上施隱身咒，尋常人是看不到牠們的眞身。這幾天印桐心裡總想著竹林村到底怎麼了？那蜘蛛精的目的是什麼？又想到若是自己前往竹林村，而此時正好有妖物趁隙爲禍梧桐村，那該如何是好？有時他想，若是能與小琪合作，或許能夠抽身前往查探，但想到這裡，又不知道該如何開口。

梧桐村民們過著一如往常的生活，砍柴的砍柴，種田的種田，直到有一天，下山賣柴的五個男子天黑都沒回來，他們的家人焦急地跑到村長家，村長卻說：「可能是他們今天賣不完，打算多留一晚，說不定明天一早他們就回來了！」草草打發村民回家。但村民自古以來就相信「日落鳳凰眠，月出妖物現」的說法。天黑後鳳凰就會沉睡，萬妖也會開始出沒，正因如此，夜晚時村人儘量足不出戶。隔天一早，阿虎發現那五個男子倒臥在村口松墓林下，屍體像是被抽乾般乾癟。這些屍體立卽被抬到義莊去安放，印桐引導衆人將屍體抬至左邊房子的五張石床上，村長吳天良敷衍的說會開始調查，絕對好好給村人一個交代，隨卽躲回宅院裡午睡了。

印桐知道這必是妖物所爲，卻又不知敵人藏於何處，難以成眠，這時聽得浣熊爸喊：「印桐！不好了！你快來！」印桐一聽手持梧桐劍奔出門外，只見左房那五具乾癟的男屍居然一個個走了出來，其他精怪也都在榕樹旁看看發生什麼事了。印桐使出一招「梧桐葉落」，轉瞬間已將五屍頭顱斬斷，一旁的精怪們拍手叫好，這時那倒下的五具屍體，突然開

始劇烈抖動，接著它們體內爬出數以萬計密密麻麻的小黃蛛，將整間義莊團團圍住，這時遠方傳來一個女童銅鈴般的聲音：「嘻嘻！沒想到那麼多妖精躲在這裡，正好讓我一網打盡飽餐一頓！」印桐一躍而出，一個黑影倏地閃過，他急忙追上去，只見一位身穿黃色長袍的女孩，坐在蜘蛛網的正中央，更令他吃驚的是周圍竟然全被黃色蛛絲給包圍了。「在下梧桐掌門林印桐，請問閣下是？」「原來梧桐掌門就是你啊，我就是鬼母座下五毒妖玉黃蛛黃鈴，鬼母大人請我來取你的性命，你就乾脆一點，直接讓我回去交差吧！」「開什麼玩笑！我可不會因爲你是女童就對你手下留情！」「你也不在意他們的安危嗎？嘻嘻……」她看著義莊榕樹旁的精怪們說。「你眞卑鄙！竟然用這種手段威脅我！不過，我可不是孤軍奮戰。」這時無常婆從義莊的匾額上冒出來。「哼！死掉的無常婆只剩一具魂魄，有什麼了不起的！我要把你的梧桐村變成竹林村第二，看招！」玉黃蛛黃鈴手上拿著一柄黃色蛛雲梭，她運用妖力操控周圍的蛛絲向印桐攻去，印桐手執梧桐劍不斷斬斷蛛絲，心中驚道：「她的蛛絲攻擊如此快速且強韌，根本無法接近她！」另一邊無常婆也在厲聲指揮著精怪們作戰，一下蘑菇精的毒粉末，一下荷花精的荷葉舞，竟也順利擊退成千上萬的小黃蛛，原來平時無常婆就在訓練這些前來投靠的精怪們，今日果眞派上用場。印桐聽見無常婆在指揮作戰，也就安心不少，可以專心對付眼前這玉黃蛛黃鈴。不斷攻過來的蛛絲牽制住印桐的梧桐劍，他連施咒的

時間都沒有，這時天上飛來數十隻小紅鳥朝著黃鈴俯衝過去，當蛛絲碰觸到紅鳥時，紅鳥立卽爆發出一團火焰，但黃鈴也絲毫不懼，轉眼間已將數十隻紅鳥盡數切斷，這時印桐一招「鸞鳳和鳴」襲捲而來，立卽將所有蛛絲燃燒殆盡，原來他趁隙將火炎咒與梧桐劍結合，沒想到威力大增十倍！熊熊火勢朝著黃鈴砍去，她只得以手中蛛雲梭抵擋，蛛雲梭檔不住梧桐劍之淩厲，應聲斷成兩截，黃鈴也被火焰轟飛至遠處。這時那成千上萬的小黃蛛也化爲一縷黃煙飄散，精怪們皆歡天喜地拍手叫好，印桐正要追擊黃鈴，紅衫女一躍而出道：「窮寇莫追。」印桐一看：「原來是令姑娘，爲何不讓我追擊呢？」小琪微笑道：「你忘了我已布下天雷陣法嗎？」這時遠處出現一道雷擊，原本興高采烈的群妖都被嚇傻了，小琪緩緩走到無常婆面前拱手行禮：「師伯安好，晚輩令小琪，奉家師之命前來取回鳳凰神珠。」無常婆：「家師，代表他還沒死，他怎麼不自己來見我？」這時一個白髮老翁自草叢間躍出，朗聲笑道：「哎呀師姊，師弟這不是來了嗎？」小琪向那老翁行禮道：「師父安好。」「哎呀，安什麼好？我在竹林村誤中那玉黃蛛黃鈴的陷阱，好不容易才脫困趕過來。」這時印桐走過來，無常婆說：「這就是新任的梧桐門掌門林印桐，梧桐劍也認可他了。」迷糊道人急道：「掌門？什麼時候決定的？我怎麼不知道？我這邊也有一個梧桐掌門，就是令小琪，朱雀鞭也認可他了！」無常婆道：「事發突然，我臨死前已傳位於他，身爲梧桐掌門，可不能言而

無信，是不是？」迷糊道人聽出她話中有話，怒道：「哎呀，難道我不是梧桐掌門，就可以言而無信？歷代掌門包括師姊你都以女性居多，鳳凰神本來就喜歡女性，講到這點，當然是我們小琪當掌門，鳳凰神才會開心啊！」「師弟你也提到居多二字，男性當掌門自然也無不可，死者爲大，我說了算，你別來亂！還是想想怎麼對付鬼母那老妖婆，爲先師及歷代掌門報仇吧！哼！」無常婆說完就化作一縷白煙氣沖沖回到匾額內了。「哎呀，竟然躲起來，就讓我看看這小子有何本事當梧桐門掌門！小琪，把那小子的梧桐劍奪來！梧桐劍到手，你就是掌門！」令小琪手執朱雀鞭，拱手向印桐行禮：「得罪了！」印桐還不及反應，朱雀鞭已激射而出，印桐本能地閃避開來，向後退了三步，這時小琪自袖中取出數張符咒，拋至空中變成一隻隻小紅鳥，向著印桐衝去，印桐也取出藍色符咒：「水神敕令！氾濫水神，水鯉！」一道漩渦將紅鳥盡數殲滅。這時竟出現三個小琪，同時向印桐攻來，他知道這是分身咒，順手拾起一把小石子朝著三個小琪丟去，只有眞正的實體才會將小石子反彈回來，這時他騰空朝下使出一招「梧桐雨下」，千鈞一髮之際小琪竟使出一招「鳳翔九天」由下而上進攻。原來這梧桐劍法和朱雀鞭法，都是由梧桐祖師爺嵐月道人所創，招式極其相似，只因兵器特性不同，且經八百年來歷代門人或頗審改，如今約是七同三異。當梧桐劍與朱雀鞭摩擦時，迸發出強烈的火光，兩人都被這火光給震退三尺，小琪藉由後退的力量同時甩出朱雀鞭，纏繞住梧桐劍身意欲將劍奪來，印桐則順勢將劍往下送，霎時梧桐劍連同朱雀鞭皆插入地面，兩人同時兵器脫手。迷糊道人見狀忙說道：「哎呀，小子你的梧桐劍被朱雀鞭甩入地下了！」印桐正要辯解，卻聽小琪道：「師父，我奪劍未成，是我失手！」迷糊道人聽了一時也語塞，只得撂下：「哎呀我不管了，我先走了！」隨即縱身離去。印桐將朱雀鞭遞還給小琪：「令姑娘，朱雀鞭。」小琪接過鞭子回：「掌門師兄，請別跟我師父計較！」印桐聽她改口稱自己爲掌門，便回：「令姑娘，還是叫我印桐好了，比較習慣。」「好的，印桐師兄，叫我小琪就好。」「小琪，鬼母的手下隨時會再來犯，你要不要留在義莊彼此有個照應？」「謝謝印桐師兄好意，我還得去追我師父，後會有期！」小琪說完帶著一抹微笑便飄然離去，留下悵然若失的印桐。

小琪追去後，已不見迷糊道人的蹤影，她心想：「師父不知道往哪個方向去了，我暫且留在梧桐村靜觀其變，必要時出手相助他。」

另一邊梧桐村郊外，玉黃蛛黃鈴蹣跚走著：「可惡，沒想到那小子竟有這力量，我又中了那丫頭的天雷陣，可得趕緊回去療傷。」這時她面前突然隆起一個黑影：「黃鈴妹妹，你怎麼那麼久沒消沒息？現在又弄得如此狼狽，鬼母大人等得不耐煩，命我前來尋你。」她伸出手泛起紫光，黃鈴的傷瞬間痊癒了，她跪下哭著道：「感謝紫靄姊姊出手相救，黃鈴誓死

完成任務！殺盡梧桐門每一個人！」她面無表情將她扶起，淡淡說了句：「你沒事就好，走吧，做我們該做的事。」

竹林村蜘蛛精作祟的消息早在梧桐村流傳開來，一時之間人心惶惶，這時村長吳天良召集村裡的男女老幼，集結在村長宅第外，只見村長的左右各坐了一個人。他站起來朗聲說道：「各位鄉親大家好，我是村長吳天良，近日鄰村妖精作祟的消息相信大家都知道了，我也知道各位鄉親心裡很害怕，很擔心，於是，我向村裡的大善人曾有財老爺募款，曾老爺也當仁不讓，捐出一百兩！」講到這裡時，坐在右邊的曾有財緩緩站起來拱手說道：「小事小事，應該的應該的。」等他坐下後，村長繼續說：「爲了消滅妖精，我特地用曾老爺捐贈的一百兩，從北方聘請除魔天師賈有義道長，來爲各位斬妖除魔！」坐在左邊的黃袍道人得意洋洋站起來接受村民的歡呼。「賈道長不遠千里從北方來到梧桐村，並且於昨夜就把村裡的妖精都消滅了！」村民的掌聲跟歡呼更大聲了。「但是，道長雲遊四方，以除盡天下邪魔爲己任，難保在他離去後妖精不會再來騷擾，爲此，道長用他的精氣神畫了除魔靈符，掛在脖子上，保你日日平安，一道靈符只要一兩銀子，數量有限，有需要的人請跟左後方阿虎登記，今天繳費，明天領取，性命攸關，恕不賒欠！」這時已經有幾個村民奔到後方登記，其他村民見狀，也跟著一窩蜂擠了過去，唯恐自己買不到靈符來保命。

當天夜裡，村長跟黃袍道人坐在大廳圓桌上飲酒，桌上放著一堆亮晃晃的白銀，村長舉起酒杯說：「嘿嘿有義兄，爲了慶祝我們賺大錢，我先敬你一杯！」黃袍道人也舉杯回道：「若不是村長您腦筋動得快，小弟怎麼能賺上這一筆呢？小弟敬你才是。」村長說：「阿虎今天收到了五百三十一兩，再加上曾老爺捐的一百兩，我們共有六百三十一兩，那六百兩我們對分，剩餘三十一兩給阿虎，畢竟我身後這疊除魔靈符可是他熬夜畫成的，可不能虧待他，以免走漏風聲。」黃袍道人：「正是正是，他拿了錢，和我們就是同一條船上的人，如此甚好！怎麼不見阿虎？」村長說：「等等你就會看到他了。」這時黃袍道人腹內劇痛不已，方知酒裡已被村長下毒，轉瞬間就倒臥地上沒了氣息。「嘿嘿……不好意思，這六百三十一兩，小弟就獨享了。」村長正要伸手去拿桌上白銀，卻見阿虎從門外走進來，黃袍道人也爬了起來，村長大驚失色跌坐地上道：「你……你……你們……不可能……你們已經死了！」這時他身後浮現一道黑影笑道：「村長大人，乖乖配合，我就饒你不死哦！」

隔天一早，村長和黃袍道人使喚阿虎與下人們在門外發放靈符，頃刻間就發完，一旁聚集一些貧苦的村民，村長也主動贈送，村民們感激涕零帶著靈符載欣載奔回家。林奶奶和兩個孫女自然也來領取靈符，回家途中，三人將靈符戴在頸上，沒想到才剛戴上，靈符就燒起來了，三人趕緊將其棄擲於地，幸好沒被燒灼。咕妞又驚又怒道：「嚇死我了！這什麼鬼

符啊！」李小玥道：「眞是奇怪，爲何靈符會突然燒起來呢？」林奶奶低頭望著燒毀的靈符道：「你們看！靈符變成紫黑色的蠍子屍體！」這時三人才想起她們身上都戴著當日小琪送的護身符，只見那護身符也化爲碎片隨風飄散。林奶奶驚魂未定道：「看來這個靈符大有問題，我們可得通知印桐。」

此時印桐正在義莊練劍，村長派阿虎來叫他，阿虎說：「印桐，村長說有很重要的事情要請你走一趟，好像跟什麼妖怪有關。」印桐一聽，立即跟著阿虎走了。這時黃袍道人從樹後走出來，對著義莊那塊「死裡藏生」貼了一道黑色符，接著走到榕樹旁對著精怪們說道：「各位大仙們，我是村長請來的除魔天師，近期村裡將有厲害的妖怪來犯，我擔心諸位也會被那妖怪吸收，成爲它的一部分，特此送來靈符，只要配戴在身上，它就不敢靠近你了。」精怪們你一言我一語議論紛紛，浣熊爸說：「如果是鬼母的手下又來，我們可不能成爲印桐的負擔。」精怪們一聽也覺得有道理，紛紛接過道人的靈符，佩戴後就回榕樹上休息了。這時道人也在榕樹貼上一道黑色符：「差點忘了你。」

另一邊印桐跟著阿虎前往村長宅第，途中遇到了林奶奶三人，林奶奶將靈符一事告訴他，印桐思考著，心裡也有個底。到了村長宅第，村長說：「印桐啊！最近村裡很不平靜，很多村民說在村口的松墓林看到妖怪，聽說你從無常婆那裡學到一些道術，不知道可否爲了村民們的安全去消滅那隻妖怪呢？」印桐問：「這個沒問題，只是，村長怎麼不麻煩賈有義道長呢？」村長：「這個……賈道長近日都在忙著處理靈符的事情，無暇幫忙，一切就拜託你了！」印桐允諾，心想：「村長神色有些慌張，不知道是何故？」他暗中在宅中諸多盆景上施咒，以便監視內部情況，跟著匆匆趕去村口松墓林，此刻已是黃昏，他不禁想起當日發現矇眼女屍的情況，現在自己竟然成爲梧桐門的掌門，眞是作夢也沒想過。印桐走進墓區，到父母墳前叩首，想想自己也好些時日沒有來看他們了，便稍微拔除墳上雜草，撫觸著青苔墓碑心道：「爹娘，孩兒已將紅蛇女消滅，爲您及村民們報仇，爲了避免更多人像我一樣成爲孤兒，我一定會打倒鬼母。」望著夕陽餘暉隱沒山稜，算一算也該是妖物出沒的時刻了，這時阿虎突然走過來道：「哼！臭小子，這一次看還有誰能來幫你！」印桐認得這聲音：「你是黃鈴？你竟然還沒死！」「算你記性還不錯！這次，再沒有人可以阻止我殺你！」只見阿虎身體漸漸糊掉變成玉黃蛛黃鈴。「你殺了阿虎？」「他早被村長毒死了，跟那個道長一樣。」「那靈符果然是你搞的鬼，你有何陰謀？」「那可是紫靄姊姊的計畫，我才想不出這些複雜的事，我已經在這片松林設下結界，這片墓地就是你的葬身之地！受死吧！」她話一說完黃色蛛絲已四面八方包圍這片墓區，上頭還爬滿了小黃蛛。

另一方面，林奶奶三人回到印桐家中，李小玥和咕妞正在廚房裡張羅晚餐，林奶奶突

然有不好的預感，她想起祖孫三人逃出竹林村時的情形，擔心當日的慘狀又將在梧桐村重演。祖孫三人在屋內用餐，李小玥看出奶奶的擔憂道：「奶奶，您別擔心了，交給印桐哥處理吧！我相信他一定可以成功擊退妖魔的。」咕妞也道：「對啊！還有那個長髮姊姊啊！」聽到兩個孫女這麼說，她頓時安心不少。這時屋外傳來一個男子的聲音：「林奶奶，我是印桐，你們在家嗎？」咕妞樂道：「啊！是印桐哥哥，我去開門！」咕妞一開門，果然是印桐站在門外，「印桐哥，怎麼突然來了？要拿什麼東西嗎？要不要留下來吃個飯？」李小玥也起身招呼。「好啊，我剛解決村口的妖怪，正餓著肚子。」只見印桐正要踏入門檻卻被一股力量彈飛出去，跌坐在地上，李小玥正要前去相扶，林奶奶急道：「站住！」李小玥被奶奶的叫喚聲嚇到停下腳步，林奶奶：「他不是印桐！印桐總是梧桐劍不離身，怎麼現在沒帶在身邊了？」屋外那印桐說道：「算你精明老太婆！」他已現出原形，原來是一隻黑色貓妖，它幾次試圖衝進屋內，都被當日印桐設下的結界給彈開，祖孫三人抱在一起哭天喊地，這時一道火焰自天空降下，將那貓妖燒個焦黑，「你們沒事吧？」三人一看，原來是當日救過她們的小琪！那貓妖又站起來，李小玥指著牠脖子上：「奶奶！你看牠脖子上也有那靈符！」小琪揮出朱雀鞭，斬斷那靈符，那靈符掉落地面變成一隻紫蠍子。那貓妖大夢初醒問：「我怎麼會在這裡？我不是在榕樹上睡覺嗎？我身上怎麼都是燒焦味？」小琪從貓妖身上得知當

天黃袍道人來發靈符的情形，說完她在貓妖身上摸了一下，並將牠推進屋去，「爲了避免你再被控制，你就暫時待在這，保護她們三人。」小琪說完縱身一跳，消失在祖孫三人與貓妖的面前，貓妖則變成一隻可愛的黑貓，窩在咕妞的腿上呼嚕。

此時小琪正趕去義莊，她心想：「這幾日村民身上都掛著靈符，妖物們掛了會被控制，村民們不知會如何……先去找印桐師兄討論。」想到這裡，內心竟莫名歡喜。

到了義莊外，看見印桐在大榕樹旁練劍。「印桐師兄，晚上好。」「師妹，這麼晚來找我有什麼事情？」小琪心下起疑：「師妹……？不是小琪嗎？」臉上仍帶著微笑道：「上次和師兄您切磋武藝，師妹不服，今日特來再次討教！」小琪話甫說完朱雀鞭已揮出，印桐急速閃避，同時大聲吼叫並舞動梧桐劍向小琪刺來。「師兄，你這似乎不是梧桐劍法吧？」小琪使出一招「梧桐雨下」，那梧桐劍應聲被劈成了兩截，印桐也被擊飛至地面。小琪順手將印桐脖子上的靈符切斷，只見印桐變成浣熊爸，梧桐劍變成一節細竹。這時一柄大斧頭與一塊小石頭向著小琪飛來，她朱雀鞭一揮，大斧頭和小石頭雙雙落地，原來是浣熊媽與小浣熊，小琪也切斷牠們的靈符。這時麻雀精、蝴蝶精、蘑菇精、荷花精也現身，小琪心下著急：「他一定出事了，怎麼不見師伯呢？」她放出許多小紅鳥要去打探消息，麻雀精雙翼使出暴風，讓小紅鳥難以順利飛起，一旁的荷花精施展花瓣舞將小紅鳥擊落。蝴蝶精與蘑菇精

也展開毒粉末攻擊，小琪一一閃避開來，這時她發現「死裡藏生」匾額隱隱發出震動，她一鞭切斷上面貼的黑色符，一陣白煙湧出，無常婆罵道：「是哪個該死的妖魔把我困在裡面！眞的是不想活了！」小琪邊戰鬥邊問：「師伯，你知道印桐師兄在哪裡嗎？」「唉呦，這不是小琪嗎？我被封印住，什麼都不知道啊！看來這些妖物們都被控制了心智。」「牠們似乎是在拖延我的時間，我擔心印桐師兄有危險。」這時無常婆發現大榕樹上也被貼上黑色符：「小琪，這裡交給老榕樹，快把它身上的黑色符切斷！」小琪回身一甩，黑色符瞬間被切斷。大榕樹閃耀出白光，無數藤蔓緊緊纏繞住那四隻精怪，讓牠們動彈不得。「小琪，快去找印桐，朱雀鞭會引導你的。」小琪應諾，同時朱雀鞭泛起紅光引著她朝村口奔去。

另一方面，印桐正在松墓林和玉黃蛛黃鈴交戰著。在蛛絲結界裡，印桐的一舉一動都受到限制，相對的，黃鈴則是如魚得水般走跳，印桐至少已被蛛絲割出數十道傷痕，鮮血淋漓，她心想：「若沒有那把劍，這小子早就被我殺了！」於是她運用蛛絲搶攻梧桐劍，沒想到居然一出手便成功，她舉起梧桐劍高聲笑道：「哈哈哈小子你的劍被我搶過來了，你還是認……」話才說一半，黃鈴突然感到掌中燒灼，立即拋下梧桐劍，梧桐劍迅速飛回印桐身旁。「梧桐劍可不喜歡充滿邪氣的妖物碰它。」印桐趁此良機，取出五張黃色符咒，心想：「這是我第一次同時使用五張火炎咒，拚拚看！火神敕令！燎原火神，炎龍！」他將五張符咒往上拋，五條炎龍盤旋在印桐周遭，將黃色蛛絲燃燒殆盡，印桐握住梧桐劍並高舉，五條炎龍同時匯聚於劍上，黃鈴大驚失色：「想不到你竟能同時施展五道符咒！」「看我的火鳳燎原！」印桐奮力使出劍招，畢竟要推動五張符咒可得花費極大的精神與氣力。一團火光爆裂後，不見黃鈴的蹤影，印桐滿頭大汗倒在松墓林下血泊中。身受重傷的黃鈴淌著血正匆忙逃跑：「臭小子太可惡了！我才不會輸！下次我一定要十倍奉還！」這時一個身影出現在她上方：「雷神敕令！霹靂雷神，雷虎！」五道雷電迅速劈向黃鈴，引起大地一片震動，塵土飄散後，黃鈴已灰飛煙滅了，躺著的印桐也注意到小琪使用五道符咒：「原來她剛才也陪在我身邊。」小琪倉促落地急奔來扶：「印桐師兄，你還好嗎？」「我沒大礙……幸好你沒事……。」這時印桐枕於她膝上，看見小琪已是珠淚婆娑，溫熱的淚水滑落他逐漸冰冷的臉頰，印桐仰望著她道：「小琪……你怎麼哭了……？我是不是快死了……？」小琪緊緊抱著他，只盼能擁住他不斷流失的生命，她突然坐起隨手拭去眼淚道：「師伯一定能救你的！對！我現在就帶你回去找師伯！」她手忙腳亂將印桐揹在背上，此時深沉的天空已飄下綿密的雨絲，她急向義莊的方向奔去，途中印桐已昏厥，她仍持續說給自己紊亂的心聽著：「一切都會沒事的！你一定會活過來的！」此時一隻雪白的白鶴飛來將他們二人包覆住，小琪沒感覺到邪氣，耳邊只聽得女人溫柔說道：「他會沒事的。」隨即白鶴便飛向雨後天青的雲霧

中杳無蹤影。小琪持續奔回義莊，無常婆與精怪們都急忙來援，無常婆焦急使喚著群妖，七手八腳將印桐輕放在大廳桌上，下面墊著一塊蝴蝶精隨手抓來的花布，她又命蘑菇精與荷花精奔去鄰近採止血藥，畢竟印桐對這些精怪可是有救命與收留之恩，牠們此刻也竭盡所能去回報。過沒多久印桐緩緩睜開眼道：「水……水……。」浣熊媽趕緊倒水來餵，印桐一口喝完水後，又要了三碗，接著他看見無常婆和精怪們擔憂的眼神，又看見小琪紅衫上滿是血跡，才想起自己身受重傷，低頭一看，傷痕竟已全部止血，只感到異常疲憊與微痛，心中不禁困惑了。這時小琪才說出遇到白鶴一事，群妖都是嘖嘖稱奇，無常婆則若有所思低頭不語。

休息數日，印桐說：「我暗中放在村長家盆栽的千目咒已全部被破解，定是妖魔發現我的所爲。」小琪：「我擔心妖魔會利用村民來對付我們。」無常婆考量敵暗我明，也避免群妖再被控制，決定將大夥遷至印桐家。

到了印桐家門外，印桐與林奶奶祖孫三人說明原委，咕妞笑道：「太好了！這樣有人就不用整天茶飯不思了！」李小玥使勁掐了咕妞的腰後，忙回廚房準備茶水。「我去幫小玥姐姐。」咕妞皺眉笑著揉著腰也跟著進去。義莊的那群精怪們則是擠在屋外的院子，原來這屋外已被印桐下咒，精怪們都不敢靠近。印桐一一碰觸每一隻精怪，大夥才爭先恐後擠進五

坪不到的屋內，無常婆厲聲罵道：「擠什麼擠啊！還有給我閉上你們的嘴！屋頂都快給掀了！」精怪們一聽登時鴉雀無聲，好不容易才恢復平靜。小琪將門關上後，又設下三道結界，確保敵方無法感知到這裡的妖氣。林奶奶與兩個孫女神情略顯緊張，畢竟和這麼多精怪共處一室，三人緊靠一起坐在床沿，無常婆飄在空中，印桐與小琪則各坐在一張木椅上，其他精怪則在屋內各處靜靜聆聽。

印桐道：「婆婆，根據黃鈴所說，阿虎和那黃袍道人都已被村長毒死，料想是紫尾蠍操縱著他們的屍身。」無常婆道：「從那靈符推斷應當如是，牠們應是以村長宅第為大本營。」小琪：「師伯，我曾研讀師父傳授的《梧桐道術精要》，那紫尾蠍使用的黑色符與本門的封印咒似乎有些相似。」無常婆嘆道：「唉，不錯，那正是本門的封印咒，也是時候該告訴你們了。」印桐與小琪兩人皆感詫異，無常婆繼續說：「八百年前，梧桐山棲息著一隻鳳凰，方圓百里的妖邪皆不敢近，直到有一日，我們的祖師嵐月道人與三個徒弟來到梧桐山，懇求鳳凰輔助他完成斬除天下邪魔的任務，就在鳳凰允諾後，祂將筋骨化為一柄梧桐劍，將羽翼化作一條朱雀鞭，至於元神則幻化為一顆鳳凰神珠，三個徒弟各獲得一件神物，但是大師姐卻心有不甘，因為她根本無法使用神珠召喚出鳳凰，再加上她早已深深嫉妒三師妹搶走二師弟的心，待師祖仙逝後，她便出手意圖將三師妹的朱雀鞭搶來。就在此時，鳳凰

終於從神珠中現身，並將大師姐一身道術功力散去。後來，她的怨恨心終於指引她走向黑暗，她不僅網羅天下邪術以身試法，靈魂更與許多精怪惡靈相結合，自此，她就以鬼母自稱，日日飲用妖怪的血，以獲得永恆的生命，並且世世代代追殺梧桐門的後人，而梧桐門也以消滅鬼母為己任，也多虧鳳凰神保佑，這八百年來梧桐門始終屹立不搖，只是雙方死傷無數就是了。」

「原來鬼母和梧桐門還有這番糾葛，只是為何她當年無法召喚出鳳凰呢？」印桐問。

「因為只有純善之心的人才辦得到，若有一絲邪念，反而會遭受到鳳凰神的反噬，唉，我也正煩惱著，如今我只是具魂魄，一點法力也沒有，更別說使用鳳凰神珠。」無常婆道。

「師伯，若是找我師父相助呢？」小琪問。

「你師父？他有純善之心嗎？」無常婆問，眾人一片靜默。「再說，若他真的有純善之心，他也未必願意出手相助。」

「怎麼說呢？」印桐問。

「當年我們兩個在爭奪掌門之位，他技不如人，但仍心有不甘，自此就一直想要他的徒弟當掌門，把鳳凰神珠搶回去。」

「這件事師父確實相當執著……。」小琪回。

「目前鬼母手下五毒妖中，藍蜈蚣簡道、紅蛇女洪艷、綠蟾蜍詹刃和玉黃蛛黃鈴皆已被消滅，剩下的就是紫尾蠍紫靄。」無常婆道。

「婆婆，我先去村長宅第外打探消息，我想紫靄一定藏身於此。」印桐道。

「師伯，我也一起同行，我擔心村民的安危。」小琪道。無常婆早看出小琪心思，便微笑道：「這樣也好，彼此有個照應，去吧！萬事小心。」於是兩人整頓裝備，換上夜行衣，披著月光疾步前行。

「小琪，謝謝你，當日若沒有你相救，我早就死在松墓林了。」小琪臉色微紅道：「印桐師兄，你沒事就好，傷口還疼嗎？」她注意到印桐左手虎口還包紮著。「不疼，幸虧有小玥姑娘每日替我包紮換藥，我的傷才能好得如此快。」小琪一聽，腳步登時加速。印桐也跟上問：「小琪，你的腳程好像比以往更快了。」「反正也沒有人在意我，難得有人為你茶飯不思。」小琪剛說出口立刻就為自己的小家子氣感到懊悔。印桐疑惑問：「怎麼會沒人在意你？你師父不很關心你嗎？」小琪一聽淡淡回道：「我師父一向逍遙自在，何曾在意過我有沒有吃飽？此外，已經有人關心你到食不下嚥了，你沒放在心上？」印桐更困惑了：「食不下嚥？你說婆婆嗎？祂只需要聞香啊！」小琪的腳步更快了。

兩人來到村長宅第外，小心翼翼翻上圍牆，觀察著牆內狀況，卻發現一個人也沒有，這

時卻聽見大廳裡傳來村長的聲音：「大仙，拜託您大人大量放我一條生路吧！我已經照您所下的指示去做了，殺我只會髒了您的玉手。」

「你辦事可真是不錯，可我還有事要你做，你做也不做？」這聲音溫婉而平靜。

「大仙您有任何吩咐，小的一定鞠躬盡瘁，死而後已，絕對辦到您滿意，只盼大仙能賞我今日的解毒丸，讓小人能夠爲您效勞！」

「你這嘴倒挺會說話的，拿去吧！」

「感謝大仙賜藥！不知大仙有何吩咐？」

「你應該聽過梧桐村鳳凰傳說吧？你可知道那鳳凰的巢穴在哪裡？」

「小的確實聽過鳳凰的傳說，關於巢穴小的未曾聽過，但我相信村子北方的鳳凰閣一定能查到，那裡存放歷代以來的文獻。」

「好，我給你三天的時間，等你好消息，這三顆解毒丸你帶著吧，可別死在路上。」

接著村長匆匆忙忙奔出門外，提著一盞燈直直往北方跌跌撞撞跑去。小琪放出小紅鳥悄悄跟在村長後方，兩人當下盯著屋內動靜，只見一個穿著紫黑色長袍的女人徐步走出，並輕輕嘆了口氣，紫黑色的長髮幾乎快碰到地面，小琪心想：「她一定就是紫靄，她的眼神看起來充滿哀傷，怎麼回事？」這時那些紫黑色長髮已迅速向兩人攻來。「是誰？」兩人同時翻身躍

出，三人相對而視。印桐與小琪正要出手，卻聽得紫靄道：「慢著！我等你們很久了。」

「等我們？什麼意思？你應該是鬼母手下的紫靄吧？」印桐問。「不錯，我是紫靄，我有事拜託你們，這裡眼線衆多，我們進屋詳談。」於是三人進入屋內。

「你們一定充滿困惑，爲何我要找你們幫忙吧？其實，我們五毒妖都是鬼母的分身，被消滅後，那股力量就會回歸到鬼母身上，所以，你們不應對我動手。」

「難道你不站鬼母那邊？」小琪問。

「我和他們不同，我對這些恩怨一點興趣也沒有，只想安穩度日，但是礙於現實，我還是得與你們爲敵，但我可以告訴你們一個祕密：卽使你們使用鳳凰神珠召喚出鳳凰，也消滅不了鬼母的，當年鬼母早料到梧桐門必定會找上門清理門戶，因此用自己的血肉封印住鳳凰神的本體，如此一來，將大大削弱鳳凰對她造成的傷害。」

「所以你才要村長找出鳳凰的巢穴？」印桐問。

「不錯，鬼母還要我控制全村的村民，暗地裡我也查了他們腦海裡有沒有相關的消息，但一無所獲。你們還是快去鳳凰閣找出解答吧！若是被鬼母發現，可就前功盡棄了。」

「你爲何不自己去？」小琪問。

「我發現鳳凰閣有鬼母設下的強力結界，我不便進去，你們快啟程吧！別耽誤時辰

了。」說完紫靄雙手釋放出紫霧，紫霧散去後，兩人竟發現已身處村北，前方有盞燈籠搖擺前進，印桐一指：「小琪你看是村長，我們快悄悄跟上去。」兩人尾隨村長來到一幢古剎前，印桐心想：「原來這就是鳳凰閣，我雖然住在梧桐村十多年，卻未曾聽過這個地方。」村長一溜煙就跑進去了，本以爲結界會阻擋兩人，沒想到兩人也直接就進去了，只見村長手忙腳亂地在古卷中翻找。

「印桐師兄，既然這裡被設下強力結界，有關鳳凰巢穴的祕密一定就在結界核心處。」

「你的推論很有道理，我們靜下心感應看看。」印桐說完，兩人同時閉上雙眼，感受著周圍空間的能量流動。

「找到了！」兩人異口同聲地說，並來到古剎的後方，一棵巨大高聳的梧桐樹矗立眼前。

「看來這棵梧桐樹可以通到另一個空間。」小琪道。

「可我們該如何進入呢？」印桐問。此時梧桐劍與朱雀鞭同時泛起紅色光芒，抬頭一看，那梧桐樹也相同，像是彼此在呼應般。印桐和小琪就這樣緩緩踏進梧桐樹內的未知空間裡。

當兩人睜開眼睛，只見自己身處在一望無際的紅色草原上，天空也是一片澄紅。

「這裡就是梧桐樹的異界？」印桐問。

「不會錯的，這裡給我的感覺和朱雀鞭很相似。」小琪正要放出小紅鳥去觀察，此時一個人影突然出現在他們面前，印桐感覺到對方的殺氣，立卽緊握梧桐劍準備應戰，只見對方身形模糊，手裡拿的竟然也是梧桐劍！這時卻發現身旁的小琪凝立不動，「印桐師兄……我動不了。」「別擔心，我會保護你。」印桐說完已衝向前去，使出一招「鸞鳳和鳴」！那人一看，竟也使出「鸞鳳和鳴」！印桐大驚，雙方的梧桐劍交鋒時，竟然產生類似當日與小琪切磋時的情形，強大火光將兩人同時逼退，只不過印桐退了五步，那人卻只退了一步，「不好！對方功力遠在印桐師兄之上，我必須出手相助！」小琪集中精神期盼能夠移動一根手指，印桐正要再次進攻，卻發現身體無法動彈，相反地，小琪則如瞬間解凍般得以自由活動，她朱雀鞭疾射而出，卻見那人手中的梧桐劍竟也變成朱雀鞭！小琪使出一招「鳳凰于飛」，那人竟也同時施展「鳳凰于飛」！小琪知道對方功力遠勝自己，未等招式出滿就已變招使出「龍飛鳳舞」！對方身形閃動，避開一連串攻勢，他手中朱雀鞭居然變成「鳳凰神珠」！他唸動咒語：「鳳棲梧桐，彩翼雙飛，浴火重生，破諸魔邪！」只見神珠泛起五彩霞光，霞光中出現一隻紅色鳳凰，印桐一看，想起當日無常婆也是以鳳凰神珠收服紅蛇女洪艷，只不過眼前這隻鳳凰比當日那隻大了數百倍！那人召喚出的鳳凰，直直朝著兩人飛過

來，所經之處燃起熊熊烈焰，兩人本以爲會遭烈火焚身，沒想到鳳凰與火焰瞬間消失了。這時印桐與小琪才看清楚那人的樣子：只見他一頭雪白長髮，眉目清秀，一身深青色長袍，手裡拿著一枝碧綠竹棒。

「我等你們很久了。」那人說話，但並沒有開口。

「你是誰？爲何你會梧桐門的道術與招式？」小琪問。

「我就是你們的祖師爺嵐月道人。」兩人一聽不禁目瞪口呆。

「剛才我試了試你們的功夫，可不比我幾個徒弟遜色啊！」

「看來您眞的是祖師爺，晚輩是梧桐門第四十代掌門林印桐，這是晚輩的師妹令小琪。」說完兩人對著嵐月道人叩頭跪拜。

「好！隔了八百年竟然還有兩個小徒孫對我叩首，足見你們乃是尊師重道之徒，快起來快起來！」他衣袖一拂兩人隨卽站起。

「我知道你們此番前來的目的，我清楚知道外界正在發生的事情。關於我那不肖徒孫的事情相信你們已經知道了，你們是要來尋找鳳凰的巢穴吧？八百年前鳳凰就是棲息在這棵梧桐樹上，祂的巢穴，就在這棵樹的正下方。」

「原來就在這裡！」印桐驚呼。

「祖師爺怎麼會在這裡呢？」小琪問。

「當年我仙逝後，便料到大徒弟將有不良的圖謀，於是我的靈魂留在此地，當她對師妹出手時，我便喚醒鳳凰神，將她一身道術散去，本想她可以重新做人，沒想到幾年後，她居然練就一身邪術，將我封印在梧桐樹內，更在鳳凰巢穴以自身血肉施展邪術，大大降低鳳凰的能量，她這番舉動是爲了削弱梧桐門後人的力量，以便她斬草除根，剛才試探你們我發現梧桐劍與朱雀鞭的威力大不如前。另一方面，她爲了封鎖這個消息，更在此地設下強力結界，你們可以順利進入，想必是有人暗中在你們身上施咒。」

小琪心想：「應該是那陣紫色煙霧，看來她眞的希望能脫離鬼母的掌控。」

「我無法離開這裡，但我可以將你們送往下方的鳳凰巢穴，待你們破壞她的血咒，鳳凰神便可恢復力量，屆時你們就能一舉將鬼母消滅，也算替祖師爺我清理門戶了。」

「麻煩祖師爺了。」印桐說。

嵐月道人伸出雙手，閉上雙眼，對著兩人唸動咒語，兩人漸漸消失在眼前：「你們一定要成功啊！記得相信鳳凰的力量！」

兩人像是墜入深不見底的黑暗般，持續往下，再往下。醒來後，出現在他們面前的是一尊巨大的鳳凰石像，只見祂緊閉雙目，像是在沉睡般，周圍被一層黑色的網子所籠罩，「我

想，如果劃破那張黑網，應該就能破除鬼母的血咒。」小琪抬頭推測著。印桐一聽便使出火炎咒，炎龍快速飛向黑網，就在快要碰觸時，沒想到炎龍竟然瞬間被瓦解。「鬼母的血咒威力果然驚人，我們絕對不能失敗。」印桐說。小琪也在思考著該如何破解，於是她放出數十隻小紅鳥，從不同角度撞擊黑網血咒，這看似毫無用處的攻擊，印桐突然明白：「原來她想找出這個血咒能量最弱的位置。」小琪：「能量最弱的部位在鳳凰石像頭部！」這時，小琪卻也發現另一件事：「印桐師兄，從第一隻到最後一隻小紅鳥撞擊血咒的反彈程度，我感覺到小紅鳥威力漸弱，我們的力量好像漸漸被這個空間所吞噬掉！」「什麼！那可不得了！我們得加快速度！」

兩人討論後，決定再一次出招。「小琪，準備好了嗎？」小琪點頭。接著兩人各拋出五張火炎咒，頓時烈焰沖天，印桐手持梧桐劍、小琪舞動朱雀鞭匯聚火炎咒的威力，同時使出「火鳳燎原」！兩團猛烈又巨大的火球向著鳳凰石像頭部的血咒黑網攻去！強大的能量迸發出強光，強光之後，兩人趕緊查看血咒黑網的情況，令人震驚的是，那黑網居然絲毫未損！印桐心想：「糟糕……這麼強大的攻擊居然也無法破解，再不想辦法我們很快就會被吞噬。」兩人又試了五、六次，但情況並沒改變，印桐只感覺黑暗漸漸逼近，一回頭卻見小琪蹲在地上，她竟然在用手指的血畫符！接著她將畫好的血符放在雙掌間，再將血符交給印桐，她面無血色說道：「印桐師兄……我將所有的力量集中到這張血符上……祖師說要相信鳳凰的力量，我們一定要將鳳凰喚醒，剩下的就看你了！」小琪說完將朱雀鞭纏繞在梧桐劍上遞還給印桐，印桐一臉擔憂，但這時他們已無退路！印桐心想：「我絕對不能辜負小琪的信任，剛才幾次我們兩團烈焰攻擊面積太大，若我將力量集中在劍上，或許能突破血咒黑網，將鳳凰喚醒。」說完印桐便集中精神，將所有力量集結於梧桐劍上，劍上繞著朱雀鞭，鞭上貼著血符，印桐用力將梧桐劍擲出：「鳳凰神醒來吧！」只見梧桐劍、朱雀鞭與血符燃起紅色火焰，雖然這火焰比剛才那招縮水許多，但發出的強光更是耀眼！小琪和印桐也將生命交託於這一擊上！當劍尖碰觸到血咒黑網時，產生強大的空間震盪，小琪集中精神：「旋轉吧！」這時纏繞的朱雀鞭迅速拉扯，梧桐劍就像陀螺般直鑽進去，順利插入鳳凰的頭部，頓時整尊鳳凰石像閃耀出強烈的紅光，鳳凰睜開雙眼，血咒黑網瞬間粉碎！

梧桐結界內的嵐月道人樂道：「他們二人果然成功了！」

村長宅第的紫靄也感應到：「鳳凰……終於醒了。」

印桐家的無常婆：「鳳凰神醒了，我的時日也不多了。」

印桐緩緩睜開雙眼，只見自己和小琪躺在鳳凰閣的地上，梧桐劍與朱雀鞭浮在空中閃著光輝守護他們，小琪也醒了，兩人這一趟死裡逃生，小琪抱著印桐大哭了起來，印桐一時

不知如何是好，但她隨即又昏了過去，印桐才想起她用血畫符，再加上剛才幾乎耗盡所有力量，於是印桐揹著她，心中不禁感動：「上次她也是這樣揹著重傷的我啊！」好不容易快到家，只見無常婆和李小玥憂心忡忡在屋外等候，這時印桐終於體力不支倒在地上。

「小玥姊姊，印桐哥他們什麼時候才會醒啊？他們已經睡了三天了。」咕妞問。

「我也不知道啊，他們一定經歷過很辛苦的事。」李小玥忙著堆柴生火道。

「他們是去殺妖怪嗎？」

「無常婆婆似乎是這麼說的……但是事情是如何我也不明白啊！只盼他們早日醒來。」

「最近都不能出去玩耍，好悶啊！」

「外面現在很危險，待在家裡才不會被壞人抓走啊。」

「爲什麼外面的壞人突然變這麼多呢？」

「唉……我也不知道，可能與上次的靈符有關吧！」

「吼！說到那個鬼靈符我就有氣！村長應該要負責的！」

「咕妞你別氣了，幫我去問奶奶有沒有事情要幫忙。」

「好啦我去。」咕妞拖著腳步走到隔壁房，看見奶奶正在縫補衣服，躡手躡腳走到奶奶身旁大聲喊：「奶奶！」「啊！咕妞！原來是妳啊！怎麼那麼頑皮來嚇我呢？」林奶奶被這

麼一嚇衣服都掉了，她輕拍自己胸口。

「嘻嘻……姊姊叫我來看看奶奶有沒有什麼要幫忙啊！」咕妞嘻皮笑臉道。

「你別來搗亂就謝天謝地了。」

「咕妞也想幫幫忙嘛！」

「算一算我們借住在印桐家也一個多月了，這樣麻煩人家眞是不好意思，想當年梧桐村啊……」

「我去看無常婆婆需不需要幫忙！」咕妞知道奶奶又要開始憶當年，這一開始就會沒完沒了，於是趕緊開溜。

咕妞來到屋外，遠遠就看見無常婆正在訓練精怪們：

「小黑貓！你的速度在哪裡？再給我快一點！要像閃電般迅速！」

「老蘑菇！你的回血蘑菇成功了沒？我等得不耐煩了！」

「荷花仙！你的淸香護盾要再強化！那護盾比紙還薄！」

「小麻雀！把你的暴風練到把那塊巨石吹走才准停！」

「花蝴蝶！你的蝶影亂舞不夠亂啊！我一眼就看到你了！」

「浣熊精一家！你們的合體變身術太假了！那是著火的公雞嗎？我要的是鳳凰！」

咕妞見狀，當下就決定不去問了，但又不想回屋裡，心想：「嘻嘻趁現在大家都在忙他們的，我偷溜出去，再偷溜回來，沒人會發現的！」她帶著竊笑放輕腳步溜到村裡去，不過一到村裡，她就立刻感覺到詭異的氣氛：「奇怪，怎麼一個鬼影都沒有，人都去哪了？」她心下有些害怕，但好奇心卻驅使她往前一探究竟。這時她發現地上泥土有許多腳印，腳印朝著同一方向延伸過去，她小心翼翼跟隨著腳印前進，發現那腳印幾乎都走向村長宅第，她正轉身想回家跟大家說這驚天大祕密時，赫然發現身後不知何時已站著十多位村民，他們七手八腳抓住咕妞的手道：「走！跟我們去見蠍子大仙！」咕妞大喊大叫：「放開我！什麼蠍子鬼大仙！你們這些臭妖怪！我要叫印桐哥哥滅了你們！」

一直到天黑，衆人都找不到咕妞，林奶奶著急的走來走去求神拜佛，所有她認識的神明都拜過一輪了，李小玥不斷安撫著奶奶，心裡卻也十分著急，眼淚一時忍不住便奪眶而出，無常婆見狀，心想印桐和小琪還沒甦醒，自己又是具無能爲力的魂魄，正在思考該指派哪隻精怪前去救援時，門外卻傳來熟悉的聲音：「哎呀！小丫頭貪玩被妖怪綁走了！是不是無計可施了呢？師姐！」只見迷糊道人手提一串粽子悠哉悠哉踏進門來。無常婆道：「就知道是你，我早就想好救人的計策了，誰說我無計可施？你這段時間躲哪去了？該不會去學如何包粽子吧？」

「師姐不愧是老江湖，一眼就識破我了。」迷糊道人說完手中的粽子就變成了咕妞，祖孫三人又驚又喜，相擁而泣，無常婆：「咕妞怎麼會在你手中？」迷糊道人說：「我下午回到梧桐村，正好瞧見她被十幾個村民拖回村長家，我一想這還得了，就順手救了她，她向我指路來這，到這我聽見你們的交談，於是我就將她變作粽子，嚇你們一嚇！」林奶奶和小玥連忙向他道謝。

晚飯過後，無常婆將迷糊道人叫到屋外問：

「這段日子你跑去哪了？」

「師姐你還記得當年師父把我們兩個送走嗎？」

「當然記得！當年師父先被鬼母暗算，再被五毒妖聯手圍攻，她自知寡不敵衆，便先將我們二人送走，唉，當年我才十五、六歲。」

「若師父沒有受傷，五毒妖怎會是她對手？唉呀，轉眼我們都老的老，死的死。」

「難道你跑回秋水山？」

「是呀！那是我們當年和師父三人生活的地方，當年的茅屋早就垮了。」

「若沒有師父她撫養我們長大，我們早就被野狗叼去啃了，哪有今日，最可恨的便是鬼母那老妖婆，如今五毒妖只剩紫尾蠍一人，要不是我死得早，否則早就爲師父報仇！」

「師父號稱是歷代掌門中最受鳳凰青睞的一位，她的鳳凰除魔箭，可不需要符咒的加持，而是憑藉天生的靈力，所以早早就將梧桐劍與朱雀鞭傳給咱們，只怪咱們當時年幼功力未到家，不能助她除魔，反而拖累她了。」

「記得我這顆鳳凰神珠，是師父仙逝後的某天夜裡，她在夢中託付給我的，她說這半顆請我暫時保管並傳授我咒語，待時機成熟，就是雙珠合一的時刻。」

「什麼！原來這珠子不是師父生前給你的？而且還只有半顆？」

「是啊！師父生前我記得這珠子比現在大一倍，只是不知爲何只剩半顆，師父沒有細說，我也來不及問，她就再也沒有出現了。」

「哎呀哎呀！我們可得設法找出另外半顆，我擔心鬼母的力量更甚當年啊！」

「印桐這小子可比我想得更努力，重點是他心地純良、有勇正直，不會在追求力量的過程中迷失自我。」

「小琪對道術陣法極有天分，只可惜無緣當上掌門，哎呀。」

「你就別執著掌門了，掌門只是個虛名，你看我成爲掌門幾十年，現在不也剩孤魂一具？有什麼好爭的？」

迷糊道人盯著飄浮空中的無常婆半晌不言語，只淡淡說句：「也是。」這時貓妖慌張跑

過來：「有很多腳步聲靠近了。」

「一定是你救咕妞露出行蹤，他們找上門了。」無常婆說完急忙集合精怪們，並分配個別任務，精怪們領命後卽刻行動，迷糊道人指著自己問：「那我該做什麼？」「你負責帶我走，還要幫大夥開路。」無常婆指著屋內桌上匾額說。

此時被控制的上百位村民已將四周包圍，突然一隻巨大的鳳凰從正門飛出來振翅啼叫，村民們一時也不敢逼近，只見迷糊道人揹著匾額，手執一根白珊瑚杖，試圖從後門闖出一條路來，後面依序是麻雀精揹著林奶奶、蝴蝶精揹著咕妞、荷花精揹著李小玥、蘑菇精揹著小琪、貓妖揹著印桐，這時無常婆的聲音大喊：「小麻雀暴風！蝴蝶精蝶影亂舞！」只見暴風將所有村民全數吹倒，接著出現千百隻色彩斑斕的蝴蝶，當李小玥回過神來時，他們已經來到村口的松墓林，迷糊道人問：「師姐，現在該往哪去？」無常婆突然感到有一股力量在呼喚她，於是一行人轉往北前進。

過不多時，一行人來到鳳凰閣外，先前的結界已經被印桐和小琪所破解，無常婆命八隻精怪回義莊待命，接著引領衆人來到梧桐樹前，她心想：「這股力量……是梧桐門道術，當今世上除了我們四人，難不成還有別人？」這時一陣紫霧忽爾浮現，霧中徐步走出一位女

子，正是紫尾蠍紫靄！紫靄不疾不徐道：「鬼母大人座下五毒妖紫尾蠍紫靄，奉命消滅梧桐門後人。」無常婆道：「你要對付的是我梧桐門，可不會對不相干的人出手吧？」紫靄望了林奶奶等人一眼後淡定回：「這個自然。」無常婆道：「在梧桐門掌門出手教訓你前，先讓前任掌門的師弟跟你過過招！」迷糊道人：「哎呀！師姐，你應該說是梧桐門現存最強者才對啊！」無常婆帶著疑惑的眼神看著師弟說：「是這樣嗎？」一旁的咕妞忍不住笑出來，立卽被李小玥摀住嘴。迷糊道人拿著白珊瑚杖走上前：「梧桐門第三十八代掌門白羽門下弟子討教！」紫靄聽到白羽的名字心中震了一下：「白羽……」這時迷糊道人已持杖攻向紫靄頭部，紫靄的紫黑色長髮猛烈襲向迷糊道人，逼得他急忙後退，這時他轉守爲攻已放出五張雷電咒，連續五道落雷朝著紫靄攻去，紫靄身影飄移，完美閃避雷擊，她雙手向著地面撒出數百隻紫色蠍子，紫蠍觸地後隨卽鑽入地面下，迷糊道人知道她的盤算，立卽施展風雲咒騰空飛起，並以白珊瑚杖在地面繪製一道火炎咒，頃刻間，地面下更傳來許多碎裂與爆破聲，所有紫蠍盡數被燒盡。這時紫靄突然移動到迷糊道人面前伸出紫蠍爪，這一下來得太突然，他不及反應，只得以白珊瑚杖抵擋這致命一擊，白珊瑚杖應聲斷成兩段，紫蠍爪直接擊中迷糊道人胸口！迷糊道人「哎呀」一聲往後墜落地面，觀戰的衆人一陣驚呼，這時一個人影飛躍閃動，朱雀鞭激射揮出，原來是小琪！她和印桐甫甦醒，便看見師父與紫靄正在激戰，眼見

師父中招，她護師心切便衝上前去。這時無常婆和印桐急忙來查看迷糊道人傷勢，只見迷糊道人躺在地上滿肚子疑惑想著：「奇怪？我不是中了她的紫蠍爪嗎？怎麼一點事也沒有？莫非是這些年我功力大進？」想到這裡不禁歡天喜地跳起來哈哈大笑，讓印桐與無常婆受到驚嚇，無常婆道：「糟糕，看來剛才那招讓他的腦袋受損了。」迷糊道人喜孜孜道：「師姊！原來我變得比我以爲的還厲害！」印桐與無常婆無言以對。

另一邊的小琪與紫靄對戰中，小琪明顯感到朱雀鞭的威力增強許多，她心想：「看來鳳凰的力量回來了。」紫靄的紫蠍爪也不敢直接碰觸朱雀鞭，這時她身上的多條緞帶泛起紫光，紛紛竄出和朱雀鞭激烈交戰。印桐心想：「這紫色緞帶比玉黃蛛黃鈴的蛛絲還強上許多，可得隨時出手援助小琪。」小琪久攻不下，雖然知道對方可是五毒妖之首，但也沒想過她妖力會如此了得，而且對方明顯還有所保留，否則自己早已敗陣。這時她想起初次見面的情形，她看了紫靄一眼，接著她凝立不動唸著咒語，紫靄也不進攻，小琪手中的朱雀鞭化身爲一隻鳳凰衝向紫靄，紫靄卻也沒有抵抗，強光過後，只見紫靄雙手與身體被朱雀鞭束縛住，身形變得像手掌一樣小。小琪取出一個紅色錦囊，將她收進去悄聲說道：「紫靄姐姐，你就先待在這吧！待我們消滅鬼母再放你自由。」朱雀鞭回到小琪手中。迷糊道人昂首繞場說道：「有沒有看到？我徒弟小琪單槍匹馬就擊敗鬼母座下五毒妖之首紫尾蠍！名師出高

徒！」無常婆笑道：「我看是高徒出名師！你倒沾了小琪的光！這朱雀封印術我看你也不會吧？」迷糊道人臉紅回：「誰說我不會！我只是要把光芒留給小琪！」印桐問小琪：「小琪你沒受傷吧？你怎麼突然會使這朱雀封印術？」小琪：「我也不清楚，剛才對戰時看著紫靄的眼睛，我心中突然浮現這咒語，而且正是先前遇見白鶴時那女人的聲音。」正當眾人百思不得其解時，梧桐劍突然飄浮於空，眾人跟隨其後，梧桐劍一直到梧桐樹前才停下來。印桐：「對了！我們可以問問祖師爺！」迷糊道人驚訝問：「祖師爺？他不是已經死了幾百年嗎？」無常婆心想：「難道我稍早感應到的能量就是祖師爺？」這時梧桐樹發出強光，當眾人再次睜開眼時，發現自己來到遼闊無邊的紅色草原，林奶奶祖孫三人突覺睡意濃烈，直接睡倒了。印桐正要去查看，無常婆道：「沒事，普通人進到異界自然會昏厥，離開就會醒了，這裡就是祖師爺所在的地方？」印桐點頭：「對，上次我和小琪就是在祖師爺幫助下，才能前往正下方的鳳凰巢穴。」迷糊道人四面八方大喊：「祖師爺！祖師爺！你的徒孫來見你囉！」小琪急忙拉拉他的衣袖。無常婆罵道：「別吵了！祖師爺不會想見這麼吵的徒孫！」無常婆話才剛說完，突然被一股力量吸入林奶奶身體內，連開罵都來不及。林奶奶突然跳起來罵道：「怎麼回事？是哪個不要命的捉弄我？強迫我附身？」迷糊道人還在一旁幸災樂禍手舞足蹈，這時一個黑影降臨，印桐手中的梧桐劍飛到無常婆手中，小琪的朱雀鞭則

飛至迷糊道人手中。無法動彈的印桐和小琪當然明白這是怎麼回事。那黑影右手持梧桐劍，左手執朱雀鞭，同時向著無常婆和迷糊道人進攻，無常婆長劍舞動，將梧桐劍法舞得靈巧生動，迷糊道人則使出朱雀鞭法，沉穩力恆配合著無常婆進攻，原來這梧桐劍法和朱雀鞭法有個特性，同樣的招式會隨著使用人的個性而有所改變。那黑影面對兩人齊攻，絲毫不懼，一樣見招拆招，時而以劍攻鞭，時而以鞭守劍，印桐與小琪從三人對戰過程中見識到招式的精妙，也更明白自己的不足。另一方面，迷糊道人漸漸左支右絀，經常得靠無常婆來救，眼看師弟就快不行，無常婆叫道：「師弟走開！」無常婆取出鳳凰神珠唸動咒語：「鳳棲梧桐，彩翼雙飛，浴火重生，破諸魔邪！」這時那黑影也取出神珠唸咒。兩顆珠子發出光芒，無常婆的鳳凰就像是隻小麻雀，黑影召喚的鳳凰則像巨鷹般，頃刻間就將小鳳凰吞沒。火焰散去，黑影露出眞面目：「第三十九代身手不凡啊！」無常婆道：「感謝祖師爺手下留情！」迷糊道人道：「你就是祖師爺？怎麼一出來就動手呢？」嵐月道人：「不錯，我是嵐月，上次試了你們二位徒弟的功夫，頗爲驚豔，今日才想知道他們是否青出於藍。」這時印桐與小琪也恢復自由，無常婆只笑了笑，迷糊道人則在心裡苦惱著：「有嗎？有青出於藍嗎？如果有，我豈不是老而無用？如果沒有，我豈不是不會教徒弟？」

嵐月道人說：「相信你們都已知曉我那不肖徒兒的事，如今她最後一個分身紫靄已被

你們封印，剩下她，剛才她趁你們對付紫靄時，已將所有村民的靈魂吸了去。我此番召喚你們前來，主要目的是，她封印我的這個結界力量越來越弱了，這也表示，她欲集中力量對付你們，一離開結界，我就會永遠消失於現世，因此，我必須爲你們盡最後的努力，無常婆現在只剩一縷靈魂，若不是倚賴鳳凰神珠之力，早就離開人間，我將你附身於這肉身上，如此才能發揮你的靈力。此外……小琪，將紫靄放出。」小琪依命行事，紫靄見到嵐月道人時，立卽跪下哽咽道：「徒兒紫靄叩見師父……。」衆人盡皆大驚，印桐心想：「不錯，紫靄曾說過，他們五毒妖都是鬼母的分身，鬼母將有關梧桐門的記憶都集中到紫靄身上。」紫靄接著道：「只怪當年徒兒一時糊塗，憤恨之心爲鬼母所利用，不僅形體被占據，靈魂也被囚禁於暗影中，數百年來不斷助紂爲虐殘害同門後人，直至近年，我的靈魂才得以甦醒。」嵐月道人：「鬼母一直存在於異界裡，祂是人心黑暗面所聚集的怨靈，數千年來，祂一直在等待時機回到現世，而你心裡的那一絲黑暗正好被祂所捕捉到，於是祂便支配著你，漸漸吞噬掉你，爲師本以爲你的靈魂已被蝕盡，所幸五十年前發生那事喚醒了你，出來吧三十八代！」只見紫靄身上浮現一位身穿白衣的女子。無常婆和迷糊道人驚道：「是師父？」白羽道：「無常、迷糊，我們終於見面了。」小琪心想：「原來那封印咒語是她教我的，這女子看起來才三十餘歲，沒想到竟是師父的師父！」無常婆和迷糊道人瞬間跪在白羽面前老淚縱橫，

話也說不出，白羽微笑道：「你們別傷心了，今日能夠重逢，已使為師心滿意足。」她將二人扶起，無常婆問：「師父，您怎麼會在紫靄身上呢？」白羽娓娓道來：「當年為師誤中鬼母的暗算，祂又派遣五毒妖來秋水山斬草除根，情急之下，為師不得已只好施法將你們二人送走，將無常送到梧桐山，將迷糊送至朱雀谷。後來五毒妖來犯，為師不敵他們五人，就在為師倒下後，四妖先行離去，只剩下紫靄一人善後，此時為師運用最後的靈力，對著她射出梧桐除魔箭，她中箭後，另一個聲音在她心底甦醒了，於是，我就將靈魂封藏在她內心深處，一個鬼母也察覺不到之處。」嵐月道人：「三十八代，我將你的靈魂附身於這位姑娘吧！」他衣袖一揮，白羽卽附身於李小玥身上。「紫靄，你務必要將功折罪，相助印桐與小琪！」於是紫靄附身於咕妞體內。嵐月道人：「印桐、小琪，這是祖師爺能夠為你們做的最後一件事情，梧桐門五代聯手一定沒問題的，要相信鳳凰的力量，相信自己。」嵐月道人說完，身體泛起白色光點，接著他衣袖一拂，所有人瞬間回到梧桐樹外。六個人仰望冉冉飄升的光點，心底懷著消滅鬼母的決心。

六人回到義莊，開始各自的準備工作。

無常婆坐在門邊，將「死裡藏生」匾額削成一柄梧桐木劍。

迷糊道人在屋後將白珊瑚杖加上梧桐木與純銀重新焊上。

白羽在附近林中以梧桐木製成弓與箭。

紫靄則在後山尋找靈草製作除魔暗器。

精怪們看到大夥這麼認眞，也加緊練習自身絕招。

印桐與小琪則到村長家去，所有村民的靈魂都被鬼母吸走了，他們將村民的屍體都貼上寒冰符，以確保他們還魂時肉身還未腐壞。正要離去時，卻看到一個人影偷偷摸摸躲在牆後窺視，小琪一鞭將他拉出，那人狼狽跌在地上。印桐道：「原來是村長！」只見他一臉紫黑，顯是中毒之狀。小琪問：「你爲什麼偷偷摸摸躲在這裡？」村長虛弱回：「這是我家啊……」兩人一聽反倒覺得自己理虧。印桐道：「他一定是中了紫靄的毒，我們快帶他回去治療吧！」小琪道：「村長不僅謀財而且害命，就讓他這樣毒發身亡吧！」村長一聽立即下跪扯著印桐褲子哀求道：「印桐啊！村長也算看你長大的，你的父母我也都很熟，你不會這麼鐵石心腸見死不救吧？」印桐心想：「如果是爹娘他們會怎麼做？」他想起那年春夏間紅蛇女襲村，帶走村裡上百條人命，也將父母帶離他身邊。那年他只有九歲，他依稀記得父母都是樂善好施的人，儘管自己擁有的並不多，但卻願意與更貧困的人分享，於是印桐說道：

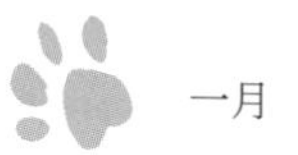

「村長您先起來，我帶您回去治療。」喜極而泣的村長正要起身，卻又倒了下去，手指一探竟已斷氣。小琪嘆道：「這對他來說也是種解脫。」回程路上，印桐問：「小琪，你從小就跟著師叔嗎？」「是啊，根據師父所說，我應該是名棄嬰，被丟棄在琉璃村一間尼姑庵前，後來五歲時妖物入侵村子，當師父趕到時，尼姑庵的尼姑們都已被妖物殺害，妖物趁隙跑了，抱著我的尼姑斷氣前，僅跟師父說了我的名字，後來師父就帶著我雲遊四海了，我日夜苦練，誓要消滅妖物。」印桐：「是什麼妖物如此猖狂？」小琪回：「他就是五毒妖排行第五的藍蜈蚣簡道。前年我跟師父在北山村遇到他來犯，說奉鬼母之命滅梧桐門，於是我跟師父聯手成功消滅了他。」印桐：「原來如此，難怪我和婆婆遇到紅蛇女洪艷時，她一聽師叔的名字會如此氣憤。」小琪心想：「印桐師兄接觸梧桐劍法和道術的時間如此短暫，功力竟不在我之下。」印桐突然臉色微紅說：「小琪，喚醒鳳凰神時，若是沒有你捨命施咒，我早就死了，謝謝你。」小琪則笑著說：「也謝謝印桐師兄願意相信我，還揹我回去，小玥姑娘都跟我說了。」「這是……我該做的。」印桐的臉更紅了。

這時一團強烈的邪氣迅速籠罩住梧桐村上方，印桐看著天空驚訝說：「世上竟有如此強烈的邪氣！」小琪：「難道是鬼母來了？」兩人立即奔回義莊與眾人會合。只見無常婆等人都已在屋外備戰。「婆婆！」印桐喊著。無常婆面色凝重望著天空，這是印桐第一次見她這

麼嚴肅。這時一道白色龍捲風夾帶著閃電從天而降，煙霧散去後，一位滿頭白髮的老婦漂浮於空中，她慘白的臉滿爬滿不規則皺紋，矮小個子披上一身白袍顯得寬鬆，她蒼白的右手拄著一柄黑色手杖。印桐問：「她就是鬼母嗎？」白羽和紫靄同時說：「不是。」無常婆轉頭問：「紫靄，你在鬼母身旁多年，你認識她嗎？」紫靄盯著那老婦回：「我不認識。」這時一道黑色龍捲風降臨，只見一位黑色身影漂浮在老婦身旁，而且兩人長得一模一樣，只是一黑一白，另一位老婦則拄著一柄白色手杖。黑老婦笑道：「你終於到了，白老婦。」白老婦道：「黑老婦，我們沉寂這麼多年，終於可以出來透透氣。」這時紫靄突然想到什麼：「難道是……？」白羽問：「我曾聽聞鬼母跑到天之涯和海之角，分別找到黑白雙珠，相傳這珠子可以儲存極其強大的能量。」紫靄點頭道：「不錯，鬼母分裂出我們五毒妖後，爲了填補自身力量的缺口，找到這黑白雙珠。白珠，用來吸收歷代死於妖怪之手的梧桐門人怨念；黑珠，用來吸收被梧桐門人斬殺妖怪的怨念。」迷糊道人不耐煩道：「哎呀，不過就是兩個怨念珠子跟兩個老太婆，有什麼好怕的？看我三秒解決她們！」迷糊道人五張雷電咒齊發，強大電流攻向她們，只見黑老婦冷笑一聲舉起白色手杖，竟然將那雷電盡數吸收。衆人盡皆驚詫，迷糊道人更是故作鎮定罵道：「你……你……你……你這個妖婦！竟把我的雷電咒偷了去！」那黑老婦淡定道：「還你便是。」接著手杖一揮，五道雷電咒立卽朝著迷糊道人攻

來！眾人迅速閃避。印桐心想：「師叔的攻擊被彈回來了，看來得近距離作戰。」他施展風雲咒，快速飛向她們，正要使出「月影梧桐」，劍招尚未使出，印桐已被一層強力的結界擊退翻身落地，他心想：「她們身邊有結界，得想辦法破解。」一旁無常婆施展火炎咒攻向她們，黑老婦舉起白手杖，火炎咒一樣被吸收又被反射回來，黑老婦道：「無謂的攻擊！將你們的靈力都貢獻給我們吧！」無常婆道：「若我沒猜錯，梧桐門的道術對她們起不了作用，那柄白手杖可以吸收我們的攻擊。」紫靄：「讓我試試看。」說完她右手發射出紫色光束，只見白老婦舉起黑色手杖，一樣將光束吸收掉。迷糊道人：「哎呀！紫靄的妖術也行不通啊！」這時小琪想起喚醒鳳凰的過程，說道：「要摧毀整個結界是有難度的，但若是將力量集中於一點進行突破，則容易得多。」白羽一聽站了出來，挽弓持箭瞄準黑老婦的白手杖，「咻！」梧桐除魔箭破空射出，黑老婦正要以白手杖吸取其力量，「乓」的一聲，白手杖瞬間粉碎，黑老婦身體也逐漸瓦解，她又驚又怒道：「怎麼可能？我竟無法吸收你的道術！」白羽淡然道：「我的靈力是天生的。」這時黑老婦已消失殆盡，手杖碎片緩緩飄升雲中。白老婦見狀正要逃跑，白羽再度射出一箭，直接貫穿黑手杖，黑手杖碎片被吸入雲中，白老婦也煙消雲散。無常婆道：「師父的梧桐除魔箭威力可不減當年！」迷糊道人又跳又拍手道：「師父太強啦！我要學我要學，我也要學這招！」白羽對著迷糊道人說：「迷糊，這招你無

法學會的，你的心雜念太多，該好好清心才是。」迷糊道人羞赧著低下了頭。「婆婆！你看天空的邪氣還在！」印桐指著天空道。衆人抬頭望著天空，黑白老婦被滅後邪氣不減反增，紫靄道：「鬼母來了。」強烈的邪氣逐漸凝聚成一個黑色的球體，球體中隱然有人影閃動，這時黑色球體迅速擴散開來，將衆人吸入黑暗之中。

無常婆在一片黑暗的森林中醒來，她覺得眼前的一切十分熟悉，這時迷糊道人也在他身旁醒來道：「哎呀，我們是不是死掉了？」無常婆道：「我是死掉了，你還沒死，看來我們中了鬼母那老妖婆的招，可得小心。」迷糊道人看了看四周說：「咦？這裡怎麼那麼眼熟？」兩人往前穿過草叢，只見血紅夕陽下，一間茅草屋映入眼簾，這屋子就是當年他們和師父白羽所住的小屋！這時白羽走了出來，後面跟著年少時的無常婆和迷糊道人，無常道：「師父，您中了鬼母的暗算，那老妖婆必會派五毒妖來殺人滅口，我和師弟留在您身旁，跟他們血戰到底！」迷糊說：「哎呀，師父，還是您跟我們一起逃走好了？」白羽說道：「她的目標是我，我們三人是絕對逃不了的，你們在這我反而有所顧慮。」她話未說完雙手已輕拍兩人頭頂，兩人登時昏厥過去，她丟出兩道符令變出兩隻白鶴，將二人輕輕放上白鶴背上，含淚說道：「無常、迷糊，爲師只怕今生再無緣見到你們，你們務必活著，將梧桐劍和朱雀鞭傳承下去，消滅鬼母。」語畢，兩隻白鶴一南一北翱翔而去。躲在草叢的兩人正猶

豫要不要出去時，白羽突然說：「我知道你們來了，現身吧！」這時五個人影一躍而出，紅蛇女洪艷說道：「哼，區區一個人類哪需要我們五毒妖齊聚一堂？」藍蜈蚣簡道說：「師姐，交給師弟出手便是，別髒了您的玉手。」玉黃蛛黃鈴道：「煩死了，早點解決她吧！我就可以出去玩了！」綠蟾蜍詹刃道：「黃鈴妹妹，你這麼心急，就交給你了！其他人沒意見吧？」紫尾蠍紫靄道：「別輕敵，黃鈴妹妹。」黃鈴手執蛛雲梭黃色蛛絲飛射而出，另外四人則退至一旁觀戰。白羽取出符令同時施展火炎咒和風雲咒，強烈火龍捲不僅燒斷蛛絲，更直接攻向黃鈴，黃鈴大驚失色緊急閃避開來，卻也嚇出一身冷汗。洪艷驚道：「這女的眞的是人類嗎？竟有如此強大的靈力！」除了紫靄，另外三人取出兵刃上前助陣。洪艷的紅蟒鞭、簡道的蜈蚣鉗、詹刃的綠蟾刃，加上黃鈴的蛛雲梭，同時攻向白羽，白羽敏捷閃避，這時她先前左肩被鬼母所傷的傷口也滲出血來。只見她奮力射出四枝梧桐除魔箭，四妖不敢硬接只得左右閃避，這時紫靄悄悄移動到她背後，紫蠍爪暗襲成功，白羽口吐鮮血倒臥不起，黃鈴道：「呼！幸好有紫靄姐姐出手，否則我們不知道何時才能打贏。」洪艷：「太好了，要是被射中可是會被消滅的！剩下的就交給你了紫靄，我先走了。」紅蛇女飄然離去，「師姐等等我！」藍蜈蚣簡道也追上去。綠蟾蜍詹刃看到白羽已死，說道：「任務達成，我走了。」也轉身離去。黃鈴說道：「紫靄姊姊，我去玩耍囉！」說完她也一溜煙彈跳離開。剩

下紫靄與倒臥地上的白羽，這時迷糊道人急道：「師父有危險！我要去救她！」無常婆敲了他的頭罵道：「這是幻象，靜觀其變！」紫靄佇立倒臥地上的白羽身旁，白羽虛弱地問：「你跟他們不一樣，我察覺不到你的邪氣，爲什麼？」紫靄：「我不喜歡殺人，包括你，心裡總有個聲音在阻止我。」白羽突然想到什麼，奮力朝著天空射出一箭，紫靄道：「你受傷太重，就要死去，你的箭也瞄不……」這時那枝箭從天空往下刺中紫靄的背部，白羽：「我瞄準的是你的背，醒來吧，想起眞正的自己。」紫靄這時痛苦抱著頭，身旁湧現紅色的能量，白羽：「這是……梧桐門的力量……，讓我將靈魂寄居於你體內吧……」白羽身旁浮現白色光點漸漸滲入紫靄體內，紫靄也平靜下來，化爲紫霧朝著天邊飛去。無常婆道：「原來鬼母早就知道師父的靈魂藏在紫靄體內。」迷糊道人：「師姐現在怎麼辦啊？」這時白羽的屍體竟睜開眼睛站起來：「你們兩個劣徒！若不是爲了要保護你們，憑我的本事，怎可能會受傷？」迷糊道人：「哎呀哎呀！師父竟然活過來了！」無常婆道：「傻迷糊！你看她一身邪氣，哪裡有半點像師父？」這時白羽已經挽弓接連射出三箭，兩人不斷逃竄閃躲，被箭射到的樹木立卽腐朽凋零，迷糊道人：「這箭的威力也眞驚人！現在該怎麼辦啊！」無常婆道：「拉近與她的距離，我們的武器才能擊中她！」迷糊道人一聽立卽施展五張火炎咒向著白羽攻去，無常婆趁隙從另一方向手持梧桐木劍刺向白羽後頸，白羽射出一箭立卽破除火炎

咒的攻勢，隨即轉身伸手直接掐住梧桐木劍，無常婆大驚立即棄劍後退，只見那劍頃刻間已腐朽化成灰燼。無常婆道：「這裡是鬼母變出的空間，要離開這裡，我們必須找到能量的核心，否則，我們將死在這裡，不對，是你和林奶奶將死在這裡。」迷糊道人慌張道：「能量核心？」無常婆道：「你有沒有發現哪裡不尋常？」兩人一邊閃避白羽的攻擊一邊討論著。迷糊道人絞盡腦汁自問自答：「房子比以前小間？不對，是我長大了。我們比師父還老？不對，這裡是以前。師父死了又活起來？不對，她是鬼母的魁儡。我的白珊瑚杖變成紅色的？不對，是因爲夕陽的緣故。哎呀！我想不出來啊！」無常婆似乎聽到了關鍵，取出十張火炎咒，向著山稜邊的夕陽射去！夕陽逐漸碎裂，身邊的幻影也立刻消散，兩人又回到義莊旁，迷糊道人問：「哎呀！師姐你怎麼找到的？」「多虧你提到夕陽，我才發現，夕陽從我們被送走一直到剛剛根本沒有移動過。」「師姐不愧是第三十九代梧桐掌門，我想破頭都想不到。師父和其他人怎麼也不見了？」「他們此刻應該也被困在幻境當中，我們趁這時去尋找鬼母的本體，祂要發動這幻夢咒術本體一定在附近。」

另一邊的小琪來到一處似曾相識的院落，遠方傳來急切的鐘聲。這時前方有腳步聲靠近，她趕緊躲到柱子後。一位年輕的尼姑牽著一個年約五歲的小孩走過來，尼姑溫柔說道：

「琪琪，我們要走快一點，師姐們正等著我們集合呢！」小女孩抬頭說：「慧儀姊姊，我們可不可以不去？我還想玩呢！」鐘聲更急了。「琪琪我們先去集合，等等就可以玩了啊！」小琪知道那是童年的自己，她悄悄跟隨其後，尼姑與琪琪來到一間佛寺，敲門後入內，小琪從窗櫺的縫隙間看到裡面共有七個尼姑，其中一位年紀較大，眉毛已白，她位居上座，對著底下六位尼姑說道：「各位師妹，剛才琉璃村長派人來求救，他說村內正遭遇藍蜈蚣簡道的屠殺，希望我們伸出援手，因此我緊急召集各位師妹前來，請諸位帶齊法器與我前往除魔，慧儀師妹，你年紀尚幼，況且琪琪還需要照顧，你就在庵裡留守吧！」眾人領命後卽刻行動，六位尼姑很快便準備妥當，那名村人正在門外，老尼姑開口道：「這位施主，請留在本庵等候，我們卽刻前往除魔。」說完老尼姑便領著五位尼姑出門去了。慧儀帶著琪琪雙手合十祈求：「菩薩請保佑眾師姐平安歸來。」那位村人走過來說道：「這位師太，請問你也會除魔嗎？」慧儀回：「施主你好，我也會除魔，有什麼可以幫你嗎？」只見那村人笑著回：「太好了，可以把你的法力貢獻給我嗎？」那村人身旁竄出許多手臂，琪琪嚇得哭了緊抱著慧儀大腿，慧儀故作鎮定顫抖著問：「你就是村裡的妖怪？我才不怕你！」那藍蜈蚣正要出手，「慢著！」只聽見遠方腳步聲傳來，原來是那六位尼姑，老尼姑道：「我才剛出門就聞到庵裡妖氣湧現，果然是你這隻藍蜈蚣，還不束手就擒！布陣！」只見六位尼姑站定六方位

手執法器，將藍蜈蚣圍在中間，藍蜈蚣笑道：「來吧！把你們的法力獻給我吧！」他也取出蜈蚣鉗應戰。小琪躲在一旁觀戰，才看幾眼就知道尼姑們與藍蜈蚣實力相差甚遠，很快地尼姑們就一個個倒臥在血泊中，佛珠散落一地，老尼姑對著慧儀大喊：「快帶琪琪逃走！」她說完就被蜈蚣鉗貫穿心臟，慧儀哭著抱起琪琪逃向後院，小琪知道這是鬼母的幻境，但她仍然無法控制流下眼淚，慧儀背後也被蜈蚣鉗擊中，當場倒下，這時一根白珊瑚杖飛旋而來，逼退正下殺手的藍蜈蚣。「哎呀，你這隻臭蜈蚣，竟敢濫殺無辜，連尼姑也不放過，看我替天行道！」原來是年輕時的迷糊道人，他發現慧儀還活著，急忙來看，只見她懷裡緊抱著昏厥的琪琪，氣若游絲道：「道長，請照顧她，她叫令小琪……。」說完就絕了氣，藍蜈蚣剛才一擊便知迷糊道人功力在他之上，趁此良機逃跑了。迷糊道人則抱起琪琪，追著藍蜈蚣下山去了。小琪走出來，仔細看了看慧儀的臉，心想：「原來是妳用生命護著我，慧儀姐姐。」這時本已斷氣的慧儀猛然睜開眼睛，飄浮起來，小琪急忙後退，只見其他尼姑屍體也飄浮空中，她們將小琪圍在中央，慧儀開口：「都是你害我被殺死，是你害死我們的。」其他尼姑也紛紛開口：「你本來就是棄嬰。」「連親生父母都不要你。」「他們也被你害死了。」「你這個害人精。」「你身邊的人都會死。」小琪靜心告訴自己：「眼前的一切都是假的。」接著一招「鳳棲梧桐」攻向周邊所有尼姑，但她們傷口立即癒合，小琪知道這是幻

象，取出符咒變出十隻小紅鳥到附近勘查，她不去理會那些刺耳的言語，將心沉靜下來，感受周圍空氣與能量的流動，她察覺到那些尼姑的能量來自庵內的一處古井，她快速奔向那處古井，那些尼姑也緊跟在後，嘴裡依舊唸叨著傷人刺耳的言語，小琪心想：「有完沒完！」便示意幾隻小紅鳥俯衝下來爆破，爆炸過後，尼姑們只剩頭顱，卻依舊飛過來碎唸，小琪轉念一想：「這些傷人的話既不是真實的，我又何必在意？」直奔到古井旁，她看見白羽已經站在那裡等她，小琪行禮道：「師祖！」白羽微笑道：「妳比我想像的更快找到這裡。」小琪才知道師祖在測試她的能力，否則她一箭射入井中，幻境早已破滅。白羽道：「小琪，交給你了。」小琪施展五張雷電咒，五道迅雷直竄古井中，強光過後，兩人已回到義莊旁，小琪問：「難道其他人也在幻境中？」白羽道：「你師父和師伯已經破除幻境，前去尋找鬼母真身，紫靄和印桐還在幻境裡。」小琪不禁替印桐擔心，白羽道：「走吧，去做我們能做的事。」二人向著前方白霧走去。

印桐來到一處飄著白雲的山谷，他聽見遠處有打鬥聲，悄然循聲而去，只見一位像極紫靄的女子站在一處巨岩上，朗聲說道：「我是大師姊，我才是梧桐掌門。」另外一處站著一男一女，他們分別手持梧桐劍與朱雀鞭，男子說：「大師姊，掌門之位是師父臨終前親自

傳位於我，師弟也知道自己武功道術均不及大師姊您精湛，但師命不可違逆，師弟必定竭盡所能光大梧桐門。」紫靄怒道：「你們一個得到梧桐劍，一個得到朱雀鞭，只有我傳得這顆喚不出鳳凰的珠子，叫我如何服氣？」另一名女子也微慍道：「大師姊，師父之所以如此決定，必然有其用意，你就別爲難我們了，若一再苦逼，對大師姊你也沒好處。」大師姊怒道：「我入門最早、招式最強、道術最精，梧桐三寶本就該屬於我擁有，憑你們的本事，能護得劍鞭不失嗎？尤其是你，你沒資格與師弟形影不離！」正當雙方要出手時，一陣黑色煙霧瀰漫衆人眼前。印桐正疑惑著，煙霧散去，只見那貌似紫靄的大師姊朝著自己攻來：「把梧桐劍交出來！」

另一方面，紫靄也遭遇到那一雙男女的攻擊，那女子道：「原來大師姊已入妖道！今日我們就要替師父清理門戶！」紫靄想起當年自己和師弟師妹動手的回憶，只見男子施展梧桐劍法，女子施展朱雀鞭法，同時向她進攻，她身影飄移，心中滿懷愧歉與懊悔，一味閃躲不還手。

印桐面對大師姊的攻擊，發現她使出的掌法自己似曾相識，氣韻綿長，變化萬端，明顯可看出是梧桐門的武學。印桐問：「大師姊，這是什麼掌法？」大師姊回：「想當年你剛入門時我們對拆這鳳凰穿雲掌，難道你忘了我們的事？何必明知故問？」印桐不停閃躲，同時

看清這套失傳的掌法，觀察其中可精進梧桐劍法的招式，同時也看出紫靄的紫蠍爪化用了部分鳳凰穿雲掌的招式，印桐問：「大師姊？你眞的這麼想當掌門嗎？」大師姊聽了停止攻擊問：「你什麼意思？我當然想當掌門！」「你是不是覺得師父總是偏心？」大師姊一聽臉色大變，安靜片刻後冷道：「你懂什麼？我跟在師父身邊多少年？我幫忙消滅多少妖魔？我這麼努力練功，無非是想得到一些肯定，一點點也好，怎麼這一點點也得不到？」講到最後幾句時她已哽咽。印桐回：「大師姊，師父一定很重視你，才會將鳳凰神珠傳給你。」「如果眞的重視我，爲什麼掌門不傳給我？爲什麼給我一顆喚不出鳳凰的珠子？」她邊說邊流淚。「師父將掌門傳給師弟，是希望當他犯錯時有人能夠導正他，若是大師姊當掌門，師弟師妹如何說得？那顆珠子可以召喚出鳳凰的，只要大師姊放下執念，鳳凰神自然會降臨。」這時大師姊情緒稍緩說道：「師弟你眞好，願意聽我說這些，我心裡好受多了，謝謝你。」她說完身影逐漸消融於白雲間。印桐心想：「當年若有人能聽她訴說，或許就不會演變成今日這般局面。」

另一邊的紫靄面對梧桐劍和朱雀鞭的夾擊，絲毫未處下風，她可是鬼母分裂出五毒妖中妖力最強的一位，儘管她鮮少爭鬥之心，但實力是另外四妖所不能比的。她在白羽的箭下憶起當年的回憶，但也同時擁有這幾百年與梧桐門相鬥記憶，她內心充滿悔恨，自身命運卻

又與鬼母連在一塊。她知道自己不能在消滅鬼母前死去，否則力量將回歸鬼母身上。想到這裡，她釋放出長髮緊緊捆繞住他們雙手雙腳，並將劍鞭奪去說：「師弟、師妹，大師姊對不起你們，希望你們能夠原諒我。」他們倆聽到這句，身影也消逝在白雲間。

印桐來到紫靄身邊，紫靄望著眼前滿是白雲繚繞的山谷，彷彿一切都能無所牽掛，她說：「難得鬼母的幻境能如此美好。」印桐問：「紫靄，你準備好離開這裡了嗎？」她點點頭，接著印桐對著白雲深處施展火炎咒，成功粉碎幻境。

無常婆和迷糊道人循著能量來到河畔，只見這條河寬約七呎，水色血紅，水勢奔騰，直往黑暗下游淌去。無常婆望著河面道：「就是這裡。」迷糊道人說：「哎呀！這條河怎麼紅通通的？簡直就像通往地獄一樣！」無常婆：「別再哎呀了！快找找有沒有船！」這時白羽和小琪走過來，無常婆和迷糊道人奔過來行禮道：「師父！」白羽：「小琪，你去接應印桐與紫靄來此會合。」小琪應諾並動身。接著白羽轉頭對迷糊道人說：「迷糊，你收的徒弟不錯，可謂青出於藍。」迷糊道人臉紅搔搔頭道：「多謝師父稱讚。」無常婆笑道：「只有師父治得了你！」

沒多久，小琪就領著印桐和紫靄來到河畔。白羽拋出數張符咒，一張張符咒變爲一隻

隻白鶴，白羽道：「這殷紅河水充滿不祥之氣，不沾為妙。」語畢她坐上其中一隻，其餘眾人依序上鶴。白羽道：「紫靄，你與鬼母之間有所感應，由你先行可否？」紫靄回道：「這個自然。」於是一行白鶴上天，沿著殷紅血河飛翔，前行引路者是紫靄，緊接著是白羽、無常婆、迷糊道人和小琪，印桐自願殿後。血河的盡處浮現一座像是鬼臉的島嶼，島上山勢險峻，白羽心想：「好強烈的邪氣，看來這些年鬼母的力量更強了。」鶴群降落在島嶼一處洞窟內，待眾人落地後，一隻隻白鶴又變回符紙。紫靄說道：「這裡就是鬼母所在的鬼面島，沿著這條石階通道往上走，便可直達大殿。」這時無常婆、迷糊道人、印桐和小琪開始往上邁進，紫靄則和白羽在隊伍末悄聲交談。

六人很快便抵達大殿，只見大殿全由黑色巨岩築成，寬廣無邊，空中飄著一位黑袍人影，渾身散發出強烈邪氣，若是常人早已當場喪命。白羽說：「鬼母，多年未見，還記得我嗎？」她說話同時箭已在弦上。那黑袍人影冷笑道：「哼，梧桐除魔箭嗎?當年我中了你一箭，你卻也為我所傷，現在的你只不過是借體還魂罷了，能有什麼作為？」白羽回：「你不妨試試。」黑袍人影道：「你以為我不知道你躲藏在紫靄的體內嗎？」眾人一聽盡皆失色。白羽：「原來你早已知曉，何不揭穿?」「歷代梧桐門人裡，只有你傷過我，我要在你面前，讓你看到徒子徒孫一個個死在我手中，讓你目睹自己的無能，以報當年一箭之仇。」黑

袍人影怒道。白羽道：「你沒有這個機會。」說完她已一箭射出，箭頭閃耀著強烈白光，向著黑袍人迅捷而去。只見黑袍人竟也射出一箭，只是箭頭充滿邪惡的闇影。雙箭交鋒，頓時引起強大的爆破，黑袍人黑袍落地，眾人一陣驚呼，因爲她外貌居然和白羽一模一樣，就連白羽自己也暗自心驚，迷糊道人驚道：「哎呀哎呀哎呀！怎麼會有兩個師父啊！」鬼母笑道：「當日你將靈魂藏於紫靄體內時，我便將你的肉身取來，你的肉身能夠貯藏異於常人的靈力，最適合拿來儲存我無窮無盡的妖力，更重要的是，占有你的肉身更有助於我吞噬你的靈魂！」說完她伸出右手對著白羽施咒，白羽的靈魂被抽離的瞬間，李小玥的身體應聲倒地。眾人大驚，無常婆和迷糊道人更是疾呼：「師父！」白羽的靈魂一口氣被吸進鬼母右手中，再沒半點蹤影。只見鬼母身旁湧現黑色的能量笑道：「不愧是梧桐門最強的白羽，靈力自是非同凡響。」迷糊道人含淚正要衝上前去拚命，被印桐和小琪拉住。

無常婆低頭走過來搧了迷糊道人一記耳光道：「你不冷靜怎麼替師父報仇！」眾人大驚，迷糊道人第一次看見無常婆眼中的淚光，一時也不知道如何是好。

紫靄自懷中取出一顆殷紅珠子：「印桐，這是白羽剛才給我的半顆鳳凰神珠，她說若她無法成功消滅鬼母，便請我在她離去後轉交給你，請你將神珠還原，召喚出鳳凰神，這是唯一能消滅鬼母的方法。」印桐接過那半顆鳳凰神珠，紫靄說：「我現在能做的便是爲你拖延

時間。」說完她離開咕妞肉身，緩步走向鬼母面前說：「鬼母，我不會再被你利用擺布，我要反抗你，以梧桐門祖師爺嵐月道人座下大弟子的身分。」鬼母笑道：「你們五毒妖都是從我身體分出去的一部分，你何必做這沒意義的困獸之鬥呢？」「有沒有意義由我決定！」紫靄說完射出數十發除魔暗器，暗器上都塗抹能夠驅邪的靈草毒素，長髮也同時進攻和鬼母纏鬥在一塊。

無常婆道：「時候到了。」她離開林奶奶肉身，眉心間浮現鳳凰神珠，這珠子緩緩飛向印桐手中，和另外一顆神珠彼此共鳴閃耀著紅色光芒，這時無常婆身影也逐漸消散，印桐：「婆婆！你怎麼了？」無常婆氣若游絲道：「我與紅蛇女對戰時早就死了，若不是倚賴這顆鳳凰神珠，我怎能撐到今日？印桐，我相信我的眼光，你一定……一定要……消滅鬼母，婆婆在天上看著你呢……。」她緊抓著印桐的衣袖淚眼婆娑道。小琪安慰著泣不成聲的迷糊道人，印桐也流著眼淚道：「感謝婆婆待我如親，印桐必定會完成，完成您和歷代梧桐門人的遺願。」無常婆徹底消失了。小琪道：「印桐師兄，有我陪你。」印桐看著小琪不禁心中一暖，他一生中何曾有過這般堅定而溫柔的陪伴？迷糊道人拭去眼淚說道：「小子，你一定要……一定要完成任務，我就算拚了老命也會協助你，知道嗎？」印桐點頭允諾：「師叔，我一定盡全力。」印桐說完閉上雙眼，聚精會神地嘗試將兩顆鳳凰神珠合而為一。

另一邊紫靄與鬼母的對戰持續著，儘管她攻勢猛烈，鬼母依舊毫髮無傷，她施展凌厲的紫蠍爪，爪爪都擊向鬼母要害，鬼母趁隙射出一箭，紫靄閃避不及左肩已被貫穿，登時血流如注，鬼母緩步走向她笑說：「你應該知道反抗我是沒有用的，你遲早要回來我體內的。」鬼母背後伸出數十條黑色觸手，朝著紫靄攫去，突然一道烈焰將觸手燒斷，小琪已帶著紫靄退至一旁，鬼母道：「事到如今你們還不願束手就擒，那我只好大開殺戒了。」迷糊道人罵道：「你這個老妖婆！快離開我師父的身體！否則我不客氣了！我會連我師姐的氣一起出在你身上！打得你落花流水滿地找牙！我還要……」尚未罵完，一箭已射了過來，迷糊道人及時閃躲開，卻也閃得狼狽，他邊咒罵邊逃竄，閃躲鬼母接二連三的攻擊，另一邊紫靄和小琪同時關注戰況，也觀察印桐的進度。這時鬼母發現印桐正在合併雙珠，於是一箭轉射向印桐，這一下迷糊道人措手不及，只見紫靄出爪試圖攔截黑箭，手掌卻立即被貫穿，眼看黑箭就要射中印桐心口，這時小琪緊握朱雀鞭站在他面前抵擋黑箭，小琪在心底吶喊著：「鳳凰神，請賜給我力量！」朱雀鞭發出紅光，成功抵禦掉黑箭的攻擊，迷糊道人又驚又喜道：「哎呀哎呀！小琪眞是太厲害了，不愧是我的愛徒！」鬼母也是一驚：「沒想到這丫頭居然能夠接下我這一箭！」但隨卽發現她雙手已鮮血淋漓，鬼母哼了一聲再射出一箭，小琪硬是又接了下來。這時紫靄與迷糊道人也發現她的雙手已滿是鮮血，迷糊道人這時躍到小琪前

面對著她說：「小琪！不要再接了！」迷糊道人將白珊瑚杖往地下一插，將所有力量集中於其上，接著他拋出身上剩餘的火炎咒與雷電咒共十八張，符咒以白珊瑚杖為圓心形成一個圓圈，小琪驚呼：「難道……師父您要一次施展十八張符咒？」迷糊道人回道：「不錯！我豁出去了！」只見小琪將手中鮮血灑到十八張符咒上，迷糊道人正疑惑卻突然感到一股力量在符咒間竄流：「哎呀哎呀！這是……鳳凰之力？」迷糊道人在心裡道：「師父，鳳凰神，請把力量借給我吧！」十八張符咒疊合在一起，迷糊道人舉起白珊瑚杖，用力敲擊符咒，強大的火電血龍捲攻向鬼母，印桐也目睹這一切：「這攻擊比當日我們打破結界更強大許多。」鬼母面對如此強大攻勢，同時射出闇黑三箭，迷糊道人大喊：「我跟你拚了！」雙方能量激盪出強烈光芒，激烈爆破後，只見迷糊道人倒了下來，小琪急忙上前查看，幸好還有呼吸，只是體力耗盡昏迷了。反觀另一邊鬼母身上亦留下許多火雷血龍捲造成的傷口，小琪和紫靄把握時機同時出手，鬼母數十條黑色觸手同時對抗朱雀鞭與紫蠍爪，絲毫未處下風，紫靄先前已中兩箭傷勢較重，漸漸不敵，鬼母道：「哼，我就先將你這個叛徒吸收，填補我剛才受的傷害。」小琪正要突圍來救，卻看見紫靄左手在身後示意不要。很快地，觸手就將紫靄整個人吞噬進鬼母的體內，小琪被闇黑觸手擊落至地面，印桐心裡焦急萬分，擔心她的安危。小琪緊握著朱雀鞭心想：「無論如何，我都要守護印桐哥。」她還記得九歲時師父將朱雀鞭

傳給她的那天：「小琪，師父聽說這朱雀鞭呢是由鳳凰羽毛製造的，你只要勤練朱雀鞭法當上掌門，鳳凰神一定會守護你的！知道嗎？」說完他摸摸小琪的頭，自那天起，小琪白天練鞭，夜晚練咒，小小年紀的她心裡並不明白什麼是掌門，只有一個念頭，那就是把鞭法練好守護身旁的人，她想起祖師爺嵐月道人說的：「要相信鳳凰的力量。」這時她腦海裡出現熟悉的聲音：「小琪，單靠印桐一人無法推動鳳凰奧義，他需要你。」「這是……紫靄的聲音。」小琪睜開眼睛，硬撐著站了起來，鬼母驚訝道：「這是紫靄的聲音？怎可能，她已經被我吸收了！」「來大殿前，我請白羽在我身上施加一道符咒，這是她在我內心數十載所創出的咒術，以我的生命推動的神聖淨化咒。」「怎可能！」鬼母正要將紫靄分裂出來，只聽紫靄說道：「印桐、小琪，剩下的就交給你們了。」她話甫說完，只見鬼母體內閃耀出強烈的金色光芒，耀眼的光芒持續直透大殿的每個角落，金光閃耀後，鬼母附著的白羽軀體已消失殆盡。「鬼母被消滅了？」小琪與印桐想著。這時他們發現大殿頂部瀰漫著濃烈的黑霧，黑霧漸漸凝聚成一張黑色的臉，鬼母道：「可別認爲我會放過你們！」此時黑霧朝著昏迷的迷糊道人和林奶奶祖孫三人竄去，同一時間，印桐和小琪已將鳳凰神珠合而爲一！兩人雙手持珠大喊：「鳳棲梧桐，彩翼雙飛，浴火重生，破諸魔邪！」只見鳳凰神珠閃耀出白色光芒，一隻巨大無比的火鳳凰出現衆人眼前，比起嵐月道人所召喚出的那隻更爲龐大！鳳凰神

向著黑霧衝去，神聖火焰燃燒著整個大殿並迅速擴散出去，但這白色火焰卻不會使林奶奶他們受到傷害，闇影迅速消逝在白焰中，整座島嶼烈焰直衝天際，一陣白光後，印桐等人已回到梧桐村，迷糊道人渾身是傷說：「哎呀，異界已經消失，看來老妖婆這次真的死了！我身體也痛到快死了！師父師姐啊！迷糊替你們報仇了！」林奶奶三人也甦醒了，咕妞道：「唉呦我怎麼全身痠痛？發生什麼事了？」李小玥道：「我好像做了一個膽戰心驚的夢啊！」林奶奶也全身痠痛，三人互相慰問。

印桐道：「鳳凰神珠消失了，鳳凰神終於回復自由了。」

小琪道：「祂確實盡了與祖師爺的約定，守護人類。」

印桐望向小琪問：「小琪，未來你有什麼打算？」

小琪微笑回：「我也要堅守我心中的約定。」

「約定？」

「對啊！守護我最重要的人。」小琪說完臉紅低下了頭。迷糊道人插話道：「哎呀！師父不用你守護啦！你看我剛才對戰多威風，有沒有？有沒有？」印桐和小琪面面相覷。

小琪問：「印桐哥你呢？」

「我希望……」話說一半，就被一群吵鬧聲打斷。只見精怪們都從義莊趕來迎接凱旋而歸的衆人，印桐忽然將小琪揹至背上，他深深吸口氣直視正前方，字字分明朗聲道：「我希望，無論前方的路有多艱辛，我們都能扶持相伴，一生一世。」小琪一聽笑著流下感動的淚水，群妖一聽不禁拍手叫好起鬨要鬧洞房，這時神情略顯失落的李小玥忽然指著天邊說道：「你們看！」衆人仰望天空，只見一隻火紅鳳凰振翅高飛，身旁有隻絕塵脫俗的白鶴相伴，朝著西天彩霞翩然飛去。

梧桐劍——下卷：古墓驚魂

「村長村長！不得了了！不得了了！有村民在後山發現一座古墓，現在全村的人都去湊熱鬧了！」一個戴著金邊眼鏡的男子氣喘吁吁跑進門來說。原本斜臥在床上叼著菸斗的那人，一聽立即跳起來，板著臉指著眼鏡男的鼻子罵道：「什麼！山上竟然有這個古墓！啊你怎麼到現在才向我回報？你這個辦事情都沒有一個先後順序，難怪效率這麼差！」男子早已料到村長會是這副態度，他一碎唸起來就會沒完沒了，怕他再嘮叨，忙回道：「是是是，村長，我們還是趕快過去處理吧！」「走走走，要是古墓裡面有什麼危險讓村民受傷就不好了。」男子聽著村長這句，在心中轉譯：「走走走，要是古墓裡面有什麼寶物被村民搬走就不好了。」正覺有趣嘴角微揚，村長轉頭罵道：「你還在發什麼呆！」男子一驚，馬上快步踏出門去。

兩人匆匆忙忙趕至後山，現場早已圍得水洩不通，一見村長到來，原本嘰嘰喳喳的村人頓時安靜下來。

「是誰發現古墓的？」

「是我！」一個男子舉著手朗聲應答，眾人的目光也凝聚在他黝黑的臉上。村長臉上堆滿笑容，主動握起他錯愕的雙手道：「喔喔喔原來是你，村裡最會砍柴又孝順的有孝，感謝你發現這座古墓，不然我們都不知道山上有這麼危險的地方，我要代替村民好好謝謝你，你

讓大家躲過危險。大家不用擔心，我李武能是一村之長，我一定會好好處理這座古墓的，在這期間爲了大家安全著想，嚴禁所有人靠近，等我們查清楚再跟大家說明白。」講到「一村之長」時還拍了拍自己的胸口。幾分鐘後，衆人便一哄而散，村長絲毫不浪費地卽時收起自己的笑容，轉身板著臉低聲向身後的秘書說：「馬上發公文，我要請城裡的探險隊來探查，記得調查好他們的背景，萬一請到盜墓集團，豈不是向鬼拿藥單？」「是，馬上辦。」兩人快步向山下走去，西天的血色夕陽將他們影子拉扯成竹竿長，筆直地沒入東山的稜線。

三日後淸晨，天才微亮，村長辦公室外就聚集一大群村民，好奇地不斷探頭。睡眼惺忪的村長皺著眉聽到門外的「盛況」，正想叫秘書來問，卻見他小碎步快速移動過來說：「村長，探險隊來了，勞駕您一一面談。」「這麼快？你辦事什麼時候這麼有效率了？」接著村長下床隨意換件白色襯衫，命秘書沏壺上等鐵觀音，便前往辦公室準備面試。

「第一組請進。」

「來了來了！美女來了！」一個豐腴矮小的女子邁步踏進門來，人未到聲先到。她逕自走到村長前的檜木椅坐下，不斷拉起自己的領子散熱。這時村長才看淸楚她的長相：圓而不潤的臉蛋，淸湯掛麵的長捲髮，堪比廟裡龍柱的粗壯雙腿，走鐘的腰圍與臀部，實在令人難

以界定何處是腰線。「村長村長，我跟你說，我叫何玫女，年齡是祕密，我平常愛喝啤酒配滷味，然後一邊自彈自唱，有人說我是小牛村陳X貞，我本人是覺得八成像而已啦！然後然後……」村長微抬右手阻斷她：「好好好，我還沒問你問題你自己就講個沒完，這樣太陽下山後面的人還沒機會見到我。」秘書在一旁暗笑心想：「兩個沒完沒了的人，我看你們今天要搞到幾點。」村長：「何小姐，第一個問題，你覺得自己是個什麼樣的人？」

「村長，叫我玫女就好啦！我跟你說，我朋友都說我能幹，凡事靠自己不靠男人，靠男人就等著吃屎吧！哈哈抱歉我忘記村長也是男人了！」村長皺眉再次阻止她：「好好好，下一題下一題。第二個問題，爲什麼你會大老遠跑來報名？」「因爲我對於古墓眞的非常有興趣！大家都叫我音樂小龍女。」村長的眉皺得更緊了：「好好好，探索古墓眞的非常危險，你有什麼探索的策略？」「說到策略，我眞的覺得自己比一般人聰明，當然不敢和醫生比啦，但我眞的滿聰明的，有的男生力氣很大但遇到困難就只會出蠻力，不像我冷靜思考就能輕鬆解決問題！然後我……」「好了好了，我們就只有三個問題要問，結果我們中午會公布在大門，秘書，請何小姐去大廳休息。」「是，何小姐，請跟我走。」秘書表面不動聲色，心裡比個讚：「難得出現村長都受不了的奇葩！這下精采了！」「謝謝村長！村長晚點見！」玫女帶著優越而勝利的燦笑踏出門口，彷彿自己已經正式錄取。

「村長，第二組來了。」

一個二十多歲的男子穿著夾腳拖走進來，走到位子坐下，秘書和村長同時聞到一股不可思議的味道，但爲了禮貌，忍住不捏鼻子，只能降低呼吸的頻率。「你叫……黃伯恩對嗎？」他下巴微揚點頭回道：「嗯哼。」村長心裡微惱，但仍繼續問：「你覺得自己是個什麼樣的人？」伯恩面無表情回：「基本上這個問題我覺得沒有人可以回答得很完整，因爲我們都還在認識自己。」村長抑制著怒火繼續問：「爲什麼你大老遠的來報名？」「嗯哼，這個問題我也不知道答案，我覺得，就是緣分吧。」村長又問：「對於探索古墓你有什麼策略？」「嗯哼，我覺得自己是個滿特別的人，很多人都不懂我的優秀，我沒給他們機會排擠我，而是我排擠了所有人。」「沒有了？」「我剛才回答了。」「秘書，請黃先生去大廳休息。」伯恩前腳才踏出門，村長和秘書立即開啟所有窗戶，並且點燃檀香到處薰一薰，嘴邊唸了聲「阿彌陀佛！」

「村長，第三組來了。」

「等一下，你先進來把門關上。」

秘書帶上門後，村長怒問：「你是怎麼找人的？怎麼各方牛鬼蛇神都來報名探險隊？我

們要找的是可靠有能力的人，不是前面兩個莫名其妙的人，一個自我感覺良好，一個腳臭得無法無天！」「是，我相信第三組會比較優秀。」秘書請第三組人進來。

一個魁梧的黝黑女孩赤腳踏進屋內朗聲說：「村長好！」村長微微一驚：「請坐！」「不用！站著就好！」女孩豪邁擺了擺手。「你叫……小英是嗎？」「對！」村長問：「你覺得自己是個什麼樣的人？」小英回：「我力氣很大！」「爲什麼你大老遠的來報名？」「因爲我要吃飯！」村長呆了半晌問：「對於探索古墓你有什麼策略？」「策略？策略是什麼？哎呀不管，要力氣找我！」村長瞪了秘書一眼說：「秘書，請小英小姐去大廳休息。」秘書回來後，村長責問：「你去哪裡找來這個女泰山？我們是要探險不是要辦女子摔角。」秘書：「是，但我們探險確實也需要力氣大的人來幫忙。」村長一時之間也無言反駁，便說：「好好好，我們繼續下一位。」

「村長，第四組來了。」一顆碧沉沉的大西瓜滾進來，村長跟秘書正納悶著，忽然一道銀光一閃，西瓜頓時開花裂成十六片。村長發現椅子上坐著一位十三、四歲的少年：「兩位好。」少年手持一把銀色長劍，劍身長約一呎半，少年的右肩上趴著一隻黃色虎斑貓，渾圓的身軀與腦袋縮成一球。村長：「你是林和靖是吧！你覺得自己是個什麼樣的人？」少年回：「我平常是樵夫，不用砍柴時就幫忙家裡。」「為什麼你大老遠的來報名？你家人不擔心嗎？」「我父母對我很有信心，也是他們希望我來的。」「對於探索古墓你有什麼策略？」「不需策略，憑我這把劍就夠了。」少年講完這句話的同時，肩上的貓正好打了個哈欠。村長：「秘書，請林和靖先生去大廳休息。」秘書回來後，村長問：「這個少年劍法是很好，但是他是否能夠服從我們的指示去完成任務就很難說了。」秘書：「是，但有他在，最起碼我們探險隊的安全就甭擔心了。」村長：「好好好，後面還有人嗎？」秘書：「還有最後一組，不過……」村長：「好，趕快請她進來，結束這件事。」「村長，最後一組來了。」

「村長你好！我是阿美啦！」一個中年婦人穿著涼鞋與花裙抓了一隻雞鬧哄哄走進來，村長登時傻眼。「村長來來來，這是見面禮啦！一隻放山雞不成敬意！」村長：「不好意思，請問你是……哪一位的家長嗎？」「村長，你誤會啦！我是來報名那個什麼古墓探險的啦！」「可是我們的探險是很危險的，可能不太……」「安啦！我吃過的鹽比你們吃過的米還多！我跟你說，我以前年輕時去幫人家看面相……」「秘書，先帶阿美姐去大廳休息。」一直到他們到走廊遠處還可聽見她熱情宏亮的聲音。

秘書回來後，村長再度關起門窗，嚴肅問：「我們這個探險隊眞的可以嗎？」秘書回答：「村長您覺得可以就可以，若補辦應該很難會有人來報名，這樣跟中央核銷的日期會來不及。」村長嘆氣道：「唉算了算了，我可不想寫報告，就讓他們試試看吧。」秘書：「是，我馬上去大廳跟他們說明並安排入住事宜，預計明日清晨五點出發。」說完他小碎步快速離去。

隔天清晨，村長、秘書與探險隊成員們在古墓前集合。「吼喲！幹嘛約這麼早集合啦！我的美容覺都還沒睡飽，早餐也還沒吃，這樣很容易變老。」玫女邊嚷嚷邊補妝。「我個人覺得中午出發和清晨出發沒有什麼不同。」伯恩摳了摳腳說。「我肚子好餓，什麼時候開飯？」小英問。阿靖沉默不語直挺挺地站著，肩上的貓睡得很香。阿美姐開口道：「年輕人這麼愛抱怨！以後怎麼做大事？我像你們這個年紀的時候不知道多勤奮！」「你不懂啦！那是你們那個年代，現在的世界已經非常diffent了！」玫女回嘴著。「唉呀！還頂嘴！你這隻歪嘴雞還想吃好米！這種心態眞是要不得！」阿美姐怒道。村長說話了：「你們有完沒完！還沒開始探險就吵架！再吵的話我扣你們薪水！」一提到薪水，衆人立刻鴉雀無聲。

秘書：「村長致詞。」村長咳了兩聲說：「這個古墓是我們一位村民無意間發現的，爲

了保障村民的生命安全，於是我特別組成這支探險隊，希望能夠調查一下古墓裡的情形，同時我們這個醜話也先說在前頭，古墓裡的所有財產都是屬於我們村裡共同擁有的，如果有人私自收藏，我們將會依法重罰。」說到「依法重罰」四個字時還特別放慢節奏並加大音量。秘書：「好，現在各位可以領背包進入古墓裡了，請小心自身的安全。」「什麼！有沒有搞錯？你不跟我們進去？」玫女問。「根據我的判斷，我們自己進去一定會迷路。」伯恩說。「進去肚子餓怎麼辦？」小英問。阿靖摸著肩上的貓。阿美姐怒道：「怕死就不要來！來了又在唉唉叫，好家在我出門前有先燒香報告祖先。」秘書接著說：「我會在這裡隨時支援各位的需求，請在今天日落前回到出口這裡集合。」眾人揹起自己的背包，一步步踏入深不見底的古墓裡……。

「欸！弟弟走慢一點好不好？我的腿痠死了！」玫女對著阿靖說。阿靖舉著火把默默向前走著，黯淡的光在黑暗的墓穴中玩弄眾人的影子，他突然停下腳步：「有聲音。」「不知道會不會是殭屍？」伯恩笑著說。「靠北！你別亂說啦！」玫女笑罵道。這時一陣冷風自前方吹來，令眾人同時打了個冷顫。「一定是好兄弟在生氣啦！免緊張！我有準備！」阿美姐從背包中取出一疊冥紙，走到隊伍最前頭，邊走邊撒邊唸咒：「南無觀世音菩薩……」一行

人走著走著來到一間石室，石室兩旁刻著奇怪的圖騰，阿靖：「你們看。」眾人向前一看，小英：「這在畫什麼啊？超噁的，好像蟑螂。」玫女：「唉呀！你懂個屁啊！什麼蟑螂，這明明是古代的神獸！麒麟、貪狼那一類的啦！」伯恩：「我個人覺得這個圖騰很不時尚。」阿美姐：「囝仔人有耳無嘴，我們要抱著很敬畏的心來給它拜一拜啦！不要猜來猜去！沒禮貌！」阿靖無言看了看他們，繼續向前走去。

眾人面前出現三條岔路。「有三條路，走哪條？」小英問。「唉呀！這時候只好擲筊問神明了！不要黑白走！會被魔神仔牽去。」阿美說。「阿姨你還隨身帶筊來啊？」小英問。「什麼阿姨！叫姐就好！別把我叫老了！我出門時忙著抓那隻公雞，忘記帶了，不過別擔心，用拖鞋也可以。」眾人順勢看向伯恩腳上穿的那雙夾腳拖，「你們看我的腳幹什麼？我的腳沒什麼好看的。」伯恩說。「誰要看你的腳啊？只有你穿拖鞋啊！快拿來丟一下啦！」玫女邊說邊蹲下去要拿拖鞋，玫女忽然暈倒在地，眾人大驚，阿美姐壓了壓她的人中方才醒來，醒來第一句話便是：「靠北！你的腳怎麼那麼臭！」「哼！我又沒有叫你聞。」伯恩不悅回。小英從口袋掏出兩枚硬幣問：「用銅板行嗎？」阿美姐：「這也是沒有辦法中的辦法啦！」於是阿美姐開始丟，第一條路只得到一個聖筊，第二條也得到一個，第三條得到兩個聖筊。「好啦！走第三條準沒錯！」阿美姐信心滿滿地說，並順手將銅板作勢要收到口袋

裡，小英急道：「我的銅板還我！」阿美翻了個白眼將銅板丟給她道：「年輕人這麼愛計較還是第一次見到。」突然聽得第三條路前方傳來駝鈴聲響，眾人一驚，伯恩問：「我們還要走這條嗎？」阿靖：「我們是來探查的，不走這條走哪條？」玫女走到一旁石頭坐下捶著腿道：「那你們先去，我走太久腿有點痠，我坐在這邊等你們。」阿美姐：「會怕了吼！早知道會叫的狗不會咬人！」玫女暴怒跳起：「靠北你說什麼！我就走第一個給你看！」「你走啊！」「我就走給你看！」「你走！」「我走給你看！」「走！」玫女邁步向前方黑暗衝去，才剛沒入黑暗，卻見她又飛快跑回來，喊了聲：「靠北！」她背後一隻比人還巨大的蟑螂追著她，眾人見狀也拔腿狂奔，顧不得哪條路才是出口，眾人就在古墓裡隨意亂竄，「大家別分……」阿靖話未說完才發現身旁已沒半個人，他停下腳步，按劍留意四周動靜，「阿卡，這次要靠你了！」肩上的黃貓打了個哈欠，慵懶說道：「好吧，我盡量。」牠跳到地面上，右耳緊靠著地面，緩緩說：「有兩群人，各兩個人，其中一群正在奔跑，後面還有一隻不知道是什麼的在追他們。」「好，我們去追那一隻怪物。」「等等，還有另一個不明生物，向另外兩個人那裡去了。」「我們快追上去。」

另外一邊，玫女和小英被那巨大蟑螂追著，玫女罵道：「靠北！幹嘛一直追人家啦！」小英：「我們不能一直逃，要戰鬥！」小英說完，轉身從背包拔出一根黑色甩棍，直挺挺地

站在怪物面前，玫女也氣喘吁吁地停住，靈機一動，從背包掏出一罐不知道是什麼的罐子，「我來拖延它！你趁機攻擊！」玫女說完朝著怪物瘋狂地全方位噴灑，那怪物大驚，七手八腳地打算逃走，小英縱身一躍，甩棍直劈而下，登時將那怪物碎成左右兩塊。「哇！小英你超強的！竟然把怪物打死了耶！」玫女帶著崇拜的眼光望著小英，小英下巴抬高撥了撥頭髮笑道：「小意思！」兩人卻聽見窸窸窣窣的聲響，那巨型蟑螂倒地後屍體竟冒出數以百計的小蟑螂！朝兩人爬去，兩人見狀只得繼續向前跑。

阿美和伯恩在一間石室裡休息，阿美拿出一包瓜子問：「要不要吃阿美姐帶的瓜子啊？放鬆一下啦！」「我覺得這個時間吃瓜子有點不那麼恰當。」於是阿美姐自己邊嗑瓜子邊碎唸著。忽然石室裡的燭火亮了，火焰是青色的。兩人對看一眼，站起身來，盯著遠方黑暗盡處，又聽見那駝鈴聲響，越來越近，阿美姐道：「壞了，有髒東西來啊！」黑暗中漸漸浮現一個人影，通體蒼白，面無五官，頸上掛著那駝鈴，阿美姐先發制人，取出個小白瓶：「敢來驚恁祖媽！看我從觀音佛祖求來的楊枝甘露！」她打開瓶蓋對著那人瘋狂潑灑，那人先是一驚，隨即憤怒伸出雙手，向阿美攫去，「奇怪怎麼沒有用？」阿美疑惑著。「阿美姐，你怎麼拿明星花露水？」伯恩問。「蛤？一定是我出門時拿錯瓶了！真夭壽！伯恩！換你了！快使出臭腳功！」「什麼臭腳功，你別亂取，看我的！」伯恩說完停下腳步朝著那人將拖鞋

踢過去。那人接了拖鞋，應聲倒地。「伯恩你太讚了！臭腳無敵！」「我沒有很愛這個稱讚。」正當兩人說話時，那倒下的無臉人卻冒出許多隻慘白的手，抖動伸長著，將阿美和伯恩兩人的四肢緊緊鉗住。那人站起來，渾身充斥著令人不寒而慄的殺氣，這時阿靖正好趕來，以長劍將無臉人斬首，那延伸出去的手也瞬間收回，並化爲一灘黑水，黑水中躺著一張人形黃符。「阿卡你看那張符。」「它應該是守墓的式神。」「你的貓怎麼會說話！」阿美姐驚呼。「我會說話有什麼奇怪的，眞沒禮貌。」阿卡不屑的回。「唉呦，有夠古錐的，阿姐摸一下！」阿卡作勢要咬人，阿美趕緊將手收回。「我們是不是要趕快出去啊？」伯恩問。阿靖：「我們還要去找玫女和小英，那隻怪物可能還在追她們。」伯恩：「她們這麼粗壯，一人一拳那怪物就掛了吧？」阿美姐皺眉道：「唉呦，你講話有夠難聽，我們快去找她們。」於是一行人朝向前方的黑暗中前進。

另一邊的玫女和小英成功避開蟑螂大軍，不知不覺來到一個偌大的方形廣場上，這廣場大概有一座足球場大，中央是一片廣袤的圓湖，湖面的正上方透著微弱的日光散落在湖面上。「哇！好美的湖！小英趕快來自拍。」玫女說完便取出自拍棒要自拍，「別拍我！我不愛拍照。」「眞掃興，那我自己拍。」正當玫女在調整相機角度時，卻隱約看見背景的湖面

有影子閃動，玫女回頭一看，一隻隻慘白的手自湖面探出，霎時哀嚎聲四起，「啊！」玫女大叫一聲連退數步，嚇得花容失色。這時阿靖等人也來了，一見此狀，亦是心驚膽戰。「你們看，湖中央有個紫色棺槨，應該是這個墓的主人。」阿卡說。「媽呀！貓怎麼會說話！太扯了吧！」玫女又一驚。「又一個大驚小怪的。」阿卡道。衆人順著阿卡所說的方向望去，湖中央那青色石台上一個紫色棺槨靜置於上。「他很生氣啊！」阿卡才剛說完，棺蓋卽彈飛開來，衆人屏息以待，一位身穿靛青色壽衣的男子倏地從棺內垂直立起，一身紫黑色的皮膚與超出衣袖的黑長指甲，血紅色的眼珠子直勾勾瞪著衆人。「我的老天爺！這不是林正英電影裡的殭屍嗎？」阿美姐驚呼。「我覺得我們是不是早一點離開比較好？」伯恩說。「嚇死人！」小英道。「機會難得，來看這邊……」玫女拿著自拍棒要和殭屍隔空玩自拍，阿靖正要阻止，閃光燈卻已出發，衆人大驚，那殭屍怒吼一聲，湖底爬出許多腐爛的屍者，他們便是那些手的主人！「看這數量，至少五百以上，快撤！」阿靖道。「靠北！拍一下也生氣！」玫女抱怨著。一行人跟著阿靖直奔出去，那一衆屍者也向他們一路追趕。幸虧阿靖沿途留有磷火石做記號，衆人很快就逃出墓門，一干人跌坐在地上，「你們怎麼這麼慌張？有發現什麼嗎？」正翹著腳讀武俠小說的秘書跑過來詢問。「快！堵墓門！」阿靖急道。秘書趕緊命村人們將桌椅打橫，再搬運石木將小小的墓門堵住，又緊急派人以麻布袋裝滿土，一

包包將墓門掩蓋住。卻感覺門內一陣衝撞，秘書與眾村民皆驚愕不已，阿靖自懷中取出五色符令貼上墓門麻布袋上，剎那間撞擊聲再無聲息，眾人才鬆了一口氣。

「相信這樣暫時應該沒問題，裡面到底有什麼？」秘書低聲問。阿靖在秘書耳邊輕聲道：「幾百個殭屍。」秘書一聽瞠目結舌，久久才回過神來，再請村民多堆上幾包土，一行人才拖著夕陽餘暉下山去。

探險隊成員回到村長家匆匆吃過豐盛的晚宴後，便到鄰近安排好的客房一一睡了。秘書這才趕緊和村長到屋內，關起所有門窗，再三確認左右無人後回報：「村長，剛才探險隊慌亂的從墓中跑出，他們說裡面有幾百個殭屍。」村長一聽，臉上也瞬間凝結，低聲問道：「有沒有讓村民聽到？」「當然沒有。」「好，你趕緊去隔壁桃花村請捉鬼大師來一趟，切記，不能被人發現。」於是秘書披上黑袍提盞燈籠夜奔桃花村。同時村長以保護墓地文物爲由派遣四名壯丁留守古墓，自己則偷偷到米鋪將糯米採購一空，把屋子裡裡外外灑滿糯米，自己藏匿於屋內並上鎖。

另一邊，村民阿武忍不住將今日傍晚古墓所見告訴妻子彩仙，彩仙一聽這還得了，她道：「村長那夥人一定是挖到了寶藏，擔心咱們知道要分杯羹，才故意裝神弄鬼，姑奶奶我

可沒那麼好騙！」她正要下床，阿武問：「這麼晚你要上哪兒去？」彩仙回：「當然是去搬寶藏回來啊！快，穿上衣服，遲了可就被人搬光了！」兩人提著一盞幽暗的燈籠，鬼鬼祟祟摸黑來到後山古墓旁，只聽得有人影在墓門外，他們躲在草叢裡偷聽。

一男子說道：「不成不成，六四。」

另一男子說：「最多七三。」

彩仙走出去插嘴道：「再不快點天就亮了，到時大家半毛都沒有，還是我這就去找村長來評評理？一句話，見者有份，平分了吧！」阿武走過去，一看現場十多人，傍晚在古墓旁的六、七人及他們的妻子都在，他們剛才正和看門的四位壯丁在討價還價，幸虧彩仙出馬，她將上面的五色符令撕下來說道：「貼這什麼騙鬼的玩意兒？」然後眾人紛紛動手搬開麻布袋。利字當頭，手腳特別有力，不一會兒的功夫障礙物已盡數撤除。

約莫子時，秘書已經抵達桃花村捉鬼大師家附近，遠遠就看見大門外桃花樹上掛著兩盞白燈籠，一位女子悄悄出現在秘書背後，問：「小哥，你找捉鬼大師嗎？」秘書抖了一下回頭看，原來是一位穿著黃色道袍的女子，看起來才二十多歲，但裝扮卻十分老成，他問：「這位姑娘你是？」那女子突然顯露哀傷的表情嘆道：「唉，本姑娘正是捉鬼大師的義女，

你來得不巧，我義父前天夜裡已經壽終正寢，不過你別擔心，他無病無痛，一路好走，對了，小哥你找我義父有什麼事嗎？」秘書簡略說明事情原委，那女子道：「本來義父治喪期間我不便外出，但救人如救火，爲了解救天下蒼生，義父一定也支持我前往貴村相助的。」秘書原本擔心找不到捉鬼大師，村長必定又是一連串怒罵，眼前正好有捉鬼大師的義女，心下一喜問：「姑娘怎麼稱呼？」那女子昂首回：「江湖人稱我捉鬼女大……不，是捉鬼女神李瓶！」她背後正好閃起一陣閃電。秘書問：「捉鬼女神，時間緊迫，我們趕緊回去拿工具然後上路吧！」李瓶笑著擺手道：「身爲專業除魔人，吃飯傢伙自然不離身，我們啟程吧，邊走邊談酬勞的部分。」

當他們來到竹林村口時，天已微光，兩人正趕往村長辦公室，突然遇到一個慌慌張張的人影從後山方向跑過來，遠遠便大喊著：「是秘書嗎？」秘書和李瓶滿臉疑惑對看了一眼，待那人靠近，秘書道：「原來是有孝啊！怎麼慌慌張張的？」他上氣不接下氣指著後山說道：「古墓……古墓的入口……被……被打開了！」二人一聽，一個又驚又惱，擔心又要挨村長責罵；一個又驚又喜，寶物就在眼前啦。李瓶從容不迫笑道：「別擔心，這位老弟，有我捉鬼女神李瓶在此，什麼鬼怪都不用驚！這樣吧，你先帶我過去看狀況如何？也許我們不

用驚動村長他老人家。」秘書一聽，立卽附和道：「是是是，我們直接處理就可以了，這位就是村長特別從鄰村聘請來的捉鬼女神，有她在，沒問題！你先回去休息吧！爲了避免村民恐慌，先別跟任何人提起這件事。」有孝應諾並離去。

當二人抵達古墓口時，只見滿地散亂的麻布袋與桌椅，秘書臉上露出擔憂的表情，李瓶見狀心下一喜，神色鎮定道：「秘書小哥，這裡太危險了，我等等進入古墓中神鬼大鬥法，我擔心傷及旁人的元氣，請你幫我個忙，方圓五里內都別讓人靠近，事成之後我會去村長家找你的，你說好不好？」秘書一聽，也覺妥當，將燈籠交給她後，隨卽離去。李瓶正喜孜孜大搖大擺要進入古墓時，忽見地上有五色符，心想：「這符怎麼有些眼熟？不管了，順手帶著，以備不時之需！」她一路直直往前走，一陣陰風吹來，燈籠忽明忽滅，心裡有些發毛，於是雙手合十嘴裡唸叨：「各位和藹可親的叔叔阿姨大哥大姐，小妹只是爲了餬口而來借用一些物品，待我有日功成名就大富大貴再來這裡擺十桌流水席請你們吃，請保佑我一路平安順利啊！」她聽到身後女人的聲音：「救命啊……救命啊……。」她背脊一涼，開始自言自語：「這時候絕對不能回頭，火不能滅，火不能滅。」又聽到背後：「救救我啊……救救我啊……。」這次是男人的聲音。她說著：「哼！你以爲換成男人我就會回頭嗎？我才

沒那麼好色！」突然傳來十多個男男女女的聲音：「救我……」「我要回家……」「你別走……」「嗚嗚嗚……」她嚇得當場腿軟跪下道：「各位大哥大姐，小妹錯了，我無知，我無恥，不該不請自來，沒帶伴手禮就跑進來你們家，小妹以後一定深刻反省，好好做人，我現在立刻離開，不用送我了。」她正轉向要爬回墓口，餘光偷瞄到牆壁上似乎有人臉嵌在上面，瞇眼偷偷抬頭一瞥，只見一隻比人還大的蟑螂倚靠山壁，牠的腹部有十多張人臉，她心下雖害怕，但滿腦子寶藏掩蓋住她的恐懼：「原來剛才說話的是他們！」她輕撫自己胸口：「太好了，會說話的，好溝通，不怕不怕。」她很快就恢復理智低聲問道：「你們是誰啊？」其中一位女人臉開口虛弱道：「我們是這兒的村民，我是彩仙，救我們啊。」李瓶又問：「你們怎麼會在這隻……蟑螂的肚子上啊？」「我們不小心闖進來，被牠吞了。」彩仙回。李瓶笑道：「不小心？我看你們是來偷拿寶藏的吧！」「哪有這回事？你可別胡說。」彩仙辯解道。李瓶笑道：「可別告訴我門外那麻布袋啊桌子椅子啊不是你們搬開的，你還是老實告訴我寶藏在哪裡，也許本小姐還能順便救你們出去。」一個男人開口：「彩仙，別再貪心了，活著出去重要啊！」李瓶問：「你是誰？」「我是彩仙的丈夫，阿武。」李瓶：「好，還是你老實，你說，寶藏在哪裡？」卻見阿武欲言又止，因爲他們一進來就被蟑螂給吞了，哪知道什麼寶藏？彩仙忙道：「好，要我告訴你寶藏在哪兒也行，九一分帳！」李瓶

笑道：「九一分帳，眞是英雄所見略同！」彩仙覺得奇怪：「慢著，我說的是我們九，你一。」李瓶則走到一旁一塊石頭上坐下：「我說的是我九，你們全部人一，哎呀，這裡怎麼會有包瓜子？本小姐正好嘴饞。」說完她便面對眾人翹腳坐著嗑瓜子，一副老神在在的樣子。彩仙道：「五五分，那寶藏像座山，甭說五成，就算一成你十輩子也花不完，那寶藏的位置若我不告訴你，你永遠也找不著。」本以爲李瓶會就此妥協，殊不知她臉帶笑意嗑著瓜子，說道：「好吧，大不了我找別的古墓就是，我先走了，我會順便跟村長說這裡有妖怪，要永遠封死。」她起身就要離去，只聽得其他十多人紛紛開口挽留，李瓶停下腳步，轉頭笑問：「彩仙姐，你怎麼說？」彩仙心不甘情不願回：「女天師，女大仙，一切依你便是。」李瓶問：「早該如此，寶藏在哪？」彩仙道：「你先救我們出去，我自然幫你帶路。」李瓶罵道：「先救你們？到時候你們來個翻臉不認人，又仗著人多勢衆，我連寶藏都看不到就被你們殺人滅口了，當我傻子？」彩仙道：「你看看我們這副模樣，連路都看不著，怎麼幫你帶路呢？」李瓶正要開口反駁，但嘴裡的瓜子還沒完全嚥下，不小心就嗆到了，正要找水喝，彩仙忙道：「你腳邊的竹罐子，快快快，快喝口水。」一見地上果眞有竹罐子，打開篩子一飲而盡，只聽得彩仙和衆人在噗哧憋笑，又聞到一股騷味，忙問：「這什麼水？」彩仙笑道：「這是我鄰居小孩阿狗的童子尿。」衆人再也忍不住哄堂大笑，李瓶則不斷翻白眼催

吐，好不容易吐完正要開罵，卻見那隻巨大蟑螂似乎動了起來，在場所有人皆大驚，只有彩仙幸災樂禍道：「哎呀，看來你也要加入我們了，快來快來，留個好位子給你。」

「阿靖，快起床。」

「怎麼了阿卡？」

「古墓有狀況。」

「我去叫大家。」阿靖說完便將眾人叫醒，玫女穿著性感的蕾絲睡衣帶著酒氣應門，臉上還敷著面膜問道：「是哪一位在找美麗的玫女呢？」「快醒醒，古墓有狀況，殭屍可能跑出來了。」阿靖邊說邊敲其他人的門。好不容易，宿醉的、梳妝打扮的、吃飯糰的、洗腳的，都準備妥當，已過一個時辰，眾人整裝完成後便前往村長家。

村長家大門緊閉，周圍撒滿厚厚一層糯米，阿靖躍入牆內，從裡面將門閂打開，眾人才得以進門。「村長啊！快出來！殭屍都醒了你還在睡大頭覺！」阿美姐大聲嚷嚷著。村長從房裡躡手躡腳地跑出來，用手掩住阿美滔滔不絕的嘴：「你別這麼大聲，殭屍都聽到我在這裡了！」「村長，殭屍可能從古墓出來了，快疏散村民避難吧！」阿靖道。「不行！不能讓村民知道有殭屍，是我花錢請你們來探索古墓的，沒想到你們竟然把殭屍放出來，這個責

任你們要擔！否則我的餘款就不給你們了，還要把預付金要回來！」「什麼鬼！我們是來探險的抓什麼殭屍啊！你有病啊村長？」玫女怒道。「你這個自我感覺良好的劣質女子竟敢這樣對我說話！」村長怒回。「靠北你說什麼啊！說我劣質，你這樣的村長才誇張，自己躲在糯米堆裡，比米田共還不如！」兩人作勢要動手，其他人趕緊將他們分開，卻聽見敲門聲，眾人立即停止動作，一齊望向大門處。只見有孝站在門外：「村長，雖然我有跟秘書說，可我覺得還是應該親自來向您說，古墓的門被打開了。」村長心想：「這該死的秘書竟然沒向我稟報，不知道在搞什麼鬼？也不知那捉鬼大師請來沒？待會兒見到他，我得好好跟他算一算這筆帳。」他不動聲色說道：「其實呢，是我昨晚派人進去檢查古墓結構是否安全，我們探險隊馬上就去處理，有孝，你先回家，千萬別跟任何人說，我怕村民誤會，造成不必要的恐慌，謝謝你的熱心。」打發有孝離開後，村長說：「我昨晚已經請秘書去隔壁村子請捉鬼大師來了，相信他已經處理好，你們現在趕快去古墓裡，有什麼狀況再回報給我。」阿靖：「村長，我們應該先疏散村民到安全的地方，否則他們活不過今晚。」「這老猴哪裡管得村民性命了？」玫女冷道。「唉呀呀！你這個……」村長正要回嘴卻被阿靖打斷：「村長，現在村裡有可能都是殭屍，我們總得先讓村民知道。」村長：「這個不行啊！讓村民知道只會增加他們的恐慌，更添亂子啊！我們應該……」話未說完村長突然倒下，眾人正疑惑著，卻

見小英站在他身後手還拿著甩棍。阿靖：「事不宜遲，我們立卽去告知村民，若是無家可歸的便集合來此，村長家糯米撒成這樣，殭屍定不敢入，我們快出發！」阿靖：「阿美姐，麻煩你在此留守，我們去通知村民。」阿美一聽翹起大拇指樂道：「安揑尙好！」臨走前阿靖給阿美一個「驅魔鈴」，要她遇到殭屍就唸咒並使用。玫女被小英拉了出去，一直到門外還聽得她抱怨連連。

阿靖：「我們兵分四路，我往北去查看古墓情況，小英往南，玫女往東，伯恩往西，遇到殭屍就在他們頭上貼這黃符。」於是衆人依照自己分配到的方位前進。

小英往南走，村南有一條淸澈的溪流，村人都會在此洗衣挑水，小英看見一個人影在河畔垂釣，「殭屍來了，怎麼還有人在釣魚？」小英納悶並躡手躡腳地靠近，不看還好，近看不得了！那人的頭顱早已被啃食掉半顆，屍蛆在腐肉裡爬來爬去，並發出強烈的惡臭，「馬的！」小英不及細想，反射動作拔出甩棍，將那人頭全壘打，咚的一聲，那人頭掉入澄淨的河水中濺起燦爛水花。她注意到近處有炊煙，上前靠窗一看，裡面三具殭屍正搶食老婦的肝膽腸胃，小英差一點吐出來，吸一大口氣，衝進去三兩下將殭屍解決，才又衝出來大口喘氣。

另一邊，伯恩往西走，西方是一大片竹林，他穿著夾腳拖，大搖大擺穿梭在竹林裡，好不容易遇著一戶人家，他敲敲門，過一會兒屋裡問道：「唉呦是哪一個短命鬼來吵我這個老太婆睡午覺？」那老婦將門打開，「啊！」老婦大叫一聲立刻飛快地將門關起。「奇怪，怎麼像看到鬼一樣，我有這麼可怕嗎？眞是沒禮貌。」伯恩碎唸著，正要轉身離去，赫然看見自己後方站著十多位殭屍，正朝向自己走來！伯恩一驚，拔腿就跑，越跑腳汗越流越多，穿著拖鞋也不甚好跑，於是轉身將一雙拖鞋飛旋擲出，十多位殭屍骨牌般全倒，伯恩趁機一一貼上黃符，再到一旁池塘洗洗腳丫哼著〈夜來香〉。

東邊的玫女正在通知村民有殭屍，卻一言不合吵了起來。「你算老幾啊！要我來請你去避難！」玫女怒道。「說什麼有殭屍，我看八成是你想拐我們家的錢吧！」一個妖嬈的婦人翻白眼道。「你不信是不是？要不要我叫幾個來看看？」玫女問。「唉呦我好怕喔！人家嚇死了！」婦人裝腔作勢道。玫女大怒，隨卽到屋子左右看有沒有殭屍，正巧找到一個，她大聲呼喊：「快過來八婆！看看什麼是殭屍！」那婦人怒不可遏地奔來，一到屋後便嚇得花容失色，連滾帶爬地衝回屋裡。「哼！區區一個殭屍你就怕成這樣啦！還以爲你多勇敢！」玫女露出得意的笑，再轉頭看那殭屍，它已經站在自己面前，而且身後居然滿滿都是殭屍！玫女還來不及罵靠北，就已經被掐住脖子。玫女迅速掏出口袋裡的防蚊液，向著它的臉狂噴，那殭屍大驚，一把將玫女甩開，正好將那屋牆撞出一個大洞，嚇得裡面的婦人驚慌失措的亂叫救命。「唉呦……還好我平常吃的滷味夠多……。」玫女倒在地上呻吟，那婦人自顧自地逃命去了，玫女眼見危機在即，只得在屋裡尋找武器，正巧屋裡有一桶糯米，玫女豪邁跨出大腿，左手抱著桶子，右手朝著屍群狂灑糯米，竟也被她殺出條血路來，殭屍群向玫女一路追去。玫女的短腿跑跑跑邊罵道：「很奇怪耶！怎麼怪物老是愛追我？難道是我的美麗被它們發現了？」就這樣玫女一路跑回村長家，因爲煞車不及，她直接撞破大門。裡頭的阿美、村長大驚，趕緊奔來關切。「啊呀你這個沒教養的女人！沒事撞破別人家大門，我從沒見過像你這樣粗魯的女人！」村長怒道。「靠北！誰叫你家的門這麼爛一撞就破！」玫女倒地扶著腰怒回。阿美將玫女扶起問：「啊你怎麼跑回來了？其他人勒？」「糟糕！殭屍要來了！」玫女急道。村長一聽二話不說跑進屋裡並上鎖，任憑二女敲門怒罵死不開門。「是欲安怎？殭屍要來了……有了有了，阿美姐有一條妙計！耳朵靠過來，我跟你說……」

不到半刻，殭屍群已湧現門外，由於出入的人太多，門口處的糯米早已被弄散，二人靜靜躲在門內草叢間靜觀其變，爲首的殭屍進門來，登時倒下，後面的殭屍也接連如此，十多位殭屍就在大門內疊羅漢，無法起身，玫女跳起來拍手大叫：「哈哈！阿美姐你的方法眞棒！給妳一百個讚！」原來她們在門內腳踝的位置拉起一條繩索，讓進屋的殭屍一一被絆

倒。只見那疊殭屍紛紛左右滾落地面，復又垂直立起，玫女嚇得又躲回草叢裡，阿美取出阿靖給的「驅魔鈴」瘋狂的搖啊搖，一直搖到鈴都壞了，她才知道這是搖心安的。「那欸安捏！阿靖你嘎挖騙！」阿美又慌又急道。突然一隻黃紙鶴飛過來，問阿美：「我是阿靖派來支援的化身咒，你希望我變成誰？」阿美問：「誰都可以？」阿美想起最近看的華光劇團，裡面的男主角帥翻了，正要喊出「宋仲……」只聽得玫女衝出來哭喊：「阿美姐！我們投降了啦！不要打了！」阿美一驚，那紙鶴冒出陣陣白煙，煙中出現另一位阿美姐！

「鏘鏘鏘鏘阿美姐來也！你們這些沒天良的殭屍，眞的欠序大人教訓，現在我就拿藤條來給你們打屁股！」阿美姐手執藤條竄入屍群中，一棒棒打在殭屍屁股上，打得殭屍們雞飛狗跳，玫女抱著阿美又跳又叫道：「阿美姐你好厲害哦！偶像簽名！以你爲榮！」

此時突然下起一陣滂沱大雨。「糟糕！茅山術最怕水！我看殭屍片裡都這樣說。」玫女秀眉微蹙道。眼前的阿美姐遇水果眞立卽變回紙鶴，慘淡飄落地面溝中。

眼看屍群步步逼近二女，牆外一雙拖鞋激飛而出，人未到，味先到，她們一聞便知是伯恩，紛紛掩鼻憋氣。頃刻間，屍群已紛沓倒下，再無半點動靜。

小英在牆外呼喚二女，二女慌慌張張急奔出去，玫女扭動著身軀跑去抱住小英道：「小英妹妹你回來就好了，人家怕怕！」小英突然隨手抓個罈子就嘔吐，玫女及時避開，轉頭對

伯恩道：「臭腳恩都是你的腳太臭害小英臭到吐了！」伯恩回：「針對這個問題呢，我並不這麼認爲，我覺得有很高的機率是你太做作了，導致她身體很誠實的啟動防衛機制。」玫女怒道：「靠北！你憑什麼說我做作啊！你才做作！你全家都做作！」

小英蹲著持續向罈裡吐著，阿美姐輕拍著她的背說道：「不驚不驚，吐一吐卡爽快！」衆人一看，漸漸滿起的罈子疑似有油條、肉包、麵條、地瓜粥、棗子、豆干、土豆、燒餅，以豆漿爲湯底，在罈中載浮載沉，玫女驚喜問：「小英你到底吃多少東西啊？竟然可以吐出這一罈豆漿盅，阿美姐要不要來一碗？」

阿美姐本要回罵，突然聞到那一罈飄香，肚裡辣椒翻騰，喉間一癢，對著罈子也開始嘔吐，好不容易一陣稀哩呼嚕後，阿美姐將越來越重的罈子捧向玫女道：「恁祖媽的麻辣豆奶鍋！玫女專屬！招待！」

玫女本來正在幸災樂禍，一聞到阿美捧著的麻辣豆奶鍋，忍不住也吐了些雞肉、白菜、冬菇和冬筍，阿美姐苦笑道：「這下變佛跳牆了！還欠伯恩一味。」玫女道：「臭腳恩快來泡一下腳提個味，我端去請村長喝！」衆人將那一罈放在村長房門外。

離去前，玫女柔聲敲門道：「村長村長，我們幾個美女特別煮了美味佛跳牆，放在你房門外，記得趁熱喝啊！」村長說：「情況這麼危急你們還有心情熬湯，放著我等等喝，你

們快去古墓看看，無論如何一定要叫秘書趕快回來找我！」玫女喜道：「好喔！記得要喝哦！」一行人便匆匆趕向北方古墓去。

另一邊阿靖來到古墓外，發現自己貼的五行符咒不見了，心想：「不好，封印果然被破壞了，不知道有多少殭屍已經從古墓跑出來？」阿卡醒來說道：「阿靖，擒賊先擒王，那些殭屍都是被古墓主人所操控，只要古墓主人被滅，所有殭屍也會立刻消失。」他在懷中取出一疊黃符，往空中一撒，黃符變成一隻隻小紅鳥，約有十多隻，朝著古墓內迅速飛去。他心想：「有小紅鳥幫忙，一定很快便能找到墓主。」他也快步進入墓內，這時前方一個人影衝過來，阿靖拔出長劍正要出手，一個身著道士黃袍的女人驚慌失措地狂奔過來，嘴裡不停的鬼吼鬼叫，像隻慌亂的老母雞，看到阿靖像看到救星般道：「看你拿劍就知道會武功，救救我這個手無寸鐵的弱女子吧！後面這隻就交給你了。」說完她急忙躲到一旁石後再不作聲。阿靖正感到莫名其妙，忽覺前方有龐然大物逼近，一隻比人還高大數倍的蟑螂正手刀衝刺而來，其腹還有多張人臉，其中一女子朗聲道：「不要跑啊！你跑不掉的！快加入我們！」正是彩仙。阿靖一看，知道牠已吞下多人，隨即執劍縱躍至空中，使出一招「梧桐葉落」由左至右將巨蟑斬首，巨蟑應聲倒地，化為一張黑色符咒與一攤黑水，黑水中躺著十多人，李瓶不疾不徐走出來道：「區區一隻蟑螂有什麼好大驚小怪？派我徒弟出馬一招就解決了！」阿靖無言以對，只說句：「你們還是快逃吧！」李瓶道：「聽到沒有？不想死的就快走吧！」

李瓶緊跟著阿靖後頭走了，留下腰痠背痛的彩仙一群人在那邊抱怨。

「少俠怎麼稱呼？」

「你怎麼會到古墓裡來啊？」

「你是不是也是來找寶藏的？」

「你那是什麼劍法啊？怎麼有點眼熟？」

「你認得這裡的路嗎？」

「你肩膀上的是貓嗎？」

阿靖默默無以應，阿卡道：「大嬸，能不能靜靜？」李瓶一驚道：「你是貓妖？」阿卡回：「什麼貓妖？我是靈獸。」李瓶：「哎呀，你叫誰大嬸？靈獸也不能亂說話！」阿卡回：「這裡只有你一個大嬸，不叫你叫誰？」李瓶：「喂！小子，你養的貓胡言亂語你還不好好管教牠？你這主人真是失職！」阿靖回道：「我叫林和靖，我不是阿卡的主人，小時候牠就陪著我，是我的夥伴。」阿卡道：「阿靖，前面有動靜。」李瓶一聽趕緊縮在他背

後。只見前方七個殭屍整齊劃一跳過來，阿靖拔出長劍，對阿卡說：「阿卡，大嬸就交給你了。」阿卡自肩上跳下，站在李瓶前方回頭道：「大嬸，不要離開我身邊就沒事。」阿靖衝上前使出一招「鳳翔九天」，瞬間斬斷七屍頭顱，李瓶一看拍手叫好：「小子，你眞行啊！快收拾這些小角色，我趕著去找寶藏呢！」那七顆頭顱惡狠狠瞪著李瓶，向她急飛過來，李瓶見狀邊鬼叫邊向古墓深處衝去，那七顆頭顱也追了過去。阿靖正要追擊，卻見那七屍屍身居然已將自己圍在中心，動作整齊劃一，伸出雙臂，以尖銳指甲刺向阿靖，他一躍而起，七屍亦同時直躍而上，再伸出雙臂刺向阿靖，阿卡道：「阿靖，當心，有人在操縱這七屍陣。」阿靖一聽，使身子一沉加速落下，揮劍斬斷七屍共十四隻腳掌，七屍散倒成放射狀。十四隻腳掌向阿卡快速跳去，阿卡高速避開並跳至一旁石壁上，那腳掌也朝古墓深處跳去。他正要追趕，倒地七屍復又垂直彈起，他大驚，七屍再次出手攻擊，他急揮長劍又斬斷七屍共十四隻手掌，手掌沿著地面匍匐爬行，阿卡看著漸去漸遠的屍掌道：「阿靖，別再砍了！直接用火炎咒！」阿靖跳出屍圈外，同時取出張黃色符咒，唸道：「火神敕令！燎原火神，炎龍！」一條火龍衝向七屍，轉眼間就將其燃燒殆盡。他鬆了口氣道：「阿卡，我們走吧，大嬸有危險。」

玫女等人已經來到古墓外，遍尋不著秘書和阿靖的身影，便直接進入古墓內，玫女自然又是一連串抱怨。他們遇到逃出來的彩仙一行人，彩仙上下打量後問：「你們該不會就是那群探險隊吧？」小英充滿自信回答：「對，是我們！」彩仙帶著不屑的語氣道：「哼！原來是這樣一群拐瓜劣棗，怪不得怪物都被你們嚇醒了！」玫女怒回：「這位阿姨！拜託你去照照鏡子看看自己的模樣，怪物鐵定是被你嚇醒的！不如你去卸個妝吧！說不定還能將怪物嚇死！」阿美姐和小英也拍手叫好爲玫女助陣。彩仙一聽七竅生煙回罵道：「肥婆！你可別仗著自己腿粗便口不擇言！說話那麼難聽，食屎維生是吧？餓了嗎？我正好有坨可以餵你！我可醞釀了七日呢！保證不偷斤減兩！」這時其他村民除了阿武外都已離去，彩仙發現自己寡不敵眾，便拉著阿武逕自往出口急急走去。玫女還在後方罵道：「你有膽就拉！我不收費，幫你塗抹整張大餅臉上，一定比現在美一百倍！」阿美姐勸道：「好了啦！玫女，美少女！別那麼激動！這樣容易中風！」伯恩一聽問：「美少女？在哪裡？我的視線裡怎麼沒有看見呢？」好不容易怒火漸消的玫女一聽又火冒三丈，呼吸急促罵道：「靠北好熱好熱！我像著火一樣熱！快幫幫我！」小英打開隨身攜帶的大水桶就朝玫女整身潑去，眾人目瞪口呆，紛紛看向小英，小英錯愕左右張望回：「水桶……滅火。」本以爲玫女會勃然大怒，沒想到她竟羞澀回道：「討厭！本美女都被你們看光光了！」原來她今日穿一件輕薄的白衫，被水沾

濕後身形顯得若隱若現，伯恩問：「我比較想知道你給小英多少錢？」玫女雙手假裝遮掩胸前，媚眼笑罵道：「靠北！再亂看我收錢喔！」

彩仙等人回到村裡，將古墓有妖怪一事大肆傳開來，一時人心惶惶，大夥衝向村長辦公室一看，滿地躺著殭屍，無論怎麼叫喊村長都鎖在房裡不作聲假裝不在，彩仙怒衝向前奮力拍擊大門，腳邊卻踢倒一罈不知道什麼東西，罈裡的「佳餚」迅速蔓延整片院子，院裡十多人包含彩仙一聞都忍不住一一吐了。眾人無奈，不知道村長跑去哪裡，只好從倉庫搬來幾包沙包，從外而內將大門堵住，讓殭屍困在裡面。接著便匆匆躲回家中，一夜無話。

李瓶被七屍頭顱追趕，躲到古墓一間石室裡，她確認追兵沒來後，安撫自己幾句貪念又起：「捉鬼女神，不怕不怕，你可以的，寶藏重要！」取出火柴點燃蠟燭，燭光照亮這間小石室，不看還好，看了下巴差點掉到地上，只見整面牆都是木刻小童像，眼睛被紅布所矇蔽，密密麻麻，約有百尊，她登時腿軟跪在地上結結巴巴說著：「媽呀！各位老祖宗……在下李瓶……我……我這個……我來把盜墓賊趕走……我趕走他們……」話未說完，只聽得其中一尊木童隱隱震動，「哎呀，我的老祖宗您別生氣啊！我趕走他們馬上就走！絕對不會順

手抓幾把寶藏的！」小木童震動得更激烈了，她說：「老祖宗啊，您是不是要送我寶藏啊？我幫您解開紅布，先說好了，您可別害我啊，就這樣一言爲定了啊！」她顫抖著鬆開紅布後，小木童白煙湧現，李瓶趕緊雙手合十唸道：「觀音菩薩保佑觀音菩薩保佑！」煙霧中漸漸浮現一個光頭小男孩，他張大眼睛俯瞰著李瓶道：「是你放我出來的嗎？大嬸？」李瓶一聽連頭也不抬忙道：「是是是我的小祖宗……敢問您是哪位神尊呢？」那小孩笑道：「哈哈哈神尊？你可以叫我小彌陀！」李瓶感覺沒有生命危險後問：「小彌陀，這座古墓主人是誰啊？怎麼這裡面這麼多殭屍鬼怪啊？這裡面有沒有寶藏啊？」小彌陀皺眉道：「大嬸你怎麼那麼多問題？」他伸出右手食指，戳著李瓶眉心道：「你自己看。」一陣白光閃過，李瓶眼前浮現一些畫面。她看完一身冷汗喃喃自語道：「慘了……這次死定了……怎麼辦……。」小彌陀笑著問：「大嬸你還好嗎？」李瓶忙道：「小彌陀，我的乖乖小菩薩，求求你告訴我出口怎麼走好嗎？」小彌陀：「我可以告訴你，但是我有一個條件。」李瓶回：「別說一個，一百個我都答應你啊！」小彌陀笑道：「這可是你說的！」其他上百尊小木童也開始震動。小彌陀：「帶我們離開古墓。」李瓶問：「原來你們出不去？」「不錯，但只要你將小木童帶離古墓，我們就自由了。」李瓶臉色誠懇回：「小彌陀啊，我只是手無縛雞之力的弱質女流，怎麼搬得動呢？這樣吧，我想了一個法子，你告訴我出口怎麼走，我去借台推車回

來推你們，這樣不皆大歡喜嗎？」李瓶本想他小孩子好騙，殊不知小彌陀回：「不需要，隔壁石室就有一台大推車，當初我們就是被它運來的。」李瓶無奈只好到隔壁石室將推車推來，這推車在墓中百年，居然未見腐化，她心下一喜：「這推車看來是檜木做的，一定很值錢！」接著她將小木童一尊尊放到推車上，放妥最後一尊，行列正好各十，共計百尊。小彌陀輕鬆道：「走吧！」李瓶使出九牛二虎之力推著這沉重的推車，朝出口前進，才走百餘尺，前方隱有人聲，心想：「該不會又是那婆娘找人回來算帳？」忙道：「小彌陀，先前我遇到村民，他們說古墓裡的東西都是文物，絕對不可帶出古墓，若被發現，一定會阻止我們，你快想想辦法。」

來的正是玫女一行人，玫女抱怨道：「吼呦！我們只是探險隊，又不是捉鬼大隊，村長腦袋是不是有問題啊？秘書呢？一定跑去躲起來了，眞是沒用！這裡面這麼恐怖，等下又遇到什麼殭屍妖怪，又有誰來保護嬌弱美麗的我呢？」阿美姐道：「哎呀，什麼時代了？我們女人要當自強！這樣才能像我一樣越活越美麗！」阿美姐說完拿出一串香蕉，她拔下一根拋給玫女道：「來，最大根給你，多吃少講話，才像一朵花。」衆人邊走邊吃香蕉，一根吃完又吃一根，吃完蕉皮隨手一丟，小英忍不住豎起大拇指讚道：「好吃！」就連伯恩也忍不住再要了一根。

前方突然出現一隻巨大的黃色狐狸推著推車，推車裡滿是人骨，眾人都是一愣，只聽那狐狸道：「我只是過路的，別理我。」四人聽牠這麼說也鬆了一口氣，紛紛靠牆讓道，李瓶心裡竊喜：「幸虧有小彌陀的幻術！才能這麼順利！」沒想到她腳下一滑，哎呀一聲，整個人往後一倒，整台推車也翻倒，滿地東倒西歪的小木童。她正扶著後腰喊痛，卻聽玫女大笑：「哈哈哈哈怎麼狐狸精跌倒變成一個大嬸啊？」

她知道自己已穿幫，看著滿地香蕉皮，奮力站起來罵道：「肥婆你叫誰大嬸？你們有沒有公德心啊？香蕉皮丟路中間，馬路你家的啊？」

玫女看著滿地小木童：「原來是盜墓賊！古墓一定是你破壞的！害我們遇到那麼多莫名其妙的事，討厭耶！你要怎麼彌補我們一去不回的青春歲月？」

李瓶正要回嘴，突然發現滿地小木童矇眼紅布都掉了，李瓶正手忙腳亂要把紅布綁回去時，驚見玫女四人身後上方漂浮著百位小孩的靈體，有的嚎啕大哭討糖吃，有的一臉頑皮扮鬼臉，有的追逐著另一個小孩，有的則在找媽媽。一時之間李瓶也慌了，她心想：「媽的，老娘什麼大風大浪沒見過？區區一百個小鬼我搞不定？」看到玫女四人抬頭也看傻了眼，心生一計，便拍手朗聲道：「來來來小朋友，看我這邊！」大多數小孩都停下來看著她，她繼續道：「各位小朋友，姐姐知道你們被關在這裡好久了，一定很無聊對不對？」小朋友齊聲

回答：「對！」「姐姐想要帶你們出去玩，但是呢，姐姐還需要一點時間，所以姐姐找這四位阿姨叔叔來跟你們玩喔！趕快去找他們！」

小朋友一聽蜂擁而上圍在玫女等人的身邊問東問西，一下扯頭髮一下拉衣服，玫女喜道：「原來被包圍的感覺那麼好！來來來弟弟你來，我們來自拍！」小英拿出一大包零食糖果到處撒：「吃餅喔！不要搶！都有！」阿美姐抱著小朋友含淚樂道：「兒孫滿堂的滋味眞好！讓我想到年輕時無緣的囝仔！」小朋友疑似聞到奇妙的氣味，沿著氣味尋去，伯恩感到不自在，於是開始移動，小朋友也排成一長串跟在他背後，就像貪食蛇一樣。

李瓶眼見計畫成功，低聲道：「小彌陀！小彌陀！」小彌陀突然由上而下倒立現身，嚇了李瓶一跳，她問：「小彌陀！現在怎麼辦？」「按照原定計畫，你快把小木童放回推車上，推出去再說。」於是李瓶開始行動，好不容易放妥正要前進，乍見前方佇立著一個皮膚黑青色的小孩，他命令道：「不准走！」李瓶心想：「這小孩不太對勁。」堆滿笑容開口道：「小朋友，姐姐要帶你們出去玩啊！」小彌陀臉色驚恐道：「大嬸……它不是小木童……。」

那小孩一掌推出，整台推車再次被推翻，小木童散落滿地，李瓶又驚又怒，正要上前教訓，卻發現自己身體居然飄浮空中，她不禁大叫：「媽呀！快把我放下來啊！我怕高啊！」

這一叫玫女和其他小朋友都轉過頭來看她，玫女抬頭雀躍問：「大嬸！原來你會飛啊？教我教我！人家也要學你飛高高！」李瓶罵道：「學你個大頭鬼！快來救我！」黑青面小孩將右手往下一揮，李瓶迅速往下墜落，正好壓在玫女身上，李瓶僥倖道：「唉呦，幸好有墊背的，沒事沒事。」玫女則大罵：「快起來！人家都被你壓扁了！」李瓶緩緩移動笑道：「你離被壓扁的距離還很遠，甭擔心啊！」小英趕緊將玫女拉起，幸好她毫髮無傷，玫女罵道：「你說我離被壓扁的距離很遠，你什麼意思啊？要不要道歉啊你？」李瓶面有愧色回：「抱歉抱歉，我剛才說錯了，我再加兩個字，肥婆！你離被壓扁的距離還很遠，甭擔心啊！」玫女正要衝上前動手，幸好被小英和阿美姐拉住。

黑青面小孩高聲怒吼一叫，所有的小朋友瞬間四處逃竄開來，頃刻間，在場只剩李瓶和玫女一行人，阿美姐開口：「你們就是年紀太輕經驗不夠，來，讓阿美姐秀給你們看，怎麼樣哄小孩才對！」她向小英要了幾顆糖果，緩緩走上前蹲低身子，面帶笑容柔聲道：「古錐的阿弟仔，阿姨這邊有糖果，趕快來，很好吃喔！」她將手慢慢伸出，掌心放著五顏六色的糖果。那小孩不再咆哮，安靜地走過來，玫女扭動道：「不愧是阿美姐耶！薑還是老的辣！吃過的鹽比我們吃過的……」話才說一半，就見小孩將糖果變成一坨五顏六色的屎，手指往上一指，阿美姐的左掌就往自己臉上彈去，她反應也眞快，頭往右邊一閃，整坨屎彈就往後

一飛，命中正在說話的玫女臉上。

眾人大驚，小英趕緊拿出上午吃粽子剩下的月桃葉給玫女抹臉，但卻是越抹越黏稠，李瓶笑到捧腹噴淚，伯恩則是噗哧一笑，竭力憋著。阿美姐苦笑道：「大美女歹勢！屎沒生眼睛，飛去你面上。」接著拾起地上香蕉皮來抹去手中汙穢。

李瓶好不容易笑完，慫恿著小英說：「這個小鬼不簡單，才一出手就癱瘓我們兩名戰力，這小鬼不打不行，我看你渾身是勁，是時候出手替夥伴教訓教訓他了！讓他知道誰才是老大！」小英一聽肅然站起，正色說道：「小鬼！快給我道歉！回家反省！」接著拔出黑色甩棍向著黑青面小孩衝去，他伸出右手，小英瞬間無法動彈。

玫女和阿美姐還在清潔，李瓶急向伯恩說：「她有危險，你們不是同一隊的嗎？快幫她啊！」伯恩淡然回：「我個人是覺得她都打不贏了，我怎麼可能有辦法打贏呢？還是算了吧！」小英退了一步。

李瓶眼神曖昧道：「難不成你們曾經……所以你才……？」伯恩回：「我想這是我個人隱私的問題，我應該沒有必要向你說明。」小英又退了一步。

李瓶神色哀戚道：「好歹你們也是夥伴一場，難不成你眞想看她慘死街頭嗎？」伯恩回：「基於考量團體立場，我認爲不需要做不必要的犧牲。」小英又退了三步。

李瓶臉色冷峻道：「哼！等到她被殺死，下一個就換你，你不曉得唇亡齒寒的道理嗎？」伯恩回：「關於這個成語的道理我當然明白，只是我的內心告訴我能多活一刻是一刻，你這麼擔心，怎麼不自己出手試試看呢？」小英又退了五步。

李瓶道：「你就是鐵了心不出手是不是？」伯恩回：「無論是出手或是不出手，我想我都有選擇的權利。」李瓶怒道：「好！要死一起死！」這時小英暴飛過來將兩人一同轟至牆上。

那黑青面小孩步步逼近，小彌陀突然現身擋在它面前，對著後方叫道：「大嬸！快走！不要忘記我們的約定！」被壓在牆裡的李瓶一聽，心想：「我還以爲他自顧自逃走了，想不到竟打算犧牲自己來救我。」她的眼眶突感溫潤，心裡一道暖流流過，她想不起已經多久沒有這種感受了。她突然覺得充滿勇氣與力量，奮力將昏迷的小英和伯恩推開，鑽了出去，她對小彌陀道：「小彌陀，退下，讓你看看大嬸的本事！你們有事就先去忙吧！不用等我！」小彌陀明白她沒什麼本事，知道她是要製造機會讓自己和其他人逃走，於是趕緊飛到小英身邊將他們喚醒，玫女和阿美姐終於淸乾淨，小彌陀跟他們四人說：「大嬸決定犧牲自己，要我帶你們逃走。」

李瓶像是唱戲般有科有白道：「桃花村捉鬼女神李瓶駕臨此地，你這不知天高地厚的妖

魔鬼怪，還不速速就擒！」黑青面小孩盯著定格的她，顯得益加憤怒了。它瞄準李瓶騰空飛來，李瓶自口袋中取出一包不知道什麼，用力往空中一撒，滿天灰白粉末，那黑青面小孩發出慘叫急忙後退數十步。李瓶得意笑道：「這是我從百年城隍廟偷來的香灰，嚐到老娘的厲害了吧！」後方眾人拍手叫好，李瓶才注意到他們沒有逃跑，心下雖然歡喜，但也擔心自己黔驢技窮，撐不了多久。那黑青面小孩剛才中招大驚，現在出手變得遲疑些。

它再次進攻，李瓶拋出她在古墓口撿到的五色符令，它一碰到符令便被壓制於地上動彈不得，李瓶見機不可失，忙叫眾人幫忙撿起小木童，準備推車開溜，一行人七手八腳將小木童擺好，但卻發現只有九十九尊，剩下一尊不知道滾到哪去了！

這時七顆頭顱自墓內通道飛來停在眾人面前，地面則有各十四隻腳掌和手掌，其中一隻手掌正托著那最後一尊小木童！李瓶心慌道：「糟糕！是殭屍的殘肢追來了！」小彌陀飛入小木童裡，一步一步跳回推車裡；小英拔出黑色甩棍，一一把手掌轟到山壁中；阿美姐將地上香蕉皮蒐集起來拋向腳掌，讓它們不停滑倒；伯恩則擲出飛旋的芬芳拖鞋，殭屍人頭一聞全部同時昏厥。李瓶心內又驚又喜：「這支探險隊果然不是省油的燈！不愧是村長精挑細選的！」

李瓶推著車呼喚眾人一同離去，此時那黑青面小鬼已經掙脫五色符陣，擋在眾人面前，

李瓶心想：「沒辦法了，只好出絕招。」她從懷裡取出一張黃色符咒，上面畫有紅色龍形圖騰，她集中精神唸咒：「火神敕令！燎原火神，炎龍！」符咒化身爲一條火龍，而且是有史以來最小的火龍，大約只有手臂大小，衝向黑青面小孩，它伸出雙手抵抗著火龍的攻勢，未處下風，此時十多隻小紅鳥俯衝而下並爆破，黑青面小孩陷入火海中，發出痛苦的嚎叫，它變爲一道黑煙向著一尊黑色小木童衝去，捧著黑色小木童的人，正是阿靖，他將其貼上一張黑色符並收入懷中，向李瓶問道：「請問這位大嬸，您怎麼會使火炎咒呢？莫非您也是梧桐門人？」李瓶臉色詫異回：「什麼梧桐門？小子你別亂說，我從來沒聽過什麼梧桐門！」玫女插嘴道：「阿靖！你還活著眞是太好了！嬌弱的玫女需要大俠的保護！」於是雙方移動到一間石室中互相簡述分開後遇到的事情。

李瓶笑道：「你們慢慢敍舊，我先走了。」阿靖問：「大嬸你知道這些是嬰靈木偶嗎？」李瓶道：「我當然知道。」「它們的靈魂都嚇跑了，你這樣運出去，它們會變成無主孤魂的。」李瓶一聽停下腳步問道：「你有辦法幫它們？」「可以，但是你必須告訴我們你所知道的事情。」李瓶看著推車上的小木童嘆道：「好吧，我盡量長話短說，我只說一次，你們要張大耳朵仔細聽啊！錯過不講第二次啊！」衆人紛紛席地而坐，阿美姐也拿出魷魚絲分給衆人：「深海大魷魚，天底下最好吃的，來，抓一把然後傳下去，人人有份！貓咪也有

哦！」「事情是這樣的……由於……」李瓶正要開始訴說，看衆人吃得津津有味，便道：「魷魚絲殺過來先！有夠香！」啃了兩條後，她開始說道：「事情是這樣的，由於我怕我講不清楚，所以我還是請小彌陀直接讓你們看。」

一陣白煙後，小彌陀從小木童中跑出來：「眞拿大嬸你沒辦法，我就免費幫你一次吧！大家看著我的手指。」衆人緊盯著小彌陀右手食指的指尖，一陣白光過後，他們看見一位衣著華貴的老翁面容枯槁，坐在大廳太師椅上，家僕領著一位身穿黑袍的長髮女人進來，家僕恭敬回道：「啟稟老爺，闇月派掌門黑月帶到。」老翁咳了兩聲並示意家僕搬來一張椅子，與自己相對而坐。黑袍女就座後，他氣若游絲開口問道：「黑月掌門……你求見於我有何貴幹……？」黑月說：「我就直說了，我知道何老爺您身患沉痾，也預料到在您辭世後，將有盜墓賊前來盜墓，因此我希望能夠幫您，讓盜墓者永遠盜不了您的墓。」何老爺笑問：「你要什麼？」黑月道：「我知您九個妻妾與後代都已死絕，只要您允諾此事，家產當全歸我所有。」何老爺嘆氣道：「唉……果然是爲了錢，誰叫我的三個兒子這幾年相繼死於非命呢……。」黑袍女深知他渴望有後且性好女色，無奈身體已油盡燈枯，於是緩緩伸出手，掌中浮現一顆黑色藥丸，眼泛秋波望著何老爺嫵媚道：「只要何老爺您今夜亥時吞下此藥，興許我還能幫您留個後呢。」何老爺盯著眼前這位美艷女人，心想牡丹花下死，做鬼也風流，

旋即允諾並接過藥丸，再命僕人取來文房四寶。

接著畫面一轉，何老爺吞藥後，房門未閉，上床睡了。不久，他開始大汗淋漓，呼吸急促。阿靖問：「何老爺怎麼會這樣？」小彌陀疑惑回：「黑袍女施展夢魂術潛入何老爺夢裡，二人赤身裸體正在翻來翻去不知道做什麼？」玫女一聽嬌羞又雀躍道：「畫面呢？有圖有眞相，我要看！我要看！」阿美姐急摀住玫女的嘴道：「囝仔人不能看這個，快轉快轉！」畫面又一轉，竟然出現何老爺的靈堂！然後黑袍女指揮何老爺家僕開始建築古墓，共招募六百六十六人，日夜趕工，只花將近一年就完工，此時黑袍女已大腹便便，她以咒術將六百六十六名墓工迷暈，施加寒陰咒後，盡數將其投入墓中死湖中，死湖中央有一高台，何老爺的紫色棺槨便放置於此。玫女驚喜道：「原來那天跟我自拍的就是何老爺啊！」阿靖問：「她爲什麼要這麼做？」小彌陀道：「施加寒陰咒，會讓屍體吸收陰氣變成殭屍，而這些陰氣會集中到死湖中央的高台上，讓何老爺變成殭屍王！」阿靖問：「小彌陀你們怎麼會出現在古墓裡？」他回：「我們本來被供奉在十里之外桃花村的嬰靈廟，有一天黑袍女來了，她施咒將我們封印住，並派人將我們用推車運到古墓中，她摸著自己的肚子說我們以後就是他的玩伴。」小英問：「剛才那個很兇的就是她孩子？」小彌陀點點頭，繼續說道：「我們被運來後不久，那些墓工就遭毒手了，後來，她就在墓中產子，並將那孩子養在墓

中，直到有一天，一個白衣少女來到古墓外，那少女說自己是梧桐門的，好像叫白羽，她識破黑袍女的食子之術。」

林和靖心想：「我似乎聽爹娘提過這個名字。」再看向李瓶，原來她已睡著正流著口水，怪不得這麼安靜，阿卡也睡在她肚子上。阿美姐舉手問：「阿弟仔食子之術是什麼東西？」小彌陀：「我們嬰靈最大的本領就是打探消息，我聽其他嬰靈們說，黑袍女在古墓裡凝聚很多怨靈與陰氣，匯聚到何老爺身上，再讓孩子把自己父親的陰氣吸光，等到時機成熟，黑袍女就會將自己的孩子吸收掉，她就可以擁有強大的力量和不死的生命，這個食子之術有兩個條件：一是孩子必須吸收來自父親的極寒陰氣，二是必須要是自己所生的孩子。兩個條件達成，才能進一步轉移到自己身上。我覺得，我們這一百位嬰靈也將成為她的養分。」眾人不可置信，想不到這座古墓居然是一位歹毒的母親所設下的詭計。阿美姐氣憤罵道：「虎毒不食子，這個肖查某實在有夠歹心！」伯恩問：「可是何老爺、殭屍、她的孩子還有你們都還在古墓，我想她的計畫一定是遇到什麼阻礙。」小彌陀道：「不錯，白羽在古墓外，黑袍女出門應戰，她瞧她不過十四、五歲，豈料她一箭就射中她心臟，她重傷逃回古墓中，企圖將所有殭屍放出圍剿白羽，同時白羽的師傅來到古墓外，施展出強大的封印咒，將古墓與世隔絕。黑袍女的孩子就餓死在古墓中，靈魂依附於黑袍女預先準備好的黑木童

中，充滿暴戾與怨氣。」

阿靖問：「百年之後，古墓的封印被誰所破？」小彌陀：「十多年前，鬼母手下的五毒妖，其中一位玉黃蛛黃鈴襲擊竹林村，曾經發現這座古墓，雖然她的攻擊不足以打破封印，但也對封印造成一條細微的縫隙，十多年過去，縫隙變成裂縫，進而變成一道裂痕，入口終於開啟，古墓裡陰氣濃烈，只要一有人氣進入，便會激活古墓中的一切，包含何老爺、墓工屍群、異獸、式神、黑袍女之子，我們嬰靈因爲被紅布封印住，尚無法自由移動，只能感知到外面發生的事，直到大嬸揭開我的紅布，我才能出來透透氣。」阿靖問：「黑袍女呢？」小彌陀道：「她重傷後逃回古墓裡，從此失去蹤影。」玫女摳摳腳趾道：「哎呀經過那麼多年，她早就老死了啦！你們這麼擔心幹什麼？我們還是早點回家洗洗睡比較實際啦！」她欲伸手去拿魷魚絲，被阿美姐打她的手背道：「沒洗手，你這個垃圾查某鬼！」小英也伸手道：「阿美姐我還要！」阿美姐道：「小英你已經吃十多條了，今天的扣打沒了。」小英愁眉苦臉又多吮指好幾遍。伯恩問：「關於我們現在的情況，是不是只要解決殭屍王跟那群殭屍就可以收工領錢了呢？」眾人面面相覷但沒接話，不約而同看向阿靖。阿靖尷尬說道：「我們先將小木童推出去，同時消滅跑出去的殭屍，到時候再想辦法，你們覺得這樣好不好？」眾人一聽要出去，都點頭如搗蒜。「那還不快走？在等何老爺來泡茶嗎？」躺著的李

瓶突然張開眼睛說話，眾人都嚇一跳，「我怎麼不能動了？我是不是變殭屍了？」她正要起身，卻發現起不來，原來是阿卡躺在她肚子上。阿卡張開眼睛打個哈欠，一躍跳回阿靖肩上，李瓶哎呀一聲罵道：「你這隻肥貓好重啊！」

阿靖將嬰靈盡數召回小木童後，眾人推著推車來到入口處，卻見入口被紅磚封住了，玫女罵道：「是誰那麼缺德啊？竟想活埋青春美麗的我！」李瓶也罵道：「一定是那貪財的婆娘！」眾人同時看向她，李瓶臉色微紅道：「看什麼？貪財的婆娘又不是只有我一個！你們看我幹什麼？」小英突然後退三四步，接著喊聲「吼嘿」奮力往磚牆衝撞去，磚牆居然被她撞出一個大洞，陽光從外面透進來，外頭正在堆疊沙包的村民們也嚇壞了，以為是有人引燃炸藥，小英衝出去後撲倒在地，眾人也灰頭土臉走出去，彩仙快步走來跺腳罵道：「哎呀！我們好不容易才封好的牆啊！就被你這隻母金剛毀了啊！看看你們要怎麼給大夥一個交代！」玫女和李瓶正要出嘴，倒地的小英默默伸出右手，抓住彩仙的腳踝，一把往後頭古墓內甩去，她的尖叫聲像迅雷般，隨著主人迅速飛入古墓中。小英爬起來怒道：「不准叫我母金剛！」然後捶打自己的胸口。眾人看傻了眼，都在心中默默筆記。

彩仙的丈夫阿武趕緊跑進去看，很快就聽到她開始上演一哭二鬧三上吊的戲碼，只聽阿武說：「就算我是隻山上的大老虎，我也不敢惹她。」眾人對阿武的判斷深表認同，村民很

快就散去，彩仙也被阿武扛在左肩上悻悻然溜走，遠遠還能聽到她在叫囂。阿靖再次施展五色符咒封印住古墓，並放出數十隻小紅鳥去追蹤殭屍的蹤影，小紅鳥很快就引領眾人來到村長辦公室外，玫女眉開眼笑問：「不知道村長喝佛跳牆了沒？」除了阿靖和李瓶外，其他三人都笑了。李瓶問：「什麼佛跳牆？沒給我留一碗？」玫女喜道：「等等幫你添十碗都行！保證美味又營養！」到大門外，大門已被眾多沙包堵住，小英問：「奇怪？怎麼那麼多沙包？」伯恩也說：「嗯哼，而且重點是沙包都堆在外面，好像怕什麼東西跑出來一樣。」阿靖一躍上牆，往下一看，臉色大變，阿美姐問：「阿弟仔你看到什麼啊？面色那麼難看。」阿靖說：「院子有十多個殭屍……而且它們身上跟地上都有糊糊的不知道是什麼……。」玫女笑道：「哎呀！那就是佛跳牆啦！」阿靖捏著鼻子小心翼翼收拾掉殭屍後，由內將大門開啟，只有李瓶衝進來：「村長！我就是秘書請來的除魔……」話才說一半她就聞到滿屋子嘔吐物的味道，其中還夾雜著三分屍臭味和七分發酵的酸味，她一陣狂吐，其他人在門外幸災樂禍笑著，玫女大聲問：「大嬸，佛跳牆香不香啊？」村長在屋內問：「外面是誰啊？殭屍都解決了沒啊？」阿靖在大門外回道：「解決了。」村長這才敞開房門走出來，正要碎唸，一聞到院子氣味，也是一陣嘔吐，趕緊奔出大門，喘口氣問道：「秘書呢？怎麼沒跟你們一起回來？」眾人都搖頭表示不知道。李瓶擠出笑容問道：「村長阿，我是秘書請來的捉

鬼女神李瓶，關於這個酬勞的部分……。」村長罵道：「我叫他找捉鬼大師來，連找人都找錯，怎麼辦事的？你不是我找的，要討錢找秘書！」李瓶說道：「好歹我也救了十多位村民……。」村長更生氣回：「原來就是你讓村民到處亂說話，還跑來狂敲我的門，現在整個村子都知道古墓有殭屍了！這筆帳你該怎麼賠我？」李瓶一聽不可置信，世上居然有比自己還勢利貪財的人，於是撿起地上殭屍屍塊就往村長身上丟，邊丟邊喊道：「我賠給你！那麼貪財！我通通都賠給你！」村長則是邊閃邊罵：「哎呀你這個捉鬼女神棍！你一毛錢都別想拿到！我還要跟你索討場地清潔費、古墓修繕費！」旁邊阿美姐切了顆大西瓜，眾人坐著吃瓜，順便欣賞這場貪財鬼之爭，李瓶氣憤難平衝出門來，對著推車上一百個小木童說道：「小朋友們！姐姐幫你們找了一個有趣的好朋友哦！快跟我來！」百位嬰靈傾巢而出，跟著李瓶衝進村長家，威風八面笑問：「村長，現在你怎麼說啊？」村長一看上百位嬰靈，本已心驚膽戰，但他也不是省油的燈，朗聲回道：「李瓶兒！你別以爲有小孩我就怕你！」李瓶一聽大怒：「竟說我是李瓶兒！好，你就當花子虛，我讓你再死一次！」阿美姐讀過金瓶梅，知道花子虛是李瓶兒的丈夫，疑似是被她害死，笑道：「哎呀！李瓶兒要謀殺親夫啦！」村長罵道：「別來攪局！王婆！潘金蓮還沒登場，哪有你的戲？」玫女一聽便站起扭動身軀道：「潘金蓮在此！」村長回：「什麼潘金蓮？你是東施，東施效顰的東施！」玫女

一聽他當眾羞辱自己，忙幫李瓶助陣道：「李瓶兒！快給我毒死他！」阿靖出來勸道：「你們別再吵了，古墓的問題都……」他話未說完村長便道：「好啊！西門慶也出聲了！旁邊的魯智深跟豬八戒要不要一起來？」小英和伯恩彼此對看一眼，同時心想：「豬八戒在說他（她）。」

村長引起眾怒，他神情激動道：「現在搞成這樣，我是沒指望繼續當村長了，我就跟你們同歸於盡！」他衝進側廳拿出一桶煤油並四處潑灑，接著他舉起牆上一根火把，眾人大驚，七嘴八舌要李瓶趕快跟村長道歉，李瓶忙道：「村長村長，我只是開開玩笑的，您別當眞啊！小朋友，趕快回去！叔叔生氣了，趕快回去！」小朋友一哄而散，村長繼續問：「還要跟我討錢嗎？」李瓶：「不敢了不敢了……我不收錢了，就當免費服務。」村長一聽，哈哈大笑道：「這可是你說的，每個人都聽到了，你可不能反悔啊！」李瓶一聽知道自己上當，可也著實嚇出一身冷汗，便不計較了。村長聽到可以省下一大筆預算，腳步輕盈走向大門也想吃塊西瓜，不料地板滿是煤油，一不小心整個人就滑倒了，手中的火把也順勢飛落地面，地面火焰迅速蔓延開，村長已被小英等人拉出大門，院內只剩李瓶一人被困在火勢中，李瓶扯著嗓子，像火雞母般又跳又喊：「救命啊！快來人啊！救救我啊！我還不想英年早逝啊！我還沒賺大錢啊！」

阿靖正要出手，只聽得：「水神敕令！氾濫水神，水鯉！」五條水鯉伴隨著巨大漩渦由天而降，頃刻間便將火勢熄滅。猛烈水勢自大門湧出去，將眾人也沖倒於地，只有阿靖及時躍至牆上，鞋襪未濕，他驚訝道：「這是梧桐門水神咒！是誰呢？」一個老翁自天空中飄然而下：「哎呀！我這水神咒可太猛烈了！抱歉啊各位！」他一身白袍，手持一根白珊瑚杖，李瓶偷偷摸摸正要溜走，老翁伸杖攔住她問：「慢著！咕妞你要上哪去啊？我還沒跟你算帳呢！」李瓶尷尬笑道：「師傅，好久不見啊！」眾人都是一驚，李瓶竟然有這般強大的師傅。老翁問：「我就猜到是你，每晚在我宅前掛上白燈籠，私下搶走我生意。」李瓶回道：「什麼白燈籠？我什麼都不知道啊？哪有什麼生意好搶呢？師傅，我只不過是爲您分憂解勞而已，畢竟您年事已高，也不適合這樣長途跋涉，我只是先來探探路而已，順路替天行道一下罷了！」老翁道：「替天行道？我們梧桐門的招牌都被你砸了，若你師伯還活著一定會被你氣死！唉，都怪當年林奶奶過世前要我照顧你，你姊姊小玥也遠嫁到千里之外的千佛村。」阿靖走上前恭敬行禮道：「前輩好，晚輩林和靖，請問前輩是梧桐門的迷糊前輩嗎？」老翁道：「哎呀！什麼前輩後輩，太複雜了，我是迷糊道人，你也是梧桐門弟子嗎？」他看見阿靖肩上沉睡的阿卡，驚問：「難不成……你是小琪的孩子？」阿靖回道：「正是家慈。」迷糊道人牽起阿靖的雙手旋轉樂道：「好啊！好啊！英雄出少年！比你爹當

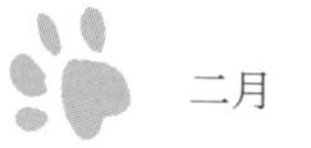

年還俊俏，不愧是我小琪的孩子！這隻就是當年你出生時，我在朱雀谷收服的靈獸啊！我將牠送給你，保護你平安長大！」阿卡醒來道：「原來是你啊！迷糊老頭！」阿靖恭敬行禮道：「徒孫拜見師祖！」迷糊道人合不攏嘴道：「好好好別多禮了！我好多年沒去找你爹娘了！」李瓶直挺挺走過來咳了兩聲，阿美姐問：「女神你不舒服啊？要不要枇杷膏？」李瓶道：「哎呀我沒有不舒服，我在等某人向我行禮。」這時阿靖才想起來，向她行禮道：「師叔好。」李瓶喜道：「好好好很乖很乖，等我見到印桐哥再叫他給你糖吃。」眾人發現村長消失了蹤影，李瓶道：「他鐵定捲款潛逃了！」她正要去追，迷糊道人揪住她道：「當務之急是把古墓的事解決了，阿靖，這件事就交給你們，我先去找你爹娘泡茶！後會有期！」他說完塞了一疊符咒給李瓶交代幾句後，便施展風雲咒飄然離去了。李瓶見師傅離去便說道：「我家裡突然有急事我先走了，各位後會有期。」她雙腳卻不移動，玫女問：「怎麼不走？你以爲我們會留你嗎？」李瓶尷尬道：「我的腳怎麼不能動啊？」阿卡道：「迷糊老頭對你施展捫心咒，只要你想離開這個村子，雙腿就會無法動彈。」阿靖道：「師叔，你還是留下來跟我們一起解決吧！」李瓶道：「好吧，既然你都開口求我了，我就勉強答應吧！」

於是一行人先將百尊小木童放在村長房裡，再次來到古墓外，卻見眾多村民在築牆，阿靖道：「各位村民，你們的磚牆擋不住殭屍的。」彩仙身上多處纏著繃帶道：「唉呦，你這

小子懂什麼？我們村裡的事情我們自個兒決定，輪不到外人插嘴！」阿靖一聽，只好施展定身咒，衆人瞬間凝立不動，接著小英使出猛撞絕招，將磚牆撞垮，進去前，走在隊伍之末的李瓶摸摸地上泥巴再捏捏彩仙的臉悄聲道：「貪財婆！寶藏是我的了！十零分帳，我十，你零！」

阿靖道：「我們先消滅殭屍王，只要它一死，所有殭屍就會倒下。」

玫女道：「可憐的何老爺，想到我們還曾經合照過，眞替他感到難過。」

阿美姐道：「還是你要留下來當壓寨夫人？我可以充當媒人婆幫你說媒！」

玫女笑回：「阿美姐你都取笑人家！人家要高富帥啦！對了對了還要是活人！」

李瓶酸道：「哎呀，何老爺又不一定愛吃東坡肉，哪來的自信啊？」

玫女一聽大怒：「靠北！難道它愛吃老母雞？不然我們現在就去問！看它選誰！」

李瓶用胸部撞她道：「走啊！以爲我不敢啊！」玫女被撞後又笑又怒，更大力撞回去，但李瓶早料到她會回撞，一個閃避，玫女就撞上阿美姐，阿美姐被撞到後，又好氣又好笑，便要撞回去，玫女一溜煙躲到小英身後，阿美姐就直接撞上小英，突然「碰」一聲大夥都嚇

到，小英胸口瞬間凹進去，整身都是液體，衆人一陣錯愕盯著她，忽聞一陣蜜香飄來，小英羞赧搔頭說道：「我怕口渴……剛剛在古墓口把村民帶來的紅茶打包藏起來……。」

玫女笑道：「幸好是紅茶，我還以爲是鹽水袋。」笑鬧間，衆人已經來到死湖畔。

湖心高台上佇立著一位穿著靛青色壽衣的殭屍，正是殭屍王何老爺！他發出狼嚎聲喚起湖底所有殭屍，五、六百位殭屍向衆人逼近，阿靖道：「各位，我去解決何老爺，這裡就交給你們了！」他說完施展風雲咒飛向高台去了。阿美姐捲起袖子道：「姊妹們！開工了！動起來！」

玫女把短褲撕破，裡面穿著一件粉紅色迷你裙。李瓶驚問：「粉紅迷你裙！難道你就是江湖上傳說的牡丹派女刺客嗎？」小英問：「什麼女刺客？」李瓶：「你不知道？十多年前鬼母的手下襲擊各大村莊，只有牡丹村安然無恙，因爲村裡有許多女刺客，她們身穿粉紅迷你裙，外型亮麗，身手了得，連五毒妖也不敢進犯！」小英一聽樂道：「太好了！我們有女英雄就不用擔心了！」玫女剛補完妝，從後背包拿出兩個彩球，開始舞動道：「加油！加油！大家加油！我是你們的夢幻啦啦隊！」李瓶無奈說道：「只怪我有眼無珠，忘了外型亮麗、身手了得這八個字，走吧，做人就是要靠自己，永遠別指望別人。」轉頭只見小英已經吃起飯糰望著自己。

另一邊伯恩已經使出拖鞋旋風擊，鞋風所到之處屍橫遍野，頃刻間已擊倒數十位殭屍。

阿美姐拿出一柄九仙拂塵，這是她在村裡九天玄女廟連擲九十九個聖杯借來的，她像彩帶舞般飛旋舞動，拂塵一碰到殭屍身體便產生激烈火花，數十位殭屍就這樣在爆破中倒下。

小英拔出黑色甩棍加入戰局，一個高大殭屍雙掌鉗住甩棍頂端，兩人僵持不下，更多殭屍從後抱著高大殭屍的腰，頓時形成一對十拔河的情況，小英怒吼一聲「吼嘿」將甩棍像大魚上鉤般迅速往上一甩，十個殭屍天女散花，紛紛重摔地面粉身碎骨。

李瓶拿出冥紙滿天花雨狂撒，殭屍看到滿地冥幣紛紛你爭我奪，她再拿出跟小英借的白蘿蔔從它們後腦杓敲下去，轉眼也解決一票殭屍。

玫女邊跳啦啦隊舞蹈，後面殭屍一個接一個追逐著她，玫女繞圈圈跑，殭屍也一同在這圈圈裡打轉，玫女回眸抱怨道：「吼呦！人家才不要跟殭屍跳土風舞啦！」回過頭來，一不注意就撞倒隊伍最後一位殭屍，殭屍像骨牌般依序倒下，玫女見狀急忙往右一跳，第一位殭屍正好壓著最後一位，如此一來，所有殭屍都無法起身。玫女站在圓心，托腮害羞問：「討厭！你們幹嘛包圍粉紅美少女啦！」並踩著殭屍的背上走出圈外，那殭屍悶吭了一聲。

阿靖已抵達湖中高台，並和何老爺交手數回合，何老爺身上已被長劍割出數道傷痕。它嚎叫一聲，傷痕立即復原，完好無缺。阿卡道：「阿靖，它會吸收來自死湖的濃烈陰氣，

讓梧桐劍造成的傷口立卽復原。」接連幾次進攻，皆是如此，阿靖道：「好，試試我的火炎咒。」他拋出符咒唸動咒語，炎龍飛向何老爺攻去，成功擊中它，但火焰卻很快熄滅了，阿靖大驚：「怎麼會這樣？」阿卡道：「此地陰氣太濃烈，你咒術的威力只剩下一成。」何老爺伸出紫黑色長指甲攻來，他邊閃避邊抵擋心想：「何老爺攻擊速度飛快且力大無窮，想必也是陰氣入體之故。」他逮到機會反守爲攻，使一招「龍飛鳳舞」三連劍，接著再使「鳳翔九天」，由下往上斬斷它一條胳膊，再使出「梧桐葉落」由左而右斬斷它頭顱。阿靖擦擦額頭汗水道：「這招怎麼樣？」一回頭手臂與頭顱竟然又接回何老爺身體上！阿卡道：「不行啊，只要它有源源不絕的陰氣，就有不死的身體。」阿靖想起去年和父親修行時的情景：

「靖兒，爹已經將梧桐劍法和道術都教你了，剩下的就靠你自己勤加練習，知道嗎？」一個三十多歲男子道。

「爹，靖兒定將劍法和道術都學好，像爹這般無敵。」

「靖兒，你要知道，我們梧桐門人以斬除天下邪魔爲己任，切忌存有與旁人爭強鬥勝之心，否則將會墮入黑暗中，想當年祖師大弟子便是如此。」

「是，靖兒謹記，不過，若是有天靖兒遇到劍法和道術都無法收服的妖邪，那該如何？」

「要相信鳳凰的力量。」

「鳳凰的力量？」

「不錯，雖然我們失去鳳凰神珠，無法召喚出鳳凰神，但這柄梧桐劍跟你娘的朱雀鞭都是由鳳凰仙骨和仙羽製成的。」

「鳳凰神什麼樣子？」

「梧桐劍選擇了你，有天你自會明白。」一隻小紅鳥飛過來。「走吧，你娘煮好晚飯了，我們回家吧。」

「要相信鳳凰的力量。」他雙手高舉梧桐劍，劍身閃耀出他不曾見過的白色光芒，光芒穿透整片死湖，殭屍們瞬間化爲灰燼。阿卡心想：「終於覺醒了嗎？」何老爺也被強光逼退數十步，阿靖手中梧桐劍燃起白色火焰，使出一招「火鳳燎原」瞬間貫穿何老爺胸口，傷口處更燃起白焰，轉瞬間就將何老爺燃燒殆盡。眾人一看殭屍王被滅皆拍手叫好，玫女更牽起大家的手轉圈，轉到阿美姐都暈了：「好了好了！再轉我要抓兔子了！」眾人才趕緊鬆手。這時玫女發現李瓶不見了：「咦？大嬸呢？怎麼沒有跟優秀的我們一起轉圈？」伯恩道：「嗯哼根據我對她的了解呢，她一定是去找古墓裡的寶藏了。」眾人同時點頭深表認同。

阿靖閉著雙眼，看見一位身穿深青色長袍，留著雪白長髮的男子，站在自己眼前，他伸出手，像是要給什麼東西，他伸手去接，睜開眼睛，掌中出現一張白色符，上面還有紅色硃砂繪製的鳳凰圖騰，他不自覺開口道：「要相信鳳凰的力量。」阿卡道：「阿靖，你終於覺醒了。」阿靖問：「阿卡你說什麼覺醒？」阿卡：「其實你是梧桐門創派祖師爺嵐月道人的轉世，你爹娘也都知道。」阿靖：「嵐月道人……難道是剛才我見到的那位……？」阿卡道：「你掌中的應該就是鳳凰神咒。」阿靖：「鳳凰神咒……此行出門前我娘曾傳我十六字真言，她說此趟就會用上，務必牢記。」阿卡：「不愧是小琪，辦事真令人放心，走吧！」「去哪裡？」阿卡道：「古墓的主人，其實不是何老爺，而是那黑袍女。」「她還活著？」「她早成精了，在這古墓中千年也不會死。」「她在哪裡？」「何老爺紫色棺槨下有一密道，她就藏身於下。」「我們走。」說完阿靖一劍將棺槨劈開，果見一圓洞於其下，阿卡道：「阿靖，下方就是她所創造的異界，沒有法力的人進去後會昏迷，只能我們自己進去。」於是阿靖放出一隻小紅鳥，翩翩飛到玫女等人面前開口道：「主人要我告訴你們，他去棺槨下的祕密通道追黑袍女，請別擔心！不要來！」說完它就變回一張黃符了。

玫女一聽：「什麼！那個莫名其妙的黑袍女居然還活著！真是太扯了，我以爲可以收工了說。」

伯恩：「根據目前的情況來看，黑袍女應該會是最後的boss，如果只有阿靖一個人，獲勝的機率應該不是太高。」

阿美姐：「老人家說患難見眞情，這時候就是我們古墓探險隊出馬的時候！團結力量大！」

小英：「等什麼?走吧！」

大家齊聲舉手喊著衝衝衝走到湖畔，但很快就遇到第一個問題，怎麼渡湖抵達中間的高台?小英聽到不遠處隱有人聲，衆人躡手躡腳地前去查看，赫然發現李瓶手中拿著一個小木童，她笑著說：「幸虧我有遠見，把小彌陀帶在身上，小彌陀，快出來幫幫我啊！」一陣白煙冒出，小彌陀問：「怎麼又是你啊大嬸？」「女神需要你的幫助啊！」她自懷中一疊符紙中找出一張綠色符，上面有紅色硃砂繪製的虎首：「我想施展風雲咒飛到那個高台去幫阿靖解決黑袍女啊，但我怕我法力不夠會失敗，所以才想找你來幫幫我啊！」小彌陀笑問：「那裡有寶藏？」「什麼寶藏？你別把我想得那麼貪財！如果眞的有寶藏，我也會跟阿靖一起收拾掉黑袍女後再抓一把！大不了找到之後幫你換上好的黑檀香如何？」小彌陀道：「黑檀香就想打發我？我要你重建嬰靈廟！大不了我再聘你當一輩子的廟祝，包住不包吃。」李瓶笑道：「你這小鬼這麼會算！好啦好啦，算我上輩子欠你的，找到小寶藏呢，廉價黑檀香，找

到大寶藏呢，豪華嬰靈廟，看你幫不幫我。」小彌陀笑道：「成交，我把靈力灌輸到你的手中，你再施展。」接著李瓶取出一本小冊子，翻看幾頁後，手執綠色符咒，唸咒道：「風神敕令！選風風神，雲虎！」但沒有任何動靜，她又試了幾次，結果都相同。小彌陀嘆道：「哎呀！大嬸！你的法力太弱了，我幫不了你啊！」

玫女忍不住跑出來：「你唸的怎麼跟阿靖不一樣？」她搶過小冊子一看道：「你讀錯了啦！讓我這個說文解字小美女來幫你解答！這個字唸遜不是選，這個字唸薩不是風，你試試看啊！」李瓶半信半疑再次唸咒施法：「風神敕令！巽颯風神，雲虎！」綠色的雲中出現一隻白色雲虎，大夥又跳又叫，李瓶得意道：「雲虎！將我帶到高台上吧！」她身體慢慢飄起，玫女見狀趕緊抱著她的腰，小英也衝過來抱住玫女大腿，伯恩也衝上前要抱小英大腿，阿美姐搶先一步，她道：「Lady first！阿姨還不想聞你的腳臭然後掉進湖裡！」於是伯恩就排末位，他雙手環抱阿美姐的腰，臉正好埋進她的臀部裡，一時難以喘息。一行人緩緩飄向高台，李瓶罵道：「哎呀！超重了啦！你們是要累死我的雲虎是不是？我要跟你們收車馬費！」玫女也回：「搭順風車也要收錢？還是全靠我這個說文解字小美女，我們才能夠起飛！那我也要收專業諮詢費！」抱著玫女大腿的小英道：「我以爲我抱的是兩條腿，原來只有一條。」阿美姐忍不住大笑：「哈哈哈玫女你的腿太粗了啦！讓小英誤會！」玫女一聽

又羞又怒，忍不住開始扭動：「小英，你要好好學一下怎麼聊天，不然你出社會怎麼辦？可不是人人都像我這麼善良又好相處的！」李瓶：「哎呀肥婆你別亂動啊！我們都會掉進湖裡的！」玫女一聽調皮心起，環抱李瓶腰的雙手手指，開始搔她腰間的癢，李瓶忍不住左扭右扭，發出咯咯的笑聲。隨著玫女調皮的手指更快速且密集地搔弄著，李瓶扭動的幅度更大了，她上氣不接下氣笑罵道：「哈哈……死……肥婆……哈哈……等等我要……揍……哈哈……」到後來已無法言語。下面一串人紛紛罵道：「不要再搖了！」「我快吐了！」玫女也故意笑罵道：「大嬸！不要再搖了啦！人家迷你裙都快掉下去了！」手指卻繼續搔弄。李瓶突然大叫一聲：「我受不了啦！」然後眾人瞬間往下墜落，霎時間水花四濺，幸好離高台已不遠，眾人狼狽地自行爬上岸。高台遠看不高，近看不得了，幸好高台築有台階，小英一路臉不紅氣不喘登到台頂，她一路計數，台階正好六百六十六階，她吃完一塊大餅、三個肉包、五顆飯糰和七條魚乾，都不見第二人出現。直到她睡午覺醒來，玫女、李瓶、伯恩和阿美姐才陸續抵達，精疲力竭的他們爬到懷疑人生，尤其是玫女更是抱怨連連。

稍憩片刻後，眾人決定進入祕密通道，但面對眼前這個深不見底的漆黑洞口，眾人都不知道該如何是好，阿美姐說：「這個時候呢只要給它丟一顆石頭進去，看看多久後聽到聲音不就知道有多深了？」但這高台上哪有石頭？眾人開始翻翻口袋與背包，阿美姐想到小英身

上有硬幣，小英則摸摸肚子道：「我買食物買光了。」大家盯著她的肚子並無懷疑，但實在找不出一個堅硬物品，玫女說：「小英妹妹，現在只剩你的甩棍可以丟丟看了，反正我們也會跳進去，到時候你再撿起來不就好了？」李瓶一聽笑道：「如果丟下去發現真的很深，你敢跳才有鬼咧！到時候小英妹妹，你的甩棍就回不來囉！」小英一聽趕緊將甩棍抱在胸口，玫女向阿美姐眨眨眼，接著將頭一低，開始喃喃自語並左右甩頭，阿美姐忙道：「哎呀！玫女起乩了！」眾人都是一驚，阿美姐雙手合十虔誠道：「玫女從小就和觀音菩薩有佛緣，三歲拈指微笑，七歲倒背觀音普門品，菩薩突然降駕一定有什麼要指示的，我們快聽！」大夥一聽也趕緊合掌聆聽，只聽玫女閉眼怪腔怪調說著：「觀音娘娘在此，你們此次前來替天行道，實屬天意，如今你們已經發現寶藏所在，正所謂佛渡有緣人，寶藏贈佳人，善男林和靖已經找到寶藏，他正要從另一個出口離開古墓，滿載而歸，你們怎麼還執迷不悟？」李瓶一聽，急忙跳入通道邊喊著：「師侄等等我啊！」眾人靜悄悄側耳傾聽，悄無聲息，玫女道：「沒辦法了，我們跳吧！至少有個墊背的！」小英和伯恩盯著她，玫女又怪腔怪調說：「青春美麗的本娘娘先跳囉！」接著一溜煙跳進去，他們才曉得一切都是騙局，陸續跳進通道中。

阿靖進入異界後，感到一股寒意與不自在，他感覺自己正緩緩下沉，下沉到深不見底的深潭中。終於，他眼前出現一座黑色的宮殿，宮殿一體成形，外牆閃耀著黑色光澤，靠近一看，牆上刻有許多蛇形圖騰，活生生像是會爬行般，使他不禁看得入迷，阿卡咬了一口他的脖子道：「阿靖，當心！這裡是異界，也是能量最強的地方，別被迷惑了！」阿靖一痛，趕緊集中精神。他踏入宮殿大門內，兩側的黑色火焰自動燃起，大殿中央有一顆黑色圓球，阿靖問：「這圓球是什麼？」阿卡回：「黑袍女就在裡面，她的肉身正在冬眠，但她的意識一直是醒的。」阿靖：「這麼說古墓裡殭屍、式神等都是她在操縱？」阿卡：「沒錯，快動手吧！按照原定計畫，只要你用鳳凰神咒將她消滅，任務就完成了。」阿靖問：「原定計畫？」阿卡笑回：「天機不可洩漏。」阿靖全神貫注，在阿卡的引導下，將全身力量漸漸匯聚至右手食指指尖，指尖閃耀出強烈的白光，阿卡望著這光，不禁想起自己數百年前初遇嵐月時，自己還是隻捉弄村民的小妖，某次被村民打得遍體鱗傷時，遇到正要前往梧桐山找尋鳳凰的嵐月一行人，嵐月並沒有消滅自己，反而治好身上的傷，並希望自己能加入梧桐門，共同除去天下邪魔，當時因爲年幼，並未答應嵐月的請求，但卻一直放在心裡，一直到數百年後，遇到迷糊道人，才決心回報當年的恩情。回到現實，阿卡發現黑色圓球有所動靜，數百條黑蛇向阿靖游來，阿卡道：「阿靖，你繼續集中力量，我幫你拖延時間。」說完阿卡咬

破自己手指，在自己額頭畫了一道符咒，接著牠身體迸發出黃色閃電，閃電散去後，一隻魁梧的黃色神獸出現在阿靖眼前，牠身形似虎，頭上長有一對藍色鹿角，身體也有些藍色圖騰，尾巴則是短短的天藍色麒麟尾。阿靖第一次看見阿卡變身，也嚇一大跳。牠的鹿角泛起藍光，數十道閃電霹靂射出，將黑蛇盡數消滅。但黑色圓球源源不絕地放出黑蛇，數量越來越多，阿靖已被黑蛇包圍，牠心中暗叫不好，心下也疑惑：「黑袍女不該有如此力量，看來有股更強大的能量在支配著她。」

梧桐村裡，迷糊道人正和印桐、小琪品茗敘舊，迷糊道人說道：「哎呀！靖兒真是個不錯的孩子啊！沉穩善良似他爹，細心聰明像他娘，我瞧他的劍法和道術也挺不錯，雖屬初學，卻已能掌握箇中精要。」印桐道：「師叔過獎了，靖兒還得多學習才行。」小琪憂心道：「不知靖兒是否一切順利？」印桐安慰她道：「小琪，別擔心，靖兒已經覺醒，也取得鳳凰神咒了，定可消滅黑袍女，別忘了祖師爺跟我們說的……」小琪接續道：「要相信鳳凰的力量！」迷糊道人：「沒錯沒錯！況且還有阿卡和其他同伴在，擔心什麼？」印桐道：「對啊，有阿卡保護他，還有師妹在。」迷糊道人搔搔頭道：「這個……咕妞，我想她的天

賦不在道術與劍法上。」夫妻倆一聽面面相覷，迷糊道人繼續說：「不過呢她夠機靈，命也夠硬，有她幫靖兒，絕對沒問題的！況且還有其他四位夥伴，我看得出來，他們也都身懷絕技。」聽師傅這麼說，小琪才安心輕啜一口茶。

回到異界中，李瓶緩緩下沉，一踏入此處，這感覺甚是熟悉，卻又想不起何時來過，只覺一陣冰冷刺骨，看玫女等人都已昏睡過去，濃烈睏意襲來，她急忙連呼自己巴掌：「不准睡！醒過來！」小彌陀道：「大嬸！你打到臉腫都沒用，快集中精神！你應該多少有點道術功力。」他邊說邊以手指戳她眉心處，話才說完，李瓶就呼呼大睡了。他沒法子，只好附身到李瓶身上，他遠遠就看到阿靖正被黑蛇圍攻，不好，要多叫一些幫手來，當下他便施展心靈感應，將村長家那另外九十九位嬰靈也喚來。

另一邊的阿靖正被黑蛇包圍著，忽然一雙拖鞋飛旋而來，眾蛇立即退散，阿靖一看，果然是伯恩，還有玫女等人都來了，正想詢問，登時看見他們身上滿滿的嬰靈：「小彌陀，謝謝你們啊！」附身李瓶身上的小彌陀回道：「專心做你的，黑蛇交給我們！」接著眾人在阿靖身旁圍了一圈，玫女使出粉紅迴旋踢！將黑蛇捲入粉紅龍捲風之中。小英使出甩棍大地

斬！將黑蛇劈成一段一段屍骸。阿美姐使出九仙拂塵波浪舞！在黑蛇間高速舞動並消滅牠們。伯恩則將拖鞋套在雙手，施展臭腳滅殺掌！被掌風掃到的黑蛇立即分解成泡沫。阿卡也狂放閃電，眨眼間將黑蛇電斃。李瓶醒過來，問道：「哎呀！我的身體怎麼會自己動？」小彌陀道：「是我們在你體內把你叫醒啦！梧桐門道術只有你能使用。」李瓶想起師傅給的那疊符紙和小冊子，取出一看，幸虧這些符紙跟小冊子他都已施法，遇水也不會糊掉。「哎呀！有這些符咒有何屁用？我的道術這麼差，不成不成。」小彌陀道：「有我們在你體內，憑藉我們的靈力，你一定可以的！」李瓶一想也對，眉開眼笑道：「好吧，既然你這麼堅持，我就勉爲其難試試看，來吧，怎麼開始？」小彌陀指著黑色圓球說：「用寒冰咒冰封它。」李瓶找出寒冰咒，翻閱小冊子後唸道：「冰神敕令！寒霜冰神，凍熊！」原本光靠李瓶的道術這隻凍熊可能還沒觸及黑球就會融化，但加上小彌陀和其他十九位嬰靈的靈力，這隻凍熊也可說是氣勢磅礴，李瓶又驚又喜大叫：「上吧！凍熊！通通給我冰起來！」黑球周邊瞬間結冰，黑蛇也不再出現。

阿卡見時機成熟，阿靖力量也已匯聚成功，便道：「阿靖，趁現在使出鳳凰神咒！」阿靖取出鳳凰神咒，唸道：「鳳棲梧桐，彩翼雙飛，浴火重生，破諸魔邪！」白色強光中出現一隻白色鳳凰，白色的羽翼乍看下也像是白鶴。阿靖抬頭仰望心想：「原來這就是鳳凰神

的樣子。」但那白鳳凰並不攻擊，阿靖心想：「怎麼會這樣？我不是已經施咒了嗎？爲什麼鳳凰神不攻擊呢？」阿卡也疑惑想著：「按理說，只要發動咒術，鳳凰神就會攻擊邪魔，怎會這樣？」覆蓋黑色圓球的冰層開始崩解，它像是呼吸般一張一縮，越發急促，鳳凰神已回到白色符中，阿靖由於剛才耗費太多精力，再加上身處異界，體力不支昏了過去，阿卡趕緊將他馱在背上，向李瓶等人道：「異界要崩塌了，快抓著我！」一行人緊抓著阿卡，準備逃離，這時異界產生強大的吸力，李瓶慌張道：「哎呀！貓仙！快跑啊！我們快被吸回去了！」阿卡又何嘗不緊張，只是這吸力實在太強大，只靠自己定逃不出去，所有人都要遭殃，於是向李瓶道：「大嬸快想想辦法啊！出絕招！」李瓶隨手抓出一張土黃色符咒，心下一喜，攻擊符咒不是自己強項，但逃跑咒語自己卻是滾瓜爛熟，她大喊：「小朋友們！快把靈力借我！看老娘發威！」百位嬰靈將靈力灌輸於李瓶身上，她感到前所未有的能量湧現，唸咒道：「看老娘的沙影咒！土神敕令！遁地土神，沙猴！」土黃色的符湧現大量龍捲黃沙，轉眼便將黑球整個掩埋住，阿卡趁隙一口氣鑽出異界。衆人出來時從古墓門口飛出，正好撞上那些被施展定身咒的村民身上。

彩仙隨卽開始滔滔不絕的咒罵，阿卡站起來怒吼一聲，村民們一看有老虎立卽四處逃竄去。阿卡舔了舔阿靖的臉道：「阿靖，快醒來。」他微微睜開眼睛卻無力動彈，大夥也都還在昏厥。古墓口悄悄走出一個人，她身穿黑色長袍，一頭烏黑長髮，黑袍女竟然走出古墓了！阿卡問：「黑月，你的計畫已經失敗了，不如長眠古墓吧。」她森然道：「失敗？」阿卡道：「不錯，你的食子之術已經被破，何老爺、殭屍群和你的孩子都已被滅，儘管你在死湖異界吸收百年陰氣，此刻的你不過是尸居餘氣，無法有什麼作爲的。」黑月笑道：「食子之術，早在百年前就被白羽那一箭粉碎了，看來你還不明白我是如何活下來的。」她身上泛起黑色的能量，阿卡道：「難道……難道你喚醒了黑蟒精？」黑月笑道：「我豈止喚醒牠……我花了這百年時間與牠合而爲一，現在的我擁有永恆的生命與你無法想像的妖力！」阿卡道：「不可能，當年你被白羽射中，她師傅就將古墓封印了，你不可能離開古墓。」黑月道：「不錯，這百年來我沒離開古墓一步，當時我會選擇此處建墓，便是因爲……此地下方正是黑蟒精的玄陰深潭，食子之術不過是幌子，也正是因爲被封印著，我才能在此與黑蟒精形神合一，不被打擾，眞要感謝你們梧桐門！」阿卡道：「我曾聽梧桐祖師嵐月提過黑蟒精，除了強大的妖力，牠還擁有穿梭異界的能力，每當受傷，只要潛回玄陰深潭靜養，片刻便能痊癒。」黑月道：「不錯，正是因爲梧桐門歷代對牠的追殺，我才能利用這點說服牠與我合一，我誓要報白羽當日一箭之仇！殺盡梧桐門所有人！」

她腦中浮現當日的畫面：白羽來到古墓外，黑月出墓應戰，白羽箭在弦上，瞄準黑月問：「你就是闇月派黑月吧？」黑月笑回：「小妹妹，你是梧桐門的吧？我最看不慣你們自以爲正義的樣子。」白羽回：「梧桐門第三十七代掌門歐陽杰門下白羽，我只是做該做的事。師傅知道你意圖施展食子之術，爲禍天下蒼生，特命我來阻止你。」黑月回：「凡人都有一死，不如將其靈魂貢獻予我，成就我這不凡之人，小妹妹，我看你才十四、五歲，又是女性，不如，改投我闇月派門下吧！只要你將歐陽杰首級取來，我就將一身闇月咒術傳授予你，你看如何？」白羽道：「你視人命如草芥，留你後患無窮。」「哼！就憑你這個……」黑月話才說一半，左胸已被梧桐除魔箭貫穿，她立卽蹲下壓住傷口，白羽以鄙視的眼神看著她道：「如此活著，不覺得可悲嗎？」這句話再度貫穿她心口，她惱怒甚極，逃回古墓中意圖奮力一搏，這時歐陽杰已在古墓外施展封印咒，眼看自己重傷難癒，她便將最後的闇月力量往下直送，喚醒沉潛深潭的黑蟒精。

回到現實，躺在地上的阿靖聽到他們在半空中的對話，同時他們也持續交戰著。阿靖心中想著祖師爺嵐月道人將鳳凰神咒交給自己時，似乎說了些話，他靜下心努力試著想起，一直到黑月講到「白羽一箭之仇」時，他才想起祖師爺說的話：「這枝箭就交給你了。」他突然睜開雙眼跳起來道：「我還缺一張弓！」其他人也醒來了，阿靖問他們：「你們身上有沒有弓？」小英一聽從後背包裡拿出一個物品認真說道：「我有碗公。」玟女擠開小英笑道：「吼呦什麼碗公啦，小英妹妹你滿腦子就只想著吃吃吃！」她說完從背包拿出一個酒杯道：「有深度一點好不好！阿靖一定是要這個觥籌交錯的觥，我都拿來喝啤酒。」阿美姐笑道：「年輕人就是不懂男人要的是什麼！」她拿出一瓶黑色罐子，旋開蓋子，倒入玟女的酒杯道：「藥酒大蜈蚣！讓你體力長長久久！」伯恩舉起酒杯一飲而盡說道：「我個人認為你們拿這些出來都是徒勞無功。」這時李瓶也醒了，聽見他們說的話，忍不住罵道：「哎呀！都什麼時候了，你們還在這邊亂啊！」眾人不約而同盯著她看，李瓶正覺得疑惑，順著他們的眼光看向自己的身體，自己衣服出現好幾道裂痕，裡面的紅肚兜若隱若現，心想：「糟糕！一定是剛才施展沙影咒用力過猛，最近又吃多胖了幾斤。」趕緊遮掩身體並罵道：「看什麼看！我有的你們都有！還有你這個臭腳恩，沒看過美女啊？」玟女道：「誰要看你的五花肉！我們在看你的項鍊啦！」李瓶趕緊用手將弓形項鍊握緊側身道：「你們別趁火打劫啊！這可是我姊姊出嫁時送我的嫁妝啊！」小英道：「它是弓的形狀！」阿美姐道：「李瓶妹妹借我們看看啊！又不會少一塊肉！」李瓶：「真的會少一塊肉我就借你！也不怕你們搶，小玥姊姊當年說這項鍊莫名其妙出現在她頸上，無論如何都拿不下來，直到她出嫁當天，項鍊

居然自己解開了。她看這項鍊值錢，便送給我當嫁妝，還囑咐我絕對不可以配戴，否則會無法取下。我年幼無知，以爲是她怕我搞丟才編這理由嚇我，沒想到是眞的，它跟了我十幾年了，不信你們拿拿看啊！」她伸長脖子向眾人擠去。玫女笑道：「你以爲我們是三歲小孩那麼好騙啊？我現在就幫你摘下來！」她才剛觸碰到項鍊，雙手立即像被火燙到一樣反射性縮回，旁人這才相信她沒有騙人。

阿靖站起來說：「讓我試試看。」眾人屏息盯著阿靖伸手去拿，當他碰觸到項鍊時，項鍊閃了一下白光便解開了，眾人驚呼一聲，項鍊在阿靖的手中漸漸增大爲一張純白色的弓，李瓶大叫道：「哎呀！我的嫁妝啊！快還給我！」此時阿卡被黑月轟至地面上撞出一個大洞，大伙都是一驚，阿靖趕忙去看阿卡傷勢，阿卡虛弱道：「阿靖……要小心……黑月已經跟黑蟒精完全合體了。」阿靖道：「阿卡，你好好休息，剩下的交給我。」阿卡欣慰笑道：「阿靖眞的長大了。」說完牠就昏了過去。

阿靖抱了抱阿卡後，緩緩起身低頭道：「各位，本來應該叫你們快逃走的，但是……能不能……能不能幫我拖延黑月？」大伙圍在他身邊，發現阿靖竟滴下男兒淚，這才想起他還是十三、四歲的少年，一時也不知道如何是好，李瓶道：「師侄！放心交給我們吧！雖然我們沒什麼本事，不過就算挨打，也能撐得了一時半刻的，你們說是不是？」大夥紛紛稱是。

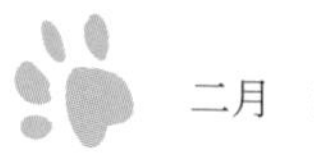

阿靖道：「小彌陀他們已經靈力耗盡回到木童中，沒有他們的靈力，你們可得千萬小心。」阿靖開始再次匯聚力量於指尖，黑月慢慢降臨地面，冷笑道：「別做困獸之鬥，乖乖成爲我的一部分吧！」玫女罵道：「老妖怪！誰要成爲你的一部分啊！」說完她衝上前使出粉紅迴旋踢！黑月伸出右手食指就擋住了她的攻擊！玫女一連串髒話又連續踢了五、六下，都被黑月一指擋下。小英也擊出甩棍大地斬！黑月手中出現一柄彎曲細長的黑蟒之刃，一刀便將甩棍劈成兩半！阿美姐的九仙拂塵波浪舞襲捲而來！將黑蟒之刃緊緊纏繞住。伯恩見狀急忙施展臭腳滅殺掌！掌掌進攻黑月臉部，黑月嘴裡吐出蛇信，辨別氣味方位，完美閃避開伯恩的攻擊。黑蟒之刃發出黑色的能量他們四人立即被轟飛四散，李瓶心想：「哎呀糟糕！剩我一個！」她急忙翻看手中的符紙，最後一張出現她從沒見過的青綠色符咒，上面畫著一個小女孩，不知道在吃什麼東西，符上還貼心寫著咒語：「陽神敕令！汨羅陽神，粽蛟！」，汨字旁還標記著注音。青綠色符咒湧現大量粽子朝黑月飛去！黑月大驚！

原本昏迷的小英聞到香噴噴的粽子味也爬起來，隨手撿起旁邊粽子就開始狼吞虎嚥，頃刻間就吃了十多顆粽子。另一邊黑月已經被粽子山給掩埋住，李瓶這才想起自己小時候好像曾經被師傅變成一串粽子，料想這張符咒定是師傅用來戲弄自己的，粽子山上方出現一條巨大的青色蛟龍，張開大嘴向著粽子山垂直俯衝下來，將所有的粽子吞進肚子裡。一旁的小

英不禁看傻了眼，連忙抛下手中的粽子。李瓶見狀又驚又喜道：「我消滅她了？我成功了？原來我的道術還是挺不錯的！」她向著天空大喊：「哈哈哈師傅！你看到了沒？我成功消滅她了！」一那條青色蛟龍靜止不動，倏地一陣猛烈爆破，哪裡還有蛟龍跟粽子？半空中只有黑月與黑蟒血刃以及她身旁的黑色能量，李瓶忙道：「哎呀，不好意思大姐，我家裡還在烤番薯，我先回家了！」說完她轉身就跑，黑月已將黑蟒血刃投擲而出，眼看就要貫穿李瓶後腦，一隻手，一隻充滿力量的手，一隻吃飽後充滿力量的手，猛然伸出緊緊抓住血刃刀柄，李瓶回頭一看，居然是小英！李瓶不禁腿軟千恩萬謝道：「小英妹妹！我是捉鬼女神，你是捉鬼女神的女神！等我找到寶藏我一定請你吃龍蝦、鮑魚、燕窩吃到飽！後面就交給你了，爲了不要拖累你，我先去安全的地方等你。」說完她快速爬向遠處。

小英握住刀柄也不知道下一步該如何是好，黑月倏地飛來，兩人就在刀柄上奮力的拉拉扯扯，一時難分軒輊。一旁觀戰的玫女拿出彩球跳起舞：「小英吃飽！天下無敵！敵人看到！落荒而逃！」阿美姐和伯恩也在一旁搖旗吶喊助陣。黑月盛怒，將黑暗力量釋放開來，小英、玫女、伯恩和阿美姐都被轟飛到遠方，這時阿靖力量匯聚完成，他左手執弓，右手持符，唸動鳳凰神咒：「鳳棲梧桐，彩翼雙飛，浴火重生，破諸魔邪！」白光中再次出現白色鳳凰，白弓也發出白光與之呼應，鳳凰迅速變作一枝箭矢，箭頭閃耀著璀璨白潔的光輝，阿

靖身旁竟然出現一位白衣女子的身影，她左手按在阿靖左手上，右手則放在他拉弓的右手上，她平靜說道：「就是現在。」阿靖放開右手，鳳凰神箭迅速飛射向黑月，黑月手執黑蟒血刃與之抗衡：「別以爲我會再輸給你！」黑白兩股能量產生強大撞擊，阿靖左手漸感吃力緩緩往下，一隻手伸出將弓抓穩，原來是李瓶：「不要放棄啊！」玫女等人也過來將弓抓穩，李瓶道：「好！我們六個人一條心，跟她拚了！」阿卡此刻也醒了，看見大夥正在拚命，牠說：「嵐月，看看我們的力量吧！」鹿角上釋放出強大閃電，向著黑月攻去。

這時梧桐劍自阿靖背上飛至黑月上方，它不斷旋轉並燃起烈焰，接著竟一分爲十二，筆直往下刺去，梧桐十二劍貫穿黑月身體，她手中的血刃登時崩解，血刃被破，阿靖射出的一箭直接貫穿黑月胸口，她仰天哀號倒地不起，她望著天空，已經想不起上次望天是多少年前了，她看見白羽站著俯視自己，白羽問：「落得如此下場，值得嗎？」黑月沉思半晌回道：「值得如何？不值得又如何？若無法做我自己，就算與黑蟒精合體，獲得永生又如何？倒不如像你終其一生做自己，自在瀟脫。我視人命如草芥，留我後患無窮，你沒說錯。可是我已經沒機會重來了。」白羽對她伸出了手。

阿靖等人稍微喘息後，蹣跚走來查看，卻沒見到黑月，只看到地上有張黑色符，阿靖將

它拾起，上面畫著一條白蟒圖形，阿卡心想：「重生贖罪，是最好的選擇。守護重要的人是責任，也是本能啊！」牠望向遠處林中。

男子欣慰說道：「靖兒果真沒讓我們失望。」

女子柔聲回：「虎父自然無犬子，青出於藍，指日可期，也多虧有印桐哥新創的梧桐十二劍，否則，只怕沒那麼輕易結束。」

印桐回道：「若我不出手，你也會忍不住出手的，我知道你絕不忍心讓靖兒受傷。」

小琪微笑道：「這個自然，他可是我們最寶貝的孩子呢！我回去得幫阿卡準備大餐犒賞牠，感謝牠守護靖兒這一趟平安。」兩人緩緩消失在林霏盡處。

夜晚時，阿靖和李瓶等人回到村長辦公室，隨意吃些麵條後，就各自找位子沉沉睡去。

同時村長正偷偷摸摸提著燈籠趕往北方牡丹村，據說那裡是妖物不敢近的村落，他暗自慶幸心想：「幸好我有遠見，已將所有公款帶在身上，下半輩子可高枕無憂了！」殊不知，身後有個人從竹林村一路尾隨著他。村長坐在一棵榕樹下稍憩片刻，一邊碎唸道：「這個該死的秘書也不知道死到哪裡去了，幸好公款都被我藏在地磚下面，沒讓他捲款潛逃，不然可

就養虎爲患了，現在村民跟探險隊應該在找他負責吧，幸虧我逃得快！」他說到這裡不禁幸災樂禍地笑出來。月光下一個人影慢慢走過來，村長慌忙問道：「是誰？」同時手壓著包袱裡那厚厚一疊銀票。待那人走近，他稍微看清楚後說道：「原來是你啊！你到底躲到哪裡去啦？你這個辦事情都不負責任，我是老闆還是你是老闆？還得親自由我去隔壁村搬救兵，這到底是誰的責任？你說說看啊？」秘書走得更近，和村長的臉相距不到半隻手臂長，「你靠這麼近幹嘛？」秘書張嘴露出尖銳的獠牙，雙手已鉗住村長肩膀，向村長脖子咬去，似乎是要將多年來積累的悶氣連本帶利一次討回來。月光下很快又恢復平靜，地上燃燒的紙燈籠也熄滅了。

探險隊衆人醒來後，玫女拉著大夥一起合照留念，接著相互道別，走向不可預知的明日。

玫女後來參加女子摔角大賽，獲得冠軍，她利用獎金去進行全身大整形，砍掉重練，沒多久就成功嫁爲醫師娘，過著天天啤酒加滷味的日子，六個月後原形畢露，第七個月就被離婚，不僅沒有獲得分手費，還被對方怒告詐欺。

小英返回家鄉轆轆村，自己砍樹建了間「小英快炒店」，從此不必再擔心肚子餓，還不

定期舉辦大胃王比賽，但從來沒有人能夠吃贏她。她將黑色甩棍重新接好，和大夥的合照一起掛在牆上，時常想著探險隊的大家，邊炒邊試吃，常常炒好時鍋裡已經沒有飯了。

伯恩在竹林村開了間夾腳拖鞋店，同時還提供腳底按摩的服務，沒想到客似雲來，本想招聘新員工，但面試時必須親自幫伯恩按摩腳底，沒有一位求職者能通過這關，伯恩對此感到自豪，但同時又擔心自身絕學將從此失傳。

阿美姐在桃花村募款重建嬰靈廟，將古墓中的九十九尊小木童供奉在小廟中，當作自己小孩般疼愛，另外還提供算命、卜卦、測字、看相、觀落陰和牽亡魂等服務，沒有半年前預約是不可能輪到你的，樂善好施的她也被村人稱爲「嬰靈仙姑」。

李瓶收小彌陀爲乾兒子，自稱捉鬼女神與仙童，到處替人捉鬼除妖，偶爾開立除邪仙丹，不敢保證藥到病除，但能保證貴到你唉爸叫母。不過有三種人不收費，分別是老、弱、孺。據說以前她曾遇到一個貪財的婦人，因此婦人來求助鐵定是要加收費用的。遇到解決不了的鬼怪時，往往就請對方去梧桐村找師侄林和靖善後。有時盤纏用盡，便會到千佛村拜訪姊姊李小玥，順便白吃白喝一段時日。

阿靖帶著黑月之子回到梧桐村，印桐與小琪將黑色小木童供奉在義莊旁的老榕樹下，迷糊道人命令樹下的精怪們負責督促與陪伴他，待他功德圓滿那日即可轉生。阿卡變回原本貓

的外表，依舊慵懶躺在阿靖身上睡午覺，偶爾會和阿靖去各地解決李瓶的爛攤子，順便當作修行。一直到阿靖十八歲繼任掌門那年，牠才回到朱雀谷隱居。阿靖終於成爲獨當一面的除魔劍客，繼承梧桐門守正辟邪的天職。

後來竹林村人推舉阿武擔任新的村長，主要還是妻子彩仙私下運作促成的結果。自此她享受著村長夫人的稱號，但隔年就身染怪病驟逝，據村裡的三姑六婆所說，她的嘴裡長出另一張嘴，將她想吃的美食都吃光，將她想說的話都吞下，終至營養不良抑鬱而終。隔年，儘管彩仙連給了九十九個怒筊，雙筊甚至碎裂成八塊，阿武還是再娶從小青梅竹馬的如意，成親時村人都說這親事是「如虎添翼」。後來，有孝成爲新的秘書，幫村人謀求許多實質上有幫助的福利。村人以爲前任村長和秘書勇敢擊退殭屍雙雙殉難，於是刻了雕像佇立在已被封閉的古墓口，後代村人總對子孫說：「你晚出世不認識他們，你不知道他們當年力抗古墓裡的殭屍多麼威風啊！」如此傳久了，誰也沒料想到，百年之後，此地竟成爲一座香火鼎盛的忠義將軍廟，供後人虔誠膜拜著呢！

幸福街一段七號

高中畢業後我獨自來到台北讀書，如今也已經邁入第八年的歲月。我在幸福街一段七號二樓租了間雅房，一樓是房東太太的倉庫，用來存放些老舊的報紙與刊物。爲了有效區隔住宅區與工作區，於是她另闢一個通往二樓的小門。房東太太是個挺好的人，有時房租拖延了五個月也不會來扣門催討。我是去年七月搬過來的，遷居的理由有三個：空間寬敞、有對外窗、可以養貓。前兩項倒是其次，第三點則是促使我決定搬家的最主要原因。

我住的這層共有三間雅房，三人共用一間浴室。我住走上樓梯後最右邊的那間，居中那間住了一位年約三十略顯福態的女人。記得剛搬來的第三天半夜，我被一陣「心虛」的敲門聲喚醒，爲什麼說是心虛呢？敲門者輕輕地敲了一下，似乎擔心吵到房裡的人，但想了一想，不對，我就是要叫醒他，於是敲門的力道又加了三成，房裡卻沒絲毫動靜，想到今晚可能露宿走廊，敲門的力道又加了三成，而房內依舊靜默，煩躁的心頓時將理智線扯斷，用盡十成功力重重打在門上，才使睡夢中的我猛然驚醒。

原來是她去洗澡卻將自己反鎖門外，而房東太太準時於晚上十點後便將手機關機（料想是刻意的迴避，以免驚夢），因此我開門看見她時，她頂著素顏的面容瞇著眼（想是隱形眼鏡拔了），狼狽站在門外，懇求我幫她將門撞開。我突然想起電影裡許多撞門的場景，這樣的機會是可遇不可求的，於是我欣然接受挑戰。

奮力衝撞幾下，房門依舊屹立不搖，臂膀卻已隱隱作痛，才發現這不是件人人都辦得到的事。後來我們苦無良策，便決定用一旁的滅火器將門把撞斷，砸了幾下，門把果眞「卡啦」一聲掉了下來，外面的門把掉在門外，房內的門把掉在房內，連滅火器也凹陷一角，但門依舊如銅牆鐵壁般堅固，最後她只好向我商借大門鑰匙夜敲鎖匠門。

住在最左邊的是個臃腫的中年男子，年約四十，台中人，考國中老師考了十多年都考不上，後來意外考上國中的行政人員，我心裡暗稱他「怪叔叔」。爲什麼有這麼個「封號」呢？有一晚我正要去洗手間，卻驚見他只穿條四角褲，露出渾圓半個屁股，喜孜孜地在那刷牙，並哼唱著日本動漫的主題曲。此外，他總習慣在使用洗衣機時和它輕聲對話：「都沒有時間讓你休息眞抱歉。」「你每天洗衣服會不會很煩？」諸如此類的話語，著實震驚只把洗衣機當成「清洗衣物工具」的我。

再來說到我養的貓，目前房裡共有四隻，五坪的房間裡擠了四貓一人，一人一坪十分公平。其實起初並沒有養貓的念頭，是一位友人想要養貓，恰巧另一個朋友家裡的貓生了一隻，於是我便要了來，正要轉送給友人時，卻因其家人反對而無法送養，因此我冒著被房東趕走的風險，將進退不得的小貓偷偷養在房裡，這就是收編第一隻貓的過程，取名獅子丸（虎斑男生，現在六歲，十五公斤，已結紮，個性膽小內斂，小名馬嚕丸）。

接著輪到第二隻貓，有天我到友人家拜訪，正要離去時，卻聽見喵聲不止，沿著階梯往下搜索，終於在二樓的窗外鐵皮上，看見一隻癱軟無力的幼貓，不斷發出求救的呼喚。我輕輕將牠托於掌心，並放入鞋盒中，緊急送醫檢查，所幸一切無恙，較麻煩的是每四個小時要餵一次肉泥，經電鍋加熱後再吹涼，以小湯匙一口一口餵食，本欲替牠找個好人家，卻在餵食一週後日久生情，決定收編，取名小咕嚕（三花女生，現在五歲，未結紮，個性活潑好動，小名咕嚕丸）。

再來是第三隻貓，自從和小咕嚕邂逅之後，我便有餵食流浪貓的習慣。尤其是在公園附近，那裡有八隻流浪貓「定居」。附近的居民基本上分成三派：一是愛貓派：經常會去公園散步，順便餵食貓咪，並和牠們閒話家常；二是中立派：對於貓群視而不見，是生是死與他無關。三是恨貓派：他們向里長投訴貓群肆虐，致使台灣藍鵲和松鼠絕跡，投訴無用後，再以毒餌謀殺兩隻小貓。

隔天一早，我趕緊前往公園和愛貓派掌門（人稱張小姐）聯繫，表示我願意帶其中一隻貓回家，她也非常開心，並帶我前去找尋小貓的蹤影，於是我便將第三隻貓收編回家，取名小可愛（白底虎班女生，現在四歲，已結紮，個性溫柔親人，小名小白兔）。

最後是第四隻貓，是我三年前返鄉時抱回來的，當時我走在路上，一台大貨車由上坡高

速衝下來，差點將路上閒晃的小貓輾於輪下，小貓及時避開巨輪，驚慌失措地跳到我身上，我順勢抱住了牠，並且不顧家人的反對，收編帶回台北租屋處。取名小玉米（黃金虎斑男生，現在約三歲半，已結紮，個性頑皮熱情，小名大頭）。

以上四隻貓，是我在異鄉的家人。爲了支撐在台北的生活，我課餘時間還兼了六份工作，幾乎日日都忙到半夜才能入睡，只有牠們陪我作伴，待到我上床休息，四隻貓就會一一鑽進棉被，窩在自己專屬的位置，伴我度過寒夜。平常牠們就在房裡跑上跳下、追逐嬉戲，當我回家時，牠們已練就聽聲辨人的能力，知道是我回來了，齊聚在門口列隊歡迎。閒暇時我總愛陪牠們玩，或是幫牠們梳毛，有時還會有排隊或爭寵的情況發生。記得有次獅子丸尿道結石無法排尿，我趕緊搭計程車前往天母的動物醫院急救，好在搶救成功，將牠從鬼門關喚了回來。後來又因牠調理身體必須住院，我每天都去探望牠，總和牠說話說到醫院關門還不忍離去。另外住院每天都必須花費一千多元，最後實在負擔不起，懇求醫生讓我分期付款，才暫時解決財務危機。牠或許只是我的一隻貓，而我卻是牠的全世界。

說完我居住的環境與重要的四隻貓，接著該切入正題了。

週六早晨，我被小咕嚕叫醒，一看時間，約莫是十點多，我趕緊起身梳洗，因爲鄰近那家早餐店非常壞心，堅持只開到十一點，讓民眾於週末也不能盡情補眠，據說是因爲隔壁那

間自助餐廳的老闆娘，她曾因搶客人而和早餐店老闆娘吵了起來，這兩家店相鄰而開，共同點還不少：一為老闆娘都是一家之主，老闆則都是唯唯諾諾的；二是兩間店裡都有可內用的座位，而座位永遠被附近的三姑六婆所占據，一位難求，她們吃完後餐盤早已被收走，甚至洗淨後又盛著其它菜餚送至其他客人桌上，她們仍然高聲和老闆娘說著誰家女兒嫁不出去、誰的媳婦生不出兒子的情報；三為兩位老闆娘都不是好惹的「錢嫂」，為了捍衛生意的穩定度，吵架甚至大打出手，都是附近街坊司空見慣的。那一戰之後，早餐店和自助餐就以十一點為營業時間的分水嶺。所以我得趕緊衝出門前往早餐店，畢竟吃早餐比吃午餐多了份悠閒與情調。當我抵達時，老闆娘瞥了我一眼，並抬頭看了看時鐘，又推了一下紅色粗框眼鏡，才問我要點什麼。我一看鬆了口氣，時鐘顯示十點四十八分。點餐後，我站在門口望著遠處文化路上熱鬧的人龍，正在放空，卻聽見女子「啊」的一聲劃破天際，附近街坊都衝出來左顧右盼、交頭接耳想了解發生什麼事，當大家還沒弄清楚狀況，一個滿身是血的中年男子已經衝過來，迅速咬了自助餐老闆娘的脖子，老闆娘驚恐地大叫，更奮力揮拳抵抗，但血仍是噴射四濺，同時四周慘叫聲此起彼落。在場眾人頓時四處逃竄，本能地朝著家的方向衝去。我急奔回家，顫抖的手迅速將一樓大門打開，再重重關上，連滾帶爬上階梯，回到房間後立即將門鎖上。四隻貓也被我帶回的不安所影響，炸毛並露出驚恐的表情直勾勾盯著我。我嚇

壞了，立即打開電腦，想了解到底怎麼回事，卻發現網路連不上，我轉而拿出手機，卻發現已無法通話，我連續試了十多次都沒有成功。嘗試的過程中聽見窗外不時傳來哀嚎聲，我試著說服自己冷靜，心跳與呼吸卻還是緩不下來，直到天漸漸黑了，我才無助地在黑暗的角落啜泣，我擔心點燈會讓「那些人」知道這裡有人；我擔心遠在台東的家人是否也遭遇襲擊；我擔心會不會沒人知道我們在這裡，各種不安湧出心頭。

這時，一股柔軟的觸感在我的臉上蹭了一下，我一看，原來是小可愛來關心我了，牠最愛親我的臉頰，並窩在我的腿上發出呼嚕嚕的聲音。這時我才驚覺：牠們如此依賴我，我一定要保牠們周全。

網路與手機依舊癱瘓，向外求助不成，我轉而清點現有的物資，並列張清單：

一、設備組：

小冰箱*1

大同電鍋*1

桌電*1

筆電*1（避免之後停電，隨時都要保持充電狀態）

手機*1（同上）

二、食材組（幾乎都是爲了煮咖哩飯而買的食材）：

馬鈴薯*2

紅蘿蔔*3

米*1（大約1kg）

四季豆*1（約20根）

玉米筍*1（約7根）

甜味咖哩塊*1（2人份）

蘋果*1

五香乖乖*1

三、飲品組：

浴室水龍頭*無限（用電鍋煮開即可無限暢飲，但記得拿多個空寶特瓶裝水，以免之後停水）

牛奶麥片*2
阿華田*5

四、貓咪組：
綠家減肥飼料*1（剩下不到一公斤）
罐頭*2
粗顆粒貓砂*1

列出清單後，約略估計能撐六天已是極限。我想起隔壁有一間雜貨店，若是到第六天仍無法獲救，我便要前往「取貨」，但前提是，我得安全度過這六天。

第一天：二〇二四年三月十七日星期日

昨天什麼也吃不下，讓每隻貓吃完十五顆飼料後，早早上床休息，但一整晚都睡不安穩，好在四隻貓仍然與平常一樣伴我入眠，確實令我安心不少。傳說聆聽貓的心跳能讓心裡平靜，原來是眞的。

起床時已是中午，立即查看網路與手機是否已恢復，結果卻一樣令人失望。我將耳朵緊依著房門，仔細聆聽門外動靜，確定安全後我才緩緩將門微微開啟，看了看大門依舊「健在」，我轉而擔心另外兩位樓友，不知道他們是否還活著？用電鍋煮三分之一條紅蘿蔔與半顆馬鈴薯，用保特瓶蓋挖五個蓋子份的米，再裝滿半鍋水，等到鍋裡開始沸騰的時候，我將四分之一的咖哩塊放進去再攪拌，整鍋水立刻變成駁雜的黃綠色，蓋上鍋蓋，等到外鍋水乾開關跳起來時，再悶個十分鐘，以免米飯沒熟透。

吃著午餐，雖然撈不到什麼米粒，但勉強也能墊墊胃。四隻貓看著我吃，小咕嚕與小玉米忍不住想來分一杯羹，又被我從桌上抱下去，上上下下約二十餘次。吃完整鍋咖哩粥後，我又各數十五顆飼料放入四隻貓專屬的碗中，當然，在分配的過程中隨時得提防貓來盜寶，偷吃倒好的飼料。一放地上，四隻貓彷彿大胃王比賽似的狼吞虎嚥，不到一分鐘「四大皆空」，獅子丸與小可愛已經跳到櫃上舔毛清潔，咕嚕與玉米則在四處找尋有沒有漏網之魚。

午後的陽光優雅地穿透窗簾落到房內，四隻貓已各自找個舒適的角落午睡。我悄悄打開小窗隙，想一窺下邊情況，卻驚見自助餐老闆娘抬頭惡狠狠瞪著我，這令我本能地叫了一聲，我立即將窗戶關上，只聽她在樓下發出狼嚎般的怪叫，四隻貓一齊看向窗戶的方向，我腦中卻還殘留著她血紅色眼珠暴凸出來的畫面，蜷曲於窗下。不知道過了多久，我的心裡才

終於回復平靜。這件事讓我了解：有時候小說與電影不全然是虛構的。我想起小時候最愛看林正英的殭屍片，那時對身穿清朝官服的殭屍感到害怕，因爲它有尖銳的牙，用來吸血；有鋒利指甲，用來掐人。被殭屍所咬過的人都會變成殭屍，如同傳染病一樣，人們的恐懼也因此被無限放大了。看來自助餐的老闆娘已經變成殭屍，不知道外面的世界怎麼樣了，我愛的人們現在好不好……？

第二天：二〇二四年三月十八日星期一

其實，恐懼久了，就連自己很害怕也會忘了。吃完午餐，餵完四隻貓，正打算清理貓砂盆，卻聽見樓下有人用力拍打大門，我先是愣了一下，以爲是幻聽，但後來又聽見：「幫我開門！」那聲音哽咽著。聽起來像是隔壁那位粗線條大姐，我立即下樓將大門開啟，門一開她已竄進來，臉上身上都沾滿血跡，我趕忙將大門關上，她癱軟在樓梯上痛哭失聲，稍稍安撫她後，我問：「發生什麼事？外面情況怎樣了？」她驚魂未定的回：「我去全聯買東西……突然好多人尖叫……我們就一直跑一直跑……躲在倉庫，後來有人堅持要回家，偷偷把鐵門打開，那些……就爬進來一直追一直追……。」「你的鑰匙掉了對不對？」我問。「跟包包一起不見了。」我心想：該不會又要撞門吧？只見她從門口的鞋架上摸了摸，咯的

一聲開啟房門，我也鬆了口氣。

我們各自躲回房裡，能再看到認識的人真的讓我的心安定不少，儘管我連她的名字都不知曉。接著我瀏覽書架上的書想著：

《三國演義》。諸葛亮有沒有什麼計策來對付殭屍大軍？

《水滸傳》。還有哪裡可以讓我去投奔？

《西遊記》。我現在就像唐僧一樣危險。

《金瓶梅》。殭屍是否也會爭風吃醋？

《紅樓夢》。我死後有誰會好好葬我？

《聊齋誌異》。能否畫張殭屍皮披在臉上騙過他們？

《乞丐囝仔》。小時候覺得賴東進睡墳墓很勇敢，但現在我想是因為當時死人還沒想到爬出來的辦法。

《時間龍》。如果世界都被殭屍占領，地球的倖存者能否逃到基爾星？

《戰火下的小花》。殭屍的世界，是否已經落實性別平等了？

《教育社會學》。殭屍是否也有自己的一套社會階層？

《兒子的大玩偶》。如果穿成三明治人，殭屍會不會嘲笑我？

《向左走向右走》。城市中浪漫的邂逅是否已經絕跡？

《小兒子》。不知道我這輩子是否有機會也能有兒子？

《那些年我們一起追的女孩》。可以出一本《那些年我們一起追的小孩》。

《孫子兵法》。仔細研讀也許能找到生存之道，開始研讀。其中一則提到「兵之形，避實而擊虛。」看來我得找出殭屍的弱點才有機會生存下去。

第三天：二〇二四年三月十九日星期二

今天鎮日在窗邊瞧著街上來來往往的殭屍（還看見附近便利商店的店員阿茹、隔壁麵包店的小胖師傅），通訊設備依然癱瘓。不過還是有些發現：

一、觀察數量：二十七人

二、性別比例：男性十五人，女性十二人（56%:44%）

三、年齡分布：十八歲以下三人，十九到三十歲十二人，三十一到五十歲八人，五十一歲以上四人。

四、觀察摘要：

1.它們行走的速度比一般人慢，但奔跑的速度比常人快。

2.視覺似乎退化，但不知退化到什麼程度，聽覺很靈敏。
3.會主動攻擊人或生物，沒有目標時就在街上隨意亂晃（其實這點跟人生很像）。
4.警戒或興奮時會發出狼嚎聲。
5.以血肉爲食。
6.智商不明。

第四天：二〇二四年三月二十日星期三
針對昨天觀察，試著找出殭屍的弱點：他們對於聲音很敏感，若能保持「靜」的狀態，或許能逃出生天。但保險起見，還是得準備武器與僞裝。
今天晚餐吃蘋果和五香乖乖，喝很多水，胃似乎眞的會因爲吃多吃少而變大變小，這幾天都只吃一點點食物，胃也知足常樂了。
另外，貓的飼料似乎只能再撐一天，罐頭已吃完，得想辦法才行，不然我們都會餓死。

第五天：二〇二四年三月二十一日星期四
今天依舊守在房間。我將最後的食物：咖哩塊、五個杯蓋份的米和紅蘿蔔丟入電鍋中，

人與貓皆糧食短缺，得設法找到食物。

爲了養足體力，我早早就上床睡覺，睡到半夜卻被敲門聲吵醒，我心裡直覺是隔壁大姐來求助，但這敲門聲也太詭異了，與其說敲倒不如說是撞。我大聲喝斥一聲，房門外卻傳來殭屍的狼嚎聲。我心想：該不會是隔壁大姐吧？難道她那天回來早被殭屍抓傷，到現在才發作？伴隨著碰碰碰的撞門聲，雖然這層樓房門都一樣堅固（先前已實驗過），但仍擔心她潛力無限、力大如牛。我先挪桌子與衣櫃將門擋住，一邊思索如何對付她，四隻貓則驚慌的四處亂竄。我心生一計，先將四隻貓藏進衣櫃裡，接著拿出兩條童軍繩接在一起，一端綁在單人彈簧床上並架在窗邊，另一端則要用來套住她的頭頸。在開門搏鬥之前，我將貓碗的水灑在地上，讓地板更濕滑。我穿上三件厚外套與兩件牛仔褲，雖然行動不便，但起碼較安全，全副武裝完成，我鼓起勇氣將門一開，果然是隔壁大姐！她的臉孔變得猙獰，我在驚嚇之餘立卽將繩結套上她的頭頸，但這時她也已鉗住我雙肩，我想起大一時曾參加過合氣道社，要破壞對手的重心，讓對手摔倒。於是我全力使出一招「入身摔」，將她摔倒於地，並衝至窗邊將單人床推下去，殭屍大姐瞬間被拖出窗外直墜下去，我探頭往下一看，居然已經身首分離。我趕緊將窗鎖上、窗簾拉上。我想她房裡可能會有什麼物資，於是跑去隔壁房中查探，沒想到竟然找到一大箱泡麵！緊急情況下，只好打破平時的原則，用清水煮軟後讓貓們一起

享用。

這時我想起怪叔叔，不知道他的房裡會不會有什麼物資？我想警察可能都變殭屍了，失序的世界，人們總得調適自己的生存模式。我記得災變那時他正好去南部出差，於是我再次上演撞門的戲碼，果然，門還是堅固無比，我只好再以滅火器敲斷門把，這次運氣較好，門把損壞時門就開了。一開門，傳來一陣臭襪子的味道，沒錯，就是這一味，他身上總有這股味道。除了一些零食泡麵，我竟然在他房間找到一台空拍機！

傍晚時，我走到頂樓陽台，看著隔壁大姐曬的衣服，如今衣在人亡，令人不禁感嘆世事無常。研究一下，讓空拍機跟手機畫面同步，空拍機成功起飛，我操控它飛到房子周圍晃晃。平常熟悉的巷弄，黃昏時景色依舊動人，只是多了到處游走的「它們」。

我突然從手機畫面中看見我背後有個人影，但回頭卻沒看見人。

回到房間，四隻貓都在角落呼呼大睡。這時我的手機發出聲音，在完全沒有網路和訊號的情況下竟然收到一封簡訊。我急忙點開一看，內容如下：

林先生你好：

收到這封訊息你一定感到很詫異吧？剛才在你背後的人是我，沒想到還是被你發現了。你現在所處的世界已經被放棄了，我是世界救護組織（WSO）編號013的救護員。倒數三天，你現處的世界就會被清洗。總之，明天傍晚六點整，我會在陽台帶你離開。

看完訊息，我一頭霧水，且感到一種前所未有的恐懼。我心裡湧出許多問題，我決定傳簡訊問他：

編號013救護員：

我有許多疑問，希望你能爲我解答。

1.你從哪裡來的？爲什麼你會出現在我背後？

2.世界救護組織是什麼組織？救護員又是什麼？

3.我現處的世界會被清洗，是什麼意思？

4.離開這個世界，你要帶我去什麼地方？

5.我還有四隻貓，無論在哪我們都生死與共。

過沒多久，我就收到回覆。

林先生你好：

看完這段影片，你就明白了，請看你的電腦螢幕。

這時電腦螢幕竟然自己開始播放影片。

西元二四一八年，地球上絕大多數的人類已經移居火星。地球上只剩下考古學家和精神學家在進行研究。這是一個複製技術達到巔峰的時代，所以，你現在所處的世界，其實是二二二四年精神學家根據考古學家的研究成果，所創造出來的世界，目的是重現二百年前人類的生活情況。在我這個世界，人類已經不需要依賴機械，精神的力量獲得摩爾星人協助開發，我們可以憑著意念移動物品，人類也不需要進食，但也因爲這樣，我們的肢體幾乎都退化了。

你們的世界，精神學家會定期散播各種病毒，當作研究的一部分。但是每個世界都有政客，在利益的權衡下，地球的研究經費被挪去木星開發計畫了。於是精神學家被下令將我們這個時代用來安樂死的「歸根病毒」散播到地球上，「人道」消滅所有複製人。儘管我們世界救護組織極力反對，仍然阻止不了政府的決定，只是沒想到病毒到了人類的身上，竟然產生變異。

所以，政府決定用「洪荒咒」清洗地球，「洪荒咒」一出，地球將回歸洪荒時代，不只是人類，所有的生靈將消失殆盡。所以，我們只好將地球未受感染的人類救出，集中到月球上的避難所。

影片就到這裡結束，我靜靜呆坐半晌，認爲這一切太不眞實了，什麼病毒？什麼洪荒咒？我不會相信一個火星人所編的謊言，我甚至懷疑，我是否已經瘋了？一切都是幻覺幻聽？這時獅子丸牠們都靠過來磨蹭我，牠們溫柔的眼神似乎是在關心著我。無論那影片是眞是假，此刻我和牠們還能相處在一起，對我來說就是最幸福的事情了。

我突然從一張躺椅上醒來，眼前有一位白袍醫生微笑看著我說：「太好了，你終於醒了。」我一臉錯愕問：「這裡是哪裡？我怎麼在這裡？」他遲疑一下回：「這裡是醫院，我是醫生，看來你還沒完全醒來。」我問：「現在是二〇二四嗎？」他回：「看來你得多睡一下。」我說：「我想回家。」他沒有理會我，我發現自己的雙手雙腿都被綁在床架上，床邊桌上的保溫壺上刻著「妙光精神病院」，這時我感覺自己像隻待宰羔羊，開始竭力掙扎吼叫，卻看見那個醫生盯著保溫壺，那保溫壺突然就飄浮起來，移動到我看不到的簾後。我被眼前這幕震懾住了，我腦中突然浮現那個影片，這時那醫生伸出手掌對著我唸唸有詞，我很快感到眼前一黑，又陷入昏迷。

當我再次醒來時，發現四隻貓都還傍我睡著，獅子丸睡到四腳朝天，小咕嚕窩在我兩腿間的三角空間，小可愛靠著我的枕頭，我幫愛踢被的小玉米蓋好牠的小棉被，這時才看見我

的桌電根本沒有插電，更讓我震驚的，是我居然睡在床上。這時門外傳來隔壁大姐講電話的聲音。我看手機的時間顯示十點五十分，我緩緩移動下床，避免吵醒牠們，正要出門時，看到慌慌張張跑上階梯的怪叔叔，我對他微笑，但是他似乎沒有看到我，直接衝回房間。

我快步走向早餐店，因爲它十一點就會打烊。這時卻看見自助餐廳前圍了許多人，我心裡浮現那時老闆娘的那聲慘叫。正打算捱近一看，身邊卻有人對我說：「剛才你跑去哪裡了？我找你好久。」我轉頭一看，身邊站著兩個男子，其中一位身材瘦高，身穿白衣，另外一位矮胖黝黑，身著烏衣。這時我突然聽見緊急煞車聲，碰的一聲，我的白衣服忽然滲出一片鮮紅。

我仰望天空中耀眼的太陽，天空依舊湛藍，白雲如此悠然。耳邊傳來自助餐老闆娘說：「哪會撞著人就走去？滿地攏血啊，緊敲電話叫救護車！」我想起一個古老的傳說：當人將要離魂時，雙唇夾著舌頭，雙手合十，心中默念想去的地方，一直跑一直跑，無論誰叫你都不要回頭，就能到你想去的地方。

人生旅途沒有回頭路，你只能含淚勇敢前行——幸福街一段七號就在前方了，奔跑吧！

四月
貓之迴語

SCU宇宙漂流

我是艾德，我是一個來自二〇五〇年的地球人。二〇五〇年，全世界壟罩在一種呼吸道疾病的陰影下，人們依靠戴口罩與注射疫苗來防堵病毒侵襲。但是，仍然有成千上萬的人因為染疫而離開人世。在我的時代，有一個跨星球的組織SCU，現在由我領導，我們不僅發現一百七十多種外星人的存在，也向一些先進的外星人學習時空穿越術與特異功能。我們從他們口中探聽到宇宙有一顆闇影結晶，只要將結晶的能量轉換為正向能量波，就能預防並治癒目前人類已知的所有疾病。但是這種結晶在宇宙裡非常稀有，根據阿卡西紀錄（宇宙最大的記憶庫）的記載，這種結晶在一萬多年前的地球曾經出現過，當時還造就一個地球上最強大的國度。隨著強盛國度的沉沒，那顆結晶便輾轉在海洋中順著洋流而漂流。而阿卡西紀錄裡最後提到它，則是在兩千多年前南太平洋上的一座無名島上。為了遏止未來各種新型病毒與超級細菌，我們決定回到兩千年前，將結晶帶回二〇五〇年，於是，我們穿著塔加星人製作的特殊金屬裝（那是一種會流動並閃耀紫光的金屬，地球沒有），穿越他們在金字塔內部開啟的通道，前往兩千年前的世界。

就像每一次時光穿越一樣，我們從高空中某個通道盤旋而下，映入眼中的，是閃耀銀光的巨大滿月，夜空皎潔，恍若白晝。我跟另外三位隊員說：「夥伴們，我們已經抵達兩千年前的地球，目前正在南太平洋的無名島上空，預計七分鐘後觸陸。」

說。

一位長髮少女雀躍道：「比起二〇五〇，這夜晚好夢幻啊！」

「若芙娜，記得我們是來執行任務，不是來時空旅行的！」一個高大壯碩的黑人男子

「我知道！印加，你們木星也有這麼美的地方嗎？」

「當然有！比這美的地方可多著，只不過是另一種美。」

「有機會我一定要去木星看看！希卡你有去過外星嗎？」

一個身穿黑色軍服的短髮女子面無表情回：「沒有。」

「希卡總是任務第一，若芙娜你要向她多學習。」印加笑道。

若芙娜對著印加吐吐舌頭，別過頭去。

「好了，我們即將抵達陸地，這次任務很簡單：找到闇影結晶，帶回二〇五〇年。若芙娜，麻煩妳了。」

「是的，隊長，我立刻開始尋找結晶。」若芙娜話一說完，闔上雙眼，身旁湧現出粉紅色的光芒。「我看見了！結晶在一個黑色人影手上，他正唸著咒語，似乎……是要運用結晶的力量，進行一場儀式。」

「運用結晶的力量？這絕對不可能！一般地球人不可能擁有這個能力，打死我也不

信！」印加笑道。這時四人成功著陸，特殊金屬裝自動回到各人手環裡。若芙娜將「遙視感應」的畫面分享給另外三人。

「若芙娜，能看清楚他的長相嗎？」隊長艾德說。

「我試試看。」畫面漸漸聚焦在黑衣人臉部，只見他緊閉雙眼，黑色的結晶竟然從他眉心處漸漸隱沒進去！畫面倏地中斷。

「隊長，我發現這是一個月前的畫面，這裡的時空似乎扭曲過。」若芙娜說。

「看來這趟任務比我想像的要複雜多了。」艾德皺眉心想。

「隊長，我們這麼厲害，絕對沒有問題啦！你也這麼認爲吧？希卡？」印加拍拍胸口問。

「嗯。」希卡微點頭。

「我有不祥的預感。」若芙娜憂心道。

「不過是拿個石頭，然後回家，沒什麼困難的！要往哪邊走啊若芙娜？」印加道。

「慢著，看來我們有一場歡迎式。」艾德看著周圍的樹林說。

只見樹林間穿梭著許多人影，將四人圍在垓心。他們臉上戴著獸骨製成的面具，面具上還有色彩斑斕的塗料，身著獸皮，左手執木盾，右手持長矛。他們慢慢縮小包圍的圈子。

「隊長，怎麼處理？」印加問。

「若芙娜，奪下武器，別傷到他們。」艾德說。

「收到！看我的！」若芙娜右手往上一指，他們甚至還來不及反應，手中長矛盡數漂浮於空。他們嚇得四處逃竄去，印加看了不禁拍手朗聲大笑，這時一柄金色長矛迅如閃電直向印加襲去，希卡長鞭疾出，「喝！」的一聲，一鞭將長矛擊退。一男子一躍而出接過長矛翻身落地，只見他打扮和剛才眾人相似，唯獨面具與長矛是金色的。

「若芙娜，進攻！」艾德大喊。空中飄浮的長矛一齊刺向金矛男子，男子金矛舞動，將木製長矛一根根擊斷。印加迅速飛向男子，男子金矛一揮，竟然像是擊中空氣般穿透他身體，頃刻間，印加已繞到男子身後緊緊勒住他脖子，同時印加身體也變成堅硬的岩石：「原始人的老大！看你往哪跑！」此時希卡鞭影已經籠罩男子四周，男子不躲不閃，反而手執金矛在地畫圓，瞬間金光一閃希卡與印加皆被震飛七丈之外。隊長艾德雙手浮現兩柄銀色長劍，劍柄是龍首的形狀。他衝向金矛男接連進攻，頓時金光銀輝閃耀不已，伴隨著鏗鏘聲響直撼雲霄。但仔細一看，艾德步伐沉穩，金矛男則漸趨下風，這時他說了句「嘎啦擊嚕」。艾德：「若芙娜，心靈感應！」若芙娜手指一揮，這時他們才聽懂他表達的意思：「我是庫倫族的聖戰士，絕不會讓你們傷害我的族人！」「若芙娜，告訴他我們的來意。」若芙娜手

指再一指，他和艾德同時停手。「你們是未來人？」「是，我們來自二〇五〇年，我是SCU隊隊長艾德，我的隊員：若芙娜、印加和希卡，相信你們剛才已經『認識』了。」金矛男脫下黃金面具，衆人不禁一呆，本以爲他會是粗獷樣貌，卻見他皮膚白皙透亮，鼻梁高挺秀氣，眼睛澄澈蔚藍，頭髮深棕帶黑，更令人驚訝的是他看起來才不過十五、六歲年紀。「克里斯，庫倫族最後的聖戰士，走吧，我帶你們回部落，大長老等你們很久了。」

一行人先是沿著湍急的河流一路溯溪而上，接著穿越茂密的原始叢林，沿途除了各色鮮豔的動植物，還有庫倫族人在站哨守衛，他們看見克里斯皆右手抱拳放置左胸口，以此行禮。抵達部落，入口處佇立八名精壯男子，艾德注意到一旁矗立六柄金色長矛。「它們主人都不在了，他們曾是我的戰友。」克里斯若有所思的說。

「你們遭遇到什麼？」艾德問。

「我帶你們去見大長老，他能回答你們所有的問題。」

他們穿過一大區干欄式建築，到處都是正在練習長矛或射箭的戰士。最後，他們停在一棵赭紅色大樹前，這樹似乎沒有盡頭般筆直向上深入雲端。

「哇！這棵樹也太巨大了吧！我在木星上也有類似的大樹，只不過這棵至少大十倍。」

印加抬頭仰望，差點重心不穩跌坐在地。

「大長老。」克里斯右手抱拳放置左胸口向他行禮。

眾人定睛一看，才發現樹幹的中央有一張臉，一張青藍色的臉。

「大長老你好，我們……」艾德話沒說完，眾人同時聽到「未來人，你們好。」那張臉並沒開口，而是使用心靈感應。「我等你們很久了！我知道你們此行的目的，那關乎千萬人生命的重要東西啊……」「大長老，請問您知道它的下落嗎？」若芙娜問。「一個月前，在島中央，一場儀式，開啟了某個通道。」「通道？什麼通道啊？」印加問。「現世與異界的通道。」眾人身旁畫面驟變爲血紅色的世界。

「這裡充滿血腥與暴戾的氣味，好可怕。」若芙娜發抖說。

「這裡是MHE8623星球，是顆距離地球一千六百億光年的行星，三十萬年前經歷一場全球性核戰，導致此行星的滅亡。如今，此星球已經沒有人類，而是被鄰近宇宙放逐各種難以消滅的兇殘異獸。千萬年來，星球上的千萬隻異獸不斷廝殺啃噬，最終，只剩下宇宙裡最兇殘的四大異獸：巨鉗蜈蚣、朱玉血蜥、達姆克鷹、紫焰魔龍。牠們分別占據著此星球的天空、海洋、地表和地底，那場儀式所開啟的，就是地球與MHE8623星球的通道。」

「他這麼做的動機是？」艾德問。

「或許是爲了復仇，也或許是爲了守護重要的人。」大長老回。

「復仇？守護？這是什麼意思啊？完全想不懂！」印加問。

「謎底必須由你們自行解惑了。」畫面回到巨樹旁。只聽得附近傳來陣陣騷動。「牠來了，克里斯，你帶未來人快離開吧！去完成你們的任務，我的生命已到盡頭。」大長老說。

「不！克里斯誓死守護大長老！」克里斯跪地宣示。

「我已經在地球活了三千年，生命有終才有始，這是宇宙法則，不必執著！」大長老平心靜氣地說。

艾德站出來分派任務：「若芙娜，留在大長老身邊守護他，印加、希卡，和我去解決入侵者！克里斯，你也來吧！爲你的族人而戰！」艾德向克里斯伸出右手，他也伸手握住艾德的善意之手：「好！從今天起，你們就是克里斯的新戰友！」

分派已定，四人衝向部落入口處。若芙娜靜靜站在大長老身旁面露憂色，大長老問：「若芙娜是吧？我感覺到你擁有特別的力量，把手伸出來，你眞實的力量遠遠超過你所想像。」

另一邊四人到部落口，只見所有庫倫族人手持長矛跟弓箭，集結在部落口防衛，門口那六柄金色長矛閃耀出六道金光直衝天際，形成一層金黃結界將異獸阻擋於門外。那異獸高

約三呎，長約九呎，通體血紅，滿口利牙，像隻巨型蜥蜴，那巨獸幾次衝撞發覺無法闖入結界，身體一陣抽搐，接著吐出數百隻小型紅蜥，團團將部落入口圍住，奇怪的是，牠們並不發動攻勢，巨獸也沉寂下來。

「怎麼會這樣？」克里斯問。

「一定是你們的結界太強大，知道攻擊無效，舉白旗認輸先睡一覺再說！」印加笑說。

「不，你看。」希卡指著沉睡的蜥蜴群說。那些小蜥蜴像是沉睡般，肌膚微泛紅光，每一次集體呼吸後，身形卻緩緩在增大。

「哇！我有沒有看錯？牠們正在長大？」印加嚇一跳問。

「我曾聽莫古星人說過朱玉血蜥，從誕生到成熟只需要地球時間約一小時，也就是說，一小時後，就會有數百隻朱玉血蜥。」艾德面色凝重說。

「莫古星人是宇宙的生物活百科，他們說的鐵定不會錯啊！這該怎麼辦啊？完蛋了完蛋了！」印加驚恐道。

「克里斯，你知道牠有什麼弱點嗎？」艾德轉頭問。

「我不知道……我們之前交手的異獸……不是這隻。」

「隊長，出手吧。」希卡取出藍色長鞭道。

「先發制人確實是好戰略。克里斯，我們對付巨蜥，印加、希卡，你們解決蜥群。」艾德說完，四人同時躍出守護層。

印加急速奔馳，腳的部分變成金屬鋸輪般，高速輾壓蜥群；希卡長鞭狂舞，像陣雷電交加的猛烈暴雨。兩人眨眼間已將蜥群粉粹成滿地肉醬。艾德手持銀色雙劍，克里斯手執金矛，一左一右快速攻向巨蜥，那巨蜥本在沉睡，突然睜開血色雙眼，利爪同時向兩人攫去。艾德身形敏捷，一個翻身避開利爪，克里斯閃避不及只能以金矛格擋，但這爪力大無窮，使他被轟飛至遠處，巨蜥正要追擊，艾德見狀，立即舉劍攻向巨蜥雙目。另一邊的印加、希卡已將蜥群盡數消滅，趕來支援。印加身體變作鉛塊重重砸在巨蜥頭頂，希卡順勢以長鞭將巨蜥頸子捆住並釋放電流，強力電流使巨蜥停止了動作。

艾德與克里斯一躍而上一左一右，將巨蜥脖子俐落斬斷。頸子一斷，巨蜥應聲倒下。

「呼！終於解決這隻大蜥蜴了！牠也沒傳說中那麼厲害嘛！」印加擦擦額頭上的汗水。

「克里斯，你說這不是你們對付的那隻？」艾德問。

「對，我們七人消滅的是一隻像蜈蚣的綠色異獸，但只有我存活，最後我成功爲他們報仇。你看，這是牠被消滅後留下的珠子。」克里斯自腰間取出一個小藤袋，探出綠色珠子並拿給艾德。艾德轉頭盯著那六柄金矛，意識到不對勁：「結界還在，代表異獸還活著！」

眾人大驚，一轉身，那巨蜥身首竟已經自行癒合！牠正爬起身來，瞪著血紅大眼，接著牠深吸一大口氣，將蜥群的殘骸都吸回體內！轉瞬間，牠的身體居然增大了三倍！

「太噁心了！竟然像吸塵器般吸回那些肉醬！」印加作嘔道。

「看來牠有很強的自癒能力。」艾德皺眉道。

這時巨蜥張開血盆大嘴，布滿利牙的嘴裡竟閃動著紅光，匯聚成一顆血紅色光球。

「不好！要爆炸啦！」印加慌亂道。眾人紛紛閃避迎面而來的破壞光球。那光球瞄準的卻是那六柄發光的金矛，一陣爆炸後，塵土飛揚，巨蜥直闖部落內而去，沿途的庫倫族人像螻蟻般一一被撞飛。

「那個方向，大長老！」克里斯話未說完便急追上去。艾德、印加與希卡也跟上。

克里斯想起自己降生後，被大長老選爲第七名聖戰士，六位前輩嚴格地訓練他，每當他覺得疲憊與迷惘時，就會到大長老身邊沉澱心靈。有一天，他終於成功喚醒心中的金矛，成爲名符其實的金矛聖戰士。大長老總說：「未來人很快就會降臨，魔鬼的爪牙會尾隨其後。在女神的庇護下，金色光束將粉碎血色朝日，我也將隨日落而逝，種子將會遍地綻放。」爲了對抗魔鬼，爲了守護大長老與族人，他每分每秒都在讓自己變強，此時此刻，六位前輩已經戰死，只剩自己能保護大長老，想到這裡，他的腳步又加快了。

另一邊，一條藤蔓正纏繞若芙娜的右手掌，她闔著雙眼，微微飄浮於空，身旁泛起粉紅色光。此時巨蜥已迫近大長老樹旁，藤蔓鬆開若芙娜的手，大長老虛弱說：「若芙娜，我已經喚醒你體內的潛能，剩下的就要看將來你能否運用自如了！」「大長老，我不會讓異獸傷害你的！」若芙娜堅定握拳道。眼看巨蜥步步逼近，若芙娜意欲將牠引開。於是騰空飛起，雙手凝聚並發射出一顆精神光波，成功擊中巨蜥頭部，巨蜥一痛，對若芙娜回了一記破壞光球。若芙娜瞬間移動閃避開，巨蜥一路追著若芙娜連續發射血蜥巨砲。若芙娜身形靈動地在空中閃避。她看距離差不多，一陣閃光後已瞬移至巨蜥身後，「接招吧！你這隻可惡的大蜥蜴！看我的若芙娜光波！」只見她數百顆光球連發，通通擊向巨蜥頭部與身體。克里斯等人趕到，印加看傻眼問：「哇……若芙娜……什麼時候變那麼厲害？」艾德與希卡也感到一驚，艾德高喊：「若芙娜！牠會自我復原！繼續把牠轟成碎片！」若芙娜一聽持續發動光波攻勢。克里斯躍到大長老身旁。大長老面露微笑道：「克里斯，把你的金矛放至地上。」克里斯一臉困惑照辦。那些虛弱的藤蔓緩緩將金矛纏繞住，金光乍現，這時天邊飛來另外六柄戰士金矛，七柄金矛在金光中逐漸合而爲一，它的長度略微增長，矛身還多了些銀色圖騰。「昔日的戰友將與你同在！此時，你未來的戰友亟需你的援助。」「謝謝大長老！」克里斯行完禮，手持金矛躍回艾德身旁，碰觸金矛那刻，他感到一股力量流入掌心。

另一方面，若芙娜氣喘吁吁暫停攻勢，煙霧散去後，只見巨蜥已成滿地肉醬正在蠕動，艾德指著肉醬中一大顆血紅色肉球說：「那就是牠的核心！」「讓我來摧毀牠！」克里斯金矛騰空一擲，金色的閃電光束飛射而出，直接貫穿那肉球，滿地的肉醬也瞬間煙消雲散，若芙娜從地上拾取一顆紅色珠子並交給艾德。

「未來人，我在你們身上看見自己。克里斯，我希望你成爲SCU第一個成員，永遠守護地球。」艾德等人對於大長老知悉SCU的事感到驚訝：沒想到SCU的創始與我們有關。

「大長老，我也希望可以，但我一個人做不到。」

「你不是一個人。」大長老看了看艾德與若芙娜等人。

此時大長老的紅色巨樹亮起光點。「我該回去了，我會將我殘餘的力量，用來喚醒『異能者種子』，在未來千百年間，這些種子將覺醒成爲SCU地球守護者，繼續守護地球的使命，和你們一樣。」大長老微笑道。

克里斯與倖存的族人跪下行禮，若芙娜眼泛淚光合掌仰望。光點冉冉飄升上天，伴隨逐漸升起的朝陽，SCU隊長艾德在庫倫族人的祝福下，帶領若芙娜、印加、希卡和新夥伴克里斯，前進小島中央。

艾德等人朝著島中央前進，此刻他們正在一片廣大無邊的荒漠中，頭上是絢麗璀璨的星空。

「克里斯，你們部落怎麼都是男人沒有女人？」印加問。

「我們也有女人，我們七位聖戰士中就有一位女戰士。只不過她們出生後就都住到另一個有結界的小島上，不會再回來，我們族人都是從大長老的紅色巨實果中生出來的。」

印加噗哧一笑：「你是孫悟空嗎？」

「孫悟空……是石頭。」希卡冷回。

「誰是孫悟空？」克里斯問。

「他是一個超級厲害的人，不對，是神仙！」印加說。

「他有什麼厲害？」

「他會飛，還有七十二變！」

「我以爲你說的是你。」

「我？」

「對啊！你飛來飛去，能變石頭，變空氣，你不就是孫悟空嗎？」

「那是我的特殊能力，固體液體氣體隨我轉換，還有，其實孫悟空是一隻猴子。」

「他住在哪裡？」

「好像住在天上吧？」

「天上？你是說塔拉薩城？」

「塔拉撒城？」

「對啊，傳說飄浮在天上的國度，我也是聽大長老說的，他說塔拉薩城是一座會移動的天城，像雲一樣，城裡的村民擁有永恆的生命，必須找到光之階梯才能進去這神秘國度。」

「這應該是神話故事吧！」

「神話故事？」

「就是假的，不存在的。」

「不，它確實存在。」

「你怎麼那麼肯定？」

「因爲大長老從來不說謊言。」這時克里斯的金矛突然亮起金光。

「我又沒懷疑你，想打架啊？」印加緊張問。

「不是，是有什麼靠近了。」克里斯停下腳步。

「若芙娜，對著那朵雲發射光球。」艾德指著天邊一朵雲道。

若芙娜擊出光球，沒想到那光球像是碰觸到牆壁一樣，馬上消散。

同一時間，一道長長的階梯自雲端浮現到眾人面前，那純白色的階梯閃著光芒，在漆黑的夜裡顯得格外富麗璀璨。印加和克里斯面面相覷齊聲說：「光之階梯！」

「隊長，怎麼處理？」印加問。

「對方明顯是衝著我們而來，如果真是大長老所說的塔拉薩城，它的出現絕不是偶然，我們要在階梯消失前上去。」艾德說完一馬當先衝在前頭，克里斯手持金矛緊跟在後，希卡仰望階梯，再轉頭看著印加：「載我一程吧！」印加：「好吧！運費再跟你算！」希卡長鞭一揮，立馬捆住印加腰間，印加驚恐道：「好啦！免費就是了！」說完印加像火箭般飛向天空，拖曳著希卡。只剩若芙娜站在原地，靜靜看著夥伴一個個衝上去。

艾德就快抵達階梯頂端，克里斯看著他的背影想著：「我用盡全力還追不上隊長，他的步伐完全沒有紊亂。」這時印加從旁邊飛了過去：「哈哈哈我去上面等你們！」突然前方亮起粉紅光點，原來是若芙娜！她施展瞬間移動術，頃刻間就到達階梯頂端。印加又驚又怒：「若芙娜！你怎麼可以作弊搶我的第一名？」若芙娜微笑伸出大拇指和食指比了個小愛心，其他人也陸續到達。矗立在他們面前的是一道莊嚴高聳的金色大門，高度約有三十呎那麼高。印加使勁推那門，那門卻文風不動。

「不行啊，完全推不動！哪有這樣邀請客人的？」印加擦擦額頭上的汗。

「會不會要用拉的？」克里斯問。

「怎麼可能？它又沒把手，你拉給我看！」印加問。

希卡一躍而上落地後指著門中央的孔洞說：「我們需要一把鑰匙。」此時克里斯金矛上的銀色圖騰突然亮起，並飛上去插入孔洞中。「喀」的一聲，大門竟然開啟了！

「原來你有帶鑰匙！怎麼不早說！」印加歡喜道。

「大家提高警覺！」艾德提醒。門後湧現的是伸手不見五指的漆黑，一行人朝向黑暗中勇敢行進。

克里斯睜開眼，眼前是廣袤無垠的草原，在澄紅夕陽下，整片草原像是染血般通紅。

「大長老派我們來消滅巨鉗蜈蚣，等等牠出現時特別當心啊！」一個矮壯紅髮的中年男人說。

「我們要消滅牠，不可以讓牠傷害族人！」身形嬌小的女孩說。

「你們……」克里斯說不出話，因爲他知道他們都已經不在了。

另外還有四個男人，他們皆手持金色長矛，只是長短形狀略有不同，其中一個綁著紫色長辮的男人問：「克里斯，你的金矛呢？」這時他才意識到自己空著手。忽然，一陣天搖地

動，地面竄出條巨大的綠色蜈蚣，只見牠身長約二十呎，身體兩側長滿紫色的腳，前端有巨鉗一對，看起來鋒利無比。巨鉗之下有一大口，口內布滿四層利齒。眾人立即擺開隊形，手持金矛刺向蜈蚣頭部，但堅硬的外殼使牠毫髮無傷，眾人開始轉攻牠足部、背部和腹部。

「塔姆，傷不了他啊！」紫髮男對著矮壯男說。「卡楚！坦雅！你們先拖延牠，克里斯！用除魔陣！」矮壯男人大聲嚷嚷。克里斯正要畫陣，才想起自己手無金矛，「我的金矛不見了！」克里斯焦急大喊。

另外五名戰士漸漸抵擋不住巨鉗蜈蚣的攻擊，一一被牠吞入腹中，僅剩克里斯和女戰士坦雅。受傷的坦雅伸手碰觸克里斯的胸口說：「庫倫族的聖戰士，自降生開始，金矛就在你的心裡，你是大長老所生的最後一名聖戰士，拋下畏懼，找回自己，帶著我們的使命活下去，快回部落！代替我們守護大長老！」說完，坦雅手持金矛，毅然決然衝向牠，坦雅雖然是女人，但她是大長老所生的第一個聖戰士，她的戰力絲毫不弱於其他男戰士，只見她一身白袍，在巨鉗蜈蚣旁迴旋攻擊，成功斬斷牠一足，牠猛然噴出紫色毒霧，坦雅待要閃避卻已不及，身陷紫霧中，她金矛脫手，膚色由白轉紫，牠迅速朝坦雅爬來。克里斯流淚吶喊著：「我一定要殺了你！」手中金光乍現，握著屬於他的金矛！「萬惡的異獸！我今天就要滅你第二次！」克里斯奮力擲出迅如閃電的金矛。

另一邊的希卡，身處純白色宮殿裡，她本是土星迦達旦國的公主，她的母親，迦達旦國的女王，自小親授她祖傳鞭術，那深藍鞭子傳說是用土星環上的玄鐵粒子所製成，輕輕一揮，便可將鋼鐵劈成兩半，且具有極佳導電性。她也遺傳母親「閃電之力」的能力。一直到鬼沼星人入侵的那一夜，她的母親抱著年幼的她，躲避侵略者的攻擊，整個王國都被熊熊火焰燃燒著，戰士們完全不是鬼沼星人的對手，無辜人民慘遭大規模屠殺，最後只剩母親與年幼的她，她們躲到森林深處的一處洞窟內，外面全是敵人，母親摸著希卡的小臉說：「希卡，你是迦達旦國的公主，也是我最後的希望，永遠別對你的敵人微笑，更別哭泣。」母親說完將鞭子安放至希卡的掌心：「這是我們祖傳的土環鞭，我現在將它傳承給你，自己的未來，必須由自己創造，我的公主，你一定要平安長大。」母親說完吻了她的額頭。「發現了！她們在這裡！」從洞外湧入上百個鬼沼星人，他們的手臂變化成一雙雙銳利的鐮刀，露出森冷的笑聲。母親站起身來，雙手匯聚電光朗聲說道：「鬼沼星人！今日我將奮戰到底，誓死為我國的子民復仇！」母親戰鬥的身影，是希卡記憶中最後一次看到她，她知道，後來自己將被俘虜，並且被訓練為鬼沼星人的殺手，直到一次暗殺任務遇見艾德後才棄暗投明。望著母親濺灑的血，希卡緊扯手中的土環鞭，含淚衝向母親身邊，狂風驟雨般揮舞她充滿殺意的長鞭。

印加，最早的記憶，是在一處濕冷的鐵籠裡。有成千上萬個和他相同遭遇的孩童，被這些人從宇宙各處抓來木星上，孩子們沒有名字，只有編號，烙印在他們的右手臂上。印加記得自己最初的名字：9762，他記不住身旁小孩的臉，因爲，他們總是來來去去，沒人知道他們從哪裡來，也沒人知道他們將被帶到哪裡去。透過橫豎交織的鐵柵欄，他們能看見的也就只有其他的鐵籠，沒人知道這些鐵籠子到底有幾個，也沒人想過鐵籠的外面有什麼。他們只知道一件事：離開的人，再也不會回來。他總想著：「要是我能變成空氣離開這籠子該有多好？」

直到印加十歲，籠外的黑衣人終於叫到他：「9762 ！9763 ！9764 ！9765 ！9766 ！」他們並沒有太多的情緒，一個個依序跟著黑衣人往前走，沿途他們經過無數的鐵籠，籠裡的孩子直勾勾盯著他們。終於，他們在一扇黑色大門前止步，距離籠區已經非常遙遠。印加抬頭問：「裡面有什麼？」那人俯視他咧嘴而笑說：「大餐。」。大門「刷」的一聲開啟，黑衣人將他們粗暴地推進去，大門隨卽關上。他們五個小孩看見眼前居然是一條黑色巨蟒！牠的身軀比他們五個小孩加起來還粗，朱紅色的眼珠打量著他們，他們嚇哭了，印加也慌了，他心想：「要是我會飛就好了。」這時，巨蟒已經蛇行過來飛快吞掉其中一個坐地哭泣的小孩。餘下三位小孩：一個奮力敲門，一個瑟縮在角落，一個四處逃竄嚎啕大哭。印加記憶

中，後來似乎是艾德與SCU成員出現解救了他們。但是此刻，卻和他的記憶有了出入。「沒有人會來救你的。」他耳邊浮現這句話。「反正你們生存的意義只是爲了成爲怪獸的飼料，放棄吧！」那訕笑的聲音又出現。他心底怒極了，心底卻浮現另一種聲音：「是你救了那四個孩子，你是戰士！」他想起這是艾德的聲音。猶豫時，那四位孩子都已經被巨蟒吞下肚。印加使勁呼自己一巴掌，試著讓心靜下來，他必須想清楚該怎麼做，才能擊敗眼前的巨蟒，他知道他曾經做到的！巨蟒張開大口向他爬了過來，印加大吼一聲一溜煙奔進巨蟒口中，過沒幾秒，金屬旋轉的聲音響起，巨蟒登時從體內被截斷成兩半。

若芙娜睜開眼，發覺自己身處童年時所待的孤兒院，院長是一位和藹年邁的修女，她走過來抱起若芙娜說：「若芙娜，天快黑了，我們快回屋裡去。」回到屋裡，晚餐已擺放於桌，桌旁還有一群沉默的孩子，修女放下若芙娜並示意她回到自己的座位，大家禱告後便開始用餐。若芙娜隱隱覺得氣氛有些詭異，其他孩子也低著頭各自進食，並沒有交談與互動。

晚餐後，若芙娜跟其他孩子走回房間，一位胖女孩說：「怎麼辦？我好擔心今晚魔鬼會出現，心慧跟小茜已經被抓走了。」另一位金髮女孩說：「你別亂說！德蓮修女說她們只是有事情出遠門了。」「你看，她們的鞋子都還在。」胖女孩指著鞋櫃說。若芙娜問：「她們在哪裡被抓走的？」「聽說她們半夜去上廁所失蹤的，太恐怖了，我都不敢靠近那間廁

所。」熄燈時間無聲無息地到來，所有的燈瞬間全暗，女孩們紛紛躲回自己的被窩裡瑟瑟發抖。夜半時分，強勁的北風吹得窗戶乒乓作響。若芙娜悄悄起身，輕推開門，只見走廊延伸到深不見底的黑暗中。此時廁所方向傳來尖叫聲，她急忙奔去，她認得這是德蓮修女的聲音。到了廁所，她看見德蓮修女被一隻黑狼巨獸掐住脖子，她手中的斧頭也掉落地面。「若芙娜……快逃！」若芙娜腦中浮現一個身穿戰甲的女人：「不要被畏懼蒙蔽你的利刃，守護你認爲重要的人，是時候覺醒了，集中你的精神力，就是現在！」若芙娜身旁粉紅光芒乍現，她的指尖凝聚出一個精神光波並發射出去，成功擊中那黑狼頭部。

艾德睜開眼，他的臉頰立刻感受到一股灼熱的風，眼前的大地正被熾熱火焰焚燒著。整區茅草村舍都陷入火海，村民成爲滿地焦屍。他發現天空盤旋著兩條火龍，同時，火龍也發現他。艾德手執雙劍抵擋牠們吐出的熾熱火焰，他不斷移動並觀察四周地形，發現不遠處有個湖，他跳到屋頂，趁火龍飛低時跳到牠背上刺了一劍，一個翻身落地，直奔向湖，憤怒的火龍緊追於後並噴射火焰。迫近湖泊時，艾德反方向直躍上火龍頭上，使出一招祖傳聖龍劍法中的「龍行天下」，攻擊延伸至整條龍身，火龍嚎叫不已墜落湖中，頓時湖上蒸氣翻騰。另一條火龍見狀也急飛而來，艾德潛伏水中，仰望湖面紅光漸亮，知道龍焰將至，乃在水中以雙劍成防衛狀。湖上巨龍對準湖泊持續噴射龍焰，沒多久，整盆湖水居然被蒸發殆

盡！另一條受傷的火龍在龍焰中傷口竟逐漸癒合！也朝著艾德噴射龍焰。艾德望著手中緊握的雙劍，那是父親傳承給他的。他從未見過父親，十八歲那年，母親告訴他：「你父親是守衛地球的第十八代聖龍勇者，同時，他也是SCU第三十七代領導者，他遺下這雙劍給你，要我告訴你，千年以來龍羽劍尚未成熟，需要依靠你去完成，待你完成的那天，就是你成爲第三十八代的時刻。」他心想：「若我不能制伏這兩條火龍，人們的傷亡將無法估計。」他怒吼一聲，奮力擲出雙劍，雙劍分別飛入兩條火龍口中，瞬間所有的火焰都迅速被吸回火龍身上，最後火龍化作龍焰，剩下銀色雙劍浮在空中燃著火焰。一位身穿白袍的男子浮現空中，對艾德說：「聖龍勇者，是時候甦醒了！」他想起這是龍羽劍成熟的那天。這時周圍的空間開始裂成一塊塊碎片，他猛然醒來！只見其他人也剛從噩夢中驚醒，衆人一看，發現身旁滿地都是塔拉薩城的居民，他們全都身穿白袍，頭髮也是白色，就連皮膚也異常白皙，更特別的是他們的外表幾乎就像孩子一樣！從他們臉上惶恐的表情可知他們都被困在噩夢中。

「剛才我怎麼會做那個噩夢？嚇死我了！」印加激動道。

「最大敵人是自己。」希卡回。

「我們要盡快找出噩夢波的源頭，若芙娜，你能辦到嗎？」艾德問。

「讓我試試。」若芙娜闔眼感應周圍的能量場，接著指尖出現粉紅色小圓球，緩緩飄向

純白色宮殿裡。眾人踏入宮殿中，只見偌大的大廳裡，一隻體型迷你的亮黃色老鷹閉著三隻眼並散發出紫黑色的光波。「原來是達姆克鷹！傳說中能讓人陷入噩夢中的異獸啊！」印加驚訝道。這時達姆克鷹感應到危機將近，立即從夢中醒來，振翅一飛，朝窗外撲簌簌飛去，「糟了！牠要跑……」印加話未說完，突然一道閃電由窗外劈進來！印加轉頭一看，希卡高舉著手指！焦黑的達姆克鷹墜落宮殿潔白大理石的地板上，牠身體微微顫動，並打算再次發動噩夢波，「同樣的把戲是行不通的。」艾德擲出雙劍，雙劍變成兩條火龍，迅速燃燒達姆克鷹的軀體，頃刻間，只餘一地灰燼，艾德精準接住飛回的雙劍，並撿起黃色珠子。

「太好了！這樣塔拉薩城的村民都能從噩夢中甦醒！」若芙娜樂道。他們走出去，果然看見村民們逐一甦醒，他們向村民交代前因後果，離去前，村民為了感謝他們，抱給若芙娜一隻正在熟睡的純白色小貓，村民說：「這是隻神奇的小白貓，送給神奇的妳。」印加看著若芙娜懷中的小白貓問：「這不就是隻貓嗎？有什麼特別的？爲什麼只送給若芙娜？我也要一隻，有沒有黑色的？」克里斯用手敲了他的頭：「你太貪心了！」印加：「有本事你再敲一次！」克里斯又更用力敲下去，沒想到印加變成氣態，頃刻間再變爲金剛石。克里斯大驚甩著被覆蓋的手：「我的手！」在眾人的笑聲中，他們揮別漸漸離去的雲朵，傳說的國度再度消失於天際。

艾德一行人持續走著，若芙娜抱著小白貓，牠體型異常的小，僅有手掌大。
印加：「牠看起來很乖欸！但是牠怎麼一直睡沒有醒來？」
若芙娜：「我想牠可能也受到達姆克鷹的噩夢波影響。」
印加：「哈哈貓也會做夢？空中的塔拉薩城怎麼會有貓？」
克里斯：「我在塔拉薩城也沒看到其他動物。」
若芙娜：「我決定了！牠就叫小雪球！」
印加：「萬一牠醒來變成一隻北卡納星大雪怪呢？」
若芙娜：「才不會！」若芙娜把小雪球輕輕放入口袋內。
「話說回來，我們已經解決三隻異獸，剩最後一隻啦！」印加說。
「我記得大長老提過最後一隻異獸。」克里斯說。
「大長老說了什麼？」艾德問。
「大長老說，最後一隻異獸是紫焰魔龍。」
「牠有什麼特殊能力呢？」艾德問。
「我只記得什麼石頭……」
「石頭？」眾人不約而同盯著印加。

「看我幹嘛？」印加正要辯駁。

「你們看。」希卡指著不遠處一道紅色光柱。

「看來那就是通往MHE823星球的通道。」艾德說。

衆人飛快地奔到光柱旁，只見山坡下的巨石排列成一個圓形陣法，圓心一道巨大的紅色光柱直竄天際。

「隊長，怎麼處理？」印加問。

「若芙娜，爲了避免像塔拉薩城一樣全員中招，你留守，其他人進通道。」艾德語畢，率先衝進光柱裡，其他人也跟進。

進入通道後，眼前盡是紅煙，好不容易看到出口，出去後，是一個漆黑的房間。艾德手指燃起火苗，照亮四周環境。

「你們表情怎麼怪怪的？」克里斯盯著衆人問。

「這裡是SCU總部。」希卡說。

「SCU總部？」

「SCU總部聚集很多異能者，在這裡訓練，並執行對人類有幫助的任務。希卡，你和印加一組，克里斯跟我，不論有無發現，十分鐘後原地集合。」

「希卡，這裡真的是總部嗎？怎麼一個人也沒有啊？」印加問。

「如果真的是總部，怎麼可能有人能占領這裡啊？」

「通道怎麼會連到總部，而不是那個什麼星球啊？」

希卡右手舉起：「有人。」

兩人小心翼翼往前走，驚見走廊上有數個人影，但他們一動也不動，希卡和印加走到他們身旁。「是普魯門和烏托！你們怎麼變成雕像了？」印加驚訝道。希卡盯著他們臉上驚恐的表情，一邊觀察周圍的蛛絲馬跡。突然有一黑影飛快掠過，希卡疾躍而出，印加也緊跟其後。

另一邊艾德與克里斯沿途也看見許多被石化的SCU成員。

「他們的戰鬥力都不在我之下，卻都被石化了。」艾德說。

「是什麼人有這樣的力量？」克里斯問。

「我認爲和最後一隻異獸有關。」

「你認爲牠在這裡？」

「還無法確定。」

「等等，前面好像有打鬥聲！」克里斯和艾德往前奔去，藏匿在牆後，看見一個男子往

後一躍，數十發暗器射出，另一邊一道紫色火焰噴射而出，那暗器被石化悉數掉落地面。定睛一看，那火焰竟是一隻手掌大的龍所噴出，牠身泛紫光，雙眼像藍寶石般耀眼。男子見狀大驚，但紫焰再次激射而出，男子閃避不及，正要被紫焰吞噬，一團火焰射出將紫焰擊潰，出手的正是艾德。「幸之助，你還能戰鬥嗎？」男子一看笑道：「隊長！在下沒大礙，只是你再不回來總部就快變石雕博物館了！」艾德手指燃起烈焰，向紫龍急速攻去，小紫龍來不及躲開，瞬間焚燒殆盡。

「這樣其他人應該就可以變回原樣。」艾德說。

「不，艾德，這個人還是石頭。」克里斯指著旁邊的石像說。

「不錯，隊長你消滅的只是其中一隻而已，整個總部保守估計大概有……一百隻。」幸之助說。

另一邊希卡追著黑影來到一個寬敞的空間，爲了看清四周情況，她朝天空發射一枚照明彈，四周的輪廓被紅光完整地勾勒出來，出現在她眼前的，是一顆巨大紫色的蛋！那蛋像會呼吸般起伏收縮，殼上爬滿黑色的花紋。印加跑來看到這蛋也嚇一大跳：「哇！這是什麼蛋啊？」「先回報。」希卡說完提著鞭子轉身就要往集合點去，這時那巨蛋劇烈搖晃，「希

卡，我覺得牠好像不怎麼開心。」希卡：「我也是。」她自腰帶內掏出一粒ST25微型炸彈，奮力往前一拋，接著轉身就跑，印加緊跟在後。甫踏出去，身後就傳來猛烈的爆破二十五次，這就是ST25的威力！他們伏在地上，待爆炸結束後才起身，煙霧散去，那巨蛋中間出現一道由上到下的大裂縫，碰的一聲，蛋殼炸開裂成兩半，蛋裡驚見一隻紫色巨龍，牠滑溜的身體還沾染著黏液。牠猛然睜開藍寶石般的大眼，昂首發出雷鳴般的吼聲，四周湧出上百隻小紫龍，一隻隻跳到巨龍背上，並且像被吸附般，逐一變成巨龍背上的尖刺。印加：「我曾經聽說在貝羅瓦星球有一種龍，牠噴出的紫色火焰，能夠將人石化。」希卡：「紫焰魔龍。」她長鞭閃動，轉眼已躍至巨龍背上，長鞭纏繞住巨龍脖子，正要給予電擊，巨龍軀體突然紫光閃爍，希卡急忙撤鞭而下，只見巨龍身上瞬間燃起紫焰。「這異獸看起來不好惹，我們快去通知隊長！」印加說。那巨龍一聽噴出紫焰，出口竟變成一道牆！這時照明彈燃盡，剎那間大廳裡回歸一片漆黑。

艾德三人在集合點等不到希卡和印加，於是循著希卡沿途留下的記號前進，最後一個記號停在走廊的一半。「奇怪，怎麼沒有了？」克里斯問。聽覺敏銳的幸之助察覺牆後有聲響，於是艾德施展紅色火焰由外而內轟碎石牆。三人一進去，就看到希卡和印加已變成石像。

「隊長！你們終於來了！」印加突然大叫，三人都被他嚇到。

克里斯：「印加你不是被變成石頭了嗎？」

印加：「我在牠的紫焰燒到我前一秒自己變成石頭，沒想到我還能夠變回來！」他指著紫焰魔龍說。

「看來這就是牠們的老大！」幸之助摩拳擦掌道。

「這不是忍術大師幸之助嗎？你還活著啊？」印加說。

「這個當然，在下不像你愛當石像！」幸之助笑道。

艾德：「看來，只要擊敗牠，被石化的人就能復原，SCU，戰鬥吧！」艾德手執雙劍中路衝向巨龍，幸之助躍至左上空發射十餘枚苦無，克里斯手執金矛右路進攻，印加則變成一灘液體緩緩接近巨龍。巨龍身體燃起紫焰，十餘枚苦無瞬間被石化。牠朝著艾德噴出紫焰，艾德雙劍交叉燃起紅焰形成防護盾。右路克里斯已擲出金矛刺向巨龍尾部！巨龍甩尾避開雷霆一擊，同時龍首對著克里斯噴射紫焰，克里斯縱身閃避並接回金矛。

另一邊艾德雙刃前甩，化作兩條火龍，攫向巨龍頭部，巨龍噴射紫焰，兩方攻擊引發爆炸煙硝四起，艾德趁隙躍至巨龍上方接過雙劍，巨龍正要閃避，前爪卻無法動彈，原來是印加悄悄滑至巨龍前爪，再轉變為金屬鉗住雙爪，艾德雙劍直直下刺，貫穿龍首，直達地面，

巨龍哀號不已，將衆人甩飛後倒地不起，身體迅速化爲一地塵土。艾德撿起塵土中的紫色珠子。他將四顆珠子交給幸之助：「這是四大異獸的珠子，幫我轉交給阿伊塔，請她送回阿卡西資料庫封印。」被石化的人也恢復原狀，除幸之助留下處理善後，其餘衆人則趕回傳送門。

印加：「四隻異獸都被我們解決了！再來只要除掉那個黑衣人拿回結晶任務就完成啦！」

克里斯：「那個黑衣人爲什麼要帶我們到SCU總部？」

艾德：「我也在想這個問題。」

印加：「別想太多，完成任務就好了！」

希卡：「到了。」

他們跳入傳送門中回到石陣，卻驚見滿地坑洞與濃煙，明顯有戰鬥過的痕跡。

艾德大聲喊：「若芙娜！」但四處都沒看見她的身影。

此時烏雲積聚而至覆蓋住天空，伴隨著詭譎的紅色閃電，狂風也開始怒吼，地面開始晃動。一個披著黑色斗篷的身體從天而降靜止於半空中，他俯視衆人：「初次見面，我是克魯杰。」

艾德：「我是SCU的隊長艾德，克魯杰，你是誰，有何目的？」

克魯杰：「我來自二二四八年。我所做的一切，都是爲了消滅SCU。」

艾德：「SCU跟你有什麼仇恨？」

克魯杰：「你聽過SCU出現的故事嗎？讓我慢慢告訴你們。你們所處的地球，是一顆被放逐在宇宙邊境的星球，專門囚禁來自其他星系難以控制的靈魂。在地球上，這些轉生的靈魂，不斷的創造與毀滅自身文明，這是早就被設定好的，目的是讓地球上的靈魂無法提升自我層次，達到永遠囚禁的目的。SCU，就是地球監獄的守衛組織，而你們，就是地球守門者。SCU的創辦者，發現地球上擁有一群異能者，他們擁有不同的能力，而這些能力，足以改變多數地球人的生活，於是，他決定喚醒這些異能者，統一管理與培訓，必要時，他們將是一支最強大的戰隊。」

艾德：「你還沒回答我的問題。」

克魯杰：「別急！SCU經過幾千年的流傳，內部漸漸出現兩種不同的聲音：一種，是原先的守門者；另一種更主流的，則支持侵略其他星球。我的故鄉加爾星就是此時被毀滅的，後來，我輾轉流落在各星球間，最後落腳在歇米爾星，我在那裡學習各種古老巫術以及操控異獸的咒語。後來，我更掌握穿梭時空的咒術。於是，我決定回到地球上SCU創辦者出現的

那一年，只要消滅他，幾千年後，我的星球就不會被毀滅了。」

印加：「對於你說的故事我很遺憾，不過SCU的創辦者到底是誰啊？」

克魯杰怒指克里斯：「就是你們部落的大長老！所以我才會派異獸攻擊你們村落！」

克里斯：「大長老不會支持侵略的，這與祂無關！」

克魯杰：「我不管，只要消滅祂，就能阻止未來的悲劇發生。沒想到被你們壞了我的計畫，所以我只好另想辦法，將第四隻異獸送到未來，去消滅二〇五〇年的SCU組織，在它變得糟糕之前。」

艾德：「若芙娜在哪裡？」

克魯杰：「你說那女孩？我發覺大長老僅存的一部分靈魂悄悄轉移到她身上，她正沉睡著。」他說完抬頭望著雲層中一個黑色球體，若芙娜正被包覆在其中，看起來已經昏迷。

艾德：「你從MHE8623星球所召喚的四隻異獸都被我們收拾了，我勸你還是放棄你的計畫吧！」

克魯杰：「我知道，你們確實超乎我預期的厲害，不過，我還是必須守護我的族人！我要改寫加爾星的命運！我早你們一步找到闇影結晶，在你們和異獸戰鬥的期間，我已經將它與我合而爲一，此刻的我，前所未有的強大，動手吧！今日就是你們SCU的終結！」

艾德冷靜道：「印加，若芙娜交給你，克里斯、希卡我們上！」眾人應諾同步開始行動。艾德手持雙劍，攻向克魯杰頸部，克魯杰身形如同鬼魅般變幻莫測，克里斯與希卡同時進攻，依舊碰不到他一根毫毛。

另一邊印加正在思考如何救出若芙娜，他嘗試各種撞擊與攻擊都沒有效果。黑色球體本身就是一個強大的結界。「該怎麼辦呢？怎麼辦……怎麼辦……」他在黑球下搔頭走來走去。這時，他聽到一個似曾相識的聲音：「未來人，聽我說。」

克里斯金矛狂舞，克魯杰閃避後同時使出暗黑光球，將克里斯擊飛。希卡長鞭一揮，捆住克魯杰手腕並放電，克魯杰手掌施展暗黑護盾，希卡長鞭脫手飛至地面。艾德見狀，使出焰龍雙刃擊！兩條火龍攫向克魯杰，他掌心發射出數十發暗黑光球，將火龍擊潰。光球直直向艾德攻來！千鈞一髮之際，粉紅色光盾籠罩住艾德，盡數抵擋掉暗黑光球。艾德放下雙臂，向旁邊一看，原來是若芙娜、印加和其他SCU成員！

「我不知道怎麼辦，突然聽到大長老的聲音，祂叫我穿越時空門回總部求救，所以我就帶幸之助、小羽跟李岳峰來幫忙。」印加說。他身旁站著三個人：一個是身穿寶藍色忍者服，正是幸之助；一個是看起來十歲左右的女孩，長髮又黑又直，身穿櫻花色小洋裝；一個

是佝僂的白鬢老人，他身穿中式深綠布馬褂，看起來大約八十多歲。

艾德：「太好了，戰鬥吧！SCU！」

克魯杰又發射數十發暗黑光球，若芙娜也發射粉紅光球與之抗衡，但沒多久，她便處於劣勢。幸之助趁隙施展分身術向克魯杰進攻，十多個幸之助手執短刃躍向克魯杰。克魯杰撤除攻擊，左右閃避掉幸之助所有的攻擊。「可惡！別只會一直逃啊！有膽就接在下一招！」幸之助罵道，突感背心有隻手掌碰觸，下一秒身體已被轟飛至地面上。

小羽低頭望著腳邊的幸之助微笑問：「幸之助哥哥，你還好嗎？」

幸之助苦笑道：「還死不了！換你們出手了！」小羽從懷裡揣出七支櫻花劍，長度約只有手指長：「表演時間到了！看小羽的櫻花飛劍舞！」話未說完，七支櫻花劍立即增爲手臂長，並急速飛上空中，直奔克魯杰刺去。七劍像是各自擁有靈魂般，不斷刺向敵人要害，克魯杰不斷變幻閃避，巧妙避開每一劍的攻勢，這時他觀察到小羽雙手正操縱著飛劍，於是朝她急速俯衝而下，李岳峰見狀拋出一疊黃符，熊熊火焰瞬間爆破開來，強光巨響後，三人竟消失了，他明白這是隱身咒那類的把戲。同時，櫻花劍又飛了過來，他正要移動，卻發現雙腳竟然被金屬牢牢禁錮於地，這當然是印加的強項。希卡長鞭趁隙捆住他脖子並放電，若芙娜在上方封印住他的咒術，克里斯擲出金矛一擊，克魯杰竟憑單手抓住飛射而來的金矛！並

用其將飛擊而來的櫻花劍一一擊退，艾德趁此良機從他身後一躍而下雙劍一刺，克魯杰背後居然冒出另一隻黑色的手將艾德擊飛！衆人大驚！除了驚訝手臂的出現，更令人吃驚的是那手臂比克魯杰整個人還要巨大！那手臂通體黑色，上面有些紫色的圖騰，巨大手臂的掌心凝聚一顆巨大的閃電黑球，並且持續增大中！衆人一看急急撤退，轉眼間黑球已擴大數百倍，所有人都被黑球所吞噬。

艾德等人被吸進黑球內，他手指燃起火焰，衆人向他靠攏。

艾德：「大家都沒事吧？」

印加：「沒事沒事，只不過我們現在在哪裡啊？」

希卡：「黑球裡。」

克里斯：「黑球裡？也太大了吧！快比我們整個部落還大了！」

若芙娜：「我感受到這裡的空氣中瀰漫著憤怒的氣味。」

幸之助：「在下認爲我們應該先設法找出口。」

小羽：「小羽覺得出不去了，怎麼辦？」

李岳峰：「先讓老朽試試這小子的能耐。」接著他拋出一疊青色符，施展閃電咒，只見

一團閃電球直往上衝，過了良久，才碰到邊界，但閃電球立卽煙消雲散。

克里斯：「換我來！」克里斯集中力量，向前方擲出金矛，金矛一樣過了許久才碰觸到邊界，又彈飛回來。

印加：「哎呀！行不通啊！我們會被吸收掉啊！」

幸之助：「隊長！有東西靠近了！」

艾德：「若芙娜，開啟防護盾！」

若芙娜應諾，雙手泛起粉紅光芒包覆住衆人。幾秒後，一大群長著翅膀的黑色生物碰觸到防護盾，看這數量最少也有上百隻！

印加：「哇哇哇！這次是蝙蝠妖怪！」

艾德：「不行，數量太多，防護盾擋不住，我去對付牠們！」艾德說完果斷躍出防護盾。他雙手持劍，燃起烈火，不斷斬殺一隻隻異獸，每當那異獸靠近艾德的劍時，火光便映照出牠們臨死前猙獰的面孔。

印加：「好！不愧是SCU最強的隊長！」小羽也在一旁拍手叫好。

於此同時，四周壁上又冒出成千上萬隻蝙蝠怪。衆人一驚，紛紛加入戰鬥。

印加變身爲金屬鋸齒，高速來回運轉，將蝙蝠怪一一輾碎。

希卡長鞭狂舞，搭配閃電之力，迅速切割蝙蝠怪。

小羽櫻花飛劍舞攻守兼備，持續貫穿一隻隻蝙蝠怪。

幸之助施展分身術，數十個分身手執短刃斬斷蝙蝠怪頸子。

李岳峰五色符令陣展開，忽爾赤炎，忽爾狂沙，金木水火土輪番出擊。

若芙娜飛至空中數十發光波狂射，將追擊而來的蝙蝠怪一一擊退。但說也奇怪，大多數的蝙蝠怪像是鎖定若芙娜般窮追不捨，其他人也發現這一點，只是蝙蝠怪數量實在太多，根本無暇抽身支援。若芙娜漸漸無法抵擋，被逼到一隅，奮力撐起防護盾，蝙蝠怪輪番衝撞，使她支撐得左支右絀，眼看防護盾將要碎裂，她感覺左邊口袋有些動靜，原來是小雪球！牠探出頭望了望若芙娜的臉，接著鑽出口袋，慵懶打了個哈欠。若芙娜心想：不行，即便我倒下，也一定要保護小雪球！這時小雪球身體亮起白色光芒，眼睛閃起金色光輝，光芒迅速擴散全場，所有蝙蝠怪突然停止動作！眾人正感到疑惑，仔細一看，異獸竟然全被冰封住！小雪球釋放完能量後，又陷入沉睡，若芙娜雙手輕輕抱起牠：「謝謝你小雪球！」並將牠小心翼翼放回口袋。

克魯杰從地面浮出，他的身體變成黑色的，皮膚上還出現紫色圖騰，雙眸閃動血色光芒：「我要把你們通通吸收掉！再消滅SCU所有人！為我慘死的族人復仇！」說完他的身軀突然越變越大，面貌變得像蝙蝠怪一樣，背後長出雙翼，體型瞬間增大數十倍！

「大家小心，克魯杰的恨意支配了結晶的力量！」艾德大喊。若芙娜感到強烈殺氣，於是施展防護盾守護大家。巨獸猛衝過來撞擊防護盾，整個防護盾瞬間被粉碎！眾人大驚立卽四散，那巨獸直直朝著若芙娜衝去，艾德：「若芙娜！小心！」她見狀馬上飛到空中，那巨獸也展開雙翼騰空飛起，若芙娜對著巨獸發射數十發光球，巨獸看似不痛不癢，更加憤怒地飛向若芙娜。這時七支櫻花劍急速刺穿巨獸身軀，但傷口很快就癒合，這空檔足以讓若芙娜瞬間移動到地面上。巨獸見狀又向地面奔來。印加：「爲什麼牠老是衝著若芙娜攻擊啊？」「因爲她是女戰神的轉世。」眾人疑惑面面相覷。克里斯：「這是……大長老！」「若芙娜，妳天生就擁有特殊的能力，我那時將妳潛在的力量喚醒，我感應到妳是女戰神的轉世，也從你的記憶中得知關於SCU的一切。」若芙娜：「我是女戰神？」印加：「誰是女戰神啊？」大老長：「若芙娜，你們之中，只有你擁有摧毀闇影結晶的能力。」若芙娜：「我？可是我不知道該怎麼做。」大長老：「女戰神會告訴你的，快試著喚醒你的前世記憶。」這時巨獸已逼近，艾德、印加、希卡和克里斯衝上去和巨獸戰鬥，若芙娜則閉眼靜坐，試著探尋靈魂深處以喚醒前世。幸之助、小羽和李岳峰則圍在她身邊觀戰。

若芙娜覺得自己正緩緩下沉，下沉到無比寧靜的水中，無聲的泡沫自臉頰邊滑過，她感

覺有個人影浮現在水面。

「妳是誰？」

「我就是你。」

「妳是我？」

「對，妳知道的，讓我告訴妳眞相。」那女人的身影發出一陣強光。強光過後，她說：

「在宇宙大爆炸時，有一塊能量特別不穩定的區域，這能量也造成星系間的不穩定，後來創生太陽系的高層次文明，創造出一個收集能量的特殊容器，將那些失控的能量匯聚到容器裡，成功解決星系的能量亂流。後來這個容器被他們收藏在阿卡西紀錄庫裡，直到有一天，它有了自我意識，決心要離開。億萬年來，它輾轉流落在宇宙各處，傾聽人們的呼喚，幫助許多人實現願望。直到三千年前，結晶來到地球上，而地球上的一個文明，憑藉結晶的力量，使文明達到前所未有的盛況，同時，他們也開始去侵略周邊較落後的國度。有一天，出現一個決定要摧毀結晶的人。她是這個文明裡精神力最強的女戰神，爲了阻止國王侵略他國的野心，月圓之夜，她悄然來到結晶聖殿，試圖毀掉結晶，但是國王早已發現，並派遣他的十個兒子在聖殿埋伏，但其中七王子早已愛上她，他反過來幫助她，他就是聖龍使者——SCU隊長艾德的前世。最後在一片混亂中，女戰神成功毀滅掉結晶，他們也在這一場

大毀滅中消失。雖然女戰神粉粹了結晶，但是其中有一小塊卻倖存下來，順著洋流在地球上漂流。那一次的毀滅行動，不但沒有使結晶的力量削弱，反而使結晶的意識充滿憤怒與報復心，它在等待，等待那位試圖摧毀它的女戰神，再次轉生到地球上。現在，覺醒的時刻到了，睜開眼睛吧！若芙娜！妳的夥伴需要妳！」若芙娜睜開眼睛，見那巨獸兀自矗立眼前，印加和克里斯已被打倒在地，艾德、希卡和幸之助正在戰鬥著。

「若芙娜姊姊，妳終於醒了！」小羽微笑道。

若芙娜：「小羽妹妹……我昏迷多久了？」

李岳峰雙手背在後面盯著那巨獸：「大約半個時辰。」

小羽：「那隻大怪獸實在太厲害了，無論受到什麼傷都能即時復原，我擔心我們打不贏。」

若芙娜摸摸小羽的頭：「小羽妹妹，別氣餒，我們一起努力，一定可以完成任務的！」

他們說話的同時，幸之助和希卡也被打倒了。

李岳峰：「老朽觀察良久，猜想，牠能夠一直復原，是因爲我們位處黑暗光球裡，這是牠的空間，我們的力量無法正常發揮。」

聽了他的話，若芙娜試著瞬間移動，想要到光球外，但卻失敗了。

李岳峰：「在光球裡，妳的瞬間移動被封鎖了，我有一個方法或許能成功，這裡有張符，是我青龍門的穿越咒，符咒本身的力量應該不會受到太大削弱，我可以嘗試送妳到光球的外面，但能否成功很難說。」

若芙娜：「李爺爺，請讓我試試看吧！」

小羽：「讓小羽幫忙拖延時間。」說完她再度放出櫻花劍加入戰局。

若芙娜：「謝謝妳小羽妹妹！李爺爺，我們開始吧！」

李岳峰將那道黑色符拋出，上面畫有銀漆咒語，他將僅存的所有力量集中於符咒上並唸動咒語，搭配施咒的手勢，若芙娜刷的一聲消失了！「哎呀，沒想到這咒語這麼耗費法力，妳一定要成功啊，老朽只能為妳祈求蒼天保佑了。」他癱軟坐於地。

若芙娜來到黑色光球外，光球直徑約有一百公尺。她對著光球發射數十發光波，但盡數被光球表面所吸收掉。「我該如何摧毀它呢？」她思考著。

她腦中浮現女戰神摧毀結晶時的畫面，於是，她深吸一口氣，讓心越來越沉靜。她試著將全身的能量，都匯聚在她右手食指的指尖上，漸漸地，她的指尖出現粉紅色的小光球，隨著力量越聚越多，光球並沒有增大，反而維持在一樣的大小，她顯得越來越吃力，因為要

將強大的能量壓縮在一點上，這可是比直接發射出去更困難許多。這時她腦海中浮現夥伴們的臉，自從加入SCU後，她不再覺得自己是孤單的、奇怪的，裡面每一個人都是異能者，外面的平常人，對他們而言才是異常。她想起她剛加入SCU時只有十歲，組織裡的夥伴就是她的家人，她知道現在唯一可以做的——就是摧毀這個黑色光球，摧毀最後一塊結晶，守護夥伴。她知道，女戰神決定要毀滅結晶時，這是玉石俱焚的一項決定，儘管要犧牲自己的生命，只要可以守護所愛的人，一切都微不足道了。

她用盡全身所有的力量，將那光球對著黑色光球發射出去，當兩個大小懸殊的光球碰觸時，她眼前浮現一個小男孩正在哭泣，她蹲下柔聲問：「小朋友，你怎麼一個人在這裡呢？你遇到什麼事情？」小男孩哭著說：「嗚……有人想要……想要傷害我。」「姊姊會保護你的，不要害怕。」若芙娜伸出手。小男孩望著她的手，再望著她的臉，緩緩伸出小手。當兩人手掌相觸的那一刻，小男孩變成了克魯杰，他說了句：「好溫暖。」接著巨大的能量爆破，方圓十里的草木都被夷為平地。

晨曦照耀大地，艾德與夥伴們漸漸醒覺，各自拖著疲憊與滿是傷痕的身軀坐起，身旁圍繞著若芙娜粉紅色的光圈，守護著他們。紅色光柱與黑色光球都已消失，被光圈守護著的，還有昏迷的克魯杰。艾德耳邊聽見：「隊長，克魯杰就交給你了，我相信修復比毀滅更具有

力量。」「若芙娜……我知道了。」艾德忍住淚水緊握拳頭回應。

其他人也意識到若芙娜的離去，印加激動大哭問：「怎麼可以這樣！我還沒帶你去木星看看，你怎麼走了？」希卡低頭不語，克里斯捶著地面，幸之助望著遠山，李岳峰雙手合十默哀，小羽難過啜泣著，突然發現腳邊躺著沉睡的小雪球，她緩緩將牠抱起，輕輕磨蹭著彼此臉頰。

他們並沒有感傷太久，因爲他們知道，將來彼此會以不同的面貌，在某個時空相會，此生不過是浩瀚宇宙裡的一次漂流。

艾德望著東邊逐漸微光的天空，緩緩站起身，說出每次任務結束後總會說的那句：

「SCU，回家了！」

逐鹿水沙連——月影下的腳步聲

溫柔的月光照耀著蓊鬱的林間，一隻年幼的貓頭鷹正咕咕叫著。遠處一位少年身手敏捷的穿越樹林來到潭畔，他在一棵白色茄苳樹前停下腳步，左右張望後自豪說道：「哈哈我果然還是最快的！」「可惜，努瑪你還是輸給我了！」少年轉身一看，只見一位上身是人，下身是魚的少女，倚靠在銀色岩石上梳著烏黑秀麗的長髮，不時以魚尾撥弄著平滑如鏡的潭面，使潭面倒映的月色隨波蕩漾。「茹韶！你幾時到的？我竟然沒有發現你！」少年問，臉上還掛著稚氣的笑容。「我閒著沒事，就先游來這曬曬月光，順便瞧瞧你們垂頭喪氣的表情。」少女帶著笑意說。此時一陣白霧自林間瀰漫而至，待白霧散去，一位披著雪白外袍的少年在二人面前溫和問：「努瑪！茹韶！我剛才跟族人在治療一頭受傷的小黑熊，這才耽擱了，我應該不是最後到的吧？」月光下，隱約可見他一身雪白的肌膚與頭髮，以及棕黑色的眼珠和緋紅色的嘴唇。「普吉，最後一名在那邊。」努瑪指著潭上一艘小獨木舟說。一位矮黑人正划槳而來，他熱情揮舞雙手大喊著：「喂！拉魯來了！久等了你們！」

四個人在潭畔生起篝火，溫暖的火光瞬間點亮四人的眼眸。茹韶依舊坐靠岩石上，另外三人則圍坐在篝火旁，抬頭仰望點點星火與白煙冉冉飄升月空，伴隨著枯柴燃燒時的喀喀作響，努瑪開口問：「今晚是我們認識的第十二個滿月，是不是該慶祝一下？」普吉：「這麼快就一年了？我還覺得是昨天的事。」努瑪回：「是啊！時間就像射出去的箭那樣快。我聽骨宗頭目說過，多年前我的族人外出打獵找食物，沿途追著你的族人來到這邊，族人現在提到還是很感恩你們。」普吉：「我想……那純屬一場美麗的巧合。」茹韶嘆氣道：「唉！從那天起我們人魚族就開始忙碌了。」努瑪說：「捍衛自己的獵場是很自然的，當然，開發也是。」茹韶一聽，對著努瑪噴出一道小水柱，他身手矯健立即跳開，臉上還露出挑釁的笑意：「有本事就上岸來追我啊！」普吉忙勸道：「不要打架，不要打架，和平相處不是很好嗎？」一旁拉魯則說：「我投降，我投降，不要打到我！」這時努瑪撿起一把小石子朝茹韶輕輕擲去。茹韶水柱狂噴，每一發都精準命中小石子，小石子被一一彈開到潭畔白茄苳樹上，這樹巨大無比，樹圍約需要三十個人才能合抱。他們嬉鬧間，白茄苳樹突然泛起白光，開口怒道：「是誰如此無禮？竟敢對我茄苳樹王拋擲石頭？」四人見狀都嚇傻了，努瑪和茹韶互相指著彼此說：「是他（她）！」茄苳樹王道：「你們這幾個不知天高地厚的頑皮鬼，我要把你們種到土裡，變成我的養分！」語畢，祂颳起一陣強風，風中夾帶著綠葉，分別向四人攻去。

茹韶躲入水中避開綠葉，再從另一處探頭噴出多發水柱，水柱擊中茄苳樹的樹身，只聽祂說：「好舒服啊！再多取一些水澆灌我吧！」努瑪閃避開風葉攻擊，同時取出背上弓箭，迅速射出一箭，那一箭正中樹幹，祂輕輕咳一聲，就將箭震落，那箭造成的小傷口也立即復

原。拉魯邊逃竄邊舉起雙手說：「樹神爺爺，拉魯我投降！」普吉一邊避開攻擊，一邊叨唸著：「不要打架，不要打架，和平最重要！」眼見衝突難平，普吉發出呦呦鹿鳴，四周立刻湧現濃烈的白霧，白霧散開後，四個人都消失在白茄苳樹前。

普吉和努瑪在樹林間奔跑，普吉問：「拉魯跟茹韶應該都跑掉了吧？」努瑪笑著回：「拉魯應該划船回小島了。茹韶最大的本領就是逃跑，不用擔心她啦！」普吉：「嚇死我了，都怪你跟茹韶不好，惹怒茄苳樹爺爺，我們每月一次的聚會就這樣沒了。」努瑪笑著：「哈哈今晚也挺刺激的，不是嗎？」於是兩人互道再見，各自回到族人的棲地。

當天夜裡，普吉夢見自己身處於一片蒼茫的白霧，他並不感到畏懼與陌生，畢竟，他們白鹿一族本來就擁有召喚白霧的能力，並且能夠藉由白霧進行遷移。這時他看見一位老爺爺坐在一棵被砍掉的大樹上，左腿正流著紅色鮮血，普吉走過去問：「老爺爺，您的腳是不是受傷了？」老爺爺回：「是啊！有個少年用弓箭射傷我的腿，現在正疼得很呢！」普吉問：「老爺爺，可以讓我試著幫你治療看看嗎？」老爺爺微笑點點頭。普吉蹲下來，闔上雙眼，雙掌放在傷口旁邊，他雙掌泛起白光，沒多久，傷口竟已痊癒。老爺爺摸摸他的頭和藹道：「好孩子！乖巧的小鹿！」這時天空突然湧現一大團烏雲，雲間還夾雜著血色閃電，老爺爺用力握著普吉的手說：「他們要來了！他們要來了！」只見烏雲裡浮現許多人影，他們手執

刀槍，向普吉衝過來。原本潔白的大地竟沾滿了腥紅的血液，持續暈開。普吉滿身大汗嚇醒了，看了看身旁正在熟睡的族人，他才明白這是一場夢。在微冷月光的照耀下，他驚見自己雪白的右手腕上，居然有個綠色掌印。夢中的畫面再次浮現於心，他決定，要趕緊將這消息告訴大家。

隔日清晨，他瞞著族人偷溜出去，穿過一片茂密的樹林後抵達一處潭畔，他將雙手浸入水中，集中意念在心中呼喚著：「茹韶，茹韶，我是普吉，快來見我。」沒多久，在璀璨的陽光下猛然躍出一個人影，濺起的水花將普吉潑得滿身濕。「普吉！找我有什麼事啊？昨晚我沒睡好，正在補眠呢！」茹韶打哈欠問。普吉面色凝重，將詳情告訴她，她聽完笑了出來，直到普吉出示右手掌印後，她才相信這件事。普吉：「茹韶，我需要你幫我轉達給努瑪跟拉魯，我得先回去向族人報告此事。」茹韶問：「要是他們不相信我該怎麼辦？」普吉沉思片刻，並示意她伸出手，當雙掌接觸時，茹韶的右手腕也出現綠色掌印：「這樣他們就會相信了。」她允諾並咚一聲潛入潭中。

茹韶在潭中快速游動，內心擔憂著：「要是普吉所說的『他們』真的來了，我們的命運將會如何？」她曾聽長老們說過多年前邵族人追著白鹿的腳步來到此地，並且和人魚族產生衝突：邵族人濫捕導致潭中生態失衡，於是人魚族經常破壞他們的漁具與捕器，雙方大戰

數次，後來在白鹿族的調解下，雙方才明白彼此的立場，從此和平共處。但對雙方來說，那次的犧牲還是太大了。想著想著，茹韶已經來到努瑪的部落旁，她請岸邊五色鳥通知努瑪來見自己。努瑪很快就跑來：「茹韶，找我有什麼事？我正在忙著造舟呢！」茹韶將事情的經過告訴他，起初他也不信，直到看見她手腕掌印才收起笑容。茹韶：「我還要去小島通知拉魯。」這時努瑪想起自己偷偷造了一艘迷你的獨木舟，便道：「拉魯我去通知就好，你快回去吧，別嚇到我的族人！」茹韶對著努瑪的手腕吐出水柱，做了一個吐舌頭的鬼臉，頭也不回的游走了。努瑪看見自己手腕也出現綠色掌印。

努瑪趁著族人不注意，偷偷划著迷你獨木舟前往拉魯所住的小島上，但是他忘記要先通知他們，當他將迷你舟靠岸時，大喊著：「拉魯！拉魯！我是努瑪！我來找你了！」只見島上矮黑人們驚慌失措的要坐到木臼上，努瑪才看見他們竟然都有尾巴！難怪平時拉魯總是圍著一塊黑布。幾個族人不小心因此壓斷了尾巴，這時拉魯才慌慌張張跑過來叫他先離開小島，隨後拉魯划著小獨木舟追上努瑪。努瑪帶著歉意道：「拉魯，我很抱歉，忘記先通知你們。」拉魯無奈道：「唉，他們好生氣，因為被你發現祕密，別提了，你怎麼找我這樣急？」努瑪將事情告訴他，並出示綠色掌印。拉魯說：「我們會投降，沒事的。」努瑪問：「你們不反抗？不捍衛自己的家園？」拉魯道：「反抗會受傷，只要我們聽話，就不會受

傷。」努瑪聽完也沒爭辯，默默划著迷你舟回部落了。但也因爲努瑪的擅闖之舉，拉魯的族人自此不再與邵族人來往了。

回到部落後，努瑪內心充滿擔憂，於是便將這件事告訴頭目骨宗。骨宗聽完後，只認爲是小孩子在胡思亂想，並要他專注在眼前的事物，甚至連綠色掌印也認爲是他自己塗的。失落的努瑪一面鍛鍊自己射箭的技術，一面思考該如何使頭目相信，同時，他也想到，其他人有成功讓他們的頭目相信嗎？想到這裡，射出的箭就偏了。他對於自己不被相信感到氣憤，遂將弓箭怒擲在地上。這時一位揹著竹簍的少女徐步走來，她將弓箭撿起來問：「沒有一頭山豬會將自己的利爪與獠牙拔掉。努瑪，你在氣什麼？」努瑪臉色微紅接過弓箭道：「比娜，你怎麼在這邊？」少女說：「我來幫祖母採藥草，她說不久的將來會有很多人受傷。」「很多人受傷？怎麼回事？」「我也不清楚，祖母是祭司，她能看到我們看不到的。」努瑪一聽樂道：「比娜，快，帶我去找她！」比娜還搞不清楚狀況，就被努瑪牽著手往家裡奔去。兩人邊跑邊笑著，頃刻間就來到比娜家，只見屋外兩隻胖橘貓正翻肚躺著午睡，祖母並不在家，他們到附近去找尋她的蹤影，終於在潭邊白茄苳樹下看見她。她站在樹下，閉著雙眼，靜靜望著潭面。比娜和努瑪靜悄悄走過來，唯恐打擾到她。努瑪低聲說：「那棵樹是妖怪，很兇！會講話還會打人！」比娜笑著說：「你別胡說，祖母說祂是白茄苳樹神，一直

守護我們族人的安全。」這時祖母睜開眼睛，轉頭問：「比娜，你找我什麼事？」比娜說：「我在採藥草，努瑪說有很急的事要來跟祖母說。」努瑪說：「比娜的祖母，我有一件很嚴重的事情要……」祖母瞥見他右手的掌印，伸手打斷他說話，並用雙手將他的手牽起，再度闔眼。片刻後，她緩緩鬆開雙手，搖頭嘆氣道：「如你所見，他們要來了。」說完她望向遠方山下的天空。

普吉回到族人棲地，他想要向白鹿族長老說明此事，於是就往樹林的最深處走去，越往前走，白霧越是濃烈，他知道長老就在前方了。穿過重重白霧，終於走出樹林，普吉看見瀑布自山中直瀉而下，注入一湖，湖旁繚繞著氤氳霧氣，一位通體雪白的長鬚長者，披著白袍站在那裡，普吉向前行禮道：「普魯伊長老，我是普吉。」長老回：「普吉，你爲何而來？」普吉伸出手腕：「他們要來了。」長老望著掌印若有所思回：「世間萬物就像白霧般變化莫測，普吉你又何必驚惶呢？」普吉一時也不明白長老的意思，便問：「長老，我們該如何面對呢？」長老回：「我們白鹿族，自古以來便遺世獨立生存著，白霧是我們的外衣也是我們的方舟，若是眞到無法生存的時刻，我們自然有我們該去的地方。」普吉：「我們不幫助努瑪他們一起對抗入侵者嗎？」長老：「這並非我們該做的事，也非我們能力所能做到

的事。」普吉行完禮告別長老，垂頭喪氣的走回樹林。他心想：「看來我們一族也不會參與這件事，不知道茹韶那邊怎麼樣？」

茹韶回到潭底的日月宮殿後，向人魚族領袖達克拉哈說起這件事，達克拉哈怒道：「先前我們和邵族人發生過衝突，雙方死傷無數，沒想到這麼快又有入侵者！」茹韶：「達克拉哈，我們該怎麼做？」達克拉哈：「那些外來的入侵者不僅恣意拓墾農田，近期還在弄什麼造船廠，砍伐無數的林木，實在是貪得無厭，我們誓死捍衛生活了千百年的深潭。」茹韶：「我們將和邵族人共同抗敵？」達克拉哈：「他們怎麼做是他們的自由，我只管我們水面下的事。」接著他向身旁的手下吩咐道：「召集所有人魚族，今晚月正當中我們將在日月大殿討論如何迎戰！」茹韶雖然為達克拉哈的積極作為感到開心，但是又擔心族人的安全和其他夥伴的情形。

到了夜晚，數百位人魚族都到大殿來了，平時他們散居在潭裡七處，七處各有族長一位，族長之上，就是人魚族領袖達克拉哈。茹韶也在自己族長的後方，聆聽著達克拉哈發言：「各位人魚族的夥伴，今夜我召喚諸位前來，是有要事和各位商量，我們得到消息，將有另一批地上人來入侵此地，我想聽聽各族長有何想法。」一位綠色短髮的矮人魚先開口

道：「達克拉哈，說這麼多有什麼用，把入侵者趕走就對了！」另一位女性人魚族開口：「古塔，別這麼衝動，達克拉哈需要的是可行的建議，不是草率的結論。」綠髮矮人魚道：「曼珊，這可不是草率的結論，而是明確的準則，難道你還指望邵族人再去燒他們的屋子、殺死他們耕田的牛，然後把他們通通出草？」女性人魚道：「若是只憑邵族人就能將他們擊退，達克拉哈就不需要召集我們了。」這時另一位高大壯碩的人魚道：「不，我堅決反對與邵族人並肩作戰，我的胞弟就是在那幾場戰役中殉難的，人魚族靠自己。」幾位族長也應聲附和他。女性人魚道：「但是我們無法離開水面，防守還行，若要主動擊退他們，絕非易事。」另一位白髮人魚道：「水面下的戰鬥我們在行，離開水，我們就寸步難行，我認爲應該與邵族人聯手，並和白鹿族、矮黑人族結盟，才有勝利的可能性。」也有幾位族長出聲附和他。達克拉哈聽完族長意見後開口道：「依照往例，請七位族長做出選擇，贊成和邵族人、白鹿族、矮黑人族聯手的請在我魚尾左邊，贊成不跟地上人聯手的請在我魚尾右邊。」七位族長向著各自的選擇游去，只見達克拉哈左右各有三位族長，剩餘一位瘦弱的老人魚，剛才也沒發言，達克拉哈問：「伊努克，你的選擇是？」那瘦弱的老人魚虛弱回：「這兩個都不是我的選擇，我認爲這場戰役不是我們的戰役，我們只需要躲在潭中就好。」此話一出，引起眾多人魚譁然。高大壯碩的人魚道：「達克拉哈，你是首領，由你做最後的決定

吧！」其他族長也表示贊同，紛紛看向達克拉哈。

另一邊邵族部落頭目骨宗家裡，即將燃盡的篝火邊，身爲祭司的祖母與骨宗正商量著。

骨宗：「您所說的這件事眞的會發生嗎？」

祖母：「白茄苳樹神不會欺騙我們的，這事確實會發生，就在不久的將來。」

骨宗：「我們能夠改變結局嗎？」

祖母：「能不能改變，誰知道呢？我們生存在這個世界，其實也不是眞實的活著，有太多地方是你的身體所去不了的，也有許多事情，是人所改變不了的。只能親身體驗並嘗試，這才是通往眞實的唯一路徑。」這時門外傳來貓頭鷹嗚嗚的叫聲，祖母微笑道：「骨宗，看來你們家族又要有孩子了。」他轉頭看向已經熟睡的妻子與兩個孩子，微弱的火光撫觸著他們安穩沉睡的臉龐，再遙望孤獨的月光映照在部落外的樹林，以及安寧如鏡的潭面與遠處小島上。

隔天一早，爲了全族人的命運，骨宗決定去尋求人魚族和矮黑人族的協助。他獨自來到白茄苳樹旁，每當他要和人魚族或是小島上的矮黑人族聯繫時，就會到白茄苳樹旁升起狼煙，過沒多久，人魚族的守衛就和其中一名族長前來岸邊，但是他們並沒有要帶他去見達克

拉哈。那女性人魚族長傳話道：「骨宗頭目，我們人魚族已經決定獨自奮戰到底，守衛我們生活的潭水，也祝您獲得祖靈的眷顧與庇護，驅退入侵者。」骨宗一聽也沒有多說什麼，只是給予祝福。遲遲未見矮黑人族的小舟出現，他先前已輾轉得知努瑪誤闖島上的事，此刻也明白他們的選擇。返回部落的途中，一陣白霧襲來，一頭雪白的白鹿出現在他面前，他當然知道祖先追尋白鹿而來到此地的事蹟，不過眼前的白鹿非比尋常的高大，高聳的鹿角更是閃耀出白光。「我是骨宗，你是……？」「我是白鹿一族的長老，普魯伊。」「你是爲了那件事而來？」「不錯，我們白鹿一族一向反對衝突，所以，我們並不會插手你們人類的戰爭，我們只做我們該做的，以及我們能夠做的，其餘的，必須仰賴你們自己。」骨宗回：「我相信祖靈指引著我，也相信我正在做正確的事。」普魯伊沒有回應，只見白霧散去，祂已杳然消失於林間。

骨宗回到部落，召集族人，朗聲說道：「自己的獵場要由自己守護，即使是血染深潭，我們也要捍衛自己的領地，才不會愧對祖靈。」此時正值祖靈祭期間，婦女們演奏著清脆杵音，長老們集合男性進行除穢儀式，祭司主持祭拜祖靈籃，長老帶青少年到後山傳承製作陷阱與打獵技巧，族人們也忙著搭建祖靈屋。往年努瑪在這段時間總是特別高興，但是今年他心裡卻感覺像被石頭壓住一樣，總是提不起勁。

很快又到月圓之夜，他帶著沉重的心情前往老地方赴約，比娜知道他上次觸怒茄苳樹神，也因此得知他祕密聚會的事情。他們自小就玩在一塊兒，努瑪的煩悶很誠實的全寫在臉上，她悄無聲息的跟在努瑪身後，她深知現在是他最需要陪伴的時刻。

來到白茄苳樹旁，普吉、拉魯和茹韶都已經在那邊靜靜等著他。茹韶先開口：「努瑪，你還好嗎？你看起來很沒精神。」努瑪：「唉！我也不知道怎麼回事，就覺得胸口好像有一顆大石頭壓著，呼吸都覺得累。」普吉：「你是不是生病了？要不要我幫你看看？」茹韶：「他沒有生病，只是內心徬徨，不知道怎麼辦。」努瑪一聽，才明白原來是這麼回事。拉魯問：「努瑪，你們要反抗嗎？」努瑪：「當然，我們必須保護自己的家園，你們呢？」拉魯說：「大巫師說我們反抗會死光光。」努瑪：「所以你們不戰鬥？」拉魯：「應該是。」努瑪又看了看普吉跟茹韶，他們也是搖搖頭。茹韶：「我們族長也有不同意見，只是最後查克拉哈選擇不和你們合作。」普吉也說：「我們長老普魯伊也不會插手這件事。」努瑪激動說：「這不是一件事，而是一場戰爭！你們應該也很清楚，不團結的後果。」這時比娜從樹後走出來，大家都嚇一跳，努瑪問：「比娜？你怎麼在這裡？」比娜頭低低回：「我太擔心你，就跟來了。」接著努瑪替比娜和他們介紹彼此。比娜說道：「我曾聽祖母說過一個故事，有一天，部落闖入一頭大山豬，可是這個時候部落的男人都去打獵了，部落養的四條獵

犬就掙脫繩子，成功把山豬嚇跑了。」普吉說：「可是我們不是獵犬。」拉魯問：「山豬會怕獵犬？」茹韶回：「山豬不怕獵犬，但牠一直吠，山上打獵的男人聽到就會趕回來了。」比娜：「對，就是這樣。」茹韶：「可是，我們哪有山上打獵的幫手會來幫我們？而且，我們面對的敵人遠比山豬可怕多了。」努瑪說：「一枝箭射不死他，一百枝、一千枝總可以的。」茹韶：「可是我們沒有那麼多人，也沒有那麼多箭。」努瑪：「我們有，只是大家都把箭藏在家裡，也不肯出門。」普吉說：「我們眞的沒有箭，我們主張和平。」努瑪道：「不是只有能傷人的才是箭。」眾人一聽都安靜下來。比娜說：「祖母說這棵白茄苳樹已經在這裡很久了，反正現在也沒有別的辦法，我們誠心向祂祈禱吧！」眾人學她面對大樹雙掌合十，閉上雙眼，在心中想著自己的心願：

努瑪：「茄苳樹神，我聽說您守護我們族人很久了，希望您可以讓我們打贏，讓族人可以跟現在一樣生活。」

比娜：「偉大的白茄苳樹神，請守護我們，請守護努瑪。」

茹韶：「樹神，我是人魚族茹韶，請保佑我們人魚族守住這片水域，也讓努瑪他們能勝利。」

普吉：「茄苳樹爺爺！我是白鹿族的普吉，不知道你認不認識長老普魯伊？可不可以幫

我說服祂，讓祂願意幫忙努瑪他們呢？」

拉魯：「樹神爺爺！我是拉魯，請讓入侵的人走開，不要來我們這邊，去旁邊的山。」

祂並沒有做出任何回應，只是靜靜聆聽著他們的心願。

很快地，那天，就像一枝染血的穿雲箭自山下射來。

骨宗頭目率領族人奮力抵抗，一開始仗著地理環境與游擊戰術的優勢，接連取得好幾場勝利，部落裡士氣高昂，入侵者甚至稱骨宗頭目為「茄苳王」。努瑪看見部落裡的大人們都歡欣鼓舞，也感到興高采烈；看著努瑪的樣子，比娜也開心的手舞足蹈。

很快又是月圓之夜，努瑪牽著比娜奔向白茄苳樹，沿途他們開心的吶喊著，像是要向這片山林傾訴心中的暢快。當他們到那裡時，只見一群黑衣人偷偷摸摸不知道在做什麼，努瑪和比娜躲在草叢間觀望。其中一人說：「快一點，鋸下去就對了！」另外一人：「晚上睡覺祂會不會來找我？」「怕什麼？趕快鋸斷祂就死了，哪裡還能去找你？」這時白茄苳樹亮起白光，另外一個人對著樹幹潑了一桶紅色液體，努瑪似乎聽見祂的哀號，同一時間光芒也消失了。「沒想到這黑狗血真的有用！」接著十多個人開始奮力鋸著白茄苳樹的樹幹，另外

五、六個人則用鐵鎚敲打鋼釘試圖釘住樹根。努瑪一看衝出去罵道：「你們在幹什麼！」眾人一聽都嚇一跳，他們看向帶頭的男人，那男人將手掌橫放在脖子前由左至右移動，其中三個人停止鋸樹，拿著鋸子轉往努瑪跑去，努瑪立即取出弓箭並射出，一箭就射中其中一人的咽喉，那人應聲倒下，其餘二人見狀也不畏懼，反而更快衝過去將努瑪撲倒在地，這時比娜拿著獸骨短劍衝出來，用力刺入其中一人的大腿，那人痛得哇哇叫，手中的鋸子也朝比娜的脖子砍去。在月光下，努瑪的餘光看見比娜倒了下去。他又哭又叫，無奈力氣沒有那男人大，只能眼睜睜看著那人拿著鋸子轉身走向自己，「比娜……我很快就去陪你了……不要害怕。」他在心裡說著。這時兩顆石頭飛擲過來，將那兩人打得頭破血流，努瑪趁機抓起一把沙子撒向他們眼睛，撿起弓箭將他們一一射殺。他跑到比娜身旁，這時拉魯也跑過來手中還拿著幾顆石頭：「努瑪！撤退，他們人多！」努瑪只是抱著比娜流淚，盯著她頸上那道傷痕，那些鋸樹的人已將他們包圍，此時潭水突然翻騰，茹韶和幾位人魚在水面上探頭噴出強勁水柱，將那些人一一噴倒，茹韶大喊：「趁現在快走！」努瑪揹起比娜，拉魯押後，三人逕自往樹林中衝去。那些人並沒有放棄鋸樹，其中三個人自木箱中取出火槍並填裝火藥，朝茹韶她們放槍，她們畏懼火槍威力，不敢再探出水面。其餘眾人半數持續鋸樹，半數則去追趕努瑪等人。努瑪他們持續奔逃，後面追趕的人已漸漸拉近距離，突然一陣白霧湧現，他

們也不敢貿然進逼部落勢力範圍，於是便轉身往回走。這時努瑪將比娜輕放於地，拉魯站在一旁不知道如何是好，這時普吉從白霧中跑出，一看比娜躺在地上，趕忙奔到她身邊，確認她還有一絲氣息，便在她頸上的傷口旁伸出雙掌，雙掌發出白光，努瑪哭著急道：「普吉！你一定要救比娜！她是爲了我才受傷的！」普吉：「她傷得很重，我不知道能不能成功……。」拉魯在一旁走來走去對著頭頂的月亮祈禱著。努瑪牽著比娜的手，不停叫喚她的名字。普吉持續治療，但傷口的血仍是汩汩流出，普吉也流下眼淚了。這時白霧中走出一頭閃著光輝的白鹿，正是白鹿族長老普魯伊！祂走到比娜身旁，對她吐出一道白煙，白煙竄入她頸上的傷口，傷口竟瞬間癒合了！比娜甦醒過來，努瑪抱著她喜極而泣，正要向普魯伊道謝，只見白霧散去，普魯伊與普吉已不見蹤影。拉魯也終於能安心回小島去。當努瑪牽著比娜回到部落時已是黎明，他們將昨晚發生的事告知族人，等祖母與族人們趕去潭邊時，白茄苳樹已被鋸斷，傾倒的樹身被潑上紅褐色的黑狗血，樹根被數十根鋼釘牢牢釘死，樹頭還被蓋上一片大大的銅蓋。祖母見到眼前這景象不禁雙腿癱軟跪了下去，眼淚也簌簌而下，族人們更是氣憤難平，誓言要那些人付出代價。

白茄苳樹遭砍伐後，入侵者憑藉著人數與兵器上的優勢，由南北兩路進攻。努瑪和比娜也

見識到現實世界的殘酷。頭目骨宗和他的兒子及一些戰士被押送下山，邵族勢力自此衰弱。

人魚族擊沉許多到潭邊的船隻，並將入侵者拖入深潭底，但查克拉哈與六名族長仍然在奮戰過程中，遭受到入侵者的槍擊，一一殉難，潭水也被染成一片血紅。殘存的最後一名老族長，下令倖存的人魚族藏匿潭底，從此不再過問水面上的紛爭。

小島上的拉魯與族人很快就向入侵者投降，但並未獲得他們以爲能擁有的平安。後來入侵者設下詭計，準備許多摻有毒藥的酒，並前往島上感激他們願意順從，後來，再也沒人知道矮黑人族的下落。

白鹿族長老普魯伊，將邵族人的祖靈與戰死的英魂遷移至小島上，讓祂們得以棲身於此，爲後代子孫祈福。接著祂帶領普吉與白鹿族人消失在山林白霧裡，沒有人知道祂們後來去了哪片桃源淨土。

終於，倖存的邵族人歷經千辛萬苦撐過這場風雨，他們試著回復往日的生活。歷經此次戰役，一切都變了，唯一不變的只有族人堅守家園的信念。努瑪與比娜後來生了三個孩子，他們的名字是茹韶、普吉和拉魯。他們也像父母一樣勇敢，捍衛著自己的家園。只是，他們不知道，百餘年後，一場更令人怵目驚心的屠村行動，將使這片土地流淌著腥紅的血液。淒寒月光下，他們的腳步聲，一步步逼近了……。

六月
貓之纏語

死去活來

「我來唸歌囉／予恁聽噫／無欲抾錢啊免著驚矣／勸恁做人閣著打拚／虎死留皮啊／人留名矣／講甲當今囉／的世間哩／鳥爲食亡啊人爲財啊矣／想眞做人擱著海海／死從何去生何來／咿……」廟前舞台上一位台語女歌星正演唱著《勸世歌》，台下的聽眾稀稀落落，只有幾個閒閒沒事的阿伯坐在板凳上搖著扇子搧涼。一對雙胞胎姊妹匆匆忙忙赤腳跑過來，「阿姊，咱偷走出來，阿母知影敢會共咱罵？」「阿妹你莫驚啦，眞難得媽祖廟有咧唱歌，等一下咱聽煞就來轉厝，阿母袂發現矣！」姊姊拉著妹妹來到廟門口，往廟裡一看，又拉著她移動到旁邊的位子。「阿姊，爲啥物咱莫坐佇中央就好？」「媽祖婆坐佇廟內咧看，咱袂使匣著伊。」妹妹搔搔頭覺得疑惑，但還是跟著姊姊坐到旁邊的板凳上。姊姊緊緊牽著妹妹的手，姊妹倆跟著台上歌星搖擺唱歌，姊姊卻默默流下眼淚，擔心妹妹看見，趕緊用左手拭去。她想起今天傍晚時，住在附近瞎眼的古婆婆來家裡，跟阿母說明天就要把自己接去收養，阿母無奈只能含淚答應。她知道阿爸死後，家裡三餐不繼，少自己一張嘴吃飯，阿母跟妹妹就能多吃幾口飯，她並不埋怨阿母，也不哭鬧，默默幫著阿母收拾自己沒幾件的衣物。她把一個娃娃也塞進包袱中，那是阿爸生前買給她和妹妹的娃娃。

隔天，阿母趁著妹妹睡午覺，將姊姊交託給古婆婆。妹妹醒來知道後又哭又鬧，最後阿母也抱著她一起哭，阿滿看阿母哭得傷心，心中才不怪她。阿母也不知道古婆婆爲什麼指定

要姊姊阿好，而不要妹妹阿滿，不說她雙眼瞎了幾十年，若她雙眼健在，她們是雙胞胎，就連照顧她們九年的阿母有時也會分不清楚誰是誰，唯一不同的是姊姊阿好平靜和氣，妹妹阿滿則刁蠻調皮。「或許就是因爲這點，古婆婆才會選阿好吧？」阿母在心中揣測著。

古婆婆是村裡有名的紅姨，她天生眼盲，總是戴著墨鏡。每當村人的親人驟逝，來不及交代後事，他們就會到村子後山白姑娘廟找古婆婆。據說她能夠「牽亡」，將往生者的魂魄從陰曹地府牽引至她身上，與在陽間的親人直接對話。自從阿好被收養後，她除了幫忙照顧古婆婆的起居外，還會協助她「辦事」。古婆婆也經常讓阿好帶米回家探望阿母和妹妹阿滿，並叮囑她天黑前就要回來。姊妹倆也像往常一樣在村裡到處玩耍，但是姊姊阿好經常對著空氣自言自語，這讓妹妹阿滿感到害怕與不安。有時她們會到古婆婆家去玩，她從來不曾認錯過。有次妹妹阿滿調皮假裝是姊姊阿好替古婆婆倒茶，沒想到古婆婆說：「阿好，阿滿是人客，哪會使予伊替我倒茶？」阿滿忍不住問：「古婆婆，爲啥物你攏袂認毋對阮姊妹？」古婆婆笑說：「因爲阿好的目眉心有光。」

時光流逝快得像夏日午後的一陣驟雨。一甲子的歲月一眨眼就過了。一個二十多歲的長髮女子，面容清秀，穿著白色的素雅套裝，走在鹿溪村街上。她身後跟著一位比他稍長幾歲的黝黑男子，在熾熱的夏天正午扛著攝影機，他汗流浹背，整身白色T恤已經濕透，他開

口：「素惠，快到了嗎？」女子頭也不回說道：「我看地址應該就是這附近沒有錯，怎麼可能找不到？你再撐一下！」捷凱只能苦笑繼續跟她走。

她走到一棵老榕樹下，看見一個戴著墨鏡的阿婆坐著，她問：「阿婆，請問你敢知影有一位叫林阿好的阿婆？伊差不多七十歲，蹛佇附近一間白姑娘廟。」阿婆笑笑沒講話，緩緩伸出手指向旁邊一條巷子。素惠向阿婆道謝後，轉身向後方說：「凱捷，快點！我問到了，就在前面這條巷子裡！」凱捷滿頭大汗走來：「這麼大熱天哪有人可以問啊？」素惠轉身說：「就是這位……」榕樹下哪有半個人影？只有一個空板凳，上面還積了厚厚一層沙土。她雖然覺得奇怪，但還是領著凱捷快步走進巷子裡。穿過一片竹林後，一間閩南式小廟出現在他們眼前。小廟正門上的匾額寫著「白姑娘廟」四個大字。廟內有一尊白玉姑娘像，素惠帶著凱捷上香：「白姑娘，信女林素惠，這次和同事楊凱捷來到您的廟，希望能夠採訪林阿好阿婆，完成牽亡的專題報導，若是這次不能完成，我們可就被炒魷魚了，請保佑我們順利完成！」語畢素惠將香插入香爐內，甫出廟門，就注意到不遠處有間荒頹的黑瓦房，二人相視而笑，朝黑瓦房走去。

房裡沒有點燈，從外望進去黑壓壓一片。素惠看見一個小朋友跑過去，她出聲喊：「弟弟！」「弟弟？哪裡有弟弟啊？」「我剛看到他跑過去啊！穿白色衣服跟藍色短褲。」他們

叫了半天都沒人回應，這時素惠發現身後站著一位身穿黑衫的阿婆，她抖了一下說：「阿婆你好，請問你敢是林阿好女士？」她面無表情點點頭，森然的表情令素惠不禁感到背脊一涼。素惠繼續問：「是按呢欸，阮是《台灣奇談》雜誌的記者，希望會當來訪問你有關牽亡的代誌，毋知影你敢會使共阮講？」阿婆搖搖頭，素惠不死心又鞠躬說道：「只要一屑仔時間就好，拜託你。」她將身旁的凱捷也壓下來鞠躬。阿婆逕自進屋去了。「素惠，我看那個阿婆好像不會說話，你要訪問一個不會說話的人，是不是太強人所難了？」「不會說話，有不會說話的訪問方式，我覺得阿婆是沒有意願。」這時阿婆走出門，手中拿著一張黃紙寫著：「帶吾妹林阿滿來，就答應你。鹿溪村三巷七號。」她將紙遞給素惠，同時瞧了一眼她的肚子，又盯著素惠的眼眸看，就轉身進屋去了。二人拿著紙條往回走，素惠心想：「這個阿婆和她妹妹一定有什麼誤會，才會要我們去幫她找人，看來要完成這篇報導，一定得達成她的條件，不管了，放手一搏吧！這是最後的機會了。」她加快腳步，循著路標往鹿溪村三巷七號前進。

鹿溪村只有幾十戶人家，但是每一戶的距離卻非常遙遠。他們走過鹿溪橋，這石板橋雖然年久失修，但仍然保持著先人絡繹往來的痕跡。鹿溪現在看來只是一條輕淺流緩的小溪，但每逢西北雨過後，溪水就會迅速暴漲。村裡的長輩也告誡孩童不能靠近這條溪水，據傳許

多人曾經看過一個穿紅衣的女人坐在石板橋上梳著一綹長長的頭髮。過橋時，素惠像是聽見什麼，她轉頭問凱捷：「你有聽到嗎？」「聽到什麼？」「像是……女人的聲音和嬰兒的哭聲。」「沒有啊，我只聽到我肚子咕嚕咕嚕的聲音！」「好啦！等等我們就去吃東西！」

他們好不容易找到林阿滿家。那是一棟幽靜的日式建築，院裡還種植一棵櫻花樹。素惠用手敲敲門，一位阿婆拖著一袋鋁罐從遠處走來：「恁是欲揣啥人？」「阿婆你好，我想欲揣林阿滿女士。」這時素惠才發現她的長相居然跟林阿好一模一樣，只是兩人的穿著截然不同，而且她會講話。「恁是誰人？揣我欲做啥物？」「阿婆，原來你就是林好滿，阮有一屑仔代誌想欲麻煩你。」「我無閒，恁揣別人。」「這一定眞重，阮來共你鬥相共。」素惠用眼神示意凱捷，他立刻協助阿婆將大麻袋拖進屋內。屋裡擺放著各式各樣的回收物，但是都分門別類收納得整整齊齊。阿婆問：「啥物代誌？」素惠說：「阿婆你一个人蹛遐爾大的厝？」阿婆說：「阮囝佮新婦閣有孫仔攏蹛佇台北，過年時怹就會轉來矣！」「原來是按呢。請問阿婆敢是有一個阿姊叫做林阿好？」阿婆一聽怒不可遏，轉身舉起掃把，朝兩人一陣揮舞，兩人連忙道歉落荒而逃。

「哎呀，這個阿婆發什麼神經啊？突然大發飆，幸好她沒有弄壞我的攝影機，不然我就完了。」

「她們之間一定有很深的誤會，我嗅到獨家報導的氣味了！」

「該不會你還想去敲門吧？等我，我先去借兩頂安全帽！」

素惠沉思片刻後說：「走吧！我們從附近的鄰居下手！」她邁開腳步，挨家挨戶去詢問有關她們姊妹的事，一整天下來，訪問到十多位長輩。眼看天就要黑了。「素惠啊，天就要黑了，我們是不是該離開了？末班公車要跑了。」「不，我們要去林阿好家過夜。」「不會吧？你想住她家？你怎麼知道她肯讓你住？」「跟我走就對了！」

他們往回走，傍晚時竹林顯得益加陰暗，淒冷的晚風迎面吹來，引發竹林裡一陣騷動。當他們抵達黑瓦房時天已全黑，林阿好正佇立門外，好像知道他們會回來似的。素惠：「阿好婆，阮今仔日有去揣恁阿妹，毋過予伊趕出來矣，阮明仔日會閣去拜託伊，你敢會使借阮蹛一暝？」阿好婆手提一盞昏黃油燈，領著兩人進入黑漆漆的屋內，素惠在牆上看見一張黑白照片，她認出她就是榕樹下替她指路的那位阿婆。

他們來到一間簡單乾淨的小房間外，簡單盥洗後，阿好婆準備地瓜粥與幾道青菜，三人吃過就睡了。夜半時，素惠聽見小男孩的嘻笑聲，她爬起床，看見凱捷睡得正熟，於是自己掀開門簾踏出去，幽暗的走廊深不見底，她隱然聽見月琴聲，朝黑暗走去，越接近，漸聞人語唸歌聲，再往前走，唱詞清晰可辨：「鳥為食亡啊人為財啊矣／想真做人擱著海海／死從

何去生何來……」，走到盡處，原來是阿好婆，她正坐在那彈月琴唸歌，凳子旁放置一盞綠色的油燈。她靜靜聆聽，並沒有打斷她。

阿好婆唱完一個段落後，開口問：「敢好聽無？」素惠點點頭說道：「眞好聽！」阿好婆示意她坐下來，這時她才發現油燈旁浮出一張凳子。「人生就是按呢，有生有死，有死有生，生生死死，死死生生，這是上蓋自然的代誌，毋過人就是無法度看破。」「阿好婆，你敢知影人死去了後會去佗位？」「人若死去，伊的三魂會去無仝款的所在：一魂佇屍骨、一魂佇神主牌、一魂去地府接受審判。」「原來是按呢！阿好婆，你佮恁阿妹是毋是有啥物誤會？」「唉，講起來就濟啊！」「我今仔日去庄內問足濟人，怹講恁本來感情足好欸，佇恁十八歲時，恁阿妹嫁人啊，隔轉年，怹尪就因爲怪病過身啊，恁姊妹就無聯絡矣！」「當時，怹欲結婚時，我就看見一個紅衫查某鬼徛佇怹尪邊仔，伊的手中閣提著烏色的令旗。」「烏色的令旗？」「無毋著，彼就是閻羅王予伊來報仇的證據。阮阿妹就責怪我這个做阿姊的無提早共伊講，害伊守寡，家己共囝仔飼大漢，從此毋佮我來往。」「爲啥物阿好婆你毋鬥相共？」「一切自有定數，無人會當擾亂因果。就按呢五十年過去矣，有一工，我感應著伊的後生、新婦閣有孫仔會發生車禍，這擺我決定共伊講，毋過我嘛共伊講伊是無法度阻止這件代誌欸。伊用盡所有的辦法，最後怹三人閣是過身矣。」「恁阿妹敢有佮你和好？」

「無，伊仝款認爲我毋幫助伊，閣較生我的氣。嘛因爲我洩漏天機，自此我就袂當講話矣。」「原來是按呢，這兩件代誌攏毋是阿婆你的毋著。」「這件代誌予伊的打擊眞大，伊出現幻想，幻想他閣佇台北生活，過年就會轉來厝內食飯。我嘛想欲幫忙牽亡，予恁來共伊講話，毋過伊毋願意相信我，毋願意閣見我，所以，我才想欲拜託恁去揣伊來。」

這時一個身穿白衣藍短褲的男孩跑來，「阿財，無佮阿姊打招呼？」「阿姊你好，我是阿財。」他向素惠微笑。「阿財，我頂擺看著的就是你？」阿財點點頭，就抱著球跑進黑暗中了。「阿財是阮細漢時的囝仔伴，後來破病死矣，伊就賭我這个朋友矣。」

素惠想起採訪的事，便接著問：「阿好婆，照你講，牽亡是眞實存在的？」「若是你毋相信，我講閣較濟嘛無效，毋過，你應該愛相信，無偌久，我會教你如何牽亡，到時你就會了解矣。」「教我牽亡？我只是一个普通人，哪有法度牽亡？」阿好婆只是望著她微笑，就起身提著綠色油燈走了。這時素惠才發現自己所處的黑暗四周傳來窸窸窣窣的吵雜聲，時而像是人聲低語，時而像是野獸低鳴，她突然覺得很害怕，身體也瞬間感到冰冷。她喊著：「阿好婆！等我！阿好婆！你佇佗位？」她覺得黑暗朝她湧來，就連呼吸也感到滯悶。遠處一陣白光亮起，一位身穿白袍的女人飄然而至，白光所及之處，黑暗就被逼得退散，她對素惠微微一笑，並伸出手，素惠心裡覺得溫暖而安心，本能地伸出手，和她緊緊相握。她聽見

她叫著自己的名字：「素惠！素惠！」她猛然睜開眼睛，發現凱捷叫著自己：「素惠！該起床了！」「現在幾點了？阿好婆呢？」「現在十點多了，我剛去外面巡了一圈，沒看到她。」簡單盥洗後，他們就前往妹妹阿滿婆的住處。

他們在半路就看到阿滿婆在撿拾資源回收，素惠過去打招呼：「阿滿婆你好，我是林素惠，伊是楊凱捷，昨日咱有見過面。」阿婆說：「猶閣是恁！我袂綴恁去揣伊欸！恁莫閣講矣！」「伊昨暗共我講恁的代誌，一切攏是誤會。」凱捷疑惑低聲問：「昨晚我一直在你身邊，她什麼時候跟你說的？而且她不是不會說話嗎？」這時素惠才想起這件事的不尋常。他們一路跟著阿滿婆走回家，希望能夠勸阿滿婆去見姊姊一面，但她非常固執，無論如何都不願意前往，還嚷著要回家做菜給兒子媳婦和孫子吃。到了她家，素惠示意凱捷留在門口，自己跟了進去，她隱約感覺到阿滿婆其實還非常在意姊姊。一進屋內，素惠驚見榻榻米上坐著三個人：一男一女一個小孩。她登時傻了，尷尬說：「你們好……打擾了。」阿滿婆問：「你是咧佮誰咧講話？」素惠指著榻榻米說：「您三個人……。」這時卻發現那三人已不見人影。

這時門外的凱捷大喊：「素惠！你快出來啊！」她跑出門查看。「你看！是阿好婆家的方向！」素惠循著凱捷手指的方向望去，只見黑色濃煙沖天，定是發生大火。素惠跟凱捷

慌慌張張跑過去，在心中祈求阿好婆一切平安。他們抵達黑瓦房外時，只見半間屋子都已陷入火海，屋旁的乾旱稻田則已燒得整片焦黑，顯見火勢是從稻田延燒過來的。他們趕忙到一旁壓水井汲水，一桶一桶潑向屋子大門，素惠一邊焦急大喊：「阿好婆！你緊出來！」這時阿滿婆也跑來，雙腿一軟癱在地上，流淚大喊著：「阿姊！你出來啊！我來啊！你出來看我啊！」素惠看大門火勢稍減，打算衝進去屋內，這時卻看見阿財站在大門外，伸出手擋住她，示意她不要進去。後來附近的村人都來幫忙提水救火，花了幾個小時才將火勢熄滅。素惠和凱捷跑進屋內，裡裡外外都沒有看見阿好婆的身影，這才安心。她走出門蹲下跟阿滿婆說：「阿滿婆，恁阿姊無佇內底，你莫煩惱！」阿滿婆一聽，抱著渾身煙灰的素惠大哭了一場。

阿滿婆帶二人回家，暫時安頓客房裡。當天夜裡，素惠又聽見月琴的聲音，她循聲來到屋外，紅澄澄的滿月正高掛夜空，月光灑落盛開的櫻花樹下，阿好婆坐在板凳上，旁邊放置一盞綠色的油燈。「阿好婆，恁厝已經予火燒去矣！好佳哉你無代誌！」阿好婆微微一笑說：「素惠，我有一件代誌欲麻煩你。」「啥物代誌？」「阿滿將有一場劫數，我決定共伊鬥相共，明仔日下晡一點到三點，你毋伊去白姑娘廟，千萬袂當轉去厝內。」素惠允諾她。

隔天中午，素惠和凱捷帶阿滿婆去白姑娘廟上香，祈求阿好婆一切平安，姊妹能夠和好如初。大火事件後，阿滿婆心中多年的結被稍稍鬆開，對待素惠他們也就多幾分信任。「素惠，彼工你來阮兜，敢有看見啥物？」阿滿婆的目光中露出一絲盼望。「我看見三个人坐佇內面，一个查甫一个查某佮一个囝仔。」阿滿婆聽後不再言語，若有所思坐在廟前石椅上望著遠方。這時凱捷正在拍攝白姑娘廟的裡裡外外，突然大喊：「你們快來看！」素惠和阿滿婆轉身走進廟內，只見香爐的三炷香居然同時攔腰折斷。素惠突然有不祥的預感，她看了看手錶，剛過三點鐘。三人收拾供品後就走回家去。回到家後，發現大門半掩，阿滿婆進去屋內，發現姊姊竟然倒臥在血泊中，阿滿婆奔過去抱住她，素惠發現她已無呼吸，凱捷立刻呼叫救護車。

最後，阿好婆仍是撒手人寰。阿滿婆的眼淚從白天流到黑夜，素惠也沒想到阿好婆竟然會犧牲自己來替妹妹擋這一劫，心下自責又懊悔。凱捷不知道怎麼安慰她，只好靜靜的陪著。警方很快就抓到兇手，兇手是一個長期失業的中年男子，缺錢買酒，酒醉後就闖進阿滿婆家要搶劫，沒有發現任何財物，憤而將屋內的阿好婆殺害。素惠和凱捷協助阿滿婆將姊姊的後事辦妥，轉眼也過了七天。

靈堂前，「素惠，你敢會使共我鬥相共？」「阿滿婆你講，阮會盡力而爲。」「敢會使

予我佮我阿姊講話？」「講話？阿滿婆你是啥物意思？」「你應該知影我阿姊是咧牽亡欸，你敢會當共我阿姊的魂牽起來？」素惠一聽不禁瞠目，久久無法言語，只能眼望著凱捷，凱捷說：「阿滿婆，素惠只是普通人爾爾，伊袂曉啥物牽亡。」阿滿婆默默流淚邊燒冥紙。素惠突然感到一陣寒意襲來，緩緩站起來，轉身走進屋內，將案上的供品移走，整張桌子只留下燭台兩座，這時凱捷和阿滿婆也進屋來，看見素惠在案前板凳坐下，闔上雙目，雙掌貼平桌面，口中唸唸有詞，接著她身體與頭部有些搖晃和擺動，接連打了許多嗝，案上一雙燭火居然變成青色的火焰。凱捷緊張地問：「素惠……你在幹嘛？」阿滿婆見狀說：「伊毋是素惠矣，當年我看古阿婆牽亡就是按呢，阿姊？你敢是阿姊？」只見她低頭不語，接著開始啜泣，阿滿婆繼續問：「你是阿姊？」「我是秋月……我等你五十年啊……」凱捷問：「秋月？不是阿好婆嗎？」「我等了五十年啊……伊總算死去啊……今馬就無人會當阻止我共你刣死啊……」她說完惡狠狠衝向阿滿婆用雙手掐住她脖子，她變得力大無窮，任憑凱捷怎麼扯都無法鬆開她的雙手，眼看阿滿婆就要斷氣，這時神龕上阿好婆的神主牌突然斷裂，她雙手立刻鬆開，倒了下去，被凱捷及時抱住。

凱捷不停叫喚著素惠，好不容易，她終於睜開眼睛說：「好冷……好冷……」，這時凱捷發現她全身像浸泡在水裡一樣又濕又冷，趕緊搓揉她的手掌。一旁的阿滿婆餘悸猶存，

她大口大口喘著氣，心中想著秋月是誰，但卻完全想不起來這個名字。「拄才一定是阿姊來共我救。」一想到姊姊，阿滿婆不由得又哭了起來。素惠說：「拄才彼个查某講伊叫秋月，伊穿紅衫，親像浸佇咧溪水內底仝款，歸身軀澹漉漉，伊真受氣，我感覺伊閣會來揣咱的麻煩。」阿滿婆皺眉說：「今馬阮阿姊的神主牌已經斷去矣，是欲安怎才好？」素惠忽然想起阿好婆說過的話，悄悄在阿滿婆耳邊說：「我知影閣有一个所在會使予咱揣著阿好婆的魂。」於是三人決定等到子時再展開行動。

他們預計兵分二路依計行事，凱捷問素惠怎麼知道這麼多，她說是阿好婆在夢中教她的。

月正當中，子時已到，凱捷率先出發，待他走遠，素惠和阿滿婆才踏出門。凱捷內心十分緊張，畢竟他從來沒有遇過任何靈異現象，他忍不住東張西望，唯恐那女鬼躲在某處瞪著自己。他用竹竿掛著一隻綑住雙爪的公雞，公雞腳上綁著一條紅布，紅布上寫著阿好婆的生辰八字與姓名。他每走三步就叫一聲：「林阿好，綴我來！」提著一盞燈，一直往白姑娘廟的方向走。靜悄悄的竹林沒有半點聲響，就連風也靜止了，眼看白姑娘廟就在前方，他心下一喜，這時一陣疾風捲來，燈影搖晃，竹林也發出吱吱沙沙的聲響，就像埋伏的士兵般一湧而出。他拔腿狂奔，卻發現無論怎麼跑，和白姑娘廟都維持同樣的距離。他察覺地面有些

泥濘，跑到後來，水甚至已經淹至腳踝。這時他看見前方有位穿白衣的小男孩站在那裡向他揮手，他想起素惠提過小男孩，於是沿著他的足跡跑去，說也奇怪，竟然轉眼就來到白姑娘廟，他趕緊進去廟裡，回頭一看，只見爛泥水痕到白姑娘廟外就不敢逼近。他依照計畫，將白姑娘廟裡上百炷香都點燃，並插入香爐中，香煙裊裊浮升上空，朝著東方飄去。

另一邊素惠和阿滿婆手執柳條、披著黑紗，一路摸黑走向阿好婆的墳墓。抵達墳前，素惠燃起蠟燭，並在阿好婆墳旁設下五色符，這也是阿好婆在夢中傳授她的結界道術。接著她將柳條遞給阿滿婆，並交代她：「阿滿婆，若是伊揣來遮，就用柳條仔拍伊。」素惠將雙掌貼在墓碑上，試著召喚阿好婆的魂，她感覺附近墳墓的靈體也在騷動，才明白為何要設下五色符結界。睜開眼睛，阿好婆已經站在她面前，素惠正要開口，她卻說：「我攏知影啊。彼个叫秋月的查某鬼，是阿滿怹尪結婚前交往的對象，毋過後尾伊選擇佮阿滿結婚，共有身的伊放提，間接致使伊投河自盡。伊共阿滿怹尪害死了後，閣想欲害死阿滿，我就共伊鎮壓佇鹿溪下底，伊等待五十年，就是欲掠阿滿的交替，我一死，伊就出來欲報仇啊！」「阿好婆，我應該安怎做才會使救恁阿妹？」「事到如今，只有試看覓共伊超渡，毋過，你就愛擔任白姑娘的代言人。」

這時一陣冷風吹來墓地，阿滿婆手中緊握柳條，站在素惠的身後，她看見落葉被吹拂到五色符令時就會散去，她大聲罵道：「秋月！阮佮你無冤無仇，你為啥物一直欲揣阮的麻煩？」她感覺到秋月的怒氣，風越來越猛烈了。這時一陣白煙自西方飄來，將阿好婆的墳墓團團圍住。說也奇怪，暴風突然靜止了，再無半點聲息。素惠轉過身來說道：「阿妹。」「你……你敢是阿姊？」她的眼淚已經止不住了。她牽起阿滿婆的雙手說：「是，我等你足久啊……你閣咧共我受氣無？」「其實我氣遮爾久攏是咧氣家己……我毋知影阿姊一直咧共我保護。」「阿姊無啥物會當為你做的，只有保護你平安，閣有一个人想欲共你講話……」她低頭半晌，接著抬起頭，竟已淚流滿面：「阿母！我是阿森……我轉來看你啊……」阿滿婆沒想到竟然還能跟自己兒子對話，已是哭到無法言語，只能抱著他大哭。「阿母……阮三个人攏佇厝內陪你，你莫閣傷心啊！」母子倆彼此一番深切的叮嚀後，就換素惠回來了，這時凱捷也從白姑娘廟趕來，素惠大略將剛才的事告知他們二人，他們才明白秋月的恨與怨。

他們三人披著月光往鹿溪走去，素惠說：「這裡就是秋月當年自盡的地方，我們必須進行超渡儀式，而且要在一炷香時間內完成，否則我們三人性命難保。」

素惠布陣後，就坐在溪水邊，凱捷和阿滿婆則坐在她身後，三人開始唸經超渡秋月。月光照耀在平靜的溪水上，誰也想不到這條溪水竟流淌著秋月長達五十年的怨念，被遺棄的痛苦，只有被遺棄過的人才能感同身受。阿滿婆腦海中浮現的是當年和丈夫相戀成婚的畫面，她從來不知道有秋月的存在，更甭提她自盡的事情，如今丈夫、兒子、媳婦、孫子和姊姊都離開她了，剩她自己一個人。凱捷心中則想著此次行程出發前，他向素惠提分手，素惠聽完只說：「先完成這次採訪吧！到時我們再來面對。」素惠早就察覺到凱捷的心不完全在自己身上，或許還有個她住在他的心裡。素惠心中想著自己爲了和凱捷在一起，不惜離家出走，拋下蠻橫無理的母親，至今已經五年了，她都不曾聯繫過台東的母親。

他們同時聽見溪水裡傳來女人與小孩的哭聲。素惠：「秋月，過去的代誌攏已經過去啊，你應該放下怨恨，才會使予你佮囝仔去投胎轉世。」這時秋月一身紅衣浮現在水面上，她抱著一個嬰兒厲聲道：「放下仇恨……？五十年來，我逐暗攏愛忍受淹死的痛苦……憑什麼愛我放下？我愛共恁攏拖落來，予恁感受我的痛苦……」溪水裡突然竄出許多水草，緊緊纏繞住三人的手腳，素惠含淚望了凱捷一眼，轉頭向秋月說：「秋月，只要你掠我做你的交替，你就會使去投胎轉世矣！你共怹放開！」凱捷大喊：「素惠！不要做傻事！」阿滿婆開口道：「秋月！佮你有仇的只有我爾爾，掠我落去，共怹放去！」秋月飄近阿滿婆掐住她脖子道：「若毋是因爲你，我才袂予阿志放提！」素惠：「阿滿婆根本就毋知影有你的存在！你已經共阿志害死啊，你的仇早就已經報矣！」這一番話，讓秋月大驚失色：「我共阿志害

死啊？哪有可能……？我哪有可能害死阿志？」她的手漸漸鬆開，阿滿婆昏了過去。

素惠這時感應到阿好婆，她將頭一低，雙目一閉，突然，開口竟是男聲：「秋月……秋月……」「你是……你是阿志？」秋月驚問。「你莫閣害人啊……一切攏是我的毋著，你已經共我害死啊……咱的囝仔嘛因為你的怨恨煞無法度投胎轉世……。」這時陣秋月懷中的嬰兒哭得更響亮了，她望著嬰兒哭泣。阿志說：「秋月，咱做伙來轉去啊。」秋月望著阿志，再低頭望著嬰兒，對阿志點點頭。接著天上降下一道白光，秋月和嬰兒就化作光點飄升而起。阿志向一旁素惠和阿好婆的魂鞠躬道謝，與秋月一齊離去。阿好婆望著素惠的肚子微笑說：「您的囝仔，將會投胎做你的囝仔。」素惠驚道：「我的囝仔？」「七个月了後，你會生雙生仔。我的阿妹就麻煩你啊！閣有，莫袂記得你已經答應白姑娘的代誌，我欲去靈山修行啊！」月光溫柔地照耀著溪水，似乎能撫平所有的傷痛。

七個月後，素惠順利生下兩個惹人憐愛的女嬰。她和阿滿婆一起生活在鹿溪村。阿滿婆將素惠當作自己女兒、將兩個女嬰當成孫女般呵護。她不再憤世嫉俗、厭世而活，也明白許多事情難以強求。另外，素惠在徵得阿滿婆的同意下，終於和台東的母親聯絡，並將她接來鹿溪村一起享受天倫之樂。素惠每天都會到白姑娘廟祭拜，也會替需要幫助的的村民進行牽亡，讓他們與來不及道別的親人好好說再見。

凱捷依然在雜誌社上班，因爲他和素惠的那篇報導〈死去活來〉，獲得空前絕後的迴響，不僅銷量暴增，連帶他也升爲攝影總監。只是，素惠遲遲沒答應他的求婚，但他每個週末都會來陪伴素惠與兩個女兒。他經常想起素惠在報導結尾寫的一段話：「人生匆匆數十載，沒有什麼不能釋懷的，若不放手，辛苦的只會是自己。與其死後和解，不如生前諒解。」

某天上班時，他盯著桌上全家福的合照，露出幸福的微笑，這時電腦收到一封訊息：

「親愛的凱捷，已經七個月不見你了，雖然你跟我提分手了，但我還是想跟你說，再三個月你就要當爸爸了。小茹。」

七月
貓之悚語

伊講伊毋是魔神仔

猶閣是一个無月娘的暗暝，只有阿翠佮阿芬怹母仔囝行佇巷仔內，平常時攏會有幾若个囂俳的醉漢佇遮啉酒，毋過一到陰曆七月，庄頭的序大人總是千叮萬囑一定欲佇天暗前來轉厝。

怹停佇一間樸素莊嚴的佛堂頭前，內面已經有幾若個歐巴桑佇咧唸經，怹佮阿翠攏是一年內的未亡人。一鄉一俗，這是庄頭內的風俗，凡是初爲寡婦者，著愛去佛堂拈香唸經，爲庄仔頭消災祈福，同時嘛替家己贖罪。自七月初一的下晡五點唸甲初二的天光才會使停止，若過程中無代無誌停落來，按呢今年庄頭內一定會發生災禍。這是先人代代傳落來的規矩，嘛予每一代村人所謹守。

阿翠因爲揣袂著別人會使鬥顧查某囝，萬不得已才將十歲的阿芬焉來佛堂。伊牽著阿芬的手，褪掉鞋仔踏入去，細聲交代：「阿芬你佇邊仔𨑨迌，絕對毋通攪擾阮唸經，知影否？」續落來伊就開始唸經。

半暝子時，靜寂寂的空氣中，只聽著歐巴桑唸經的聲音。阿芬因爲無聊眞早就睏去矣，這時雄雄醒來，挼目睭看阿母，阿翠嘛慈祥的看伊，煞看著伊目睭金金一直看坐佇隔壁的阿好嬸，伊越頭用疑惑的表情看阿好嬸，但是並無啥物奇怪的所在，這予伊閣較想無，猶閣越頭看阿芬。這時阿芬慢慢的揭手指向阿好嬸問：「阿母，彼个阿姨哪會有兩粒頭？」逐家心

內一驚，毋知影阿芬佇咧講誰，阿翠嘛是冷汗直直冒，毋敢停止唸經。一直唸甲天光，怹才趕緊拖著麻去的跤來轉厝。

隔轉工，阿翠牽阿芬去踅菜市仔，村人之間流傳著阿好嬸離奇失蹤的代誌，幾若個做伙唸經的歐巴桑聽著嘛攏心肝頭膽膽，閣較毋敢共別人講起昨暝的代誌。庄內一个較有歲的阿興嬤斬釘截鐵的講：「伊一定是予山頂彼魔神仔牽去矣。」阿翠毋敢閣聽，牽起阿芬就向前行。

雄雄一陣囝仔走過來，差一屑仔就挵著阿翠，走佇頭前的囝仔喝著：「猜墓粿啊！咱緊來去！」阿芬問阿翠：「阿母，我嘛想欲去鬥鬧熱，你悉我去好否？」阿翠心想：「哪會有人佇咧鬼月猜墓粿？」毋過因爲阿芬足想欲去，阿翠只好悉伊行去墓仔埔。

透早時陣落一陣溼溼仔雨，猶未到遐，離遠遠就會使看著火燒銀紙的煙匀匀升起，空氣中透著雨水佮火烌的氣味，有時陣閣會當鼻著一點仔祭拜神明的米酒芳味。一陣囝仔排隊排甲若長蛇陣，佇咧等待一个曲痀的阿婆仔，伊出了眞濟謎猜，囝仔若是對答無毋著了後才會當得到糖仔餅。終於，輪到排佇隊伍尾後的阿翠佮阿芬，彼阿婆仔看著阿芬露出文文仔笑：「眞古錐的查某囝仔，毋過眞歹勢，我的糖仔餅已經攏無矣。」阿芬失望的舉頭看阿母，猶閣對阿婆仔講：「無糖仔餅無要緊，敢會使嘛出一道謎予我猜看覓？」阿婆仔笑回：「當然

嘛會使，請聽我講。古早有一个好心的抾骨師，逐擺到墓仔埔替人抾骨時看著予人放揀的神像，就會抾轉去厝內，毋過，毋是所有的神像內底攏有正神，後尾彼个抾骨師發生意外死佇咧異鄉。第二工，神像攏總無去矣，請問您去佗位？」阿翠感覺這个阿婆怪怪的，拄欲牽阿芬離開，這時阿芬煞開喙：「您攏佇遐啊！」阿翠順著阿芬指的方向看過去，彼生銑的鉛鉼下跤囥著幾十尊落難的神像，有的斑駁落漆，有的斷首缺肢。阿翠趕緊共阿芬的手壓落去：「袂當凊彩指神像！無禮貌！」彼阿婆笑講：「無毋著！這蘋果就送予你！保佑你平安勢大漢。」伊自布袋內底提出來一粒紅色的蘋果。阿芬歡喜講：「阿母你看是蘋果！」阿翠：「這蘋果傷昂貴矣阮袂當收……」阿婆講：「這無算啥，但是恁愛記著，先拜三工祖先才會當食。」伊講煞就將蘋果提予阿芬，阿芬無細膩，蘋果就落佇咧塗跤，阿芬趕緊去抾起來，講嘛奇怪，才拄抾起來，彼阿婆仔已經無去矣，您只好快步離開墓仔埔。

續落來三工內，誠濟囡仔攏離奇失蹤矣，有村民講捌看著遐的囡仔行入去山內。就按呢阿翠毋管時攏陪佇阿芬的身軀邊，毋予伊離開家己一跤步，咧睏時嘛用索仔縛著家己佮阿芬的手。暗時，阿翠影影聽著有人咧講話的聲音，伊想欲去摸阿芬的手確認伊閣佇邊仔，煞無摸著，伊馬上目睭擘金跳起來，索仔的彼旁查某囝的手已經無佇遐。這時陣伊聽著開門的聲，衝出去只看著阿芬踏出戶橂的背影，「阿芬！」伊大聲叫，毋過阿芬煞親像無聽著，做

伊行出去。伊一心只煩惱查某囡仔，嘛毋管鬼月「夜毋出門」的規定，阿翠著急走出去，希望共阿芬逐轉來。

佇暗摸摸的巷仔內，阿翠倚靠本能摸著壁前進，伊流著目屎，佇心中共家己講：「我只賰這个查某囡，我袂當驚惶，袂當予魔神仔共伊牽去。」伊不知不覺行到墓仔埔，這時後壁有人講話：「阿翠啊，敢欲共你鬥相共？」一越頭，竟然是幾若工前失蹤的阿好嬸。阿翠牽起阿好嬸的手問：「阿好嬸你敢有看著我的查某囡阿芬？」阿好嬸：「有啊，伊就佇頭前，你綴我來。」「阿好嬸多謝你！多謝你！」

阿好嬸𤆬阿翠行入去邊仔的山內，山路眞巔，猶閣天色烏暗，阿翠前氣接袂著後氣，毋過阿好嬸煞一點仔嘛袂喘。這時陣阿翠聽著：「越頭緊走！」伊四處看攏無人，懷疑是家己聽毋著，毋過行無幾跤步猶閣聽著：「你的查某囡阿芬無佇遐，阿好嬸已經死矣，緊越頭走！」阿翠早著感覺怪怪，趁阿好嬸無注意，偷偷仔越頭做一氣向前走，伊感覺阿好嬸嘛越頭逐過來，伊愈走愈緊，後壁的阿好嬸嘛愈逐愈近，差一點仔就咧欲予伊掠著矣。這時陣伊已經走出樹林仔到墓仔埔，早前「猜墓粿」的阿婆仔坐佇墓邊仔的柳樹仔下底，涼勢向著阿翠搖手，伊趕緊走去：「有人佇咧逐我！」阿婆講：「放心，伊毋敢過來。」阿翠越頭看著阿好嬸氣勃勃徛佇山邊，續落來消失佇茫霧中。阿翠確認伊無逐來了後問：「請問你敢有看

著我的查某囡阿芬？」阿婆：「伊佮庄內的囝仔仝款攏予魔神仔牽去矣。」阿翠哭甲閣較傷心：「我……我應該安怎做才會當救伊轉來？」阿婆：「你莫傷心，我三工前予阿芬的蘋果已經施下咒語，閣加上恁家公媽的力量，你轉厝了後共這柳條仔縛佇蘋果面頂，閣去大門口放炮仔，大聲喝三擺阿芬的名，伊就會轉厝矣。」話一講了阿翠佇眠床頂驚醒，看著手中的柳條仔，才想起阿婆講的話，趕緊緊共蘋果縛上柳條仔。炮仔嘛放矣，名嘛叫矣，這時庄內的阿興嬸走來講：「阿翠！恁家的阿芬出代誌矣！你緊綴我來！」阿翠焦急的綴著阿興嬸走去街仔頭，就看著阿芬褪赤跤規身軀垃圾，閣吐出樹葉仔、杜蚓仔，吐煞了後喙內直直講：「伊講伊母是魔神仔……伊講伊母是魔神仔……」阿翠共伊抱絚絚，母女重逢，村民嘛攏替怹歡喜，阿興嬸直講這是伊阿爸阿水在天之靈有保庇，阿翠嘛佇心內感謝彼阿婆的救命之恩。

阿欽佮阿桂的後生阿稻已經失蹤三工矣。怹尪仔某逐工入山自透早揣到日頭落山，最後怹決定去拜訪隔壁庄頭足有名的紅姨。

一透早怹就起程，到遐時已經欲中晝，排隊問代誌的人閣袂少，阿桂想起較早捌聽阿興嬸講過紅姨會當通陰陽牽亡魂，閣知影「栽花換斗」的法術，予查某人會當生出查甫囝仔，

聽講三嬸婆阿招就是上好的知見人，伊嘛開始對紅姨有信心，相信伊一定會當共後生阿稻平安揣轉來。

眞毋容易輪到您，您一踏入屋內就跪落來：「紅姨，阮尪仔某共你拜託，幫阮揣後生阿稻，伊已經失蹤四工矣。」紅姨趕緊請您徛起來，然後索取阿稻的名、八字佮相片，全神貫注卜了米卦。紅姨勒目眉吐大氣講：「你的後生……已經無佇咧人間。」您尪仔某聽著不禁放聲哭出來，紅姨安慰您，阿桂流著目屎問：「敢會使……予阮做爸母的佮伊講一屑仔話……阮連最後一面攏無看著……」紅姨袂堪得二个人苦苦哀求，嘛同情您白毛人送烏毛人，只好勉強頓頭答應。

佇門窗緊閉的暗房內底，紅姨將雙手囥佇桌仔面頂，兩支紅丟丟的蠟燭映照出烏暗的廳堂，佇開始進前，紅姨特別交代：「請守護這引路蠟燭，若是火化去，我嘛無法度轉來，愛謹記。」續落來伊唸一長串咒語，阿桂緊張的掠著翁婿的手股，阿欽的冷汗嘛滴甲阿桂感覺寒冷。半晡，紅姨開喙矣：「阿稻的魂魄無法度來，我看著……眞濟樹仔佮抛籐，日頭根本照袂入來，眞濟囡仔攏予抛籐縛佇樹頭佇咧哭。」阿欽問：「敢有看著阮阿稻？」紅姨四處查看，終於佇正手旁頂懸停落來：「我看著伊啊！伊予縛佇樹頭！」阿桂：「紅姨拜託你共伊救轉來！」這時陣，蠟燭雄雄燃起青色的火，紅姨嘛恬落來，您互相對看猶閣問：「紅

姨？紅姨？」紅姨：「伊看著我啊……伊有三粒頭……六隻跤……伊來啊！伊來啊！」這時神龕頂的神像閃起白色的光芒，白光無去了後，阿欽尪仔某看著紅姨昏去倒佇咧桌頂。「紅姨！紅姨！你敢有安怎？」阿桂趕緊共伊叫精神。紅姨頭毛散亂沓沓仔舉頭，深深吐氣：「唉……眞歹勢，憑我的法力無法度共阿稻救轉來，好佳哉有王爺顯聖救我，若無連我嘛無法度轉來啊。」阿欽尪仔某問：「伊到底是啥物？」紅姨：「伊應該是魔神仔，佇山內修行幾百年，恐驚已經成精，我看憑凡人的能力欲救出你的後生眞困難，遐困著幾百个魂魄，恁閣是看較開欸，人咧做，天咧看，伊一定會有報應。」

怹辭別紅姨了後，傷心行轉庄頭，中途經過墓仔埔時，看著彼生銑的鉛鉼厝，想起庄內謠傳神像救阿芬的代誌。怹趕緊到落難神像頭前閣跪閣拜，阿欽：「抑是咱請一尊神像轉來厝？逐工祈求神明鬥相共共阿稻揣轉來。」阿桂拍阿欽的肩胛頭講：「人心肝，牛腹肚。你哪會遮爾貪心？毋過我看彼尊白玉觀音閣袂穤。」阿欽一向攏聽阿桂的話，就按呢怹捧著彼个白玉觀音像來轉厝。

暗暝，怹夢見觀音菩薩悉怹行到庄內的溪水邊仔，然後指向溪水中央。隔轉工一透早，怹知影夢著仝款的夢，趕緊燒香感謝菩薩顯靈，並且行到溪邊，手牽手行入溪水中央。這時阿翠牽著阿芬拄仔好經過遮，阿芬問：「阿母，爲啥物怹欲往溪水內底行去？」阿翠嘛搖

頭：「可能怹欲揣啥物拍無去的物件？」「猶毋過溪水內面有足多手欸。」阿翠隨共查某囡的喙掩著：「囝仔人有耳無喙，毋當烏白講話。」差不多同時，親像有啥物物件纏著怹雙跤，誠緊就予拖入閣較深的水內，阿翠趕緊大聲喝：「緊來救人！有人跋落水啊！」猶毋過邊仔哪有半个人影？這時陣墓仔埔彼阿婆仔煞雄雄出現佇阿芬身軀邊：「早就講過莫烏白撿物件轉厝，這馬拄著掠交替啊。」阿翠：「阿婆猶閣拄著你啊，你敢有法度共怹救？」阿婆慢慢行到溪邊挽落來柳樹仔的枝條仔，然後擲落去溪水中央，講嘛奇怪，阿欽怹尪仔某雄雄就會使家己爬上岸來，怹安心了後，彼阿婆早就無去啊。轉厝了後，怹隨將觀音像「請」轉墓仔埔去，凊彩燒一寡仔銀紙拜拜，趕佇天暗進前轉厝。

庄仔頭這陣誠濟囡仔失蹤，序大人嘛攏無共話講予清楚，只是毋准囡仔人去水邊仔迫迌，毋過煞無法度消除怹的好奇心。「為啥物同學無去啊？」蓋濟囡仔的心中攏有這个疑惑。續落來，有四个小學生等待厝內人睏去了後偷偷旋來學校，希望會當解開這个謎團。

暗暝的學校，無日時的雜嘈鬧熱，只有空閬閬佮冷清清。燭光共烏暗的教室照甲足光。㲋頭的阿惠講：「咱今暗一定愛知影眞相。」阿虎：「咱欲安怎知影？」阿惠：「我聽人講隔壁庄眞流行碟仔仙，阿智你敢有提碟仔來？」阿智由橐袋仔內底提出一口白色碟仔：「當

然嘛有！予你！用了欲閣還我，若無我會予我阿母罵死。」「知啦！免煩惱！」阿惠那講那展開一張黃紙，面頂寫了滿滿的黑字，中央有一个紅色的圓箍仔。阿娟問：「這張紙是啥物？」阿惠：「我就講恁無見識，這是碟仔仙圖，碟仔仙會佇這張紙面頂講話，先莫講遮爾多，咱先請碟仔仙！大家將正手第二指囥佇碟仔頂頭。」阿虎：「敢會有危險……我感覺有一點仔恐怖……。」阿惠：「你莫遮爾緊張好否！只是一个碟仔爾爾，緊，囥落去！」等阿虎嘛囥落去了後，阿惠：「等咧毋管發生啥物代誌攏袂當共手離開碟仔，若無碟仔仙會上咱的身軀，代誌就大條啊！」大家感覺驚惶猶閣毋敢將手勼轉來，阿惠：「綴我唸，碟仔仙碟仔仙請起來……碟仔仙碟仔仙請起來……」閣袂到一分鐘，碟仔竟然開始振動，大家攏驚一跳。阿惠：「若是碟仔仙已經起來，請順時鐘踅三輪。」話一講煞，碟仔就拖著他的手指踅三輪。阿虎已經冷汗直直流，阿娟只感覺心臟碰碰跳，阿智面色白恂恂，只有一喙掛雙舌的阿惠冷靜繼續問：「碟仔仙碟仔仙，請問你是查埔抑是查某？」碟仔指向「男」字。「請問你幾歲？」碟仔指向「十」、「五」。「請問你敢是在地人？」碟仔指向「是」，「請問你閣有親人蹛佇庄內否？」碟仔指向「無」。一連串問了幾若個問題，囝仔人雖然緊張，煞嘛漸漸慣勢感覺眞趣味。阿虎問：「碟仔仙碟仔仙，請問阮學校的阿稻佇佗位？」大家攏看著阿虎，這時碟仔慢慢移動指向「山」字，大家閣互相看一眼，阿惠問：「是佗一座山？」碟

仔指向「草」、「亡」二字。阿娟：「草亡山？」阿智：「無聽過，敢會佇隔壁庄頭？」阿惠：「先莫吵！咱等咧閣想，碟仔仙碟仔仙，請問你敢會當𤆬阮去揣阿稻？」大家金金看著碟仔，毋過碟仔煞遲遲無振動，這時走廊煞傳來懸踏鞋的跤步聲，而且愈來愈近。「有人來矣。」阿娟細聲講。阿虎想欲共火歕予化，阿惠及時用倒手保護燭火並且瞪阿虎：「袂使予火化去，碟仔仙猶未歸位！碟仔仙碟仔仙，請問你會使𤆬阮去揣阿稻否？」碟仔忽然振動到「快」、「走」兩字，隨移回本位面頂。阿惠見狀隨共蠟燭歕化去，一陣人覕佇咧桌仔下底，大氣嘛毋敢喘一喙。彼聲音愈來愈倚，阿惠心想：「欲來啊！」跤步聲佇教室外口停止，這陣空氣若像結冰，連一支頭毛落佇塗跤的聲音嘛會當聽著。這當時教室的門家己打開啊，佇烏暗中啥物嘛看無，一切只會當依靠聲音知影外口的動靜，怹禁著氣，就驚家己的喘氣聲予人聽著。無偌久，跤步聲走去了後，怹才放鬆喘一口氣，阿虎咇咇掣細聲講：「咱緊來走！」阿虎蹲著勻勻向門跤口前進，後壁綴著阿惠、阿娟佮阿智。等阿虎查看左右確認無人了後，才踏出教室前門並且徛起來，無想著雄雄看著一粒頭，一粒飄浮佇空中查某人的頭，正對伊開喙佇咧笑，阿虎予嚇驚著大聲叫：「阿母啊！」就衝出去，後壁三个人嘛予阿虎的叫聲驚著，向前烏白衝。

阿惠佮他走散，冷靜落來了後伊才發現家己佇便所內底，伊心想：「真害，我哪會佇便所……。」伊忍著目屎猶閣驚猶閣自責。伊想起捌聽序大人講過濟年前學校有一擺火燒厝，足多人佇便所予燒死，這時隔壁傳來沖水的聲音，阿惠趕緊用雙手掩著家己差一屑仔就叫出聲的喙。人佇烏暗的所在真容易感覺緊張，阿惠細膩打開門，露出一點仔門縫，由縫內偷看外口的情形：窗仔外照入微微仔月娘的光，予人小可仔會使看清楚便所內底的格局，確認無人了後伊暗靜行出門外口，慢慢徛起來，這時陣煞感覺跤有一屑仔麻去，鏡內影影照出家己的身影，續落來後壁的門內緩緩伸出一隻予燒甲臭火焦的手，阿惠一看「哇」一聲那哭那跛跤衝出去。

阿虎覕佇音樂教室的鋼琴邊仔，回想拄才看著的彼个查某人頭猶原心肝畏畏。「阿母啊……我欲安怎走出去啊……」伊佇心內問。忽然，鋼琴竟然無代無誌發出聲音，彈奏的閣是「歡樂頌」！阿虎衝出去教室，猶毋過衝出去了後，猶閣轉來音樂教室內底，一連衝幾十擺，阿虎攏走袂出這間教室。「敢講是鬼拍牆？」伊心內慌狂目屎嘛流落來，伊足驚彼首「歡樂頌」彈煞時家己就去了了啊。這時伊想著「莫鈴仔響就毀掉鈴仔」，毋知佗位來的勇氣，伊舉起一个椅仔大力擲向鋼琴，「碰」一聲，「歡樂頌」就按呢停止矣，阿虎嘛成功衝出去教室，佇走廊拄仔好挵著阿惠，兩个人同時「啊」一聲。

「你是欲共我驚死！你敢有抵著伱？」阿惠拍阿虎的頭殼一下。

「無啊，咱是袂安怎才好？」阿虎勒目眉問。

「咱先出去揣人來。」伱討論了後跕跤跕手落去樓梯，毋過一直行袂到樓跤，行了一樓閣一樓，「奇怪，學校毋是只有三層樓爾爾？」阿虎問。「我早就發現，咱是欲安怎才好？」阿惠煩惱著。這時樓梯間的鏡雄雄發出白光，白光中行出一个白頭鬃的少年，阿惠佮阿虎驚甲抱做伙。「恁莫驚，咱已經見過面啊。」阿惠：「見過面？啥物時陣？」「我佇碟仔內底的時陣。」「原來你就是碟仔仙！」阿虎驚講。「先莫加講，緊隨我走。」少年炁伱往鏡內行去，閣出來時竟然是一樓的鏡，「恁緊走，我只會使鬥相共到遮。」少年講。「但是阮閣有兩个同學無出來。」阿虎講。「恁先出去，我會想辦法揣伱，記著，千萬莫越頭。」「阿虎，咱緊走，閣揣人來救伱。」阿惠講。自按呢兩个人快步行向學校門口，這時阿虎聽著後壁有人咧喝：「阿虎……」阿虎越頭，毋過看無人影，只有看著學校的榕樹佇風中親像是邪惡的鬼怪。

轉來到庄仔內，天頂烏暗中閃爍著紅光，路燈嘛變成烏暗的青光。行無偌久，頭前出現一陣穿白衫的人，一个一个親像鬖毛鬼仝款佇咧行。「阿惠，這个時陣哪會有遮濟人佇街頭？」「阿虎，我感覺有一點仔怪怪……」這時頭前傳來絃仔淒涼的聲音，枯樹下底坐咧一

个老阿伯，「阿虎你看！伊毋是蹛佇恁家隔壁的阿旺伯否？咱緊去揣伊！」阿惠歡喜咧欲走過去。阿虎驚畏徛咧毋振動：「彼个……阿惠……阿旺伯頂個月毋是過身啊？」阿惠這才想起來，趕緊走轉去牆仔後壁。「咱先去阮家看覓。」阿惠講。

怹兩个人到遐時，發現門無關，伊走入去大聲喝：「阿爸！阿母！」毋過煞看無怹的身影，阿惠這時擋袂牢坐佇塗跤哭出聲來，阿虎佇邊仔毋知安怎安慰伊。忽然，有跤步聲向怹倚近，阿惠趕緊恬去摸阿虎覕佇桌仔跤。「是啥物人走來阮家？」阿惠感覺這聲音敢若熟似，隨衝出去：「阿嬤！」伊共彼講話的阿婆抱絚絚。「是阿惠？你敢是阿惠？」阿婆連問兩擺，聲音嚨喉實啊。「嗚……阿嬤！所有……所有的人攏無去啊，足恐怖欸。」續落來阿惠將代誌的經過一五一十共阿嬤講，阿嬤慈祥猶閣溫柔的聽。「看起來恁是誤入這个世界。」「阿嬤，阮欲安怎才好？」「恁綴我來，我羔恁去揣林仙姑，伊一定有法度共恁鬥相共。」

阿惠佮阿虎綴佇阿嬤的後壁。怹沿途看著足多已經往生的村民，共怹慢慢搖手。行過溪邊的時陣，足多手佇咧溪水頂頭擺動。經過轉彎角時，煞看著一个熟似的人：「阿芬！你哪會佇遮？」阿惠牽起阿芬的手問。「阿惠！阿虎！恁哪會走入我的夢中？」阿芬全款驚疑問。阿惠解說了後，阿芬才了解代誌的經過並且問：「恁這馬欲去佗位？」「阮阿嬤欲羔阮

去揣林仙姑。」「我一直叫是講我佇咧眠夢，無想著是走來這个世界……我佮恁做伙去揣林仙姑好矣。」阿芬講。就按呢四个人往墓仔埔行去。

一到遐，就看著逐位攏是人，有的蹲著、撐著，嘛有的無任何表情徛佇遐。「請問林仙姑敢有佇厝？」阿嬤共落難神像邊仔一欉柳樹仔問。忽然，白色的煙窴出來，煙霧中浮現一个身穿白衫的查某囡仔。伊對阿芬文文仔笑：「阿芬，咱閣見面啊。」阿芬疑惑問：「咱有見過面？」白衫查某講：「我閣送你一粒蘋果。」「你是彼个阿婆！」白衫查某笑笑並且由阿嬤口中知影代誌的經過，伊搖頭吐氣：「學校內的鬼魂嘛予魔神仔控制矣，而且恁耍的碟仔仙是一種打開陰陽通巷的儀式，好佳哉有鏡神出手。」「原來彼个阿兄是鏡神！林仙姑，你敢會當救出阿娟佮阿智他兩个人？」阿芬問。林仙姑：「我無法度離開這个所在，我佇恁身軀頂滴楊柳甘霖水，一个時辰內普通鬼魂毋敢倚近恁的身軀邊，恁愛佇時限內揣著怹，我賜恁三个錦囊，抵著危險時就打開，到時自有妙用。」阿芬、阿惠佮阿虎接下錦囊隨後共阿嬤、林仙姑辭別，就往學校去矣。

到學校門口，「時間無多，咱兵分三路！」三个人心內攏想過這个想法，但是猶閣驚家己一个人，所以誰嘛毋講出來。怹自一樓的東旁開始揣，東旁攏是教職員辦公室，怹透過窗仔看著猶閣咧辦公的無頭先生。嘛看著臭火焦的學生佇走廊逐來逐去。怹佇掃帚櫥仔揣著昏

迷的阿智，但是一直攏無揣著阿娟，這時鏡神自鏡中出現：「伊予魔神仔牽去啊。」阿芬：「鏡神阿兄，請問你敢會當毛阮去揣伊？」鏡神手中浮現一面鏡：「這个所在攏是伊的勢力範圍，我袂當離開學校，恁提這个古銅圓鏡去，伊會指引恁方向，我會送恁同學轉去恁的世界。」就按呢阿芬、阿惠佮阿虎佇圓鏡的引導之下，猶閣轉去墓仔埔，怹行到柳樹邊仔，阿芬雙手合十講：「林仙姑，阿娟予魔神仔牽去矣，你一定愛保庇阮平安倒轉來。」這時一尾青竹絲由柳樹頂頭趖落來，阿惠手中的圓鏡發出白光照向青竹絲，伊的身軀嘛閃起白色的光，然後爬入去樹林仔內面。「伊一定是仙姑派來的，咱緊綴伊行。」阿芬講。

怹就按呢佇烏暗的樹林內綴著青竹絲前進，沿途靜凊凊連蟲咧叫的聲音嘛無聽著，只有三个人緊促的喘氣聲陪伴著長長暝。毋知影行了偌爾遠，青竹絲停落來，幻化爲三團光點飛入三个人的目眉心。講嘛奇怪，原本烏暗的樹林此時看起來連樹葉的脈動嘛一清二楚。向前行幾跤步，影影聽著有哭聲，三个人往哭聲傳來的方向一看，只看著茂盛的樹林內爬滿抛籐，抛籐內有足多身軀腐爛的囝仔佇咧哭，三个人目瞪口呆跋倒坐佇塗跤，阿惠講：「趁魔神仔無佇咧，咱緊共怹放走！」「阿惠！阿虎！阿芬！我佇遮緊來救我！」怹知影這是阿娟的聲音，伊予抛籐縛佇咧大樹下底。怹試看覓拔開伊身軀頂的抛籐，毋過抛籐堅碇的親像鐵條仔仝款，阿芬提起古銅圓鏡照阿娟，抛籐隨枯凋散開。救出阿娟了後，阿芬拄欲越頭去救其他囝仔，煞看著大樹面頂毋知影何時蹲著一个三頭六跤的「生物」，佇咧雄戒戒瞪家己。阿芬連震動一根手指頭仔的氣力嘛無，閣較免講叫出聲來。阿惠、阿虎佮阿娟嘛注意著阿芬的異狀，順著伊的目光看去，「伊轉來啊！伊轉來啊！」阿娟激動直直咧喝。忽然，彼魔神仔吼一聲，拋籐內底腐爛的囝仔攏落佇塗跤，相連紲徛起身軀對怹走來，無法度徛的腐屍嘛爬過來。阿惠趕緊打開草仔色錦囊，袋仔內瞬間飛出滿天淺綠的柳葉仔，共腐屍的目睭攏閘起來，四个人趕緊逃走，毋過彼腐屍真緊就逐來啊。阿虎嘛打開紅色錦囊，囊中飛出一團火球，一个變二个，二个變四个，四个變八个，幾百个火球向腐屍飛去，樹林隨燒起來。四个人繼續來走，腐屍竟然猶閣逐來。這時只賰阿芬手中最後一个藍色錦囊，伊打開，內面浮現一粒藍色的水球，水球一直增大，並且伸出誠濟藍色的手拑著腐屍。此時三个人的目眉心飛出光點，凝聚成彼尾發光的青竹絲，悉怹成功走出樹林口。

怹趕緊走去柳樹頭前，彼陣腐屍嘛自樹林內逐來墓仔埔，墓仔埔邊仔的「居民」嘛攏窸倏俔佇塚仔抑是金斗甕仔內底。這時彼古銅圓鏡發出強光，四个人閣擘開目睭時，發現家己佇學校川堂的大鏡頭前，天色已經微微仔光，猶閣聽著幾若聲雞啼，怹知影家己轉去原本的世界矣。阿惠發現阿智撐佇樓梯的大鏡邊仔，趕緊共伊叫精神：「緊起來！好轉厝啊！」阿智擘開愛睏的目睭問：「彼个飛來飛去的椅仔咧？」無人共伊應聲，怹款款咧緊來轉厝，以

免予厝內人責罵。

一个晴和的下晡時仔，一對祖孫仔佇咧披衫。阿興嬤：「阿娟啊，阿嬤共你講，最近是鬼月，鬼月就是好兄弟放假出來𨑨迌，一直到七月三十鬼門關怹才會轉去陰間，所以七月愛特別注意，日暗前就愛共衫披好，若無好兄弟會黏佇衫面頂。」阿娟無神彩講：「阿嬤……好兄弟爲啥物毋去投胎？」「憨囝仔，一个人一款命，怹攏有家己投胎的時辰，時辰若到自然就會去，你無想欲去閻羅王嘛毋准！」阿興嬤笑講。「阿嬤，鬼月閣有啥物袂當做的？」「講來就濟矣！比如講黃昏時袂當呼噓仔，床頭袂當掛風鈴，按呢會引來好兄弟。行路行佇路中央毋通行邊仔，因爲好兄弟攏徛佇遐等你。嘛袂當凊彩拍別人的肩胛頭，因爲對方一越頭肩胛頭的火就會化去，嘛就容易予好兄弟附身。另外，嘛袂當叫全名，按呢好兄弟會知影你的名字，暗暝來共你戲弄，按呢知影否？」阿興嬤謹慎叮嚀。「原來有遮爾濟禁忌，我會好好仔記著。」「最近庄頭內無平靜，下晡吃飯了後村長怹厝欲舉辦一場祭祀法會，你佮阿嬤做伙來去。」阿娟點頭，心內煞浮現彼工魔神仔的恐怖模樣。

食過中晝了後，阿興嬤牽著阿娟行向村長的厝。這時遐已經有誠濟村民，因爲這陣仔蓋濟囝仔攏失蹤，大家心中嘛有一屑仔不安，所以今年的祭祀法會比往年閣較盛大。伊嘛看

著阿芬、阿惠佮阿虎怹佇人群內底。無偌久，村長佇村人的嘻嘻嘩嘩中行到台上，伊徛好了後，大家不約而同恬去注視著伊。村長曾萬德是一个規面笑容的老歲仔，擔任村長已經四、五十年的時間，村內大大小小的代誌伊總是有法度解決，所以村人嘛叫伊「會妥當」。只是近來村內誠濟代誌，村人攏等咧看這个「會妥當」安怎處理。村長終於開喙：「頭先感謝各位村民來參加咱庄仔頭一年一擺的普渡法會，咱知影今年庄內發生誠濟代誌，我嘛知影大家心內毋是足安心欸，所以，咱今年特別邀請華光園歌仔戲團佮城內請來的王天師，希望會當超渡亡魂，使庄內恢復平靜安泰，大家安居樂業。」話一講煞，村人隨拍噗仔叫好。續落去，一个黃衫道士行上台：「大家好，我是王天師，各位村民免煩惱，有我佇古屯村鎮守，任何孤魂野鬼絕對毋敢放肆！盈暗我就會開始作法，消滅邪靈！」大家猶閣一陣拍噗仔歡呼。村長請村民先轉去厝內，猶閣按照王天師的請求，將寫有咒語的紅色掛燈，掛佇家家戶戶的門口頂頭，並且佇門扇板面頂貼一張符仔，對於盈暗咧欲發生的掠鬼大戰大家攏非常驚惶。

暗暝真緊就來矣，阿娟偷偷自窗仔望出去，看著規路攏閃爍著掛燈的紅光，伊感覺真不安。「阿娟，緊來睏啊。」佇阿興嬤的催促之下，伊爬去眠床頂睏啊。毋知睏了偌久，伊擘開目睭發現家己遠遠的徛佇村長的厝外口，遠方的戲台頂頭佇咧演出〈大醉八仙〉，台下

的觀眾無分男女老幼攏擠做伙，鬧熱滾滾。阿娟嘛行過去，試看覓敢會使擠著閣較頭前的所在。台上八仙逐个風采非凡，台下囝仔猶閣跳猶閣笑，實在是做戲的欲煞，看戲的毋煞。阿娟眞毋容易擠著一个空位，雄雄有人拍伊的肩胛頭，伊越頭看，原來是蹛佇隔壁巷仔口賣菜的阿榮叔，伊對伊笑，阿榮叔親像佇咧講啥物仝款，但是傷嘈雜予伊聽袂清楚，伊將耳仔較倚阿榮叔，阿榮叔彎腰佇伊耳仔邊講：「阿娟，你啥物時陣嘛死啊？」阿娟忽然想起阿榮叔早佇三年前就因爲肺炎往生，當時阿嬤閣焉伊去上香。伊一越過頭來，全部的觀眾攏無去啊，只賭戲台面頂的八仙無攬無拈應付著。伊著生驚，毋知影欲安怎才好，這時伊看著戲台邊仔村長的厝燈火眞光，走入去一看，王天師佇咧佮村長泡茶。伊大聲喝：「王天師，拄才戲台下底明明眞濟人……」話才講一半就發現王天師無咧聽。「村長伯，我是阿興嬤的查某孫阿娟……」村長對伊講的話親像無聽著。「奇怪？您哪會親像聽無我咧講話？」阿娟困惑想著。這時王天師講較細聲：「村長，法會了我眞濟功力，毋知影……」伊挼挼伊的大拇公佮二指。村長聽了後自屜仔內底提出一个信袋冷笑：「王天師實在傷辛苦啊！一屑仔心意毋成敬意，望天師笑納！」王天師接過信袋笑講：「村長你實在傷客氣啊！貧道只是替天行道，做我應該做的代誌爾爾！」了錢生理無人做，剖頭生理有人做。阿娟伸手佇伊的面頭前揮來揮去吐大氣：「唉原來是一个諞仙仔，根本就無法力，我會予恁害死。」無法度的阿

娟決定先來轉厝。伊踏出門外口，家己行佇烏暗的路中央，雄雄感覺有人佇咧看伊，伊的跤步愈行愈緊，這時正倒手兩旁的紅提燈攏變成一粒一粒的人頭，吊佇遐橫肉生並且底咧嘛嘛吼。阿娟掣一趒，趕緊往厝內的方向走去，欲到伊的厝時煞看著外口掛著白色的提燈，伊走入去，無看著阿嬤，只看著白布勘著一具屍體，伊躊躇伸出手，閣共手勼轉來，真毋容易才下定決心——掀開那塊白布。

阿翠牽著含淚的阿芬離開阿娟的厝：「阿娟嘛真可憐，頂日仔阿興嬤才過身，無想著這馬著輪到伊……。」這時庄內的阿土趕緊緊走過來：「阿翠你敢有聽人講否？昨日庄內請來彼个王天師，今仔日予人發現歸身軀爛去死佇咧芒山跤，而且閣死目毋願瞌。」阿翠回：「敢是抵著歹人？」「毋知影，聽講伊是予山內彼魔神仔牽去，實在是足恐怖欸。」阿土勒目眉講。伊離開了後，阿芬問：「阿母，阿娟閣有真濟村民攏予魔神仔害死啊，咱去揣林仙姑鬥相共好否？」阿翠躊躇矣，伊煩惱查某囝阿芬的安全，嘛知影阿芬是一个特別的囝仔，但是，這馬若毋主動出手，當時會輪到阿芬？最後，怹決定去墓仔埔揣林仙姑。

日時的墓仔埔彷彿只是古早的建築，一直到暗暝才開始伊暗毿的脈動。阿翠牽著阿芬行到柳樹邊仔跪落去合掌講：「林仙姑，信女阿翠炁查某囝阿芬來共你拜，最近庄內有真濟人

予芒山彼魔神仔牽去矣，毋知仙姑敢會使予信女一點仔指示，予魔神仔袂當閣作亂？」講煞兩个人叩首祈求。當怹舉頭時，發現家己佇一間明亮的茅草屋仔外口，草屋邊仔有一个澄澈的小水池，池中有五色的錦鯉佇咧悠游，水池邊仔種植真濟柳樹仔，柳樹下底徛著一个穿白衫的查某囡仔，正是林仙姑。伊請兩个人起來，沓沓仔講：「一百年前，我就蹛佇遮，十八歲時我意外佇溪水邊仔淹死，往生了後，我變成水鬼，必須「掠交替」才會當去輪迴。而彼魔神仔佇芒山已經五、六百年，伊原本是山內一隻精怪，袂共人害，只是有時陣戲弄村民爾爾。日復一日，我就按呢坐佇溪仔邊看伊山內山外去迌迌。」

「眞奇怪，伊這馬哪會變成按呢？」阿芬問。

「有一工，庄內轉來一个降頭師，自稱阿玄師，自南洋轉來，伊派遣家己養的小鬼仔去揣伊迌迌，伊非常歡喜，因爲從來就無人佮伊耍過。過了幾工，小鬼仔煞要求伊牽村民上山才願意佮伊耍，這對伊來講是輕而易舉的代誌。畫虎畫皮無畫骨，知人知面不知心。自按呢自彼工起，庄內逐工攏有人失蹤，眞濟人成成講看著魔神仔牽人上山，只是遐的予伊牽上山的人，攏予阿玄師刣死矣來幫助伊修煉萬屍蠱。」

「阿玄師實在是一个壞人。」阿翠受氣講。

「萬屍蠱是啥物？」阿芬問。

「講到萬屍蠱，彼是會當予降頭師永生閣袂老的古早巫術，只是這蠱蠱一定欲佇上蓋陰的蜘蛛穴，用一百个活人的心臟熬湯才會當煉成，等這湯熬好，降頭師閣作法共家己浸佇湯內七七四十九工，就會使有袂死的身軀。只要閣浸三工，阿玄師就會使煉成萬屍蠱，毋過伊千算萬算，毋值天一劃。受氣的村民揭起打馬火聚集到山跤，咒誓講欲燒山為親人報仇。這時魔神仔才知影家己予阿玄師利用矣，雖然伊無人的生死觀念，但是伊從來就毋捌傷害人命。阿玄師雖然施展隱身咒，到尾嘛是予伊揣著矣，畢竟這芒山本來就是伊的地盤。阿玄師低估伊的才調，小鬼仔嘛一个一个予伊吞落去，臨死進前，伊施展畢生功力共家己的靈魂注入伊的身軀內，暫時控制伊的軀體，並且共彼萬屍蠱湯啉了了。伊就變成這馬吸人魂魄的魔神仔，村民就毋敢閣上山矣。」

「原來是按呢，但是仙姑為啥物會佇遮？」阿翠問。

「三十多年前，有一个老公仔經過溪水邊，一無細膩跋落溪水內底，我共彼老公仔救起，無想著伊竟然是隔壁庄頭無極宮的七王爺，特意前來試探我的。祂上報天庭，天帝就賜我柳葉神釵，命我以柳為身，守護村人。毋過只憑我的法力猶原無法度對付伊，只會當時時妨礙伊爾爾。」

「按呢是欲安怎才好？」阿翠面憂面結問。

「我有一个辦法，但是……我需要阿芬共我鬥相共。」林仙姑自柳樹頂頭挽兩片柳葉仔囥佇手中心並且施咒，彼闍細闍長的柳葉仔由膽綠色轉爲金黃色。「我無法度離開遮傷遠，我需要恁共我鬥相共，一片送予鏡神，另外一片送予隔壁村無極宮的紅姨。」

「鏡神敢是蹛佇學校內面？」阿芬問。

「無毋著，當年學校火燒厝，伊救出真濟學生，家己煞不幸予倒落來的大鏡壓佇咧火場內底，袂赴走出去，天帝感念伊捨己爲人的精神，封伊爲鏡神，並且賜予伊古銅圓鏡。」

「伊眞誠好心！莫怪彼時陣伊現身幫助阮。」阿芬講。

「時間緊迫，恁緊動身！」林仙姑講煞，怹發現家己已經轉來到墓仔埔邊仔的柳樹仔下底，阿芬手中心嘛出現兩片金色柳葉仔。

怹先到學校，行到川堂頭前的彼个大鏡，阿芬想起當日鏡神的鬥相共，伊將金柳葉仔貼佇大鏡面頂然後講：「鏡神阿兄，阿娟闍有眞濟村人攏予魔神仔害死矣，希望祢會當幫助阮。」彼鏡面出現水泱將彼金柳葉仔吸入去。「看起來鏡神已經接收矣，咱緊去隔壁村揣紅姨。」阿翠道。

怹先去阿欽佮阿桂怹兜問清楚去無極宮的路，就趕沖沖出發矣。

「阿芬，你敢會忝？欲歇睏否？」

「阿母，我袂忝，咱繼續行。」

兩个人佇暗趖趖的樹林仔內底趕路，明明這路只有一條，他行半工煞行袂出這片樹林仔。「敢會是拄著歹物仔？」阿翠佇咧心內想，牽著阿芬的手嘛閣較絚矣。這時阿翠注意著後壁出現二个人影佮跤步聲，心內閣較緊張，跤步嘛愈行愈緊。伊想起阿水斷氣前囑託家己好好照顧阿芬，目箍隨紅矣，這時後壁的人伸出手，掠著阿翠的肩胛頭，阿翠咧欲越頭佮伊拚生死，煞看著全款怦怦喘的阿欽尪仔某，「阿翠……阿翠恁走遮爾緊是欲按怎？」阿桂扞著阿欽的手股頭問。「阮……阮較是講魔神仔來……來掠阮矣。」阿翠大大喘一口氣。小可歇睏了後，阿芬偷偷摸著阿母的手袂，並且勒目眉望著伊，阿翠隨就知影阿芬的意思。「阿桂恁哪會逐來？」阿翠問。「唉呦，阮聽你講欲去揣紅姨，驚你揣袂著路，就逐來幫恁鬥悉路，同時嘛探聽看覓阮家阿稻的消息。」阿桂回。「對矣，我會記得恁阿稻是屬鳥鼠的，佮阮阿芬仝款，對否？」其實阿翠明明就知影阿稻較阿芬減二歲是屬虎的。「對啊，囝仔飼遮大漢就按呢無去，實在眞可惜。」阿桂講。阿翠確定面頭前的毋是阿桂本人，煞嘛毋敢輕舉妄動，只會當佇心內祈求天公伯保庇，同時想辦法逃走。「咱這馬就去揣紅姨好否？」阿桂問。「予我閣坐一下仔好否？拄才行傷久，跤骨有一屑仔痠痛。」阿翠講。這時陣頭前的樹林仔浮現白色的茫霧，霧中飛出兩條紅線，縛佇阿翠母女的手腕頂懸，他對看一眼並且頓

頭，趕緊走去霧中，阿桂尪仔某嘛馬上逐來，伊受氣然後吱吱叫：「恁想欲走去佗位？」阿翠母女走入去霧中了後，手牽手往光明的所在走去，走出茫霧，只看著紅姨徛佇大廳中央，七王爺的神像頂懸縛著紅線，茫霧嘛漸漸無去。

「恁一定是阿翠佮阿芬對否？」阿芬問：「我是阿芬，你一定是紅姨，你哪會知影阮抵著魔神仔？」「拄才王爺忽然閃現白光，予我感應著恁有危險。」續落來阿芬將金柳葉仔提出來交予紅姨：「紅姨，你敢會使幫助阮對付魔神仔？」紅姨接過金柳葉仔勒目眉講：「我捌看過伊的岫，差一點仔就予伊掠著矣，伊的妖法實在真厲害。」這時金柳葉仔發出白光，紅姨目睭瞌瞌，白光暗落來了後，紅姨目睭擘金：「原來是按呢，林仙姑真是一步棋，一步著！等我一下，咱做伙來去。」

紅姨向王爺像合掌，喙內毋知影咧講啥物，然後共王爺身軀頂的紅線提落來，猶閣恭敬拜三拜，三个人就趕緊緊往樹林仔內底行入去。

這時陣日頭已經欲落山，樹林仔內面的抛籐佇風中幌來幌去，親像是欲共每一个到遮的活人吞落去。阿芬共阿母的手牽絚絚，做伙行佇紅姨的後壁。這時紅姨雄雄頓蹬，看著手中紅線閃現紅光：「等一下，有嚇物件倚來矣。」伊講煞就用紅線縛著家己佮恁的手腕頂懸：「縛著紅線了後嚇物件就毋敢倚近咱矣，毋管抵著啥物情形攏莫共紅線甩去。」母女兩个人

頓頭。

紅姨看著頭前閃現白光，伊知影這毋是妖邪發出的能量，跤步就停落來，這時光中慢慢浮現一个托枴仔的老公仔，原來是土地公。「你著是紅姨？」土地公問。「我是，敢問土地公伯哪會雄雄現身？」紅姨問。「我是特別來共你苦勸的。」「話是安怎講？」「你毋知影，彼个魔神仔已經毋是普通的鬼怪，伊是三界六道之外的妖邪，就算講你佮林仙姑合力嘛毋是伊的對手，你聽我苦勸，莫插手這件代誌。」自從頂擺看著伊了後，伊就知影彼毋是普通的魔神仔，只是若無共這个妖邪消滅，伊一定會禍害人間。「毋過……」紅姨拄欲開喙，土地公伯先講：「若無，你將紅線予我，我替你上奏天帝，請天帝賦予這紅線神力，恁嘛較有勝算。」土地公緩緩伸出手來。

阿芬看著阿娟飄過來矣。阿芬大聲喝：「阿娟！」阿娟那哭那講：「阿芬……我足驚欸……我死後嘛足痛苦……拜託你……敢會當救我？」「阿娟你哪會……？」「彼工我予魔神仔掠走時……就予伊施展七殺蠱，七工一到，我的身軀內攏是蠱蟲佇咧趖來趖去，足痛足痛欸……阿芬你敢會使共我鬥相共？」阿芬嘛哭啊：「阿娟……我是欲安怎幫助你？」「你的紅線會使救我離開魔神仔山，予我佮阿嬤去投胎轉世。」阿娟指向阿芬手中的紅線。

阿翠看著已經死去的尪阿水。「阿翠……真久無見面啊……你過了好否？」聽著阿水的

聲音阿翠隨目屎直直流，自從阿水過身了後，伊就家己一个人飼養阿芬，替人縫紩、洗衫過日，滿腹的心酸委屈攏變成目屎流落來。「你莫哭啊……我實在對不起恁。」阿水溫柔安慰伊。阿翠心情略略仔平靜落來問：「阿水你……你哪會起來？」「我佇下底聽講庄內有魔神仔作亂……眞濟人攏予牽去矣。」「是啊，我佮阿芬就是欲解決……」「你哪會予阿芬去冒險？」阿水責備問。「阿水……阿芬是一个特別的囝仔……爲著予伊平安大漢，我才……」伊話袂講煞只見阿水吐氣：「唉……阿芬是咱唯一的囝仔，咱一定愛予伊平安大漢。」此時，頭前忽然起陰風，原來是黑白無常，阿水驚惶講：「害矣，我偷走來揣你，黑白將軍欲掠我去枉死城斷跤矣！」阿翠嘛慌張講：「按呢是欲安怎才好？」「你手中的紅線是神明的物件，若是借我縛著，他就毋敢掠我矣！阿翠！」阿翠看著阿水焦急的眼神左右爲難。

一條紅線斷去了後，紅姨牽著啼哭的阿芬行出樹林仔，他來到古屯村口。紅姨蹲落去爲伊拭目屎：「阿芬……你愛堅強，咱一定會消滅魔神仔，爲恁阿母報仇！」頭前出現眞濟搖擺擺的村民，慢慢往芒山的方向行去。紅姨牽著阿芬趕緊覕佇樹仔後壁：「害矣，看他的目神，攏予魔神仔迷去矣。」阿芬拭乾目屎：「紅姨，咱一定愛阻止伊閣害人。」自按呢他走到墓仔埔的柳樹邊仔，林仙姑已經徛佇遐等待。伊已經知影村人予魔神仔迷去的情形，向

頭沉思了後，行去彼一大堆落難的神像面頭前講：「各位兄弟姊妹，此時庄內災厄降臨，若是各位會使做伙阻止此災厄，一定會當功德圓滿，袂閣流連佇人間，這馬，請共恁的力量借予我。」講煞伊伸出手，無偌久，神像紛紛閃起五顏六色的光點，凝聚到伊的手中心，續落伊注神唸咒語，然後共彼光球推往芒山的方向。「好矣，我已經布下結界，伊予困佇內面，外口的村民仝款無法度入去，咱這馬開始。」林仙姑講。

紅姨手執紅線，一旁縛佇柳樹仔頂懸，伊盤腿坐佇塗跤，目睭瞌瞌，林仙姑請阿芬伸手摸佇柳樹仔頂懸，伊看著紅姨的靈魂由頭頂浮出來，往學校的方向飛去。到學校時，鏡神已經佇遐等候，鏡神佮伊做伙前進。到芒山跤時，規座山攏予一層白光包圍。兩个人迵過結界，鏡神手執古銅圓鏡，現出一道光，直直向山內照去，沿途的樹仔佮抛籐親像會驚仝款紛紛閃避。無偌久，怹來到伊的岫，看著伊佇樹身頂懸飛來飛去，佇咧吱吱叫，紅姨開喙：「阿玄師，你會當停手矣！」伊雄雄恬落來毋振動：「你竟然知影本法師的名號，你嘛無簡單！」「今仔日阮就是欲來共你消滅！」鏡神講。「七月半鴨仔，毋知死活。按呢就欲看恁有啥物本事！」伊講煞隨打開伊的喙，用力欶氣，怹就予伊吸入去身軀內底。

伊的身軀內攏是人骨佮蟯蟯趒的蟲。紅姨佮鏡神徛起來，一个烏焦瘦的查埔浮佇怹面前，露出詭異的笑容講：「就算是林仙姑嘛毋是我的對手，恁好膽來赴死！」這時紅姨迅速

拋出紅線，共阿玄師的跤手縛甲絚絚。鏡神提出圓鏡，向阿玄師照去，伊一時無發現，就予吸入去鏡內底。紅姨佮鏡神盤腿坐落來注神唸咒，將阿玄師困佇鏡內。林仙姑對阿芬講：「阿芬你將手伸出來。」仙姑將雙手囥佇阿芬的手面頂，發出強烈的白光。「阿芬，我必須佇遮維持這个結界，我共我賰的力量攏予你矣，這神物會按照你的心去改變形體。這馬，你去魔神仔身軀內共伊叫精神，然後去鏡中消滅阿玄師的魂魄。」伊的雙手離開時，阿芬的手中心出現一支金色的柳葉神釵，阿芬講：「林仙姑……猶毋過我驚我無能力消滅伊……。」林仙姑講：「阿芬，你命中注定是我佇人世間的代言人，你頂世人嘛是淹死的，你的阿母，就是共你掠交替的人，而我，就是你掠的交替，所以恁母女這一世必須受苦，毋過只要你誠心修行，就會使化解因果。」阿芬這時領悟到原來一切攏是因果：「林仙姑，我知影矣，我一定會盡力而為，替我阿母佮村人除害。」

阿芬綴著紅線來到芒山內，看著毋振動的魔神仔，伊注神入去伊的身軀內，入去了後，紅姨佮鏡神佇咧唸咒困著阿玄師，古銅圓鏡佇半空中發光。阿芬想：「我欲趕緊揣著魔神仔的元神，毋過我應該去佗位揣？」「阿芬！」越頭一看，竟然是阿翠！「阿母！」母女相攬哭起來，「阿母我足想你欸……」「乖阿芬……阿母攏知，你毋是欲揣魔神仔的元神？」「阿母你知影伊佇佗位？」「我知影，緊綴我來！」阿翠焉阿芬到大樹仔然後指向頂懸：

「伊就佇遮！」阿芬舉頭一看，樹頭中央果然有一張親像猴山仔的面佇咧睏落眠，伊予拋籐縛甲絚絚。阿芬提出柳葉神釵，鑿入樹身，彼樹仔忽然腐爛，化爲火烌，只賰彼魔神仔撐佇塗跤，伊的形體短小，親像猴仔，手掌親像鴨跤掌仝款。伊這時醒來，看起來非常虛弱。「阿母，拜託你照顧伊，我閣欲去消滅彼个歹人。」「阿芬，你一定愛細膩，一定愛平安轉來。」阿翠共阿芬抱絚絚。「阿母你放心，我一定會救恁出去！」阿芬講煞就往圓鏡內底飛入去。紅姨：「阿芬，彼个阿玄師真奸巧！你一定愛時時細膩。」鏡神嘛提醒：「鏡中的世界會反映出你的心，記著，假亦真時真亦假，只有你才會當喝醒你家己。」

入去鏡中世界了後，阿芬勻勻仔沉落去，明明無風，煞感覺胛脊一陣寒冷。伊看著家己熟似的房間，溫暖的日頭光自窗仔照入來，輕輕仔照佇伊的面。伊坐起來，行到廳堂，聽著灶跤有炒菜的聲音，閣鼻著蕹菜的味，這是阿爸上愛食的菜。行到灶跤外口，阿母緊跤緊手佇咧炒菜，猶閣轉身到另外一旁的砧仔切蒜頭，伊記著家己總是細膩共蒜頭揀出，猶毋過哺食時才發現有一屑仔覕佇葉仔內底。「阿芬，緊洗手準備食飯，恁阿爸咧欲轉來啊！」阿翠叮嚀著。伊洗手了後，添三碗飯囥佇桌頂。無偌久，阿爸就轉來矣，伊共笠仔褪落來，歸身軀汗，對阿芬文文仔笑。等阿爸坐落來，阿母捧一碗豆腐湯行出來：「細膩食燒哦！」三个人就按呢食飯，講厝邊的代誌。伊真久無看過阿母的笑容矣，所以伊嘛笑矣。食飯了後伊

去洗碗，雄雄有人佇門外口喝：「阿芬！食飽啊否！」伊知影這是阿惠佮阿娟怹的聲。「阿芬，賰的我來洗就好，你先去𨑨迌！莫予同學共你等。」母親溫純的講。就按呢阿芬佮怹出去矣，行到溪水邊仔，看著阿虎、阿智佮阿稻徛佇溪水中央擎褲跤咧掠魚仔，怹嘛落去耍水，一直到日頭欲落山才轉厝。阿芬足久無遮爾歡喜矣。紲落幾若工，阿芬就按呢過著簡單幸福的日子。第五工起床時，伊看著鏡中的家己，雄雄感覺淡薄生份，這時鏡中的家己開喙講：「我是誰？」阿芬驚著，毋是因爲鏡內的家己雄雄講話，煞是因爲伊問的話。阿芬講：「你是阿芬？」伊文文仔笑搖頭講：「我毋是阿芬，你才是。」阿芬問：「按呢你是誰？」伊回：「我佮你講。」伊伸出二指，阿芬躊躇一下仔，嘛伸出二指，兩个人的指頭仔接觸著的瞬間，閃爍起強烈的白光。阿芬想起當時佇佛堂時阿好嬏頭殼邊仔彼粒頭，彼是一粒猶閣瘦猶閣烏的查埔的頭。

當時家己予魔神仔牽去的時陣，伊醒來只發現自己佇咧山內行路，面前有一个烏影炁伊前進，阿芬問：「你是啥人？我哪會佇遮行路？」烏影停落來問：「你哪有可能家己醒來？」阿芬影影看著烏影的面，竟然就是當時阿好嬏邊仔彼粒頭！「你敢是魔神仔？」阿芬問。烏影：「我毋是魔神仔，你知影猶閣按怎？」阿芬：「我欲共我阿母講，閣欲共所有的村民講。」烏影冷笑講：「嘛愛你會當轉去才有機會通講。」烏影伸出手掌，阿芬隨就

昏去，後來佇林仙姑的幫助之下，阿芬才予救轉來，伊醒來時一直喝：「伊講伊毋是魔神仔……伊講伊毋是魔神仔……」阿芬想起予烏影牽去的朋友佮相倚靠的阿母，伊想起所有的代誌，流著目屎，手中出現柳葉神釵，閃爍著金光。這時周圍的景象攏碎甲一片一片，阿玄師徛佇遐驚疑講：「無想著你竟然會當破解我的夢魂降。」阿芬講：「我想起來矣，一切罪惡的源頭著是你！」「你這查某囡仔閣眞無簡單，毋過你是會當創啥物？」阿玄師講煞雙手一出，兩隻烏色的龍向阿芬飛來。阿芬手中的柳葉神釵雄雄變做金色神劍，阿芬手持神劍，蹔身一跳，一劍斬落去，輕易就共黑龍斬頭。阿玄師驚著，心肝頭煞已經予神劍刺著：「哪有可能……身爲凡人的你……哪有可能有這神力？」伊的心肝頭必開一个缺角，身軀嘛開始爛去：「我袂予你出去的！」伊的身軀化爲一團黑色的捲漩，強烈的引力親像欲共阿芬吸入去永恆的烏暗內。這時頂頭照落來一葩火，一條紅線垂落來，頂懸傳來紅姨的聲音：「阿芬！緊掠著紅線！閣晚你就袂當出來矣！」阿芬掠著紅線，身軀嘛浮上去，這時捲漩伸出一隻鬼手，共阿芬掠甲絚絚，圓鏡外頭的魔神仔忽然走入來，往捲漩中央跳入去，捲漩瞬間毋振動，隨發生大爆炸，共阿芬送去圓鏡外口。等阿芬醒來，發現家己撐佇柳樹仔下底，紅姨佇咧共家己叫精神。林仙姑：「阿芬，你做了眞好。」「阿玄師佮魔神仔怹安怎矣？」「怹同歸於盡矣，魔神仔佇上尾關頭共你救出，你看遐。」林仙姑指向芒山的方向，眞濟白色的

光點飄去天頂。「伀攏是受困佇山內的靈魂，這馬總算會當去輪迴矣。」這時林仙姑身軀嘛閃起白光，「仙姑你的身軀哪會……？」阿芬問。「我的時辰嘛到矣，天帝欲召喚我上天庭，我最後的任務就是解決這件代誌，我已經共力量攏予你，你命中注定佮我有緣，記著永存善心，淨化人間，你擁有的力量絕對贏過我。」仙姑講煞文文一笑，毋過的落難神像的魂魄做伙飛上天頂。

古屯村猶閣恢復往日的平靜，阿芬佮紅姨將林仙姑的事蹟共村民講，村民攏真感激伊的恩情，就佇墓仔埔邊仔的柳樹仔下底起一間「林仙姑廟」，雕刻師傅聽伀描述的模樣，用白玉雕琢出一尊仙姑像，廟內倒手旁珮著彼金色的柳葉神劍，正手旁掛著彼鏡神的古銅圓鏡。失去阿母的阿芬就一世人蹛佇廟內，替村人解決疑難雜症，成為庄頭內的活神仙。

一直到我佇廟內寫了阿芬嬤的這个故事，舊年九十五歲高齡辭世的伊，面上露出溫純的笑容，恬恬徛佇廟內，聆聽伊的養女阿霞（我的阿母），沓沓仔講出村民前世今生的業債因果。

八月
貓之省語

暗夜裡的光

一間位處台東偏鄉的小學校，靜靜矗立在翠綠山巒間已五十餘年。一輛跑車自山下疾駛而來，猛烈的煞車聲劃破校園寂靜的午休時間。緊接而來的是數輛警車急促的鳴笛聲，一位警察用擴音器大聲喊：「前方的歹徒你們已經被包圍了！立刻棄械投降！不要做無謂的抵抗！」眼看五輛警車已將校門口堵住，跑車上兩個男子持槍衝上通往二樓的階梯，其中一個高大的黑衣男子道：「恁娘卡好！這麼會追！都是你害的！誰叫你要管那個老太婆？」另一位瘦小的男子並沒回應，他只覺得這階梯似曾相識。

他眼中浮現一位穿白色長裙留著長長馬尾的女老師，牽著一個滿是傷痕的小男孩。女老師蹲下看著小男孩溫柔地問：「小杰，老師先帶你去保健室擦藥，今晚你先睡教師宿舍，正好還有一間空房，我再拿一些食物給你，好嗎？」小男孩點點頭，到了保健室，女老師先摸黑開啟電燈，接著打開窗戶叫小男孩進來坐著。她在櫃子裡東翻西找雙氧水和優碘之類的藥水，小男孩則靜靜坐著看她，好不容易終於找齊，女老師問：「可能會有些痛，你能夠忍耐嗎？」小男孩點點頭，於是女老師開始幫他清理傷口，這時小男孩才看見她右手有燒傷的痕跡，還有一道新的割傷，冒著鮮血，開口說：「老師，你的手⋯⋯。」女老師邊清理傷口邊回答他：「我的手？老師小時候家裡發生一場火災，我那時還在房間睡覺，被救出來才發現手燒傷了。這割傷可能是剛剛不小心被劃傷了，小傷而已，我等等再處理就好，先處理你的

傷口才不會感染。」小男孩低下頭，接著又緩緩抬起頭說：「老師，對不起，都是我爸害你受傷。」女老師回：「你爸爸只是喝酒醉了，他也不清楚自己在做什麼，他不是有心的。」小男孩卻突然哭了，女老師趕忙停下手中的棉棒問：「是不是我太大力了？我小力一點。」小男孩的眼淚一發不可收拾，女老師抽了一旁的衛生紙遞給他，溫柔說：「想哭就哭沒關係，現在是晚上，學校沒有其他同學，不用怕被看到。」漆黑的校園，因爲保健室的燈光變得溫馨了。

「我住在學校附近的鐵皮屋，媽媽在我七歲的時候跑了，還記得那天只有我和媽媽在家，我在客廳看卡通，一個戴安全帽的叔叔衝進來，媽媽丟給他黑色手提包，然後媽媽在哭，抱著我不知道說了什麼，他們就跑了。後來，家裡就剩下我、爸爸和阿嬤。爸爸每天都喝酒醉，有時候會去工地蓋房子，賺的錢當天就買酒花光光。以前他喝酒醉就打媽媽，現在媽媽不在了，就換我被打，阿嬤每次都會保護我，但是有一次，爸爸不小心打到阿嬤的眼睛，阿嬤就再也看不到我了。但是爸爸沒有反省，過幾個月，就帶回一個噴很多香水的溫阿姨，溫阿姨講話很不溫柔，和媽媽不同的是，被爸爸打時她會拿菜刀反擊，比爸爸還兇，後來爸爸就不敢打她了，只打我，這就是我的家庭，沒有眞可愛，只有眞可憐。謝謝大家。」

老師說：「謝謝小杰的分享，請掌聲鼓勵。」小杰鞠躬走回座位上。老師走到講台上：

「今天老師請每位同學上台分享你們上週寫的作文，題目是我的家庭，大家聽完之後有什麼發現呢？」一位綁辮子的女學生舉手。「王小美請說。」她站起來問：「大家的爸爸怎麼都愛亂打人？而且家裡都有一個討厭的阿姨！」全班一聽哄堂大笑，只有小杰沒有表情。老師請小美坐下並說：「我們聽到很多同學的爸爸都會動手打人，但是老師想跟你們說，動手打人就是不對的行爲，以後你們長大後絕對不能亂打人，知道嗎？」全班同學齊聲回答：「知道！」小杰沒有開口，直勾勾盯著林老師裹著繃帶的右手。這時下課鐘聲響起，班長喊口令帶全班說道：「起立，敬禮，謝謝老師！」大家鞠躬完就一溜煙跑去操場玩了。林老師發現小杰一個人坐在座位上，她收拾好作文後走過去：「小杰，傷口還疼嗎？」「不疼了，老師，你的手還疼嗎？」林老師微笑回：「老師的手也不疼了，別擔心！你不去操場跟大家一起玩嗎？他們在玩躲避球哦！」小杰一聽跳起來就要衝出去，因爲他最愛玩躲避球，到門口時才轉過身來，露出笑容並鞠躬說：「謝謝老師！我去玩了！」林老師笑回：「快去吧！上課別遲到了！」

過沒幾天，林老師到小杰家家庭訪問，阿嬤和幾隻小橘貓坐在鐵皮屋外的板凳上，一聽林老師來，趕緊叫小杰去後院摘一些香蕉，當作上次小杰爸爸砸傷她手的賠禮。阿嬤連賠不是，說沒幾句就痛哭流涕，說到林老師也哭了。這時她才知道小杰爸爸已經一個禮拜沒回

家，家中幾乎斷糧，祖孫倆只能吃些香蕉、芭樂果腹。隔天上學，林老師請小杰放學後到辦公室找她。「報告！」小杰站在門外說著。「請進。」林老師請他到座位邊，並遞給他一個帆布袋，小杰一看，袋子裡放著兩個便當盒，他一臉疑惑，林老師說：「營養午餐的老闆想要做新口味菜單的調查活動，只要吃完後跟老師說好不好吃就可以了，不知道小杰你有沒有意願幫老師這個忙呢？」小杰點點頭說：「願意。」林老師微笑道：「太好了！謝謝小杰，那每天放學後老師就在這裡等你，你帶回去跟阿嬤幫老闆吃吃看好不好吃，來上學時你再把便當盒洗乾淨帶來，我再給老闆，然後，這是老闆私底下拜託老師的，我們打勾勾，不可以跟別人說，好嗎？」小杰點點頭，並和林老師勾勾手指，訂下約定。

放暑假的前一天，林老師看到小杰臉上帶傷，便叫來辦公室座位旁低聲問：「小杰，是不是爸爸又動手了？」小杰搖搖頭說：「是溫阿姨打的，她跟爸爸昨天回家，然後就吵架，我在寫功課，她就突然呼我巴掌。阿嬤要來保護我，不小心跌倒，被送到醫院了。」說到這裡小杰已經哽咽說不下去。林老師：「如果老師請警察跟社工幫助你跟阿嬤，你覺得好不好？」小杰緊張說：「老師不要！去年陳老師已經拜託過他們了，每次他們離開後，我就被打得更慘，有一次還被鐵鍊綁在樹上打。而且，我希望可以跟阿嬤一起住，不想看不到阿嬤。」林老師一時也不知道如何是好，正好看到桌上有一本繪本，便問小杰：「小杰，老師

跟你說一個故事好嗎？」小杰點點頭，並拉了張木椅坐下。林老師邊翻書邊說道：「這本書的書名是《暗夜裡的光》，故事開始囉！有一天世界突然變得好黑好黑，沒有溫暖的太陽，沒有溫柔的月光，沒有燦爛的星光，也沒有發電廠和電力，部落的族人只能依賴生火來照亮這個世界，但是，能夠燃燒的物品很快就燒個精光，小小的火苗一眨眼就被黑暗所吞噬。後來，族人漸漸失去希望，不再期待朝日與銀月，不再期待星光與電力，世界彷彿陷入永久的黑夜。這時部落裡的巫師說：『希望就在山林裡。』於是陷入焦慮的族人們打算點燃最後的木材燒山，以此逼出那個人。正當他們在山下準備動手時，滿山滿谷的螢火蟲全部飛了出來！原來，希望一直都在。」林老師將書闔上，問小杰道：「你覺得，後來怎麼了？」小杰道：「他們一定把螢火蟲都抓起來當手電筒了！」林老師微笑著將繪本遞給小杰說：「這本書老師送給你，你帶回去讀，讀完再告訴老師後來怎麼了，好嗎？」他開心接過繪本和帆布袋：「謝謝老師！我看完再還給老師，因爲我怕被爸爸拿去燒洗澡水，老師再見！」她在窗邊微笑目送他小小的身軀雀躍地踏出校門口，心裡感到無比踏實而歡喜。

小杰帶著繪本和帆布袋載欣載奔於回家路上，血紅色夕陽映照在廢耕燒灼後的稻田上，令他感到孤單，這時看到家外停著一台救護車，他奔過去，只見兩位醫護人員將擔架抬下車，擔架上躺著一個人，那人臉上覆蓋著一塊蒼白的布。

我也不記得後來怎麼了，爸爸跟溫阿姨他們也不知道去哪了，只記得後來是林老師來家裡幫我處理好一切的。從守靈、燒冥紙一直到阿嬤火葬，就只有林老師陪著我，一起哭，一起送阿嬤到另一個世界。我才明白，火焰可以帶給人希望，卻也能將希望摧毀。升上國中後，我被社工安置到屏東一個寄養家庭，徹底離開從小到大生活的台東。後來我認識阿凱，他大我兩屆，他開始帶我混地方的幫派，然後我們經常打架，飲酒作樂，寄養家庭的養父母早就放棄了我。國中畢業後，我們更開始偷竊、吸毒，服完兵役後，有一次眞的沒有錢，阿凱便慫恿我回台東老家拿錢，於是他騎機車載著我一路從屏東騎回台東，我本來有點猶豫，因爲自從小學畢業後我就沒有再跟他們聯絡過，他們也不曾找過我。到了家門口，鐵皮屋變得更矮更破舊了，我腦中浮現的是阿嬤坐在門口那張凳子上，等著我放學回家的樣子。這時阿凱打了我的頭罵道：「阿杰！靠北，叫你好幾聲你都沒聽到？下車啦！」阿凱在外面把風，我走到屋裡，只見屋裡黑漆漆的，一個老男人坐在裡面，燈也沒開，滿屋子酒氣，一看我進門他罵道：「幹！羅士杰嗎？看到父親不會叫喔？啞巴是不是？」我心裡頓時火大，童年時累積的憤恨頓時噴發出來，我回罵：「叫三小？你才啞巴！」他一聽立刻就拿酒瓶要過來揍我，像童年一樣，但他剛站起來就跌倒在地，手中的酒也流了滿地都是，嘴裡不知道在罵什麼，這時溫阿姨從廚房走出來，瞧著爸爸醉倒在地上罵道：「該死的，父子倆一個樣，

一回來就找麻煩，不如不要回來！」看到她我不禁浮現小時候她呼我巴掌，導致阿嬤跌倒，最終過世的畫面，我罵道：「臭婊子！你給我閉嘴！這裡是我家！」她一聽雙手交疊胸前罵道：「你叫誰臭婊子？你說這是你家？別笑死人了！你早就被拋棄了！最開始是你媽，然後是你阿嬤，後來你爸也把你趕出去了，還你家咧，別笑死人！」她說完轉身就要走進廚房，我順手拿起桌上酒瓶砸向她的頭，她慘叫一聲倒下，還在地上掙扎，這時阿凱跑進來看傻了眼，罵道：「靠北！你在衝三小！拿錢閃人啦！」我把桌上酒杯下壓著的兩佰元拿走，便跳上車和阿凱匆忙逃去。後來警方找到我們，原來當時溫阿姨正在廚房炒菜，她沒關火，火勢很快就蔓延開來，燒掉了整間鐵皮屋，也燒死了他們。鄰居有看到我和阿凱進屋裡，也聽到大聲爭執的聲音，於是我和阿凱分別被判十六年和十年有期徒刑，以上就是我被入獄服刑的原因。

「原來如此，因爲我們公司是保全業，如果有服刑紀錄的話可能不太容易錄取。」

「羅先生，不好意思，我們公司需要良民證。您可能不太適合我們運貨通公司。」

「羅士杰先生，關於面試的結果三日內會通知，謝謝您今日來參與搬家王的面試。」

經過多次求職失利，後來他總算找到一份老舊社區大樓管理員的工作。並在附近租了一

間頂樓加蓋的鐵皮屋，勉強度日。想不到，過兩年遇到新冠肺炎疫情，他被迫離職，頓失收入，繳不出房租的他，被房東趕出來。後來，他在街邊電線桿上看見吉屋出租的傳單，和房東約時間看屋，一到那裡，他才發現這裡像是個集中營，房間大約十坪大，裡面就擠著五組上下舖床組，其中一位年輕女孩還帶著一個三個月大的嬰兒，算是住了十一人。十一人共用一間狹窄的浴廁，浴廁約半坪大，沒有門，只有片殘破泛黃的拉簾，裡面高度約一百六十公分，進去都必須蹲著。此外，熱水器總是故障，所以大家都中午洗澡，烈日會將水塔加熱，這是唯一有熱水的時刻。

他睡在最靠近門邊的上鋪，正要爬上去時，下鋪的人正好拉開布簾，兩人一見，那人罵道：「靠！這不是羅士杰嗎？」小杰看了看那人的臉，才終於認出：「阿凱？你是阿凱？靠，你怎麼在這裡？」「出來後的生活多困難，你應該也知道。」阿凱的神情變得落寞，小杰苦笑道：「我懂，所以我也到這裡來了。」

阿凱說：「這裡住的都是回不了家的人，我介紹你們認識，大家都同路人。」說完他拍手喊道：「嘿各位出來一下喔！認識新朋友！我最好的兄弟阿杰！」這時每床的布簾都拉開來，小杰才看到他們的臉。接著阿凱依序介紹：「小雅，翹家美少女，還有她的小baby，熊熊。」一位年約十六、七歲的少女哼著歌抱著嬰兒正在哄他睡，她向小杰點點頭。

接著阿凱指著上鋪一位白髮老翁說道：「賭神老鬼，逢賭必輸，輸掉三間房子了，現在還在賭。」老鬼笑罵道：「你係咧靠夭，什麼逢賭必輸？只是還沒贏回來啦！」

再來阿凱介紹小雅左邊的下鋪坐著一位臉色慘白消瘦的男子，看起來二十出頭，但黑眼圈像貓熊般深邃：「阿輝，準備戒毒的帥哥，不知道準備多少年了還沒開始。」阿輝對著小杰苦笑點頭。

接下來，阿凱指著阿輝上鋪道：「賴桑，以前是一家公司的經理，中年被裁員，又被朋友詐騙，現在跟我們同是天涯淪落人。」一個戴眼鏡斯文的中年男子對小杰點頭說道：「你好。」

然後阿凱介紹阿輝左邊下鋪，只見這個中年男子戴著墨鏡：「這是盲劍客強哥，你別看他現在這樣，他以前可是劍道高手。」強哥爽朗開口道：「哈哈過去的事，別提了，讓年輕人取笑！」

強哥的上鋪一個十四、五歲的小男生探出頭來說：「嗨，我是小偉。」說完他就繼續滑著手機。阿凱補充道：「這是中輟天王小偉，國中後從來沒有去上過課。」

強哥左邊下鋪，坐著一位頭髮散亂的老婦，阿凱說：「這位是陳太太，我們在這邊全靠她照顧我們，是我們的國民天后！」老婦笑回：「阿凱，我哪有這麼好？你別胡說！」

陳太太的上鋪坐著一位膚色黝黑的長髮女子，她羞赧地看著阿凱和小杰，阿凱介紹道：「這是Jolin，泰國最美的，來台灣做國民外交，親善大使！」她向他們雙掌合十道：「撒瓦底咖！」阿凱也雙掌合十回道：「撒瓦底咖！」並轉頭對小杰說：「三碗豬腳啦！泰國的你好！」小杰也向她合掌回禮，她燦爛的笑像朝陽般閃耀。

阿凱跟大家說：「我的好兄弟，從今天開始加入我們！」他就睡在阿凱的上鋪。

睡在這裡的第一夜，窗外正下著滂沱大雨，屋內沒有空調，只有幾台年邁的電扇有氣無力地擺頭吹著潮濕而悶熱的暖風。漆黑的房裡，可聽到打呼聲三重奏，可聽到小雅哼哄寶寶入睡的歌，可聽到一些突如其來的夢話，可聽到小偉玩手遊的手指觸碰聲，也可聽到Jolin用泰語低聲哽咽講著電話。黑暗中輾轉難眠的小杰想起一個故事：光與黑暗的故事。但是內容他已經不太記得，只記得「希望」兩個字。

好不容易睡著，小雅的寶寶卻開始嚎啕大哭，就像外面的大雨一樣，小雅怕吵到其他人，便抱起他走去外面。小杰被吵醒後決定去抽根菸，屋外是走廊，勉強還能躲雨，一隻淡定的胖橘貓慵懶攤在走廊正中央，推測也是來避雨的。小雅哼著歌哄著寶寶，看見小杰出來說道：「不好意思，把你吵醒了。」小杰回：「沒有啦，我只是出來抽菸，睡不著。」他走到下風處點菸，和小雅保持著一段距離。又聽小雅哼著那首歌，便問她：「你常常在哼這首

歌，是什麼歌？」小雅有點害羞回：「我也不知道，以前在教會學的，好像是在講愛跟希望，我就把它旋律記住，但歌詞記不起來。」小杰微笑道：「愛跟希望，我們特別需要，改天可以唱給我們聽嗎？」小雅臉更紅頭更低了。

在這裡生活幾天，他和阿凱四處找工作仍處處碰壁，又遇上疫情，更是雪上加霜。阿凱罵道：「更生人到底要怎麼更生？我們都快餓死了，叫我們餓死人好了。」小杰也問：「其他室友都在做什麼賺錢？」阿凱回答：「哎呀，我哪知道，應該就是你想得到的那些吧？偷偷錢，騙騙人，販販毒，賣賣淫之類的吧？總之，錢都要隨身帶著就是了，放在房間的錢就是大家的，你要記得。」

後來他們到工地去打零工，頂著烈日，汗流浹背，好不容易熬到五號發薪日，小杰卻只拿到原本工資的一半，他問工頭：「怎麼只有這樣？」工頭當著眾人的面回：「這樣還嫌少啊？你被關過欸老兄，你去外面是找得到工作喔？我肯用你已經很好了，還不懂得感恩！」小杰罵道：「XX！找死啊你！」衝上前就要揍他，卻被阿凱攔下來，阿凱：「阿杰！忍一忍！我們只剩這個工作了！」小杰的怒火瞬間被現實的殘酷給潑熄了。他將錢收進口袋，逕自往工地外走去，工頭還在後面叫囂：「這種態度？你不如去搶劫算了！」小杰邊走邊想：「是啊，他沒說錯，不如去搶劫好了，反正偷拐搶騙我哪樣不會？」於是他又從小路溜

回工地辦公室，心想：「我就從你開始搶！搶完我就請室友們去吃高級餐廳，也許還能幫小雅買些尿布跟奶粉。」他手拿著一把鋸子，小心翼翼沿著牆壁來到辦公室外，這時卻從玻璃看見阿凱和工頭在裡面。工頭：「阿凱，這給你，多虧你想到這個方法，只給他半薪，剩的一半我們對分！」阿凱數著鈔票說：「董哥！小弟只是混口飯吃，合作愉快！合作愉快！」小杰忍住心中的怒火，悄悄跟在阿凱身後，只見他左顧右盼，頻頻回頭，接著走進一間老舊公寓裡，根據小杰的直覺，他知道裡面不是賭就是毒，於是他拿出手機報警，便走回家去。

到了半夜，阿凱還沒回來，小杰心想：「阿凱應該被抓了吧？」但他沒有獲得絲毫報復的快感，反而益加煩躁。他正想走出去抽菸，這時兩位警察走過來，他若無其事的站在走廊抽菸，這時其中一位年輕警察問：「先生，請問何立凱住這邊嗎？」小杰點點頭，心裡卻想著房內的其他人，畢竟他們大多可是見不得光的。小杰刻意加大音量說道：「警察先生，他還沒回來，我是他室友，他怎麼了嗎？警察先生，不好意思我耳朵比較重，講話比較大聲。」另一位較年長警察語氣堅定問：「可以讓我們進房看看？」小杰：「可以啊，跟我來。」他話才說完轉身便跑，警察見狀急忙追上去，雙方追逐十多分鐘，追到路口時，一輛黑色跑車打開車門，正是阿凱：「上車！」小杰跳上車，阿凱立即踩油門，並朝警方開了兩槍，年長警察左腿中了一槍，當場倒地不起。阿凱邊疾駛邊丟給小杰一把槍，罵了句：

「靠北！」小杰裝傻問：「靠北！你在衝三小啦？」阿凱說：「賣東西被警察抓到啦！東西都被查扣了，我跳窗才逃出來。」小杰說：「那兩個警察是來找你的。」阿凱問：「那你幹嘛跑？」小杰說：「還不是爲了房間裡的人。」阿凱安靜半晌後說：「也是，差點害到他們。」小杰：「警察怎麼追這麼急？」阿凱才說：「大盤開槍殺了兩個警察，警察看我持槍跳窗，以爲是我開槍的，也對我開槍，我回了幾槍，也射傷一個警察的手臂。」小杰：「你身上還有貨嗎？」阿凱說：「沒有啦，藏在房間，馬桶水箱的蓋子裡面，我本來要冒險回去拿，結果就看到警察了。」

他們一路一直往南開，好不容易躲到屛東一間汽車旅館，兩人才放鬆。阿凱脫光去洗澡，小杰打開電視，電視播著一則新聞：「昨日半夜在新北市萬華區一棟老舊大樓發生火警，據房東所說裡面住了十一位房客，其中一位還是只有三個月大的嬰兒，警方初步研判應是人爲縱火，目前警方已鎖定相關犯嫌進行追捕……。」小杰不可置信的盯著新聞畫面，接著直接關掉電視，倒頭就睡。阿凱洗完只穿四角褲出來，也呼呼大睡。小杰閉上雙眼，眼前卻一直浮現烈焰以及室友們的面容，有時那些臉還會變成爸爸或溫阿姨，還有一些不認識的臉。

隔天一早，兩人向東部駛去，阿凱問：「台東你地盤，躲哪？」小杰腦中盡是昨日新

聞畫面的那場大火，沒有回阿凱的話，阿凱也不理他，逕自往東部疾駛而去。時近正午，東部熾熱的艷陽穿透車子將兩人曬得頭昏，阿凱在路邊一間雜貨店停下來，他說：「我去買涼的。」雜貨店裡顧店的是一位白髮蒼蒼的老婆婆，她正在店裡看著電視，吃著粽子。阿凱剛打開冰箱拿兩罐沙士，就聽到遠方警車鳴笛聲，他立即衝出門就要上車，老婆婆發現對方沒付錢，急忙穿上塑膠拖鞋追出來，但一不小心就被門檻絆倒了，小杰見狀趕忙下車將她扶起，並塞給她一千元，連聲道歉。另一邊阿凱已經在車上激動罵道：「快上車！管她幹什麼？走了啦！」小杰一溜煙鑽入車內。那台警車果然是來追他們的，他們一路狂飆，警車從一台變三台，又從三台變五台。整路鳴笛並用擴音器大喊：「車號WB9487，停車！停車！不要再跑了！乖乖棄械投降！」阿凱哪裡肯停，油門踩到底，左拐右彎試圖將他們甩開。

一間位處台東偏鄉的小學校，靜靜矗立在翠綠山巒間已五十餘年。一輛跑車自山下疾駛而來，猛烈的煞車聲劃破校園寂靜的午休時間。緊接而來的是數輛警車急促的鳴笛聲，一位警察用擴音器大聲喊道：「前方的歹徒你們已經被包圍了！立刻棄械投降！不要做無謂的抵抗！」眼看五輛警車已將校門口堵住，他們持槍衝上通往二樓的階梯，阿凱道：「恁娘卡好！這麼會追！都是你害的！誰叫你要管那個老太婆？」小杰並沒回應，他只覺得這階梯似曾相識。

他們衝上階梯後往右邊衝到底，想不到竟是條死路，旁邊有間教室，阿凱衝進去翻桌罵道：「通通給恁爸起床！」裡面六位小學生登時被嚇醒，多數還嚇哭了，這時一位女老師趕緊從後方跑來問：「這位先生，請問您……」話未說完，阿凱已用槍托敲擊她的頭部，女老師立即倒地，小學生哭喊著跑到角落摀住耳朵縮成一團，女老師一聽到孩子的聲音，馬上又支撐著爬起來，這時阿凱已經粗暴抓起她長長的馬尾，用槍口抵著她的脖子說：「叫他們給恁爸惦惦！不然我一槍一個！」女老師頭已鮮血直流，啜泣著道：「不要傷害孩子……不要傷害孩子……」同時她對驚恐的孩子們一手伸直，左右搖擺幾下，接著又用一手拍幾下胸部，臉上表現出害怕的表情。阿凱問：「你在衝三小？」小杰說：「她在比不要害怕。」女老師啜泣說：「用我當人質，放孩子走，求求你。」阿凱一聽雙手力道更大了：「想耍花樣？」這時警方已經追到走廊上喊著：「你們已經被包圍了，快點棄械投降，不要傷害無辜的人質！」阿凱一聽心裡更慌了，這時一個小男孩不知道什麼時候舉起一柄掃把，顫抖又哭泣地喊著：「把老師放開！」就朝阿凱衝去。女老師見狀也不顧槍抵在頸上，奮不顧身地使勁掙脫大喊：「不要傷害他！」

小男孩在小杰眼中居然變成童年的自己，他瞥見女老師手上有燒灼過的傷疤，以及一道長長的刀疤，他像是想起了什麼，這時阿凱已經將槍口對準小男孩腦袋，小杰本能地舉槍並

開槍。

一聲槍響後，一群小朋友哭著攙扶女老師蹣跚走出來，然後小杰高舉雙手走在後面，隨即被警方壓制在地並上銬。

小杰躺在冰冷陰暗的牢房裡，他心想：「我果然還是屬於這裡的。」這時他聽到電視新聞：「前天新北市萬華區老舊公寓起火案，警方已經逮到嫌疑犯，兩名犯嫌昨日闖進台東一所小學挾持七名師生，但疑似是黑吃黑，羅姓嫌犯竟持槍殺害另一名何姓嫌犯，犯案動機尚待警方釐清。而跟房東確認後，兩名嫌犯確定都是住在該公寓的房客，房東表示其餘九名房客在火警當下正好都外出，因此沒有人員傷亡。」黑暗中的他露出笑容，流下眼淚。這時一位獄警從窗口放入一個拆封過的牛皮信封袋：「4762，收信。」他疑惑著，開啟小黃燈，信封寄件人署名林怡君，他緩緩從信封袋中取出一本書，只見略顯斑駁的封面寫著「暗夜裡的光」幾個字，裡面還有一封信。

他獨自坐在黑暗的床沿，仰望昏暗的小黃燈，想起小時候某天放學時，他問林老師：「老師，當你遇到有人很害怕的時候要怎麼辦？」林老師：「我會跟他說不要害怕。」他又問：「可是很害怕的時候通常都會把耳朵蓋住啊，那就聽不到你說話了。」林老師想了想說：「那老師教你『不要害怕』的手語，這樣就算把耳朵蓋住，對方也能接收到你的關心，

好不好？」他露出純眞的笑容：「好！我要學我要學！」林老師：「來，『不要』是這樣比，你試試看……」記得那天澄黃的夕陽如此暖和，就像老師那雙溫暖的手。

暗夜裡的光，從來不曾熄滅過。

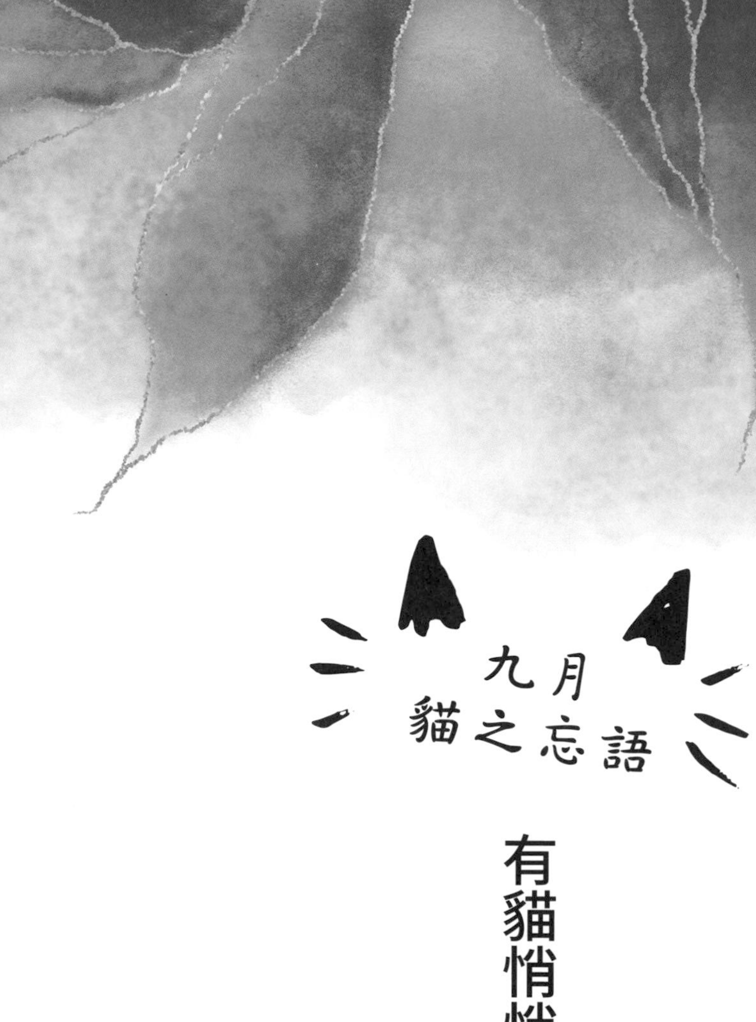

有貓悄悄說

又是一個酷熱難耐的九月天，囂張的烈日曬得街上揮汗如雨的行人，紛紛尋求樹蔭的庇護。知了的求偶組曲響徹雲霄，竭力把握這一季盛夏。畢竟，七日的生命總是過於倉促，分秒都不容虛度。

就在這樣足以燃燒一切的夏日裡，小番薯不告而別了。牠瀟灑離去時，沒有交代任何隻字片語，只遺留那扇被抓破的鋁製紗門，頹廢心虛地站在那兒。

當他回到家門口，呆立半晌，隔著紗門看見一隻貪婪的胖橘貓正偷嚐小番薯的飼料，他假咳一聲，那胖橘貓回眸一瞥，雙方四目交接，空氣凍結三秒，胖橘貓倏地暴衝，從那扇半垂掛的紗門中飛躍出來，一溜煙逃走了。於是，一趟尋貓之旅就此展開。

當晚，他取出壁櫥中一疊不知道過期幾年的泛黃日曆，一張張寫著：

「各位好，我是阿松，我的貓小番薯離家出走了。牠是公貓，已結紮，年約五歲，特徵是橘貓、頭大、麒麟尾。離家時間是二〇二二年九月十五日早上八點到下午四點間，地點在台北市東湖附近。麻煩大家看到牠，請通知我，電話號碼0204604646，萬謝。」

阿松將啟事和糨糊放入破舊的藍色側背包裡，前往附近的巷弄張貼，還麻煩鄰近店家調閱監視器，但是，折騰整日，一點線索也沒有。一直到大多數精靈都已入夢的夜半時分，他才拖著一身疲憊與失落，在昏暗閃爍的路燈下走回家。輕輕推開那扇殘破的紗門，重重跌坐

在龜裂的黑色沙發上。他深深嘆口氣，雙手抱著自己沉甸甸的頭顱，不願點亮那盞昏黃的掛燈，因爲不想被人看見他憔悴的模樣，其實，又有誰會看他呢？此時，黃澄澄的燈亮了，廚房傳來碗筷碰撞聲，一位年輕的白衣婦人徐徐走出，白皙的手中端著碗冒著煙的麵，他直勾勾盯著她，她的臉上始終掛著一抹溫柔的微笑，像極了童年時家裡供奉的白玉觀音，只可惜後來那尊觀音被酒醉的父親給砸碎了。

阿松狼吞虎嚥吃著麵，視線從未離開過她。食畢，他將那白瓷碗安放桌上，帶著滿足的笑躺在沙發上睡去。

隔天，他被門外透進的晨曦喚醒，連忙在屋裡屋外找尋那位婦人的蹤跡，但是什麼也沒有找到。「難不成是我在作夢？」就在他隨意梳洗後正要出門時，卻發現牆上掛著白色的木製相框，相片裡站著的正是那位婦人。他心中頓時湧現許多疑惑：她是誰？這裡什麼時候有這個相框？昨晚她眞的有煮麵給我吃？想到後來，甚至覺得是那婦人能從相片中自由出入。他心裡掛念番薯，只好先把這事擱一邊，趕忙到街頭巷尾去張貼啟事。他擔心番薯是否有個安心睡覺的地方？現在是否餓著肚子？有沒有遇到壞人？想到這裡，他的腳步加快了。

夏日的台北像是失控的烤箱，不把人烘烤到焦黑誓不罷休。在正午熾熱太陽下，阿松一雙腿實在走不動了，他氣自己才三十多歲身體就這樣糟。這時正好行經一間有悟麵店，他入

內小憩，隨意點碗乾麵充飢，店裡豐腴的老闆娘端麵過來，還附上一盤涼拌小黃瓜，她微笑說：「這是我們重陽節的招待，請慢用哦！」「這麼好啊連我都有，謝謝老闆娘。」這時電視新聞播報：「昨日在花蓮發生家暴事件，失業的張姓男子長期酗酒，更在酒後對妻子與年僅五歲的孩子施暴，鄰居協助報案，警方到場後，將張姓男子壓制並帶回警局。」老闆娘怒罵：「畜生！該抓去槍斃！」說完一刀將豆干劈成兩半。阿松手抖了一下，夾起的小黃瓜直直掉落桌面。

用完餐，他到附近規模最大的中途之家「貓森林」，裡面大約有三十隻貓咪，大部分都是被居民通報後，志工協助誘捕來的，牠們都渴望擁有一個溫暖的家。他在貓群中來來去去，但是依舊沒有看見番薯的身影。

告別貓森林，灰濛濛的天空下起微雨，他奔跑到路邊一間咖啡廳避雨喝茶，店裡的虎斑貓走台步般優雅走來，嗅了嗅他腳下略微沾泥的鞋子，再抬頭盯著他。阿松注意到並彎腰問牠：「你知道這附近哪裡有很多貓嗎？」「青青公園。」率性的短髮老闆娘邊擦杯子邊回答他。他一聽立即站起身來，但隨即想到他已經點了杯鐵觀音。「你的貓走失了？你先去，反正我還沒做，改天再來，去吧！門口愛心傘自己拿。」他連忙道謝，撐傘快步趕往青青公園。

阿松帶著期待在雨中步行約二十分後抵達公園，公園裡樹叢高大繁茂，是浪貓藏匿的絕佳基地。這時微雨停歇，他在樹上貼妥啟事，並從背包探出兩個貓罐頭，相互敲擊，發出「鏘鏘鏘」的聲響。頃刻間，像埋伏的士兵聽見集結號般，花圃各處溜出許多高舉尾巴的貓，但沒有發現番薯。他將罐頭分給一群飢腸轆轆的貓兒，貓兒食用完畢便各自回崗位洗臉休息，他順手將空罐帶走，或許稍後還能用上。

一路尋到傍晚，他回程經過青青公園，往更深處走去，發現一群人在聊天，旁邊圍繞近十隻貓，幾乎都是白天餵過的。這時一位小姐微笑問：「請問您也是來餵貓的嗎？」「不是，我的貓跑出去，我找牠好幾天了。」他發現下午貼在樹上的啟事竟變成一張張白紙，他趕忙打開背包，卻發現拿出來的也是一疊白紙。他正轉頭想跟他們說明，身邊哪還有半個人影？他覺得有些不尋常，便匆匆離開公園。

抵達家門外，發現裡面的燈已被點亮，走進去，沒看見她，一看牆上，她仍在相片裡。「謝謝妳幫我點燈。」

一輛玩具警車從廚房衝出來停在沙發旁，一個年約五歲的小男孩燦笑奔出。「你是誰家的孩子啊？怎麼會在我家？」小男孩只是笑著看他，又跑回廚房。他追進去，但是廚房裡空無一人。他搔搔頭走回客廳，對著牆上照片問：「妳認識那個孩子嗎？」這時電話響起：

「爸，你最近還好嗎？」「喂？你找誰呢？」「爸，是我啊，我是阿杰。」「你打錯電話了。」他掛上電話，但電話隨即又響起。「喂？」「爸，你怎麼了？」「我不是說你打錯電話了嗎？」「爸，我是你兒子啊！」「好，那我問你，你今年幾歲？」「二十七。」「笑死人，我才三十多歲，十歲就能生出你嗎？別再打來亂，詐騙集團！」掛上電話後他忍不住抱怨：「歹年冬，厚痟人。」

奔走整日，渾身狼狽，於是阿松決定先洗澡。正要進門，卻驚見浴室鏡中站著一位臉色慘白的老人瞪著自己，他隨手拿起罐子就砸向它，「乓」的一聲，鏡子支離破碎。他嚇出一身冷汗，這時地上的碎片竟然飄浮起來，一一回到原本的位置，他看傻了眼。同時，鏡中老人又出現了，什麼動作也沒有，只是盯著自己看。他倒退到客廳慌亂地打電話報警，沒多久一個年輕警察來了，但無論他提到白衣婦人、廚房小孩還是鏡中老人，年輕的警察都只是敷衍他別想太多，隨意記錄就離去了。「警察就是怕事。」他抱怨著，再用報紙將那鏡子完全密封住。他左思右想還是不安心，於是決定去後山土地公廟拜拜，順便請祂協尋番薯。

土地公廟座落在山坡的小路盡處，沿途沒有任何住戶，在夏日的傍晚更顯幽暗。他提著水果與紙錢往上爬，夕陽的微光映照於路旁竹林間，他想起番薯總愛在這時到他的懷中撒嬌，盯著牠又大又圓的眼睛，彼此緩緩眨眼相擁。這條路其實並不漫長，但是直到天黑他才

發現自己還沒到達目的地。他有些焦慮與不安，因爲這附近的山路只有幾盞閃爍的路燈，況且他也不記得這條路有如此迢遙。夜已完全降臨，路旁的竹林在風的撩撥下發出嘎嘎聲響，他想起幼時祖母說的「魔神仔」傳說：「有眞濟人予魔神仔牽去山內就無法度轉來矣！」頓時覺得竹林間有許多黑影在那竄跳，訕笑著一個迷途徬徨的人類。這時，他看見前方隱約露出紅色燈光，加快腳步前行。他跌坐在廟前藤椅上不斷喘息。在幽微紅光的範圍裡他是眞正安心了。

他將水果整齊擺在案上，雙手合十向土地公訴說心願。然後去金爐燒化紙錢，橙紅火焰吞噬每一張黃紙，將它揉捏成一團團黑色玫瑰，最終凋零成灰。放入最後一張紙錢，那苟延殘喘的餘燼兀自掙扎，阿松似乎聽見它發出沙啞的哀嚎，不由得後退一步。那灰燼竟竄出一隻貓形生物，閃電般往遠方黑暗飛去。他跌坐於地說不出話，一雙手從背後將他扶起，回頭一看，原來是位面容和藹的白鬚老人，老人說：「趕緊轉厝吧！有人咧等你。」他也沒有多想，迷迷糊糊就往來時小徑走去，沒幾分鐘，竟已下山。

回到家，屋內燈火通明，白衣婦人和小男孩坐在沙發對他擺頭微笑，這時一個人影從廚房走出拿著西瓜刀，仔細一看，那人竟然是自己！他驚恐大叫，這時婦人和小男孩的頭顱滾落地上，變成一顆顆渾圓的西瓜。那把西瓜刀卻出現在自己手中，他猛然鬆手，那刀重重落

到地面，他嚇得奪門而出。不知道跑了多久，發現自己在便利商店門口。他依稀記得，番薯就是在旁邊的草叢中撿到的。他走向草叢，發現那裡放著一個眼熟的紙箱，走近一看，裡面居然有隻小貓，就跟番薯幼時一模一樣！

他小心翼翼地捧起紙箱，這時背後冒出一個披著黑色斗篷的老人，從黑暗斗篷內伸出一雙鮮綠的雙手，緊緊鉗在紙箱上。阿松將紙箱抱得更緊，唯恐小貓被老人奪走。這時斗篷內伸出數十隻鮮綠的手，激烈拉扯下，整個紙箱飛了出去，他趕緊跑去查看小貓狀況，卻只看見保特瓶和鐵罐散落一地，身後撿回收的拾荒老婦氣憤罵道：「眞夭壽！毋捌看過有人連銅管仔嘛欲搶矣！」他拋下老婦喋喋不休的咒罵落荒而逃。

他奔跑在大街上，奔跑在繽紛炫目的大街上，奔跑在繽紛炫目又喧囂的大街上。腦海浮現白衣婦人溫婉的微笑、小孩輕快的奔跑和鏡中老人無言的凝望，一個念頭閃過：「他們需要幫助。」

回到家門外，那婦人正在屋內沖泡茶葉，鐵觀音的香氣飄過紗門流淌進他的心脾。他緩緩走進去：「我回來了，阿娟。」他嚇一跳，這句彷彿是體內另一個靈魂脫口而出的話語。婦人也站起身迎接他，親手爲他沏茶。他輕啜一口，茶的淸香與回甘，使他整顆心似乎都獲得救贖。他問：「有什麼事情是我能爲你做的？」她微笑並搖搖頭說：「能再見到你，我已

心滿意足。」「我們曾經見過嗎？」他疑惑問。「你怎麼把人家忘記了？還記得院子的櫻花樹嗎？是我們一起栽種的！」他順著她手指的方向望去，確實有一棵高大的櫻花樹佇立庭中。「我們一起種的？它現在長這麼高，那是多久以前的事情啊？」她手指算數著：「一個半月前吧？」他望著大樹心下更疑惑了。「好了，時間差不多，我該回去了。」她緩緩站起身來，向他躬身道別，隨即娉婷步入那牆上照片。「等一下，阿娟別走。」他再次被自己說的話所震懾。回神時，她已經回到照片裡。這時，他猛然從客廳的沙發上驚醒，一輛玩具警車從廚房衝出來，那位小男孩跟著跑出來。「阿杰，不要在房子裡玩，撞到人怎麼辦？」他也不知道自己爲何會說這句話。小男孩只是笑笑的蹲在地上玩警車，忽然，廚房內一股黑暗溢湧出來，慢慢逼近小男孩，他趕緊抱起小男孩就要往外跑，但是門卻開不了，眼看黑暗就要吞噬他們，他本能地用自己的身體護住小男孩。再次睜開雙眼，又從客廳的沙發上驚醒，嚇出一身冷汗，阿松望向門外的櫻花樹，發現天空已是微亮，他有種大夢初醒的感覺，「自己生活在哪個時空？會不會我仍在夢中？」他想起番薯還在外面流浪，心下決定：即便在夢中，我也要帶牠回家。

那天夜裡，他夢見番薯獨自漫步於河岸，銀色的月光灑落在凝結的河面，靜謐的讓人分不清楚眞實與虛幻。他慢慢走近：「小番薯，我終於找到你了！」番薯耳朵抖動，回過頭：

「你怎麼現在才來啊？好餓好餓。」他正試著要跟牠解釋，但番薯卻突然化成灰燼，飛散在幽靜的河面。他大叫：「不要！」跟著跳入河中，持續下沉，一直沉到湖底，眼前出現一尊高聳的白玉觀音像，就像童年那尊。那觀音開口：「沉湖者有何心願？」「菩薩！我祈求祢讓我找到番薯好嗎？」他跪下來雙手合十。「爲何你如此執著尋牠？」「因爲牠對我來說就像自己的家人一樣重要。」「好，本座就實現你此願，不過，你將會遇到一些難關。」說完祂左手的白色淨瓶發出耀眼白光，當他睜開眼睛，發覺自己正躺在客廳沙發上，他聽見熟悉的聲響，往小碗看去，果眞是番薯回來了！牠埋頭狂吃飼料，渾身髒兮兮，消瘦不少。阿松趕忙跑去將牠擁入懷裡磨蹭：「回來就好，回來就好。」

他很久沒有這麼高興了，整天哪裡都不去，只是陪著牠望著牠，一同相擁入睡。

重逢的第一晚，他被一陣翻箱倒櫃的聲音吵醒，番薯跳到他身上，渾身嚇得發抖，他起身，拿起身旁的木棍，只見廚房內走出一個高大的黑影，那黑影頭上有一對尖銳的紅色羊角，雙眼是乳白色的。他抱著蕃薯躲到衣櫃中，透過縫隙窺伺牠在客廳亂砸桌椅，不時發出野獸般的嘶吼聲。番薯嚇得將整顆大頭埋到他懷中，他不斷撫摸著牠。直到清晨第一道陽光透進屋裡，那黑影才消失。

第二晚，黑影怪再次出現，但這次番薯發出嗚嗚嗚的警戒聲，並且勇敢跳上那黑影怪

身上咬它，它被咬後憤怒地咆哮，將番薯甩到沙發上，爲了保護番薯，阿松拿起木棍爆打黑影怪的頭，它哀嚎一聲倒地後便消失了。他趕緊查看番薯是否受傷，牠躺在沙發上急促地喘息。

第三夜，阿松躺著並沒有睡著，不久，黑影怪再次出現，沒想到這次它只是靜靜站在走廊上看著蕃薯，番薯完全無視它，自顧自吃著飼料，吃完又躍上沙發入睡。它漸漸消失，不留任何痕跡。「或許這就是觀音所說的難關？」阿松在心中想著。

隔天醒來已是黃昏，他從沙發坐起，卻沒看見番薯的蹤影，他發現紗門被抓破一個洞。一隻胖橘貓從紗門外跳進來，喜孜孜吃著蕃薯的飼料，他正要出聲阻止，餘光竟發現紗門外站著一位老人，更令他感到詫異的是，他居然就是那鏡中老人。老人咳了一聲，那胖橘貓發現身後有人，凝望三秒，牠便一溜煙躍過紗門暴衝出去。那老人緊盯著屋內，阿松問：「你有什麼事？」老人沒回應他。這時老人身後出現一個黑色漩渦，一群黑衣人走出來，他們伸出又白又長的手將老人拖向漩渦中，阿松見狀，立刻跑向前試圖拉住老人，但卻也被吸入漩渦中。漩渦裡並不如想像中黑暗，相反地，一直有道光在眼前閃耀，令阿松覺得刺眼。他覺得自己就像雲端飄落的一縷靈魂，隨著飄忽不定的氣流擺盪沉降，靈魂似乎在尋覓它命定的軀殼，唯有如此，它們的結合才能使彼此「完全」。

恍惚間，他覺得自己躺在一處黑暗的空間，就連睜眼的力氣也擠不出。一個腳步聲輕輕靠近阿松，對方似乎坐了下來，只聽見他深沉的呼吸聲，沉寂許久，那人說：「爸，我是阿杰，我回來了。那天我打電話回家，你好像不記得我了？我馬上從美國趕回來，才從鄰居聽說你的狀況。你還記得我小時候你買過一台玩具警車給我嗎？你說希望我長大跟你一樣當警察，但我沒有。你還記得以前夏天你最愛切西瓜給我們吃嗎？你還記得那年……媽生病倒在廚房，突然就離開我們嗎？好懷念她煮的麵……那是只有她才煮得出的味道。」阿松聽出說話的人有些哽咽。「媽離開時……我才國小，你整天在櫻花樹下酗酒，還常打我罵我，我當時眞的……眞的很害怕。後來我國中，你身體不好，我常跟你吵架。然後到我高中，我們變得很冷漠，我不知道怎麼跟你相處。這些事……你還記得嗎？鄰居說最近常看到你自言自語，跟你打招呼也被你罵，然後吵著要找番薯，番薯……番薯早在五年前就過世了，是我跟你帶牠去收容所火化的……你記得嗎？鄰居打電話請醫院帶你來這邊，希望你接受治療，你都快六十了，要好好照顧自己……我每天都會來看你，爸，好好休息。」阿松感覺對方輕拍他的肩膀，那是一隻溫暖厚實的手，他聽見對方腳步聲漸遠，也聽見自己眼淚滴落枕頭的聲音。

不知道在黑暗中恍惚多久，一陣鐵鍊聲拖過長長的走廊。他想起幼時祖母說：「若是

你佇病院半暝的時陣聽著鐵鍊的聲，彼著是黑白無常佇咧掠人去地府。」小時候他也半信半疑，直到祖母在醫院病逝的那個夜裡，一陣鐵鍊聲後，祖母就此斷了氣，他才深信不疑。

他用盡全身的力氣爬下床，癱軟地推門而出，黑暗的長廊似乎沒有盡頭，他跌跌撞撞向前奔跑，只盼甩掉那可怕的鐵鍊聲。但是那聲音像鎖定他似的，一直迴盪在他耳邊，而且越來越近。他看見一扇泛著綠光的門，他不加思索便衝進去，門一開，只見狹窄的空間裡擠著滿滿的人，他們臉色慘白微泛綠光，沒有任何表情。這時門已自動闔上，就連一絲呼吸聲也聽不見。鐵鍊聲很快就從門外飛逝而過，他大大地喘了一口氣，這時所有人突然睜大眼睛瞪著他，其中一人說：「你還沒有死！」他嚇得衝出門，後面成千上百的人也立刻追出來，他顫抖著一路狂奔，後頭傳來淒厲的嘶吼，他看見一扇門板上貼著一張觀音的畫像，他直覺地闖進去，一個老人躺在床上，一個女性的聲音說：「快躺回去。」這時後面的人已湧入門內，他趕緊跳上床躺好。剎那間，所有的聲音都消失了，他緩緩睜開眼，只看見窗外天色微光，悅耳的啁啾迴盪在朝陽中。

他覺得苦難似乎都過去了，此刻心中沒有任何罣礙與煩憂，彷彿塵世的一切都與他再沒有關係。他在和煦陽光下展眉笑了，他甚至不記得上次微笑是何年何月，也不記得那些曾經使他心煩的事情。

這時，一個年約三十的男子捧著一個白色瓷罐走進來：「爸，我帶番薯來看你了。」阿松靜靜坐倚床上，茫然轉頭望著他，又望向他懷裡抱的貓，露出微笑泣道：「你終於回來了……回來就好……回來就好……我的阿杰終於回來了……。」

十月貓之俠語

挑燈

明道村櫻華古寺外的櫻花一如既往的盛開了。這座古寺其實也稱不上「古」，從寺前樹下的鎮魂碑文即可得知，它佇立於此只是近十多年的事情，由於疏於維護導致古寺簷廊殘破不堪，此時樹下正坐著三個男人。

坐在最左邊白髮蒼蒼的老翁，佝僂著腰，彎得像挽滿的弓似的，臉上密布的皺紋不僅鐫刻著歲月，也藏滿了滄桑。他深長地嘆了口氣，若有所思的搖了搖頭。其餘二人的目光被這嘆息吸引了，中間那相貌清秀的年輕男子問：「是什麼事情讓妙手回春的穆神醫唉聲嘆氣呢？」

右邊滿臉鬍渣的中年男人也開口：「唉，生不逢時遇上這世道，誰能不嘆氣呢？聽說村長大人又要增加賦稅了，隔壁村還傳言殭屍作亂，逢淵你還年輕，還有漫長的歲月等你熬呢。」

「柴豐大哥，我就在村長宅院裡打雜，確實有聽聞要增加賦稅，但殭屍之說我是不相信的，況且生活本來就是種磨練，唯有如此才算活著吧？」逢淵說。

「沒有用的……沒有用的，就算你再努力對抗命運，這個殘酷的世界仍然有辦法讓你倒下。」穆神醫擺了擺手說。

「穆神醫為何嘆氣呢？」逢淵好奇問。

「唉……枉我五歲學醫，好不容易學有所成，開了間鋪子，耕耘數十寒暑，終於讓我在年邁時獲得「穆神醫」這個封號，可最近村裡出現的傳染病，來得又急又快，查遍醫書卻尋不著這怪病的來歷，鋪子裡裡外外擠滿前來求醫的病人，直到近日，人少了，老朽才能脫身出來透透氣。」講到穆神醫三個字時他的眼中流露出一絲光芒，但提到傳染病，那光又迅速黯淡下來。

「人少了，你是怎麼將他們醫好的？」逢淵問。

「傻小子，醫好了他還會坐在這邊嘆氣？」柴豐說。

「難不成……？」逢淵睜大眼望著穆神醫。

穆神醫神色黯然點頭道：「沒錯，他們再也開不了口向我求醫了。」

「這怪病我也聽過，住我隔壁的阿南就是得到這怪病，我去探望他時，才發現他已經全身潰爛而亡，潰爛的屍體上爬滿屍蛆，現在回想還真令人作嘔。」柴豐忍不住乾嘔了幾聲。

「這種怪病是何時開始的啊？」逢淵問。

穆神醫抬頭望了望天空的雲緩緩回道：「約莫是……七天前吧。」

「七天前！那不就是十五？」柴豐整個人跳了起來。

「十五怎麼了？」逢淵被嚇了一跳問。

「你們都知道，我奉村長大人的命令看守此處，七天前我就坐在你這個位置。」他用手指了指逢淵所坐的位置。「那晚不知哪吹來一陣怪風，吹得我寒毛直豎，於是我起身去四處巡視，卻看見一個人影往倉庫跑去，我立即追上前，卻一個鬼影也沒瞧見，回到寺前，卻發現寺門大開，裡面供奉的除魔劍竟然不見了！村長大人知道後氣急敗壞，命我十日內尋回除魔劍，否則要將我斬首示眾，唉……只剩三日，該如何是好……？」柴豐雙掌緊抱著自己的頭顱苦惱著。

「柴大哥何必如此苦惱呢？」只見一個年輕女子從櫻花樹後輕盈躍了出來，她白皙的肌膚如同冰霜一般。三人早被她的那句話嚇了一大跳，看見是她後才鬆懈下來，穆神醫還拍了拍自己胸口。

「小霜原來是妳啊！嚇死我們了！」逢淵笑著說。

「小霜妳是不是有什麼好辦法？有的話快救救我吧！」柴豐急道。

「我只是村長宅院裡的一個小丫頭，我哪想得出什麼好辦法。」小霜笑道。說完頭卻轉向穆神醫說：「穆神醫，村長大人有請。」三男面面相覷，並同時看向小霜。

「不知道村長大人有什麼能讓老朽效勞的呢？」

「勞煩神醫先行移駕，小霜邊行邊說。」

穆神醫正要起身，無奈雙腿已麻，小霜見狀立卽向前攙扶。「老了就是這樣，不中用了，讓老朽休息片刻就好。」

「小霜姐！反正神醫腿麻也需要時間回復，不如跟小弟我說說您的救命良策吧！您可是村長大人千金小姐的貼身近侍，冰雪聰明武功又好，更重要的是人又貌美如花，心腸特別好！」柴豐恭敬地合掌向小霜拜了一拜。

小霜忍不住摀嘴笑道：「好吧，我就長話短說，這得從你說的那陣怪風開始說起。當那風吹拂時，我正好有事要辦路經此地，這時卻看見你追了出去，你離開後，一個黑衣人迅速奔入寺內並奪劍而去。這除魔劍可是村長大人最重視的寶物，每逢月圓之日總要親自來祭拜。我見狀便偷偷尾隨其後，跟隨三四里，見他跑進村外一間荒廢破屋裡，我便藏匿在屋外的草叢觀其動靜，突然一發暗器向我發來，我不及閃避只得以短刃格擋。正要離去，那人卻已破窗飛出長劍刺來。他的劍術高明，我以短刃和他交手數十回合仍然難以脫身，遑論取勝。就在此時，一個男童突然哭著衝出來大喊：「澈夏大哥我好餓！」我們停下攻勢面面相覷。停手後，他才告訴我這屋裡都是老弱婦孺，因爲連年的戰亂與饑荒，再加上村長大人不斷增加賦稅，他們無以安身，只得聚集於此，有次他無意中發現他們，便決心要照顧這一群弱勢者，從江洋大盜蛻變爲義賊澈夏。」

「原來是澈夏這該死的賊小子！所以他就躲在村外那間破屋裡？」柴豐激動問。

「或許是吧，你不妨去村東三四里，便能尋得。」小霜向東一指。

「我這就去報告村長大人。小霜感謝妳的寶貴情報！兩位告辭！」話未說完柴豐已載欣載奔離開。

她則在心裡浮現那天的情景：小霜伸手欲討回除魔劍，澈夏：「最近隔壁村傳言出現殭屍，我需要這把除魔劍。」

「我的武功雖然不及你，可也不能讓你把劍帶走。」小霜道。

正當兩人欲再交手，那小孩卻哭著跑過來抱著澈夏的雙腿：「澈夏大哥！有殭屍！」

小霜道：「這齣戲彩排幾次？要小孩配合你演出，你要不要臉？」

澈夏正要解釋，只見前方出現三個身穿破衣的男子，他們的肉體已呈半腐爛的狀態，腸子就在腿邊晃來晃去。他們緩緩向著小霜等人攫來，「看我戳破你的謊言！」小霜說完一個翻身躍出去，飛腳踢中一人頭顱，那頭顱應聲掉落於地，三人目瞪口呆，那無頭屍卻更兇猛地向小霜奔來，似乎要報那斷首之仇，小霜回過神來拔出短刃，避開無頭屍銳利手爪，低身一刀直刺他心臟的位置並爽快拔刀而出，登時黑血四濺，那殭屍卻仍持續進逼。

另一邊澈夏命小孩回屋裡，並拔出長劍，已連刺那二屍十多劍，但那二屍亦愈加兇狠。

小霜退到澈夏身後：「對不起錯怪你了，沒想到真有殭屍，趁此良機試試除魔劍的威力吧。」澈夏一笑：「我也以爲殭屍是小寶找人扮的。」說完他拔出背後三呎長的銀色除魔劍，先刺那無頭屍腹部，再削那左屍咽喉，後劈那右屍胸口，一連三劍一氣呵成，三屍中劍處，立卽冒出白色火焰，傾刻間，三屍便被燃燒殆盡。

「這除魔劍果然名不虛傳，是把好劍！」澈夏得意道。

「村裡出現殭屍，我得趕緊向村長大人回報。」小雙秀眉微蹙。

「這劍妳帶回去吧，萬一遇到殭屍妳也好防身。」澈夏將劍橫舉向前望著小霜。

「這劍先借你吧，我想你比我更需要這劍。」小霜看向澈夏背後窗裡驚恐的婦孺眼眸。澈夏會意，便將劍背於背上：「若需要用劍，就來這裡找我，隨時恭候芳駕。」小霜點頭，並向東急奔回村。澈夏在月光下目送著她離去的倩影。

「小霜姑娘，老朽的筋骨已活絡，咱們快啟程吧！」穆神醫的話將小霜帶回現實。他們告別逢淵，向著村長宅院前進。

經過通報程序，小霜將穆神醫帶至大廳會見村長大人，廳上已坐著一位白衣僧人。

「今日勞煩二位前來替小女醫病，請二位務必將小女治好，倘若治好便重重有賞，但若

有什麼差錯……且看神醫能否將自己斷頭接回身上，高僧能否超渡自己。」一位端坐主位眼神懾人的男人說。

僧人行了一禮，穆神醫顫抖著回：「村長大人……老朽一定會……盡力而爲。」

「小霜，帶二位前往小姐閨房。」

「是，二位請隨我來。」

他們跟隨在小霜身後，穿過廊道、庭園，再行經小橋、花徑，終於來到一幢華美的屋前。正值初秋，僧人卻望見屋前楓樹僅餘殘枝，滿地乾朽枯葉。

「請稍候，待我與小姐通報一聲。」小霜將拉門開一小縫，迴身入門後順勢將門帶上。不一會兒小霜將門拉開：「二位請進。」一進屋，只見一位面無血色的長髮女子坐靠於榻上，看起來精神恍惚，她氣若游絲地說：「我總夢見……一條黑蛇爬行於紅花叢裡，牠緊緊纏繞住……我的身子，醒來後……仍感到氣悶不已……不知這是何故……？」穆神醫請她伸手欲爲其診脈，卻驚見她手腕上，黑色斑紋如同蛇一般纏繞其上。「這……」小霜見穆神醫表情驟變，對神醫暗使眼色道：「神醫，相信您一定已經有了頭緒，還請開帖藥方讓小霜去抓藥。」神醫見狀故作鎮定回：「不錯，老朽心中已有藥方一帖，請備紙墨。」那不發一語的僧人開口：「恕貧僧直言，她這病非藥石可救。」

小霜問：「請神僧明示。」

「她手上纏繞的蛇紋是一種可怕的詛咒。」

「詛咒？請神僧直言。」小霜問。

「村裡七天前開始流傳這詛咒，傳言只要十天，這詛咒便會將人的生命給吸收殆盡，有的會成爲殭屍，有的會全身腐爛而亡，至於解救之法，貧僧也未曾一試。」

「未曾一試？難道神僧已有方法解救？」小霜問。

「請神僧一試……我的母親昨夜已來見我……定是要接我而去……我本是個苦命女子……夜夜冤魂都在門外哭啼……」那小姐哽咽說著。僧人和小霜對望一眼，沉思半晌後道：「好吧！姑且一試，請妳與穆神醫暫且迴避。」

「我不離開小姐，請讓我留下來幫您吧！」小霜道。

「老朽也想開開眼界，瞧瞧神醫如何醫治。」僧人拗不過二人，只得讓其留下。他自懷中取出黃色符紙，在屋裡四方各貼了一張並唸咒語。「我已設下結界，預防『它』逃出此屋。」接著取出一張紅色符咒，貼在她手腕上並唸動咒語。這時那紅符發出紅光，並燃起紅色火焰，她痛苦大叫：「燒了！燒了！一切都要被燒光了！」「小姐！」小霜正要上前，僧人揚手一攔：「放心，那是神火，不會燒灼她的肌膚，如此才能逼『它』現形。」三人仔細

觀察她手腕上的蛇紋，卻見那蛇紋開始焦躁地爬動，「現形吧！」僧人高喊的同時，那蛇紋似乎承受不住神火燃燒，倏地飛至半空中，這時僧人取出一空白摺扇拋向空中，並喝令「它」：「能伏災風火，普明照世間，日蓮敕令，命你速入此扇中！」那扇子發出強烈白光，迅速將「它」吸納進扇裡。僧人拾起掉落地面的扇子，滑開一看，只見那黑色蛇紋就繪在那扇央。小霜趕緊過去將昏迷的小姐扶起，穆神醫驚魂未定地癱軟一旁道：「老朽活了這大把年紀，還未曾見過此情景，今日可眞是大開眼界啊！」

「神僧，我家小姐是否已安然無恙？」小霜問。

「暫時看來是沒事了……只是妳家小姐精神恍惚，痊癒尚須時日。這詛咒耗費我許多法力，眞令人頭疼……。」僧人滿頭大汗回答。

小霜安頓好小姐後便帶二人回到大廳上，前去會見村長。

「二位請坐，小女病情如何？」村長問。

僧人道：「令千金所染之病已治癒，只是仍有那許多村民亟需援助，希望村長大人您……」

村長截斷僧人的話：「感謝二位醫治小女，小霜，各賜紅棗一包。」

僧人與穆神醫對看一眼，二人正待開口，卻瞥見小霜微微搖頭。小霜依命派人取來紅棗

二包後便送二人至屋外。

「這個村長也忒小氣！竟以二包紅棗打發咱們。」穆神醫惱道。

「想不到他完全不顧村民的死活。」僧人道。

「真對二位不住，大人一向如此，請別放在心上，我們還是想想如何解救村民吧！」小霜道。這時卻聽見屋外一陣喧鬧，三人走出一看，原來是染病的村民都聚集到村長宅院外尋求協助，而守門的侍衛將他們拒於門外，雙方因此爆發衝突。小霜認出其中一個侍衛是柴豐，便上前詢問：「柴大哥，你不去尋你的寶劍卻在這裡爲難村民做什麼？」柴豐：「原來是小霜啊！村長大人不願意見他們，命我們驅趕他們離開。」穆神醫一聽搖搖頭嘆氣。小霜：「可這外頭我看也有一、二十人，這樣可不是辦法。」正當衆人苦思良策時，外頭突然傳來大喊：「有殭屍！快開門！」小霜認得這是逢淵的聲音。柴豐一聽，立即下令：「快將所有横門放上！」其餘五個侍衛一聽立卽動手並以身軀擋住大門。

「你做什麼？還不開門？」小霜急道。

「不行啊！現在開門，不僅那些染疫村民會進屋，那些殭屍也會闖進來，我們都會人頭落地！開不得啊！」柴豐邊擋門邊回。

小霜低身拾起地上一把小石子，一個轉身，六顆石子已將六人擊暈。僧人與穆神醫立卽

將門閂撤下並開門，村民急急湧入。逢淵：「我後面沒人了！快關門！」眾人七手八腳合力將門關上。

「逢淵，外頭有多少殭屍？」小霜低聲問。

「大概上百個！我剛才在櫻華寺看見他們從隔壁村子那條路來的！」

這時村長大人氣沖沖地走過來問：「是誰放他們進來的？」

「大人，是我放他們進來的。」小霜跪下回。

「妳這丫頭可活膩了！膽敢造反！」

「大人，這些都是無辜的村民，外頭又來了鄰村的殭屍，迫於無奈我才開門。」

「快來人，把這些刁民趕出去！」三、四十個侍衛跑過來將村民團團圍住。

這時卻聽見有人用力敲了敲門，所有人的目光登時聚焦到門板上。「是殭屍。」僧人語畢眾人一片譁然，小霜卻擔心著：「不曉得他是否平安？」

「村長大人，只要你答應讓村民在此暫避，貧僧必竭力阻止殭屍入侵，否則，恐怕這門傾刻間就要給拆了。」僧人道。

那村長沉思後不悅地回：「一言爲定，不過殭屍一走，他們也得馬上滾！」說完頭也不回地進屋去了。

逢淵將小霜扶起道：「謝謝妳小霜，妳救了我們！」

「我只是做該做的事。」小霜轉身問僧人：「神僧，我們該怎麼做？」

「小霜姑娘，別稱我神僧，叫我玄悟和尚就好。」

小霜：「敢問玄悟和尚有何妙計阻止殭屍來犯？」

玄悟和尚：「阻止殭屍不是難事，難的是如何殲滅殭屍。」

小霜：「我若能出城向朋友借斬屍利劍一把，必能一一殲滅殭屍。」

「這裡就交給我，妳儘管去借劍吧！」玄悟和尚說完便開始準備布陣。

「我去去就回。」小霜縱身上牆翻了出去。

小霜一路向西奔去，心裡想著：「你可別出事。」很快就到破屋旁，她看見小孩的背影，認得那是小寶：「小寶！澈夏大哥呢？」那小孩一回頭，卻是猙獰的面目，小霜大驚連退三步：「小寶你……」這時一把劍穿透他微小的身軀，並燃起白色火焰。火焰之後，正是澈夏，他奔來急問：「妳有沒有事？」

「我沒事，小寶怎麼會……？」

澈夏沉默半晌後，哽咽道：「我去村裡借糧，發現村裡已被殭屍入侵，我急忙趕回來，但是已經來不及……。」

小霜安慰道：「澈夏大哥，這不是你的錯。」

「我已令他們一一安息，他們再也不用到處避禍挨餓了。」

待他情緒稍稍平復，小霜才開口：「澈夏大哥，可否借劍一用。」於是小霜將屍困村長宅院的情況簡要告知。「反正我已無牽掛，就陪妳走一趟。」澈夏堅定地說。

於是兩人疾馳向村長宅院，就怕破屋情形再次重演，只見沿途屍橫遍野，偶爾還有殭屍游走。路經櫻華寺時，卻見一位穿著黑色和服的老婦人，挑著一盞紅色的紙燈籠走了過來。在冷洌月光下她笑盈盈的臉上塗了一層厚粉，使她深黑的眼眸與鮮紅的嘴唇對比更爲鮮明，但也多了幾分詭異。她身後跟隨著一群哀嚎的村民，他們的皮膚上也有那蛇紋詛咒。小霜只不過和她匆匆對望了一眼，眼淚竟撲簌簌地滑落臉龐。她停下腳步，「你怎麼哭了？」澈夏也停下腳步問。

「我也……不知道，只是心中突然一陣哀戚。」小霜回首望著漸遠的背影道。

澈夏也回頭望：「不知爲何，剛才我背後的除魔劍竟微微顫動了一下。」

「時間緊迫，我們還是趕緊回村長宅院吧！」

來到府外，遠遠的便看見上百名殭屍已包圍村長宅院。澈夏將除魔劍交給小霜，自己則

拔出隨身長劍，刺向屍群，小霜見狀也拔劍進攻。除魔劍所刺之處，盡皆燃起白色火焰，令群屍不敢過分進逼。反觀澈夏劍法雖精妙，但那屍可不怕這尋常劍刃，支撐地左支右絀，小霜見狀雖然心急，一時之間卻也難救。這時玄悟和尚自牆內躍出，取出五張綠色符咒唸動咒語，那符咒飛出並閃現綠光，地面突然竄出數十條藤蔓纏繞住殭屍的雙腿。小霜便趁機將澈夏救出，兩人一齊上牆。

「小霜姑娘妳這劍可真是神兵！」玄悟和尚笑道。

「大師先別誇這劍了，先想辦法解決眼下這群殭屍吧！」澈夏回。

「我有一計，玄悟和尚，你可否命那藤蔓纏繞所有殭屍的腳踝？」小霜問。

「我可試試，不過要一次阻止所有殭屍的行動有點困難。」

「只消幾秒的時間即可，澈夏大哥，請你幫我分散殭屍的注意力。」

「行動！」玄悟和尚說完便舉起右手劍指至眉心前唸：「若惡獸圍繞，利牙爪可怖，念彼觀音力，疾走無邊方……」，澈夏也在牆上奔來奔去並丟磚叫囂。只見那藤蔓迅速在殭屍腳踝間攀附，小霜見時機成熟便飛身而下，對準其中一屍的腳踝刺去，那燃起的白色火焰迅速順著藤蔓延燒下去。不消十秒，所有殭屍皆燃起白色火焰並燃燒殆盡。

「太好了！」小霜喜道。

「小霜姑娘眞是冰雪聰明。」玄悟和尚道。

「這些可恨的殭屍總算可以安息了。」澈夏道。

三人回至府內，玄悟和尚撤除結界，當衆人正鬆口氣時，又有人敲門，衆人立時靜默望著大門。門外那人低沉沙啞的說：「敢問府邸內可有罹患蛇紋怪症的村人？村裡來了位龍神醫，善治此症，若有欲求醫者，老身願挑燈引路。」染病的村民立卽紛紛出聲回道：「有有有！我要求醫！求神醫醫治！」侍衛一聽望了望小霜，她點點頭，侍衛將門開啟，門一開，映入眼簾的正是先前小霜和澈夏所遇見的挑燈老婦。村民很快便悉數跟隨老婦離去，穆神醫與逢淵、柴豐則留在村長宅院裡避難。

「又是這詭異的老婦。」澈夏道。

「恩，我們也跟去瞧個究竟。」小霜道。

「尋常大夫絕不能破得此咒，這老婦渾身邪氣，貧僧也一起同行。」玄悟和尚道。於是三人便尾隨衆人前進，一路上雖有殭屍，但見挑燈老婦居然紛紛閃避。

老婦引領衆人來到村子北方的竹林中，一間老舊的茅屋映入眼簾。「請諸位依序隨老身入內。」老婦轉身依舊笑吟吟地道。其將紙門拉開，裡頭似是望不見底的黑暗，一行人便跟隨老婦走入濃烈的黑暗之中。

「你看老婦所挑那盞燈。」玄悟和尚低聲向二人道。

「這燈本是照明之物，爲何我卻覺得那燈所照之處愈加黑暗？」澈夏道。

「我卻覺得那燈有種熟悉感。」小霜道。

「依我看，那盞燈是用彼岸花的花瓣所編成的，傳說這種花生長在陰陽邊境，我曾聽我師父說過，沒想到竟然眞的存在。這燈以人類的靈魂爲燃油，那老婦挑著這盞燈，欲將現世的人牽引至異界。」玄悟和尚說。

終於，前方出現幽微的紅光，好不容易脫離黑暗，衆人眼前出現血紅色夕陽，這光照耀在廣袤無邊的紅色草原上，衆人開始覺得昏昏欲睡，難以抗拒的睡意湧上，不一會兒，除了玄悟和尚、小霜和澈夏之外的人都倒下了。

「一般人到了異界便會受到這個空間的力量干擾，進而失去知覺，澈夏因爲背著除魔劍而不受影響，小霜怎麼會安然無事呢？」玄悟和尚心裡困惑著。

這時那老婦開口：「三位竟然能支撐到現在，値得鼓勵啊。」

「你這妖婦！以彼岸花燈將村人帶至異界是何居心？」玄悟和尚指著她道。

「眼光不錯，竟能識得這彼岸花燈，你也不是省油的燈。」她說完冷笑一聲，這時地面突然泛起紅光，數十隻綠色的手紛紛從土裡伸了出來，緊抓住那些昏倒的村民並向地面下拉去。

「快住手！別濫殺無辜！」小霜喝道。

「這些村民每一個人都沾有我們一族的血！何來無辜？呵呵……差不多了。」老婦由怒轉喜道。

「差不多了？什麼意思？」玄悟和尚問。

「呵呵……我將這些人類的靈魂聚集到這彼岸花燈裡，等到今晚月圓之夜，我便能發揮它最大的力量，將我們望月一族的聖靈引渡回陽世，並利用這些已培養好的蛇紋軀殼重生。」

「那蛇紋詛咒果然是妳的傑作。」玄悟和尚道。

「能爲望月一族的聖靈犧牲，他們本就該懷著慚愧與懺悔之心面對果報。」老婦突然收起笑容道。

澈夏：「什麼望月一族？」

玄悟和尚道：「相傳在十多年前，有一族人來到這個村子。他們燒殺擄掠無惡不作，不僅毀了村裡的房舍，還利用活人助其修煉邪術，他們自稱爲『望月一族』。後來村長大人率領一群勇士與村民，成功將他們擒住，並且活埋在現在櫻華寺所在之處，爲了怕他們的亡魂作亂，便興建櫻華寺，以及種下那櫻花樹，讓樹根吸收他們骨肉的暴戾之氣，但也讓他們永

世不得超生……就我近日打聽來的消息，村裡流傳的說法便是如此。」

「原來如此，那除魔劍又是如何來的？」小霜問。

「儘管已經建寺植樹，仍然不時會有惡鬼作祟騷擾路過的村民，於是村長大人特請先師圓光法師，以千年龍骨煉成一柄除魔劍，施法置於櫻華寺內鎮壓群邪，方圓十里內諸邪絕不敢近。」

「所以我把劍取走後，群邪才開始作祟？」澈夏略帶愧歉語氣問。

「不錯，先師才託夢與我，命我速來明道村。」玄悟和尚回。

老婦大笑並高舉那彼岸花燈道：「世事難料，是非黑白又豈是你我所能看清的呢？我就讓你們瞧瞧眞相。」話剛說完，那燈便綻放出黑暗的光，當三人再睜開眼睛時，只看見紅澄澄的夕陽下，一大群人身穿白衣在前方走著，走在最前頭的正是那挑燈老婦：「天色已黑，咱們今晚就在這村口過夜吧！」衆人紛紛卸下馱負的行囊，開始生火炊食。這時卻來了大隊兵馬，領頭那人於馬上喝道：「你們就是望月一族吧？你們可知道這村裡的規矩？」老婦回：「我們正是望月一族，由於天色已黑，故於此地歇息，無意中觸犯這村的規矩，若有得罪請多見諒。」

「要我饒恕你們也行，傳說你們望月一族代代相傳著一盞彼岸花燈，能讓人起死回生，

是不是眞的？」那人傲然問。

老婦回：「是有這麼一盞燈不錯，只是起死回生就言過其實了。」

「我的夫人生了重病，藥石難救，聽聞你們一族有此能力，本大人特地親自前來相請。」

「大人明鑑，歷來只有聖女能施展，如今聖女還只是個嬰兒……」老婦話未說完，村長又說：「想清楚。」並摸了摸腰間的佩劍。老婦無奈只得跟著回去。甫至村長宅院，只聽得屋裡人的哭聲，原來那村長夫人已斷氣。村長一聽立即命她：「快救活我夫人，否則讓你人頭落地！」老婦看著床上臉色慘白的夫人，只得回道：「老身也未曾試過此法，當盡力而爲。」

一個時辰後，夫人確實睜開雙眼，一屋子的人欣喜若狂，村長狂喜並派人抬轎子將老婦送回。族人見她回來都鬆了口氣，並聽其詳述經過。老婦說：「我們還是連夜趕路吧，畢竟施展這禁忌之術，不曉得有什麼後果。」一行人急忙收拾行囊便要上路，才出發沒多久，便被村長派來的侍衛給攔截住：「站住！村長大人有令，望月一族利用活人施展邪術，一個也不可以活！」老婦急道：「村長夫人不是已被老身救活了？」那侍衛道：「哼，救活？那根本不是人！她醒來後變得力大無窮，發狂似地噬咬旁人，飮其鮮血，村長大人又驚又怒之

下，便忍痛揮劍將她斬首了！」

「這禁忌之術本來就是只有聖女才可施展的，可嘆啊可嘆啊……」老婦道。在月光的照耀下，望月一族懷抱著恐懼與憂怖一一倒臥在月娘的懷抱裡沉沉睡去，許多尚未斷絕的微弱氣息逐漸被厚重的泥土所掩埋住，分隔出陰陽。

黑暗又回到彼岸花燈裡，三人重新回到現世。

「現在你們可看清眞相了？」那老婦泣問。

「卽便如此，那也是過去的仇怨，你們也不該報復於現在無辜的村民。」澈夏道。

「無論如何，我們也得阻止妳。」小霜說。

「動手吧！現在整個村子只剩下你們三人。」老婦變出一座祭台激昂地高喊：「今天我就以你們三人的鮮血，血祭我們望月一族！」

澈夏躍上祭台，拔出長劍向老婦刺去，那老婦化身爲一條黑色巨蟒，向澈夏攫來，他急忙迴身閃避，那劍便刺不出去。這時小霜趁機擲出短刃刺向巨蟒頭頂，那巨蟒一痛，飛快地張開大口向著小霜咬來，澈夏順勢一躍將長劍刺向巨蟒咽喉，巨蟒只得緊急後退，但那鋒利的牙齒仍刺傷了小霜的手指，鮮紅血液也濺灑到巨蟒嘴裡，巨蟒突然靜止不動：「妳流的是

望月一族的血！」

「不錯，她正是你們望月一族的聖女。」一位老和尚的靈體突然現身。

「你便是那該死的圓光和尚？」巨蟒變回老婦問。

「師父！」玄悟和尚道。

「玄悟，你做得很好，今日爲師特地前來了此劫難。」

「我們一族的聖女不是已被那狗賊所殺？」老婦問。

「當日村長大人前往屠殺望月一族時，老衲正好路經此地，只來得及救得這女嬰一命，後來算出她是望月一族的聖女，也只有她，能眞正發揮彼岸花燈的力量。老衲偷偷將她交託給附近一位守寡的農婦，她並無子嗣，獨自一人，老衲告訴她女嬰身世，並要她保密，她才說她的丈夫三年前被村長誣陷害死了，她自此勤於習武，盼有朝一日能手刃仇人。後來聽聞村裡冤魂作祟，未免傷及無辜，老衲才以除魔劍暫時封印你們一族的怨氣，盼你們能化解此怨，安渡彼岸。」

「原來師父除了傳我武功，臨終前還命我到村長宅院裡等待時機是這用意。」小霜突然理解她臨終前那含恨的眼神。

「此村不滅我們一族誓不輪迴！」那老婦化作一團黑煙，迅速竄入小霜的頭頂，澈夏和玄悟和尚正要阻止，卻已被強大風暴彈開。只見小霜飄浮在半空中，黑色的長髮飄散著，臉頰多了些紅色的圖騰。

「那正是望月一族的圖騰，女施主已被這股怨氣附身。」圓光法師說。

「有什麼辦法可以救她？」澈夏慌問。

「事到如今，唯有將一人送至她的意識界裡，手持除魔劍，將那怨魂誅殺。」圓光法師道。

「讓我去！」澈夏道。

「好，讓老衲助你一臂之力，你得把握時間。」澈夏閉上雙眼，自眉心竄出一白色光點進入小霜意識界。

另一方面，玄悟和尚取出四色符紙唸咒：「臨、兵、鬥、者、皆、陣、列、在、前……」在小霜的四方召喚出青龍、白虎、玄武、朱雀，四神獸形成一結界，將她困於其中並大喊：「小霜！快集中妳的意志力，別輸給這怨魂！澈夏，你一定要成功！」

澈夏進入意識界裡，睜開雙眼，只見自己身在草叢裡，前方出現一位三十來歲的婦人和一位約七、八歲的女童。

「小霜，要記得投石術要集中力量於食指上，利用那一瞬間的力量，將石子擊向敵人的要害。」婦人溫和地細心講解著。

「師父我知道了，我再試試。」女童拾起一顆石子，準確地擊中大樹中心。

「這就對了！小霜眞是聰明，一學就會。」婦人微笑摸了摸小霜的頭。「大樹後方的朋友爲何不出來相見？」

澈夏走了出來，婦人問：「你是何人？爲何躲在這裡？」澈夏將前因後果簡要告知她，並取出除魔劍。那婦人一聽半信半疑道：「我如何信你？」這時巨蟒從草叢裡竄了出來，「這就是那股怨魂！她是來殺小霜的。」澈夏道。婦人將小霜移至身後道：「無論是什麼妖魔，我都會保護小霜周全。」「我不會讓你們有事的。」澈夏拔出除魔劍刺向巨蟒，一連七劍，連刺向巨蟒的身軀，巨蟒一一閃過並用長尾將澈夏甩開，快速爬向那婦人，「小霜快進屋裡！」婦人手持短刃刺向巨蟒眼睛，那巨蟒一個閃身並將婦人撞飛五呎外，轉眼間巨蟒已將小霜纏繞住，同時牠的雙眼發出血紅色的光芒。

這時意識界外的小霜手中出現那盞彼岸花燈，她雙手捧著那燈，低頭唸唸有詞。突然，紅色的光自燈中閃耀開來，四獸結界也瞬間瓦解。土地被綻放的彼岸花給完全覆蓋住，「不好，她要令所有望月一族的怨魂回到陽世。」圓光法師說。

「小霜！」澈夏再次持劍刺向那巨蟒，但巨蟒再次將他擊飛，除魔劍也掉落地面。這時那婦人撿起那劍：「劍裡的護劍神靈，我求求祢守護小霜！我願以自己的鮮血召喚祢！」說完她便橫劍自刎，登時血濺四處，那除魔劍發出強烈白光，並幻身爲一條白色巨龍，那巨蟒甩下小霜和巨龍相噬，就在蛇龍相鬥間，澈夏抱著小霜來到婦人身邊。小霜醒了過來，看見婦人脖子血流不止，不禁抱著她嚎啕大哭，那婦人竭盡全身的力氣伸出右手摸著小霜臉頰：「小霜，妳要趕快醒過來，千萬別像師父一樣……一生與仇恨爲伍……。」

意識界外的小霜流下淚水，右手緩緩伸出來，手中出現綻放白光的除魔劍。

「妳想做什麼？不可能的！妳竟想背叛自己的族人？」那老婦的聲音道。

「妳錯了，你們不是我的族人，你們只是一股積聚不散的怨念罷了。」說完小霜便將除魔劍刺穿彼岸花燈，這一刺，整盞燈瞬間爆開來，小霜、玄悟以及澈夏三人皆被震飛，滿地鮮紅的彼岸花也瞬間燃起白色火焰，土地裡被埋藏的靈魂化作潔白的光點飄散在風中。

「異界就要消失了，快帶上他們離去。」圓光法師說。

「師父，可彼岸花燈已經毀了，怎麼辦？」玄悟和尚問。這時那白色龍神現身，開啟一個白色缺口。

「龍神爲你們開啟了連通現世的缺口，快離開吧！」圓光法師道。

「師父，您保重！」玄悟和尚道別完，抱起兩人快速躍向白色缺口。

回到現世後，龍神向著天空直直奔進雲裡去了。那茅屋也消失在白色火焰之中。

待小霜與澈夏甦醒，三人來到櫻華寺旁，只見樹下懸吊著一個人，往前一看，竟是那穆神醫，早已沒了氣息。這時櫻華寺裡慌慌張張跑出一個人，原來是逢淵，他顫抖的雙手緊握著一把武士刀，身上臉上滿是鮮血，他看見三人後驚惶不安道：「我……我要逃離這裡……我要馬上走……好多好多殭屍在追我在追我……」話未說完他便朝村外的方向跑了。

「沒想到穆神醫和逢淵會變成這樣子。」小霜哀戚道。

「紅塵是苦，超脫外物方能看破生死。」玄悟和尚合掌道。

只見前方出現三個人影，仔細一看，竟是柴豐、村長與其女，他們拖著半腐爛的身軀，散落著屍蛆，向三人行來，小霜靠在澈夏的肩上哭著，玄悟：「欠人的，總要還的，倒可憐了這小姐，就讓一切塵土歸鄉吧！」他施咒將三人與櫻華寺燒了並誦唸超渡經文，同時寺旁盛開的櫻花樹與穆神醫的遺體也在火海中被吞沒。橘紅火光中，櫻花樹下許多白色光點紛紛飛射向空中。

「我的族人總算可以安息了。」小霜含淚說。

「這才是眞正的解脫。」澈夏安慰她。

玄悟和尚：「他們的過去已經結束，你們的未來打算如何開始？」

小霜：「那得看你這苦海明燈想要帶我們航向何方。」

澈夏：「可別又是彼岸又是花燈就好。」

玄悟和尚笑了笑，向著日落方向走去。火光中三人的背影，依著荒頹的古道逐漸消失在蒼茫的暮色裡。

十一月
貓之花語

那些綺麗的回眸

微涼的晚秋，巷子裡曾經五光十色的霓虹招牌，如同巷口凋零的梧桐樹般，隨著娼寮沒落而爲人所遺忘。全盛時期這裡曾有近百位「名花」，但在政府強力的「摧殘」下，她們逐漸凋零在時代的洪流中，曾經閃耀的青春年華也消逝在時空的縫隙裡。

當年地震後天花板上出現的微小縫隙，已被油漆所覆蓋。她穿上白色連身洋裝，走到巷口麵攤前倚著牆抽菸。這時天空開始下起微雨，她抬頭吐了口煙，望著煙霧在雨中冉冉飄升，前塵往事並不如煙，緩緩飄下的雨滴，模糊了她的世界。

童年的那場雨，不僅落在年幼的阿美身上，也淋在母親消瘦的臉頰上。午後下起一陣驟雨，母親牽著穿新紅鞋的阿美走到一間低矮簡陋的鐵皮屋外，一個穿著花襯衫、黝黑矮胖的男人站著三七步靠在門邊笑著，母親的臉有點僵硬，彎腰對阿美說：「阿美，快叫阿龍叔叔。」「阿龍叔叔。」男人邊嚼檳榔邊摸她的頭：「好！阿美眞乖！叔叔一定會疼你的！」母女倆就這樣住下了。

本以爲能再次看見母親的笑容，沒想到數不盡的夜晚，她總陪在哭泣的母親身旁，含淚而溫柔的替她擦藥，母親總說：「阿美啊！以後毋當像阿母仝款行毋著路，一旦你行毋著就無法度越頭啊！」年幼的阿美心想：「走錯路問人不就好了嗎？要不去警察局找警察叔叔幫忙啊！」長大後她才知道母親的話是對的，警察不要找上門就祖先保佑了！

十四歲那年冬天特別寒冷，只剩店門口擺設的假百合依然囂張著。華西街賣蛇肉湯的坤生，爲了和好姊妹阿芳私奔，故意放蛇進娼寮，滿地爬滿五顏六色的蛇，嚇得一屋子鶯燕花容失色、嫖客落荒而逃，阿芳也趁亂溜出去和坤生遠走高飛了。老鴇發現後雖然氣急敗壞，除了派人去追捕二人，也命人將一大筐蛇泡成一瓶瓶藥酒，擺在門外桌上，掛上一個紙板，上頭寫著：「喝酒讓你久久久。」那陣子娼寮因爲藥酒業績成長了三成。二人私奔的消息從此成爲娼寮裡茶餘飯後的浪漫傳說，老鴇對於門禁管制也更加嚴密，讓「凡心未了」的燕雀們插翅也難飛。

那陣子在娼寮很資深的阿翠遭遇不順時總說：「無法度啊！坤生愛的人毋是我！若無恁祖媽早就飛去啊！」阿美：「除非坤生是青暝才會揀你！幾個阿芳才有你的歲？」其他小姐一旁搶著回：「三個！」「五個！」「七個！」阿翠笑罵回：「誰講七個的！共你的內褲脫落來予恁祖嬤拭眠床！」小姐們七嘴八舌調笑著，吵到老鴇在隔壁房大罵：「猶毋緊睏！厝頂攏欲予恁掀啊！」阿翠調皮翻個大白眼，阿美「啪」一聲一巴掌打下去，小姐們都笑歪了腰，阿翠撫著熱呼呼的臉也笑到流淚，正要舉手回打阿美，卻因使不上力氣被她躲了開。這一鬧老鴇怒吼：「死查某鬼啊！聽無人話……」小姐們知道老鴇要下床過來打人，紛紛笑著竄逃回各自房裡。

有次遇到一位客人完事後卻不願意付錢，阿美氣得大罵並向老鴇告狀，沒想到老鴇當場賞她一記耳光：「死查某鬼啊！竟然敢向警察大人伸手討錢，是無想欲活啊？」還逼阿美頻頻向他鞠躬賠罪，他才一臉不屑的離去。自此以後，阿美恨透了警察，可同時卻又期待能攀上他們，提升自己在娼寮的地位。畢竟，在這個不見天日的地方，她們能提升地位的方式就是成爲「紅牌」。記得剛來娼寮時，大排長龍的尋芳客指名要找紅牌「牡丹」，就連老鴇也對她禮讓三分，一直到有位商業名流付了大筆的贖身費帶走她前，她從來沒閒置過。錢與權的糾葛與羈絆，也在年輕的阿美心中逐漸生根。

夜深人靜時，阿美總獨自仰望小小鐵窗外的月亮，想著娼寮外自由的空氣，想著坤生是否正抱著阿芳望著同一個月亮呢？她低頭瞧著坤生當時送的髮簪，嘆口氣並將它放回抽屜深處。

後來陸續出現許多誇口說要替她贖身的男人，但她很快就發現這是個不間斷的美麗謊言，到最後她也幫忙圓謊：「他們若是存夠錢，就會帶我走。」

十九歲的傍晚，華燈初上，阿美穿著緋紅改良短旗袍在門外攬客，低頭瞥見一隻小白貓坐在對面望著自己，不時抬頭發出無助的叫聲。她進屋去拿塊餅乾丟給小貓，沒想到一隻惡狠狠的黑狗衝過來搶走那塊餅乾，幸好小貓靈敏已躍到牆上，黑狗吃完後仍對著牠狂吠。

阿美看傻了眼，隨卽彎腰拾起自己的白色高跟鞋砸向黑狗罵：「你這肖狗！」黑狗挨打後夾著尾巴逃了。阿美走出去穿妥自己的鞋，再給牆上的小貓一塊餅乾。這時卻聽見不遠處有騷動，原來是店裡的保鑣帶「新貨」回來了。這場景阿美一點也不陌生，因爲包含她在內，這裡絕大多數的女孩都是這樣「登場」的。她沒有施予太多憐憫，因爲她知道女人的適應力都超乎自己原先的想像。久了，總會習慣的。

依照往例，剛來娼寮第一天，老鴇會請附近理容院的阿婆團隊來設計摩登的造型，一旁備妥菸蒂，只要一有反抗就朝背後燙下去，接著再由老鴇親自傳授「待客之道」。今日老鴇染上風寒，便要阿美代她傳授經驗，因爲此時阿美已是店裡紅牌，深得老鴇寵愛。

阿美要那女孩來房裡見她，娼寮裡正播放著粵語歌《蔓珠沙華》，只見她淚眼婆娑被保鑣用力推進來。阿美邊塗抹紅色指甲油邊問：「幾歲了？」女孩淚眼盯著她並沒有回話，只是逕自哭著。「我來時也這樣，久了你就哭不出來了。」阿美淡然說著。女孩微微一愣盯著她。「沒有人想來這鬼地方，但你一旦踏入這燈紅酒綠的牢籠，出去是不可能的，不如想想怎麼把日子過得好一點。」女孩淚水漸漸止住回：「我叫阿蘭，剛滿十四。」「阿蘭，眞不錯的名字，只可惜……唉，不說了，叫我阿美姊吧。」

阿美叫她坐到自己身邊，並向她訴說以前遇過的可怕客人，以及自己的應對之道，阿蘭

只是眼神空洞的望著阿美，不發一語。

隔天晚上是阿蘭第一次接客的日子。娼寮六點整開門營業，老鴇特別請人在門口掛上「處女尋郎」的布條，不到五分鐘便有人扯下來走進店裡。「阿蘭，予我提出你上好的表現，若無你就看我欲安怎共你修理！」老鴇合不攏嘴數著一疊鈔票命令道。阿蘭的第一個客人，是一位年老的退役軍官，這是老鴇根據她多年看人的經驗推論的。阿蘭就這樣被拖進房裡，阿美和眾姊妹目送著她怯懦的背影被老鴇用力推進去，並重重關上那門，不禁想起自己的第一次⋯⋯。

那年冬天，阿美才十三歲，母親受不了阿龍長期酒後的凌虐，最後服下大量安眠藥結束自己的生命，她只依稀記得母親臨終前告訴她：「阿美啊⋯⋯阿母眞對你毋起⋯⋯這馬就欲先走啊⋯⋯你愛記著⋯⋯大漢了後⋯⋯查某人絕對毋當靠身軀來趁錢⋯⋯若無⋯⋯就會佮阿母仝款⋯⋯」話未說盡，母親就絕了氣，拋下獨自哭泣的阿美。

母親過世後，阿美便不再開口說話。幾天後，放學回家途中，阿美看見一台滿載流浪貓的車，牠們被壓縮在狹窄的籠子裡，不停發出無助的叫聲，阿美想起離去的母親：「毋知影阿母這馬佇天頂過了好無？」進家門後，迎接她的是滿臉笑容的阿龍叔叔，她從來沒看過他這個表情，他手上正數著一疊千元大鈔，心裡覺得不對，正要奪門而出，卻被兩個身穿黑西

裝的男人抓住。

就這樣，她被粗暴架上車，童年的純眞就像那散落一地的鉛筆與敞開的書包一樣遺落了。

穿過重重的黑暗，她被載到一條不知名的暗巷裡，巷裡充滿五光十色的霓虹燈，燈下站著一眾花枝招展的女人，她不知道這是什麼地方，只覺得這不見天日的巷子充斥著過於濃烈的香水味，直到她盯著老鴇那對銳利而勢利的眼珠，她知道自己再也脫不了身了。雖然奮力抵抗，但仍然懾服於背上數不盡的煙疤。面對第一個客人時，老鴇站在房外用力推了她的背。在後來無止盡的接客生涯裡，她體悟到推她的不是老鴇的手，而是這個社會對於她們這種無依無靠的女子所推出的魔掌。

熬完第一個客人的蹂躪，阿美只覺得生無可戀，一切都是如此齷錯不堪。她流著淚，像隻蝴蝶標本攤在凌亂的木板床與染血的床單上，老鴇在門外眉開眼笑的收錢。緊接著第二個、第三個、第四個客人依序進門，直到後來，眼淚已經流盡，抵抗也不具意義，腦海不斷浮現母親臨終前說的話。

阿蘭終於撐完煎熬的第一天。深夜時分，阿美和阿蘭睡在一起，她們就這樣靜靜抱著彼此，像是沉睡在母親子宮裡安詳而寧靜。

隔天下午，阿美看見阿蘭開始梳妝打扮，阿美對她的積極感到詫異，但隨即轉爲安心，畢竟，面對命運是一件多需要勇氣的事情！此時此刻，阿蘭就像懸崖邊潔白的百合般堅忍無瑕，後來才知道，她也是被繼父賣來娼寮的。

不知道熬了多久，阿蘭也開始會分享生活記趣，例如有個臉色蠟黃、臃腫醜陋的老肥男，一脫下褲子竟露出長滿菜花的陽具，且還帶茄子、黃瓜和紅蘿蔔來「助陣」，她嚇得不肯就範，他竟拿蔬菜怒砸阿蘭邊罵她骯髒、假清高，她急忙跑到房外找老鴇求救。老鴇一聽臉都歪了，進門對那老肥男怒道：「家己菜花遮茂盛，閣想欲來開查某，欲種菜花轉厝找恁某！」那老肥男褲子還來不及穿，就被保鑣拖出去，就連那句「操XX的……」也來不及罵出口。阿美聽了笑到肚子疼，阿蘭也笑到流淚。這是唯一能感到開心的時刻，平時的日子同樣難捱。不過卽使身處地獄，只要有人相伴，一切便會好過許多。

爲了使娼寮業績長紅，老鴇律定三不原則：不動情、不得病、不懷孕。每次只要有新貨到，老鴇必定再三宣讀，連老姑娘們也指著鼻子再恐嚇一番。

首先是「不動情」。老鴇總說：「我佮恁講，世間有三種咖小講的話袂當相信：一是來借錢的親戚朋友，二是人模人樣的推銷員，第三就是來娼寮的查埔人。」儘管如此，時不時還是會上演年輕女孩潸然淚下的失戀戲碼，甚至曾有一位叫小蝶的妓女，爲了不曾存在過的

愛情懸樑自盡，老鴇爲此求來的黃符現在還貼在那樑上。

再來是「不得病」。有個名叫艷桃的妓女，爲了多賺私房錢，偷偷讓客人不戴套，結果染上梅毒，被老鴇用皮帶抽得皮開肉綻，後來也因爲只能做半套，業績自然直直落。屁股上還捱了兩針盤尼西林，痛到在醫院裡哭爹喊娘的，回來後躺著也唉，趴著也唉，伴隨著屋頂上發情的母貓此起彼落的呻吟，老鴇聽煩走進房罵道：「平常時閣唉袂夠！遮爾會曉唉！看你以後閣敢偷吃步無！」

最後是「不懷孕」。「艷桃事件」不久後，有位叫玫瑰的妓女懷孕了，老鴇發現她開始孕吐後，衆姊妹本以爲她跟以前一樣要玫瑰立卽灌下苦口的打胎藥，沒料到老鴇卻要她一如往常地接客，並在門外掛上「有孕人妻」的宣傳布幔，業績反倒成長兩成。玫瑰就這樣挺著大肚子接客，有次連結到一半，她開始感到陣痛，便問那肥胖的客人：「歹勢，請問你欲出來否？我敢若欲生啊。」胖子一聽也不知道該如何是好，總覺得怪怪的，頓時「性」致全消，手忙腳亂穿起衫褲，向玫瑰說聲「恭喜」後匆匆離去。

生產的過程就在接客房裡就地進行。不到一坪大的暗紅房裡，玫瑰不停哀嚎，產婆不斷打氣叫喊著，房間都以薄木板隔間，姊妹與尋芳客們也都聆聽著現場直播，還有客人藉機調情：「阿蘭什麼時候也幫我生一個兒子？」阿蘭羞澀一笑並不搭話，反倒是隔壁阿翠大

聲回：「阿品啊我幫你生啦！」眾姊妹都笑了。阿美說：「阿翠啊你已經欲六十歲啊閣欲生！」阿翠怒道：「啥物六十歲！我才欲五十歲爾爾！」阿翠的客人也說話了：「啥物！你佮我講你欲四十歲爾，哪會變五十歲！」阿翠忙說：「唉呦！我是講耍笑的啦！」就在這時嬰兒「哇」的哭聲響徹雲霄，各房賓主都笑了。

就在這希望誕生的時刻，一輛黑色名車悄悄停在巷口，老鴇從產婆手中接過嬰兒直奔車旁，並捧著一個鼓鼓的黑色提袋笑盈盈走回來。後來任憑玫瑰如何苦苦哀求，老鴇都不透露嬰兒的下落，只翹腳叼煙翻個白眼說：「恁祖媽是咧幫你處理來路不明的麻煩，無共你收錢你就愛偷笑啊，閣肖想啥？」後來玫瑰瘋了，整天哭著到處問人要嬰兒，老鴇不堪其擾，於是折舊賣給附近政商名流的太太。傳言她們在某個山上租了棟洋房，將低價收購來的妓女反鎖在屋裡，當作發洩閨怨的出氣筒。玫瑰受不了百般凌辱，吞老鼠藥自殺了。

「玫瑰事件」後，不僅群芳們更小心避孕，老鴇也發現富太太的新市場值得開發，於是便以振興業績為由進行「汰舊換新」，每個月要將接客數最少的一位妓女賣給富太太。消息一出，儘管阿美和其他姊妹們強烈反彈，見錢眼開的老鴇仍然堅持向錢看齊。那晚開始，每朵花更積極綻放了，女人間的勾心鬥角也愈加猛烈，不僅走路時需要當心被絆倒，就連吃飯時也得注意飯菜裡是否有鐵釘。當然，表面上仍呈現一派和氣，但「傷兵」確實比往常多三倍。

過了一個月，成績即將揭曉。打烊後，老鴇將十三位小姐全部叫到大廳一字排開，從第一名開始唱名，被喊到名的妓女臉上就會露出鬆一口氣的表情。第三名時喊到阿美的名字，阿美安心後轉頭看阿蘭，阿蘭也露出不安的表情望著阿美。一直到倒數第二名才喊到阿蘭的名字，排在末位年老色衰的阿翠還來不及求饒，就被保鑣拖到巷口，車門一關，揚長而去，只遺留一只斑駁的紅鞋在街頭。和阿翠感情較好的幾個姊妹都泣不成聲。老鴇罵道：「哭啥？轉去睏啊！」

那天夜裡，娼寮瀰漫著不安又緊張的氛圍。阿蘭向阿美說：「阿美姊，我擔心下一個就是我了。」阿美抱了抱她，阿蘭又說：「聽說那些有錢的太太租一間大房子虐待我們這樣的女人。」阿美說：「你放心，我絕對不會讓你被帶走，況且還有阿輝會保護你啊！」「他會嗎？」「他會的。」阿輝是店裡剛來的年輕保鑣，和阿蘭互有情意。總會在篩選客人時，偷偷替阿蘭擋下粗暴、酒醉的客人。阿美和阿蘭在黑暗中相擁而泣，試圖在兩顆千瘡百孔的心之間燃起一點渺小的希望。

很快又到了公布名次的前一晚，阿美小心翼翼將阿蘭叫到房間一隅，查看左右無人後悄聲說：「阿蘭，我已經查出這個月排在最後的是你，但你別怕，我已經跟阿輝說好，待會兒

你假裝暈倒，值班的他會帶你去醫院。這些錢你拿著，雖然不多，但可以擋一陣子。」阿美說完將一個信封袋塞到阿蘭手中，催她塞入衣服內，並緊握她的雙手，阿蘭的表情由皺眉轉爲泛淚，隨卽又皺起眉頭：「我走了那你呢？你怎麼辦？」「別擔心我，我在這裡太久，已經離不開了，你還年輕，況且還有阿輝照顧你，一切都能重新開始。記著往南部或東部跑，離這越遠越好，也別和任何人聯絡，包括我。」阿蘭正要說些什麼，阿美就將阿蘭身體壓低，對外面大喊：「快來人啊！阿蘭昏倒了！」阿輝迅速跑進來將阿蘭抱起。「她突然說她心臟痛，接著就昏倒了！快送她去醫院，遲了就來不及了！」阿美焦急地說。正在阿輝要將阿蘭抱出門時，老鴇開口了：「擋咧！阿榮，你佮阿輝去，看了醫生馬上焘伊轉來。」阿輝和阿美的眼神迅速交會了一眼，阿輝便和阿榮抱著阿蘭上車去了。一直到打烊時分，三人還是渺無音訊，老鴇才知道上當了，立卽將阿美叫到房裡。

「阿蘭講是你幫助伊偷走的。」老鴇沉著臉說。

「偷走？哪有可能！我欲走閣毋家己先走？」阿美回。

「阮的人已經佇彰化發現恁啊，我打算斷恁雙跤，全款掠轉來，一個趴佇塗跤顧門，一個撐佇眠床頂接客。」

「恁欲偷走，佮我有啥物值代？阿輝欲拐的人嘛毋是我。就算恁斷雙跤嘛佮我無關

係。」

老鴇眼看脅迫不成，便揚起嘴角和緩地說：「唉呦，阿美啊，阿母嘛算看妳大漢的，當然會心疼妳幫助一個忘恩負義的賤人，伊煞反轉咬你一喙，我早知影你佮阿輝互相合意，你就坦白講恁覒佇佗位，予阿母去烋恁轉來，我保證袂共恁計較，無定著，閣會使予你佮阿輝提早退休呦！」

阿美知道老鴇的話比男人更不可信，柔聲回道：「阿母，我知影你對阿美上好啊，毋過我眞正毋知影恁欲去佗位，凡勢只是去迌迌幾工就轉來啊？你安怎毋去問佮恁去的阿榮？」

老鴇怒不可遏，額上的青筋全冒出來，拍桌大罵：「恁祖媽無看過遮爾毋知死活的㾀查某！阿標阿平！明仔載透早就拖伊去予陳夫人！」

阿美想起「玫瑰事件」的恐怖，但是她仍然決定犧牲自己，成全阿蘭和阿輝一生的幸福。

隔天中午，阿美在衆姊妹的目送下被押上車，她回眸望著這個十四歲後就沒離開過的娼寮。起初，每天得忍受數十個客人的蹂躪；到後來，一切已然麻木，接客就像吃飯喝水一般自然；最後，她明白無法保存自己的軀體，只能保持心底的平靜，坦然面對所有苦痛。所以，離開這裡，她並沒有擔心與不安，也沒有歡喜與雀躍，而是懷著一顆靜如止水的心。沿

途的街景，都與來時不同，街上的霓虹招牌更密集，天空更狹隘了。

車子開了許久，已是日落時分，他們停在山腰一間別墅前。阿美只穿著淡紫色短衫，微感涼意。阿標和阿平分站在她前後，阿標敲敲灰色大門，一個老婦來應門，那老婦乍看下竟和老鴇有幾分神似，阿美心想：「這婆子一定也是隻老鴇。」走進大廳，只見深棕色沙發上坐著一位濃妝豔抹的中年婦人，身旁站著好幾位婆子，她打量著阿美，笑盈盈嗲聲說：「唉呦終於來了！這次的貨色倒是不錯！」並以眼神向隔壁的老婦示意，老婦不急不徐取來一個黑色提袋，交給阿標。阿標和阿平大致確認金額無誤後隨即離開，「碰」的一聲關上厚實大門。阿美此刻才開始冒汗，擔心自己即將遭受的對待。婦人對阿美笑說：「你還眞是美麗啊！」說完取過老婦呈上的鞭子，重重揮向阿美小腿，她叫了一聲，同時腿上已浮現一條鮮紅鞭痕，婦人一邊繞著她邊柔聲說：「會不會痛啊？男人看到可是會很心疼的！」阿美不斷後退，她腦海中浮現似曾相似的場景：童年時母親哭著拿藤條打她，只因爲她看見母親在家裡接客。阿龍叔叔拿木棍打她，只因爲她喊肚子餓。老鴇拿皮帶抽她，只因爲她不願意像母親一樣接客。阿美受夠了這一切，這些年來累積的憤恨與怨懟，已經足以讓她無所畏懼。她大聲罵：「你這個肖查某！心理變態！我知道了，一定是你的丈夫被我和姊妹們睡過了對不對？」那婦人臉色大變：「竟敢回嘴！阿卿阿桂給我抓住她！」兩個婆子疾走過來，阿美衝

進廚房想找柄菜刀，卻看見一鍋不知什麼湯正在沸騰，她拿抹布提起鍋子，迅速潑向正追來的兩個婆子身上。婆子們倒地發出殺豬般的慘叫聲，其餘幾個婆子趕忙七手八腳將二人扶起抹乾，那濃妝婦人拿鞭子氣急敗壞追罵過來，阿美將剩餘的熱湯也潑向她的臉上，那婦人掩面尖叫，阿美趁機奪門而出。她邊跑邊哭，這是她哭得最痛快的一次。她用盡一切力氣向前衝，似乎是想告別所有慘澹的過去。她不自覺奔入荒山中廣大的墓園，裡頭像是迷宮似的，就算是大白天也令人摸不清方向，遑論夜晚。阿美赤腳在一個個散亂的墓塚旁狼狽爬著，她躲在一個放骨灰罈的低矮鐵皮下喘息，突然看見遠方燈火閃爍。「該不會是鬼火吧？」她心想。那些燈火緩緩靠近，阿美躲得更進去了。「該死的查某鬼毋知覕佇佗位！予我揣著我欲共伊拍死！」一個婆子說。「伊哪有可能覕佇遮，咱去別位揣啦！若是揣無夫人一定會共咱拍。」另一個婆子說。一直躲到燈火漸去漸遠，阿美才藉著月光往山下倉皇跑去。

她赤腳走在小城街上，天已漸漸亮起，她衣衫襤褸且身上滿是傷痕，她不在意路人的指指點點，因爲她早習慣更具惡意的眼神與耳語。一隻小花貓在路邊向她喵喵叫，她蹲下抱起牠：「你肚子一定很餓吧？我跟你一樣。」這時一個中年男子走過來，那貓掙脫她的懷抱跑去他腳邊磨蹭，男子低頭看著蹲著的阿美問：「小姐，請問你是不是遇到什麼麻煩？」阿美沒有回應。「遇到搶劫了？」阿美遲疑一下，然後點點頭。「我叫楊士傑，不是壞人，這

樣吧，我先帶你去警局報案。」阿美搖搖頭說：「我才不去。」他沉思半晌開口：「不然這樣，你先到我家，最起碼先把自己打理乾淨。」於是阿美就跟在他身後慢慢走著，看著他厚實的肩膀，她想到坤生。

他帶著她在港口邊一棟簡單乾淨的小白屋前停下來：「到了，我住這裡。」阿美沖完澡後，穿上阿傑過於寬鬆的白襯衫，側身擦乾一頭烏黑的長髮，阿傑望著她半晌並說：「你眞的不去報警？」阿美從他的眼神接收到讚美。「我不去。」阿傑也沒有多說什麼。他是位業餘畫家，他將房間讓給阿美睡，自己睡客廳沙發。這是阿美一生中不曾感受過的溫暖，她有點受寵若驚與不知所措，畢竟這麼多年來，她實在被太多男人所占據、糟蹋過。一直以來，她一直被灌輸一個觀念：女人的身體不過就是一件上帝賦予的掙錢工具，就這麼簡單。那天夜裡她輾轉難眠，她爬起來望著鏡子問：「我還有幸福的可能嗎？」

隔天清晨，阿美在客廳桌上放了張紙條，上頭寫著「謝謝」兩個字。踏出門前，她回眸看熟睡中的阿傑，隨卽步出這個充滿陽光與色彩的小白屋。

「爲何選擇離開？」她邊走邊問自己，內心回答：「像你這樣的女人，哪個男人敢娶你？」她生氣問：「我憑我自己的本事賺錢，不偷不搶不騙，有什麼見不得人？」「你覺得自己還是個正常的女人？」她被這個問題問得停下腳步。「是阿，一個正常的女人，哪會經

歷過這樣的生活？」她的腳步更沉了。

「到遠方重新開始吧！」她心意已定，並向路人詢問火車站的方向，確認沒有那些婆子，隨後快步走進車站，買票時想起自己沒有錢，幸好在襯衫口袋裡還有些零錢，湊一湊剛好夠買一張到花蓮的復興號車票，她搭上即將前往新生活的藍色列車。火車往南行駛的途中，她才發現大海是如此湛藍，陽光是如此耀眼。她忍不住哼著輕快的旋律，打開窗戶盡情享受這一刻的美好。

到達花蓮時已是下午，身無分文的她頂著冷風走在街頭，腳下穿的是阿傑的拖鞋，尺寸大了許多，但她一點也不覺得難受，此時她可以呼吸自由的空氣，有什麼比這更快樂的？新生活的開始，她鼓起勇氣應徵清潔婦的工作，這是她這輩子第一份自己找到的工作，雖然薪水不多，但至少每一分錢都是光明正大賺來的。她開始在公司的安排下到有錢人家打掃，公司抽成雖高，卻也比不上娼寮的老鴇刻薄。

阿美以便宜的價格租到員工宿舍，由於房數不足，公司安排她和一個二十多歲的男孩阿威同住一間，本來阿美有些疑惑與顧慮，直到她進門時看見牆上貼滿外國男人的裸身海報，她便理解了。

他們同睡一張床，有時阿美下班時，還會撞見正好要離去的男人。他離去後，阿美問：

「這是上次那個？」阿威還赤裸著趴在床上回：「不是。」日子久了，阿美也發現每次的男人都不同，有次她便鼓起勇氣問：「阿威，我問你哦，你……你一次收多少？」「收多少？什麼意思？」「你不是在做那個……？」阿威這時才理解阿美的意思，他先是大笑，隨即坐起來帶著笑意回：「我又不是牛郎，他爽他的，我爽我的，各取所需而已啊！」阿美對於這一番回答感到很新奇，於是他們便躺在床上盯著天花板開始聊天。

「你幾歲的時候知道自己喜歡男生？」阿美問。

「大概十歲吧？我不記得了。」

「你家人知道你的事情？」

「知道啊！所以我只好離開台東來花蓮，好想我阿嬤喔。」他的神情變得哀傷。

「你還年輕，有天他們會理解的。」

「你比我年輕吧！還一副大姐的樣子！」

「還好你沒說一副老媽的樣子，我會掐你！」

「我話沒說完，是一副大姐頭的樣子！」

「找死啊你！」阿美笑著朝阿威丟了個抱枕。阿威被砸中後也笑著反擊。一時之間，抱枕、枕頭、棉被、拖鞋都變成武器，在空中飛來飛去。他們累攤在床上大笑著。那刻起他

們變得無話不聊，最令阿美訝異的，是阿威對於性的看法，和自己所認知的「工具論」截然不同。他清楚知道自己在追求靈肉的愉悅與滿足，當然，她也發現社會對於他們這個圈子的壓迫，情況和妓女雖有不同，卻有幾分相似。當然，她沒有讓阿威知道她的過去，雖然她知道阿威並不會因此歧視她。阿威在宿舍外養了隻黑色的貓名叫小芝麻，他總愛在男人離去時撫摸著牠，對牠說些溫暖貼心的話。阿美知道，那些話是用來撫慰他自己的。阿威算是阿美人生中第一個交心的男人，他們在性之間並沒有利害關係，他也是第一個陪在阿美身邊的男性。很多時候，阿美像是一位善體人意的姐姐，傾聽著阿威的淚水與憤恨，甚至抱著他的孤單一起入睡，就像當時抱著阿蘭一樣。

過沒幾天，公司請阿美到新客戶家打掃，這是一間有著玫瑰花園的別墅。按下電鈴，赫然發現來應門的竟是當年的好姊妹阿芳，她們驚訝望著對方，一句話也說不出來，只聽得屋裡有人問：「是清潔的來了嗎？」阿美聽出這不是坤生的聲音。阿芳回頭對著屋裡回答：「不是，是……是推銷保險的。」同時慌張自口袋取出幾張仟元鈔票，顫抖著手硬塞進阿美手中，便重重關上大門。

阿美望著手中的鈔票呆立門外，她並不怪阿芳的絕情，她好不容易找到一戶有錢人家過下半輩子，唯恐以前的任何牽連尋上門來，而自己就是那可能摧毀她現有一切幸福的牽連。

「不知道坤生到哪去了？」她在心裡想著，又想到當年他送的那個髮簪，只能嘆口氣，再將回憶封存於心。

回家途中，她順道去阿威負責清潔的三溫暖看看，也許還能找他喝兩杯。三溫暖就在車站附近，阿美走進去，櫃檯一位中年大叔裸著上身向她微笑說：「不好意思，還在清潔，四點才營業，而且我們只接男客人哦。」阿美：「你誤會了，我是阿威的同事，請問我方便進去找他嗎？」中年大叔對她笑著：「你可是第一個成功入場的女孩哦！」阿美也對她微笑，便脫鞋入內。她在一樓的盥洗區沒有看到阿威，於是走上去二樓，樓梯非常漆黑，只有幾盞燭光照明，她摸著牆壁走著，走到躺椅區，看到正在拖地的阿威：「阿威！暗死了你怎麼不開燈？」阿威笑說：「這裡的燈都被老闆拆啦！只靠這些小蠟燭照明，這是氣氛啦你不懂！」阿美問：「這樣你怎麼知道掃乾淨沒？」阿威：「反正這裡沒有電燈，老闆也很隨性，沒有跳蚤就好啦！」這時阿美發現有一區被木板隔成好多間小房間，突然覺得熟悉，當然，是痛恨的回憶。阿威發現她盯著那區問：「怎麼了？一直盯著暗房看。」「沒什麼。」阿美想起那種黑暗窒息的壓迫感，趕緊轉移注意力問阿威：「平常很多人來這裡嗎？」「其實很少，大家也不會每天來啊！久久來一次釋放壓力而已啦。」「所以是你們的避風港？」阿威笑了：「你要這麼說也可以啦！像你這樣正常的女人很難懂我們的。」說完後阿威的表

情變得凝重，阿美也是。阿威繼續打掃，阿美在躺椅上想著：「像我這樣正常的女孩？什麼時候我竟然變得正常了？正不正常又是誰說了算？誰說我不懂？」阿美突然跳起來大叫：「誰說我不懂！」阿威嚇到猛一回頭看她：「靠！害我嚇到！」「走，不要拖了！」阿美搶過阿威手中的拖把，一把拋飛並拉他跑下樓，下樓後連鞋也沒穿就一路狂奔到美崙溪畔，她才鬆開阿威的手，兩個人因爲這荒唐的行爲同時大笑著，一陣大笑過後，他們卻一起放聲大哭了。一直到夕陽消失在山稜背後，他們才一路牽手哼著《天天想你》赤腳走回家。雖然彼此一句話也沒說，但他們的心卻不再孤單了。

當你以爲命運終於開始眷顧你，沒想到卻是笑裡藏刀。三個月後，阿威等待多年的男人終於和女人結婚了。還記得那天早晨，再也沒醒來的阿威，再也沒有回來的黑貓。

阿美通知他在台東的家人前來辦理後事，卻只聽到電話那頭的父親冷冷回：「我們家沒這個人。」就掛上電話。這一刻，阿美知道，阿威是被這個社會所謀殺的，兇手還包含他的親生父母。夜半時分，阿美一個人蹲在淒冷的街頭燒著紙錢低聲啜泣，就像和阿威的最後告別，夜晚的風吹起點點火花，隨卽消失在幽暗的虛空中。

受不了阿威過世的衝擊，阿美決定離開花蓮到台東去。搭上最後一班國光號，昏黃的車上只有寥寥數人。她選擇一個最僻靜的位置坐下，將白色行李箱塞在腳邊。車就這樣開著，

沿途經過許多杳然沉睡的小漁村，偶爾還能望見漆黑海上稀疏的漁船燈火。車上播放著五倫眞弓的《戀人啊》，聽著聽著她的眼淚再也忍不住落下，或許她希望車子抵達的是終結而不是終點。

到台東已是半夜，她入住車站附近的一間旅館，獨自面對最漫長的一夜。

隔天一早，她帶著阿威的骨灰罐與一小盒遺物，循著身分證上的地址來到海邊一條小巷子裡。朱紅色的大門並沒有關，阿美走進去，看見一幢日式的木造建築物，一個小男孩跑出來問：「姊姊要找誰？」阿美一眼就從眉目間看出他是阿威的弟弟。阿美蹲下來：「弟弟，爸爸媽媽在家嗎？」「他們出去了不在家，但我阿嬤在睡午覺。」「可以幫我把這箱東西交給爸爸媽媽嗎？」「可以。」阿美將那箱東西小心交給他，心裡說著：「阿威，回家了。」「弟弟你叫什麼名字？我是你哥哥的朋友。」「我叫阿宏。」阿美站起來拍拍他的肩膀說：「阿宏，那一切就拜託你了，我先走囉。」阿美走到門邊時，阿宏大喊：「姊姊！我哥什麼時候回家？」阿美停下腳步但沒有回頭，只伸出右手大拇指比了個讚，便瀟灑離去。

離開阿威家，阿美沿途問了許多人，來到一家麵店，坐下來點了碗米苔目，這是阿威推薦她一定要來的店。她一面吃著，一面哭著，或許是思念阿威，也或許是不知該如何面對沒有希望的明天。

她漫無目的拖著長長的影子沿海岸線走著，走了約莫一小時，途中經過一棵百年茄苳樹，樹下有間簡樸的小廟和三張藤椅，一位阿婆和小女孩正不疾不徐擦拭著桌面。阿美走到中間藤椅放下行李稍作休息，和老婦人互相微笑點頭，這時她瞥見廟裡一尊純白色的女菩薩像。「阿婆，請問這廟是拜觀音的？」「毋是觀音啦！這廟拜的是白姑娘。」「白姑娘？頭一擺聽過。」「這白姑娘眞靈聖！毋管你欲求子、醫病、姻緣攏會使，無一擺無靈應的！」阿美一聽，緩緩站起來，雙手合十，虔誠向白姑娘像祈求：「白姑娘，信女江心美，有一個小小的心願，我不求子也不求姻緣，只希望有安穩的生活。」神像突然開口：「我答應你。」阿美從藤椅上驚醒，一旁阿婆問：「敢是做噩夢？」阿美愣了一會兒才開口：「阿婆，我從外地來，想欲佇遮蹛，毋知影……」這時一個戴著帽子的女孩揹著一個大背包走來，客氣低聲問：「請問我可以借坐這張椅子嗎？」阿婆回：「可以啊！坐坐坐！」她向阿美點頭微笑，並坐在藤椅上休息。不久，一個身穿黑衣黑褲的短髮女孩反手在肩上扛著一個黑色手提包快步走來，逕自在阿美右邊的藤椅坐下。三個女孩眼神空洞，呆呆盯著阿婆和小女孩擦拭桌面並更換供品。

太陽已漸西沉，斜陽透過茄苳樹葉映照在白姑娘像上，阿婆與小女孩收拾完畢正要離去。阿婆像是想起了什麼，停下腳步說：「我蹛佇姑娘廟後壁，若是你無所在會當去，會使

先來踹。」她話一說完，三女同時站起，她們略顯尷尬面面相覷，阿婆笑說：「無要緊，攏來攏來！」她們行李上手，跟著阿婆和小女孩踏上回家的路。帽子女孩雙掌合十連聲道謝，黑衣女孩不發一語走在最後。

阿美開始和阿婆閒聊，得知阿婆的丈夫已過世二十多年，沒有兒女，她身旁七歲的小女孩阿如是在白姑娘廟撿到的棄嬰。她們就居住在姑娘廟後面一間矮房，這矮房原本住著一戶人家，但因爲要搬到城裡去，便將房子便宜賣給阿婆夫妻倆。丈夫死後，阿婆靠著賣菜餬口，日子過得簡單愜意，平常除了種種野菜，還會將附近人家多的廚餘討來，餵養附近的流浪貓，村人也因此稱她「貓仔嬤」。

貓仔嬤安排她們住在一間小房間裡，房間鋪著木地板。貓仔嬤說：「歹勢，這房間有一屑仔映。」黑衣女孩說：「不會，很大間了。」阿美心裡也是這麼想，和娼寮比起來，這裡確實簡單乾淨又寬敞。戴帽女孩雙手合十連道感恩。吃完地瓜粥後，貓仔嬤和阿如在隔壁房間睡了。阿美和黑衣女孩先洗完澡，回到房間邊擦頭髮邊閒聊。「你好，我是阿美。」「我是阿婕，女字邊的婕。」「你也剛來台東？」「我來很久了，差不多八年。」「八年，是一段不短的時間，你看起來應該跟我差不多年紀。」「二十四，你呢？」「我二十二。」這時房間門開了，一個女孩走進來向她們微笑。「你……怎麼沒頭髮？」黑衣女孩驚問。「我

之前是尼姑……我還俗了，今天剛下山。」她有點不好意思低頭說著。「還俗？爲什麼還俗？」黑衣女孩繼續問。「你要不要先……坐下來再慢慢聊。」阿美本來想讓她先把頭髮擦乾，開口才意識到她是光頭。三個女孩圍坐在小房間裡，只有一盞昏黃的小夜燈點亮黑夜。

阿美先開口：「我是阿美，二十二歲，今天剛從花蓮到台東，之前在清潔公司上班。」黑衣女孩接著說：「阿婕，女字邊的婕，二十四。」光頭女不疾不徐說：「兩位姊姊好，我是小雲，行雲流水的雲，從小就在山上的慈雲寺長大，今年應該二十歲了。」阿婕問：「小雲，你怎麼會還俗？」小雲回：「我還是嬰兒的時候就被放在慈雲寺門口了，師傅前幾個月突然問我會不會想去看看外面的世界，我想了想，覺得應該趁年輕下山看看的。下山前，師傅跟我說，佛門永遠爲我敞開。」阿美：「小雲好勇敢啊！」阿婕：「別期待太高，人心險惡，明早直接回山上好了。」小雲一聽繼續說：「我跟師傅說我想去全台灣每個地方走走看看，所以，我計劃去有名的廟宇參拜每位神尊。」阿婕笑道：「有沒有搞錯？你還俗是爲了去拜全台灣的神明？」阿美：「這也是一個不錯的開始，起碼你可以走遍每個縣市，也會遇到不同的人，好的、壞的、不好不壞的、又好又壞的。」小雲右手立掌說：「一切隨緣，我想該遇到的就會遇到。」阿婕一聽也無話可說。

阿美問：「阿婕，你怎麼會來台東？」阿婕臉色有點沉，過半晌後說：「其實，我剛

關出來。」空氣瞬間凝結。她繼續說：「十四歲那年，我爸欠太多賭債，我就被賣給一個爛人，兩年來多我就被家暴，有天我受不了，拿菜刀不小心殺死他了。」講到這裡小雲忍不住低聲唸了句：「阿彌陀佛！」「後來我被關了八年，昨天才出來。」阿美怒道：「打女人出氣的男人本來就該死！」她說完也被自己突如其來的憤怒嚇到，她心想，或許跟小時候母親的回憶有關吧！阿婕說完眼眶泛淚，小雲忙遞上衛生紙但被她拒絕了。阿美說：「你們一個是還俗的尼姑，一個是出獄的女俠，和你們相比，我的故事無趣多了。」阿婕問：「你怎麼會來台東？」「因爲我的一個好……姊妹過世了，我把他的骨灰跟遺物帶回家，就一直走走走，走到白姑娘廟了。」小雲一聽又低聲唸道：「阿彌陀佛！」阿婕問：「有什麼打算？」阿美想了想說：「我想定居在台東，找一份工作，簡單過日子，你呢？」阿婕說：「我不想回老家，想在台東安靜生活。」這時小雲說：「兩位姊姊，還是說……你們想跟我一起先去走訪各地的廟宇？」阿美突然有個想法：「還是說……我們三個人來創業？」她們一聽都目瞪口呆，阿婕問：「創什麼業？」小雲皺眉說：「可是我什麼都不會做……只會唸經……。」阿美一聽眼睛一亮說：「沒錯！做我們擅長的事！」阿婕問：「擅長的事？我好像沒有欸。」「我們慢慢想，一定有我們能夠做到的！不然憑我們三個，除了去工廠當女工還能去哪？」二人一聽也無法反駁。

她們住在貓仔嬤家也快一個月了，這段時間裡，她們白天除了幫忙種菜賣菜，還和祖孫倆一同到白姑娘廟清潔打掃，下午則幫忙接些有錢人家的衣服來洗，晚上則協助整理廚餘以及餵貓。說也奇怪，自從她們來了之後，白姑娘廟附近聚集更多的貓，阿如：「眞奇怪，自從三位阿姊來了後，烏的、白的、肥的、瘦的，各式各樣的貓仔攏來啊！」放飯時間，她們忙得不可開交，往往需要一兩個鐘頭才能餵食完畢。阿美想起阿蘭來娼寮時外頭的那隻貓，也想起阿傑和阿威的貓。對於現在的阿美來說，那些已經像是上輩子的事了。

阿美有空還是會繞到阿威家去看看，有時從竹籬縫中還能瞥見一位白髮皤皤的老婦人，失魂落魄坐在院子望著大門，阿美知道，她應該就是阿威提過最疼他的阿嬤。

日子一天天過去，貓仔嬤因爲年紀大，一次流感後就與世長辭了。阿美想起過世的母親，看著哭斷腸的阿如，也想到年幼的自己。三人辦妥後事，將她葬在白姑娘廟附近的一座小山坡上，這是她臨終前的心願之一。另一個心願，便是希望她們能照顧阿如長大，不要送她去孤兒院。

阿美哄完阿如入睡後，走出來和阿婕、小雲坐在屋外板凳上，她說：「貓仔嬤離開了，阿如也準備要上小學了，我有個想法，你們聽看看。」二人專注盯著阿美，阿美猶豫半刻開口道：「我覺得……我們三個……可以組……孝女白琴團。我覺得收入應該會不錯。」本以

爲她們會嘲笑自己，沒想到阿婕說：「我媽以前就是做這個的……。」小雲說：「我只會唸經，超渡往生者也是功德一件。」「所以？」阿美訝異看著二人問。阿婕也問：「所以？」小雲也望著她們：「所以？」阿美伸出右手，阿婕見狀也伸出一隻手疊放上去，接著向小雲眼神示意，小雲將右手放在最上面。三隻手掌疊放在一起，三人都笑了。

接下來，三人開始討論細節與分工：阿婕負責行政與接洽事宜，憑著從小耳濡目染的經驗，她對這個圈子並不陌生。阿美負責哭喊流淚，她的外表最亮麗，聲音也最清亮。小雲只要專注唸經與進行儀式就好。年幼的阿如則擔任她們的助手。她們還爲自己取了團名：「美女如雲」。她們很快就和幾家較大規模的葬儀社合作接案，沒多久，就購置一台二手車，方便她們趕場，最多時一天還得哭上五場呢！

喪葬場合，什麼荒謬的事情都會發生。叔姪爭奪家產的、妯娌間比賽假哭的、鎮日打瞌睡的、計較喪葬費比例大打出手的、埋葬地意見相左的，也有她們到現場時，酒醉的長輩色瞇瞇笑問：「請問小姐……恁敢有咧跳褪衫舞？阮阿公眞愛看……。」這時阿婕就會笑著走出來接著開始用手追打他：「想看脫衣舞？還牽拖你阿公！明明就是你想看！你這死豬哥！」打得他連連求饒。

半年後的某日，她們來到委託的住址，阿美很快就發現這是阿威家，望著靈堂上的照

片，果然是阿威的阿嬤過世了。「不知道她有沒有見到阿威？」阿美想起好幾次經過時，看見她一個人坐在院子望著大門等孫子，眼眶不禁泛淚。阿婕轉身笑問：「阿美，怎麼今天這麼快就用洋蔥水？省著用，等等還有三場要哭呢！」阿美說：「測試看看有沒有拿錯。」四人踏進屋內，只見阿威的父母神情憔悴站在院內，還有阿威的弟弟，一段時間沒見，已經長高不少，臉上還掛著眼淚和鼻涕。葬儀社的人員很快就準備好一切，小雲和阿如也開始儀式，阿美則緩緩走到屋子的門邊，朝裡面望進去，她看見神龕上有罐熟悉的罈子，她微笑並在心裡說著：「阿威，姐來看你了。謝謝你帶我來台東。」

有些傷痕不會消失，而是會在夜深人靜時隱隱作痛，提醒你不要忘記。轉眼間，十多年就這樣過去了，阿如也不負眾望考上大學了。有時阿美想起過世多年的母親，也想起那個將她推入火坑的繼父；有時想到娼寮勢利的老鴇，也想像阿蘭和阿輝的孩子已經上初中了；有時心裡浮現善良體貼的阿傑，也想到服藥自盡的阿威。直到最近，她重新審視那段過往，並且在白姑娘前和自己對話，再加上身邊有阿婕、小雲和阿如的陪伴，許多傷痛，也就更能坦然面對了。

那年離開花蓮後，她一步也沒踏出台東，隨著心裡的結慢慢解開，她想出去看看外面的世界，只是心裡始終忐忑不安。有一晚，她夢見白姑娘，引著阿威到她床邊，阿威並沒有說

話，只是在她手心寫了「行」這個字。醒來後，阿美收拾簡單的行囊，和阿婕她們說要去台北探親，她決定回去面對那段過往。

歲月並沒有在這個小城帶來太多改變，除了遷址的車站與新興的鐵花商圈。阿美拖著一箱焦慮與期盼，勇敢踏上新式自強號列車。車窗外的風景更迭著，許多被壓抑的記憶也如海浪般再次翻騰。列車比預期的更快抵達萬華，阿美向著熟悉又陌生的街道走去，尋找自己待了多年的娼寮。在九七年政府大力掃黃下，當年的霓虹盛況不再，只見原本的娼寮街變成一間間新式旅社，她忐忑站在大門外，心裡對照當年的情景，默默流下淚水，難以止息。這時一個年輕女孩走出來面帶微笑問：「您好，請問需要住宿嗎？」阿美看著她，想起從前無數少女青春的臉龐，「我想先看看。」阿美熟門熟路拖著行李直接往裡面走去，並停在一扇房門外，「我想看看這間。」當女孩開啟門後，阿美的視線細細在房裡流動，熟悉的空間，截然不同的裝潢與擺設，彷彿昨日種種都是不曾發生的一場夢。

微涼的晚秋，巷子裡曾經五光十色的霓虹招牌，隨著娼寮沒落而爲人所遺忘。阿美穿著白色連身洋裝，走到巷口麵攤前像以前那樣倚著牆抽菸，這時天空下起微雨，她抬頭吐口煙，望著煙霧在微雨中冉冉飄升，對街一隻歷盡滄桑的老黑貓嗚了一聲，拖曳著阿美逐漸模糊的視線，消失在漆黑的窄巷深處。

十二月 貓之謎語

微光與舟

我的爺爺和父親都是在這片海失蹤的。

我的故鄉在台東鄉下一個小漁村，因爲臨近海濱，所以左鄰右舍幾乎都以海爲生，有的是討海人，有的則養殖貝類或蝦類，也有一些人會將漁獲轉售給食品加工廠做罐頭。總之，這片海餵養了這漁村不知幾代的子子孫孫。我們家也是如此，只不過，和許多村民一樣，我們家也有許多人消失在這片蒼茫大海上。老一輩的人總戲稱他們被龍王招作女婿，不願意回來了。我小時候也信以爲眞，一直到長大後，我才明白這片海與村民們亦敵亦友的羈絆關係，也才理解爲何年幼時母親總嚴格禁止我接觸海，是的，不能碰觸一滴海水，甚至，連看一眼也不被允許，到後來，我不被允許吃任何的海鮮，只要住在海裡的，都不行。母親總說：「你祖先的肉都被這些魚蝦所啃食，你若吃牠們，不就等於吃他們的肉？」後來，我對海鮮永久過敏了。

其實這個小漁村眞的很小，童年時如此，長大後再回來，漁村似乎更小了。海邊小屋荒廢的荒廢，拆除的拆除，家家戶戶的孩子踏出去就不再回頭了。對於他們來說，這村裡的魚腥味是他們卸除不了的夢魘，他們只能盡可能斷開與這片海的連結，彷彿這漁村只是上輩子的殘憶，也成爲他們出外打拚絕口不提的秘境。

我也是這樣的。若不是因爲母親堅持要我回來參加大伯的喪禮，我也絕對不會回來。

還記得以前漁船返航時，全村的男女老幼都湧入港邊興奮地又跳又叫，因爲這一趟滿載而歸，定能保證村民們這個月衣食無缺。除了魚肉外，還有閒錢能買些豬肉雞肉來吃。最開心的是我，因爲我不吃海鮮，平時就只能吃些海菜、麵食。村裡的男人們這一個月是不工作的，吃喝嫖賭是他們鎮日最快活的消遣。孩子們也因此有許多買零食玩具、出門遊玩的機會，自然樂不可支。各家的女人們，也因爲得到丈夫的一筆安家費，變得格外溫柔與包容。一家老小和樂融融大概就是這樣子吧？每當漁船將要攀上沉寂已久的漁港時，一些暗巷裡的鶯鶯燕燕便掛起紅燈籠，迎接即將變得喧囂與活絡的夜晚。

我是十五歲那年離開漁村的。初中畢業後，我就到台北去讀書了，並且寄居在姑姑家。姑姑和我一樣，也是初中後就離開漁村，過年時才會返鄉幾天。儘管我們都流淌著漁村的血脈，但是對於漁村我們幾乎不太提起。姑姑家在淡水，那兒的海景和故鄉大不相同，我對淡水的海並沒有任何的畏懼與抗拒，而故鄉的那片海，卻是我不曾碰觸且充滿敬畏的。自有記憶以來，故鄉的海與船就是密不可分的共存體。漁船需要這片汪洋來乘載它，大海則需要漁船來點綴與翻攪。

記得在我五、六歲時，一個極其安靜的夜晚，出海的爺爺再也沒有回家，我至今仍記得奶奶的眼淚，以及那艘消失的藍白色膠筏。十歲左右，又是一個寂靜的夜，父親跟爺爺一

樣，搬到龍宮去住了，這時奶奶已經不在，我眼中看見的是母親和姑姑的淚水，以及藍白色的簡易靈堂。村裡的喪禮總是特別有效率，每當有人落海的消息一出，救難團隊與禮儀公司幾乎是同時出動的，家屬也不會因此感到氣憤，他們其實也已經備妥遺照、遺書和相關交辦事項。這裡土地資源不足，所以我們總在海神廟後方一個大空地焚燒遺體。廟方人員以紅繩綁上串鈴與冥紙，將屍體圍繞在垓心，待家屬到齊，便開始焚燒屍體，同時法師開始誦唸往生咒，期盼往生者能夠心無罣礙，一路好走。焚燒完的骨灰會被裝入一個大甕裡，待法師揀定一個良辰吉日，灑向這片大海，三日內，所有漁民都不會出海捕魚，這是對死者最後的尊重。但是，有近半數的往生者，屍體是尋不著的，這時法師就會向家屬索討一件亡者衣物，並且以蘆葦綑綁成一個人形，再於紅紙寫下生辰八字，權當作死者遺體，最後一樣付之一炬，一了百了。

漁村往北一點，地勢又更低了，村裡流傳百年前曾有海嘯侵襲過此地，我相信這是眞的，證據就是村北那片百人塚。記得長輩總說：「囝仔人袂使去彼邊迌迌，會有手自塚內伸出來共你掠落去！」我記得小學時，有一位特別肥胖的同學，綽號就叫小胖，是村長的兒子。他有天到學校誇口說他親自數完百人塚，一共是二百三十二個塚，同學們都不相信他，有的說：「怎麼可能有那麼多，我看只有九十多個吧！」有的說：「我不相信你敢去！你去

一定嚇得屁滾尿流！」大家七嘴八舌，只有旁邊一個女生靜靜坐著沒有說話，她是新來的轉學生，幾乎沒有人聽過她的聲音，所以大家都叫她靜悄悄。大家討論個半天，也沒有人敢去確認，最後小胖居然直接給出結論：「好吧，這樣也沒辦法解決事情，這樣吧，我就派靜悄悄去數。」說完就指著她。「如果你不願意就說出來，如果你沒說話就代表你同意。」於是，數百人塚就在一片寂靜中變成她今天放學後的任務了。放學時，我看見小胖把她拉到角落，語帶威脅說：「我知道妳不敢去，明天你就說你數二三二就好，聽到沒有！」說完他就大搖大擺走了。她靜靜走著，我知道她朝著百人塚的方向走去，我擔心她被鬼抓走，於是悄悄跟在她身後。

到了那裡，只見她左右張望，確認旁邊沒人後，她從書包小心翼翼取出一根白色粉筆，開始在塚上邊數邊寫著數字，大概半個小時，她終於數完了，這時我發現她少數了一個，於是走過去跟她說：「這邊還有一個你沒數到。」她嚇了一跳，隨即走過來寫上最後一個數字「107」。我問：「你怎麼眞的跑來數？」她搖搖頭。我又問：「你聽得懂國語嗎？」她點點頭，並在地上用粉筆寫：「我不會說話」五個大字。這時我才知道她是啞巴，不是靜悄悄。

當然，隔天到學校我就跟大家說百人塚其實是一零七個，不是二三二個，加上我有人證「靜悄悄」的點頭示意，一時之間，我變成校園裡的風雲人物。但是，後來有村人發現百人

塚上都被寫上數字，三姑六婆間「抓交替」的流言四起，殊不知，這只是兩個小學生對真理的執著所遺留的標記。

後來，她靜悄悄地轉來，不到兩週，又靜悄悄地轉走了。有人說她的父親吸毒被抓去關，母親跟人跑了，她的身影依舊靜悄悄地，消失在這個幽暗的小漁村。

接著該提到大伯了。大伯是我父親的大哥，他們總共有四兄妹，二伯小時候就在漁港邊溺水身亡了。大伯和爺爺、父親一樣，在這片海上討生活。但是我總覺得他和他們不一樣，我記得他房間裡堆滿各式各樣的書。沒有出海的日子，他就窩在家看書，吃喝嫖賭樣樣不碰。我記得小學時，有天他正翻著一本厚厚的書，突然眼眶泛淚對我說：「阿光你知不知道大伯幾乎沒有互動，他終身未婚，沒有子嗣，家裡的人始終都和他保持著一層微妙的距離，後來我北上後才從姑姑那裡聽到一些關於大伯的傳聞：大伯年輕時曾經和村裡的一個男人走很近，後來那個男人回故鄉結婚去了，據說老一輩的人都知道這件事。後來奶奶嘗試幫大伯安排相親，他都拒絕了，就這樣守在這個小漁村裡。我印象很深刻的是他曾說過一句話：「等待是一種選擇，等到只是其中一種可能。」大伯就住在我們家隔壁，一牆之隔，我早就把那也當自己家一樣自出自入。

母親說大伯多年前就把房子登記我的名字，並請我去整理大伯的遺物，老舊的屋子或許可以改建或租售。我走到隔壁去，只見裡面沒什麼家具，簡單而清爽，光線有些昏暗，但書架上的書就像小時候一樣整齊。架上的書各種類型都有，我看見《白蛇傳》、《紅樓夢》等文學名著，也看見《泰戈爾詩集》、《白鯨記》等世界名著，還有張愛玲《傾城之戀》與白先勇《孽子》。漁村裡沒有圖書館，即使是小學裡的圖書室，我想也沒有這裡的館藏豐富。我突然覺得這間屋子是屬於這些書的，我反倒是個入侵者。突然，隔壁傳來一陣燒焦的味道，我趕緊跑回隔壁查看，原來是廚房裡正在燉的湯空燒了，焦臭味傳遍鄰里，這時母親才回來，手上提著一袋青菜，一看到那麼多人圍觀，趕緊跑進廚房和我一起善後。鄰居阿卿嫂私下跟我說，近年母親常常忘記關火，有時還會到門口坐著一整天，說要等丈夫回家，我才意識到母親老了。

這次從台北回來前，我正好結束一份看不見未來的工作與感情，連房子的租約也正好到期。我興起一個念頭：是不是該回家了？就接到大伯過世的消息。

家裡只有我跟母親，靈堂就設在大伯家的門外。我看著靈堂上的照片，這是他親自挑選的，照片裡的他年紀大約三十出頭，和我現在差不多，大伯今年是五十二歲，我突然想到一個問題，便問母親：「媽，大伯是怎麼過世的？」母親一聽我的問題先是一愣，接著只說：

「生病死的。」她就起身走進屋裡。我一個人坐在淒冷的門口焚燒紙錢，只有遠處小徑的昏暗路燈映照著長長的黑夜。

忽然一陣陰森森的冷風襲來，金爐的火焰倏地變得紫青青的，我望著幽暗的巷弄，路燈也忽明忽暗。這時一個熟悉的身影出現，我認得這消瘦的身影，我還在腦海中思考他是誰，他已經走到我面前。我很自然地叫：「大伯！」他對我微笑說：「阿光，這次回來幾天？」我回答：「可能不回台北了。」「眞的？不怕無聊？」「無聊倒還好，我是擔心我媽，沒人照顧她。」「這樣也好，她的確需要你陪伴。只是你在這裡要怎麼賺錢吃飯？」「我也還在想。」「我是覺得村子裡缺少一個喝咖啡的地方。」「咖啡？」「嘿啊，我猜村裡一半以上的人都沒喝過咖啡，而且我有這麼多書，喝咖啡看看書多享受！你說是不是？」「好像不錯，只是店名要叫什麼？大伯你有什麼好點子嗎？」「這要好好想一想，我想到再跟你說！先開就對了！」大伯說完拍拍我的頭，小時候說完話他總是拍拍我的頭。我猛然從椅子上驚醒，原來是一場夢。大伯的冰櫃就安放在屋內，我走進去，輕輕拉開遮蔽玻璃窗的鮮黃帕子，大伯安詳地躺在玻璃窗裡面。我想起剛才夢中的談話，開始在心中構思那間咖啡廳。

喪事辦妥，但是法師並沒有立即將骨灰撒向大海，原因是，母親說大伯自己挑了一個日子，十二月十二日，這是他的生日。村裡沒有納骨塔，於是骨灰罈就先暫放在海神廟裡。

我開始構思那間咖啡廳的事，沖咖啡的技術我曾在台北陽明山的咖啡廳打工學過，那不會是問題。我的第一個疑惑是會有客人嗎？在這個東部偏遠的小漁村，我想整個村子加起來應該還不到百人，這裡也不是什麼觀光地區，幾乎沒有遊客會來造訪的。我先將客廳的桌椅書籍都移至隔壁家裡，將四周牆壁與天花板都漆上深藍色，再點綴上一些亮黃燈火，牆上的是漁火，天花板的是星光。這是我心中最直接的畫面，也沒多想，就直接漆上了，我想這就是最符合這個漁村的色彩。我將吊燈裝好，桌椅書籍擺好，咖啡器具也就定位。我坐在椅子上想著店名，由於過於疲憊所以我睡著了。

我走到海神廟前的廣場，天空與大海是一片深藍，伴隨著涼爽的海風。大伯走了過來：「阿光，店名我想到了。」「眞的嗎？我正在苦惱著！」「就先叫微光！漁火與星光都是幽微的光。」「好像不錯，就叫微光！」這時我突然想到一個問題：「大伯，你喜歡這個小漁村嗎？」他望著遠方的大海沉思：「我以前以爲自己不喜歡，後來才發現，我很喜歡，喜歡這漁村的寧靜與悠閒，喜歡這漁村的純樸與眞實，喜歡自己生活的地方。」大伯慢慢轉頭看我：「那你呢？」我在椅子上醒來，那個問題還在我的耳邊迴響直入心底。

微光咖啡開幕了！我不像許多店鋪一樣放鞭炮，只是默默的在傍晚時點亮店裡的小黃燈，從店外落地窗往內看進去，會覺得溫暖，這就是我要的感覺。母親也成了我店裡的小幫

手，沒有客人時，她就在店裡看書，經常看到沉沉睡去。

開幕至今一個月了，一個客人也沒有，不過沒有房租壓力，這樣的日子也算愜意。偶爾會有一些住在附近的貓群，好奇地在門外逗留窺探，我一開門牠們就一溜煙跑了。大伯經常在夢裡回來喝咖啡，跟我聊許多村子裡的故事。有一晚，他還提到，爺爺到現在還在生他的氣，不跟他說話，反而是奶奶跟我父親經常聊到我。

一天下午，母親出門買菜，我在店裡顧著，看看時鐘，她出門快一小時了，我回隔壁也沒看見她，我不禁開始擔心，因爲通常她出門買菜，不到半小時就會回來，我正要衝去菜攤，這時一位女孩牽著母親的手，緩緩走來，我迎向前問：「媽，你怎麼去那麼久？」母親慢慢微笑回：「我突然忘記路怎麼走，還好遇到這位好心的小姐，帶我回家。」我一聽心裡一驚，知道母親失智的情況更惡化了。我向那位女孩說：「謝謝你帶我媽回家，眞的謝謝你，謝謝！」那女孩微笑點頭，我突然覺得很熟悉，很自然地請她進咖啡廳，我跟她說：「恭喜妳成爲本店第一位客人，爲了答謝妳，妳看一下牆上，想喝什麼儘管說，無限暢飲！」她走到牆邊仔細看著菜單，然後回頭看我，用手指向「令你無話可說的藝妓」。「妳很識貨！那是小店的招牌哦！請坐請坐，我立刻沖。」這時母親坐在沙發上睡著了。我跟她說：「我媽最近失智了，幸好遇到妳帶她回來。」女孩微笑並沒有搭話。我開始覺得奇怪，

爲什麼她都不講話，於是我開始問她問題：「妳是本地人嗎？還是來找親戚？」她拿出筆記本與筆，寫下：「回來看看。」這時我確定她不會說話，她又寫：「我以前住過這裡。」我突然想到她：「妳是靜悄悄嗎？」她一聽有點錯愕，隨卽在紙上寫著：「107。」旁邊還畫了個小塚。我們同時笑了。原來當年關於她們家的傳言是眞的，後來她被送到高雄一間育幼院，一直到十八歲才離開。她現在住嘉義，在特教學校當老師，她剛好跟朋友來台東玩，正好有半天的空檔，想起這個童年的小漁村，但沒想到會遇到我。「聊」了幾個小時後，她的朋友開車抵達店門口，她燦爛的向我微笑揮手，像極了童年海濱盛開的金黃向日葵。

回來的這幾個月，我幾乎沒有遇到年齡相近的熟人。記得巷口眼盲的蔡阿婆往生前跟我說：「少年人親像海上的船仔，啟航了後就袂轉來啊，佮昆和仝款。」昆和是她的兒子，十七歲剛出海就落水過世了。其實，每個村人幾乎都能隨口說出十個葬身於這片大海的名字。我突然又想起大伯過世的原因，我在他房裡的櫃子找尋線索，但是什麼也沒有找到。

那一晚，我又夢見他了。我們站在港口邊，這個小漁村最熱鬧也最令人悲傷的地方。他站在前方看海，我走向前，他開口：「你是找不到的，祕密都被燒毀了。」我問：「大伯，這件事情我媽不願意告訴我，我只好自己找答案。」「你媽不告訴你，也是有她的難處。阿光，對你來說，你對這片海的感覺是什麼？」我想了想：「其實我很不喜歡這片海，因爲他

帶走好多我的親人和朋友。」「每個人都有自己的選擇，你有你的，我有我的。離開漁村的人，也有他們的。」我覺得他的眼神看起來有點哀傷。「大伯，你有沒有什麼事情還沒做的？」他沒有回答我，只伸出手指，指著遠處海與天的邊界。

我醒了，看見母親正在整理架上的書，這時，一本書掉到地上，我起身順手拾起它，一看封面，原來是《人間失格》，母親說這是大伯最愛的一本書。後來我也找時間看了這本書，我不喜歡書中的內容，但卻一口氣讀完了，更奇妙的感覺是，我覺得大伯就坐在我身旁，伴我一字一句細細閱讀，像小時候一樣。

我經常不由自主思索那個問題，母親總是語帶保留，我也就不再多問，畢竟，她記得的事情就像她的黑髮一樣越來越少了。我在月曆上將十二月十二日用紅筆圈起來，提醒自己那天是特別的日子。

轉眼間我開店也快五個月了，距離大伯離去的日子只剩七天。

冬季的海濱是令人感到惶恐不安的，殘酷的東北季風總將海浪翻騰整夜，似乎是在宣洩著壓抑多時的悲慟與憤慨。鏢旗魚的船隻也必須在海象平穩時才能出航，畢竟每次出海，都是一場與大海的生死搏鬥，誰也沒把握能安穩返港。

某一天，一位重量級的客人上門了。當他小心翼翼擠進門時，我一看見他就忍不住脫口

而出：「小胖！」他臃腫的臉也堆滿笑容回：「阿光！好久不見啊！最近混得好不好啊？」「還好啦！回來混口飯吃，順便照顧我媽。你呢？聽說你之前去西部工作？」其實我聽說他在台中酒店當圍事。

「對啊！去做小生意啦！賺沒幾毛錢，講出來丟臉！阿姨還好嗎？」他抓抓頭說。「年紀大了，很多事情記不住了，但還算健康啦！只不過，有一件事情我要向你打聽一下。」我刻意放低音量，因爲母親正在樓上午睡，小胖也將耳朵挨近。「你知道我大伯是怎麼往生的嗎？」「什麼，你不知道？」他驚訝的說。「你知道？」「我也是聽來的，村裡大概流傳五種說法：有人說他是燒炭，有人說是割腕，也有人說是吃安眠藥，還有人說他是去山裡面上吊，最後一種是去漁港邊跳海自殺。」「你有說跟沒說一樣。」我笑了。「還有，爲什麼都是自殺？」「還有……」小胖靠得更近些悄聲說：「聽說你大伯愛男人。」「那又怎麼樣，我也愛男人。」說完這句話，我們倆沉默對望了數秒。

隔天一早，我聽從小胖的建議，前往派出所一趟，想了解大伯的死因。員警確認身分後，便將資料夾遞給我，我看見死因那欄寫的是：一氧化碳中毒導致缺氧而亡故。資料夾內還有當日的細節紀錄：

「中華民國一一一年七月十三日上午七時三十二分，本分局接獲賴阿滿小姐來電報案，

通報其隔壁鄰居何有爲倒臥於家中客廳，請求員警到場協助，並通報救護單位前往救援。員警到達現場時，見屋內有炭爐一盆，屋內各窗緊閉，屋內亦無毀損情狀，何男已無生命跡象，無明顯外傷，經法醫研判，應是一氧化碳中毒導致缺氧而亡故，現場留有遺書，排除他殺之可能性，研判何男乃自殺，特此結案。」

離開派出所後，我心想：我聽母親說過大伯有吃安眠藥的習慣，但是炭爐的部分，記得小時候曾聽他對我母親說：「不要在我這燒炭，我不怕冷，只怕它燻黑了我的書。」如今想來，大伯說那句話時神情與語氣倒是反常的冰冷。我直覺地認爲他不是自殺的，我也不知道爲什麼這麼肯定，我決定回家找尋線索。

一回到家，母親正摺著洗衣籃裡的髒衣服，我也坐下陪著她一起摺，她開口道：「阿光啊！這些衣服等下給你大伯送去，他的衣服總是堆成一座山，不會整理，整天只會看書，其實書有什麼好看呢？他以爲看書就能逃避嗎？我就不相信。」我問：「媽，大伯要逃避什麼？」母親並沒有理我，只催促著我趕緊送衣服去隔壁，我抱著摺好的髒衣服，走回隔壁，將衣服丟入洗衣機開始清洗。看著運轉的洗衣機，我猛然想起那個炭爐，於是開始在屋內各個角落找尋它的身影，但是卻遍尋不著，我走回家中，邊找邊問：「媽，你有看到我們家那個炭爐嗎？天氣冷了，我想拿出來用。」母親原本正在擦拭神明桌，一聽我說，立刻停下動

作，轉過身來嚴肅的對我說：「那個炭爐害死了你大伯，我早就丟給垃圾車載走了。」我問：「那個炭爐是你拿過去的嗎？」母親安靜半晌，又轉身擦桌子：「是你大伯自己走過來跟我借的。」

明天就是十二月十二日，是大伯骨灰要撒向大海的日子，本來說要回來送行的姑姑也失約了。天空飄起微雨，我牽著母親走到海神廟，我本想自己去，但她堅持要跟。我們好不容易找到骨灰罈，母親趕忙用桌上毛巾拂去上頭積累的灰塵。我捧著骨灰罈，母親替我們撐著黑傘，要我沿路叫喚：「何有爲」。

就這樣我們喚著大伯一路步行回家，伴著微雨。母親說：「先把你大伯放在神明桌下面的木架上。」接著母親拈香，其中一炷遞給我，我接過後，就雙手持香站在母親身側。「何家歷代祖先在上，媳婦賴阿滿今天帶著子孫何存光上香，明天就是有爲的冥誕，也是他回歸大海的日子，希望歷代祖先保佑一切平安順利。」三拜後母親接過我手中的香，插入香爐中，氤氳香煙冉冉飄升，繚繞在紅色神明燈上久不散去，我想，祖先們正聽著吧？

那天夜裡，我們早早熄燈入睡，母親睡在家裡，我則睡在以前大伯的房間。夜半時刻，一陣冷冽的風就這麼來了，吹得玻璃喀喀作響，不時伴隨著街貓械鬥與瓶罐滾動的吵雜聲，我想以前大伯也躺在這裡聽著這些聲響吧？房裡的小黃夜燈開始閃爍，這時我隱約聽見樓下

的敲門聲，但睡意濃烈的我選擇忽略，大概是幻聽吧？是大伯回來了？我正打算滑落至夢境的邊坡，卻被一陣陣腳步聲驚醒了，這腳踏在一樓通向二樓的檜木階梯上，是我從小聽到大的熟悉聲音。我心想：難不成眞是大伯回來看我了？拉門倏地一聲開啟了，一個高大的黑影佇立在門後。我不由自主問：「是大伯嗎？」那黑影聽了身體也震了一下，隨卽將拉門快速闔上，就要往下跑，我才驚覺：是小偷！立刻跳起來追下去，由於太黑暗，樓梯又莫名濕滑，我滑倒後如雪球般往下滾去，順勢撞倒那位小偷。

我們就在店裡扭打，乒乒乓乓的聲響驚動了隔壁的母親，母親提著手電筒跑來查看。「媽！快報警！有小偷！」手電筒燈光照在那人臉上，原本慌張的母親突然站著直勾勾盯著那男人。那男人也停止掙扎，望著母親的臉。「是你。」母親說。原本火爆的氣氛瞬間凝結了。於是，我撿起翻倒的椅子，三人坐了下來。

我這時才看清楚那男人的樣子：身材魁梧，大約一百八十公分高，膚色黝黑，灰白短髮，大約五十多歲。他先開口：「阿爲呢？」我看了母親一眼，母親僵著臉冷冷地回：「死了。」「死了？」男人不可置信的睜大了雙眼。「對，被你害死的。」「你胡說什麼？他怎麼可能死了？」「從三十年前他就被你一點一滴的害死了。」男子聽了別過頭去，似乎是在沉思些什麼，又說：「我想見他。」母親聽了沒有回話，只是默默站起來，緩緩走向隔壁家

中，我和男人也站起來跟著她。

母親走到神明桌旁轉過身來，對著男人說：「這裡。」男人的視線往下，望著那罈子，不發一語。空氣就這樣凍結了不知多久，我忍不住問：「叔叔，你是我大伯的朋友嗎？」母親和男人同時看向我。男人回：「你很像他。」「你可以離開了。」母親冷回。男人轉過身，離去前對我說：「想知道我是誰，問你媽。」他離去後，我才發現母親已淚流滿面，瞬間癱坐在藤椅上。縱使我心中有千百個疑惑，我也明白現在不是發問的時刻。好不容易安撫她入睡，我回隔壁去，鎖上門，準備走上樓，驚見那男人竟坐在樓梯上等我。我帶他走去房間，他看著牆上貼著斑駁的「春」跟「福」說：「這兩張是我幫他貼的。」我微微開啟窗戶，月光自鐵花窗格外溜進屋內，偷走一些餘溫。

我們各坐在椅子上，中間保持著一段距離，我問：「叔叔，你是我大伯的朋友嗎？」我又問了一次相同的問題。他反問我：「你是阿光吧？那年我離開時，你還在肚子裡。」「你認識我爸媽？」「你媽沒有跟你說過吧？你爸也沒說過？」「說過什麼？」「說我和他的事情。」「你和我媽？」「我和你爸何有爲。」「我爸是何有俊。」「不是，是何有爲。」「什麼意思？」「我不知道怎麼回事，但你爸是何有爲。」「不可能，你別胡說。」我笑了。後來，他詳細告訴我以前的那些事情，和我所認知的記憶截然不同的過去。

三十二年前，那時我還沒出生，甚至還沒有著床。那時爺爺奶奶都還在，爺爺帶著大伯和父親出海捕魚，奶奶和姑姑則待在家。大伯二十歲，父親十八歲。姑姑十四歲，還在讀初中。奶奶拜託媒人積極幫大伯物色對象，終於揀上隔壁村裡一戶姓賴的農家女兒，合過八字後，算命師卻說這婚禮要低調低調再低調，否則來日後患無窮，迷信的奶奶縱使千百個怨嘆，也依了那算命師的建言。父母之命媒妁之言，一直到成婚當日，雙方不曾見過對方一面。婚後的一切就理所當然的進行著。

婚後一年多，大伯母懷了胎，大伯也在那時認識從南部來跑船的阿州，他比大伯大兩歲，跑船的日子裡，他總是照顧著他，應該說，互相照顧。在海上度過的每個夜晚，大伯和阿州總在星空下談天說地，後來他知道大伯愛看書，便經常託南部友人寄書過來，大伯的書幾乎都是這麼來的。每讀完一本，大伯便會將這本書的內容說給阿州聽。不用跑船的夜晚，阿州也幾乎不回南部，而是住在我們家，家裡正好有空房，他也就住下了。大伯經常以聊天爲由，就睡在阿州房裡。

終於有一天大伯母忍不住抱怨：「阿爲，阿州會在我們家住到什麼時候？」「我不明白爲什麼你問這個問題。」「我好不容易等到你跑船回來，每天卻跟你說不上三句話，你有沒有想過我的感受？」「我不想談這個。」「厝邊隔壁的人都在傳了。」「如果是眞的，你想

怎麼樣？」大伯的這句話不僅震驚了大伯母，也震撼了自己。

後來大伯母挺著大肚子，哭著偷偷去跟奶奶訴苦。奶奶聽了也沒有太驚訝，只想著當初算命師的話說了句：「原來是這樣。」奶奶握著大伯母的雙手說：「阮攏是查某人，我知影你心內艱苦，毋過這件代誌若是傳出去，傷害上大的人是你，而且你這馬有身，聽阿母的，我自有安排。」後來奶奶趁大伯出海時，把阿州叫來：「阿州，你佮阿爲的代誌我攏知影啊，我知影恁是眞心相愛，毋過，你眞正有替伊想過否？佇這個所在，人講的話是會當刣死一個人。況且，擱有您某共您的囝仔，你擱少年，應該去揣眞正適合你去愛的人，袂委屈家己。我知影你父母年歲袂少啊，你應該多爲您設想，同時也爲你家己的人生設想。等阿爲轉來，我會講你欲轉去南部結婚啊，請我講一聲。」阿州離開了，再也沒有回來過。

「原來大伯有結過婚，那大伯母跟那個小孩呢？」我問。

「大伯母就是你母親，那個孩子就是你，只是我不知道，爲什麼阿爲變成你的大伯。」阿州回。

「怎麼可能！我不相信你說的！」我站起來，有些激動。但心裡又浮現聲音：「難怪大伯對母親這麼冷淡，大伯跟家人間也有莫名的隔閡，特別是跟父親，幾乎沒有互動。後來一想，父親跟母親間互動也過分客氣，甚至他們一直是分房睡，一點也不像夫妻。」

「阿光，這件事對你來說或許短時間不能接受，但我心裡更想知道阿爲的死因，他不可能自殺的。」

「大伯過世時我還在台北，只有我母親在家，是她發現他的。」說到這我突然想起母親說的那封遺書，我記得我去派出所時，有將那張遺書的影本偷拍起來。我拿出手機找到那張照片，我正猶豫要不要唸出來，我擔心這遺書會不會是僞造的？阿州看了照片說：「這確實是阿爲的筆跡。」我才大大鬆了一口氣。遺書的內容是：

「這個世界似乎是美好的，我這麼想著。

生而爲人，我絲毫不感到愧歉。

我爲自己的勇氣喝采，多麼期盼能將這些勇氣與你分享。

或許，這些你餽贈的書，才是我勇氣的來源？

也許，明天世界將停止運轉，日月星辰都將不再有光。

可惜，後來的我們，都不再有後來。

只願我們的靈魂，能在飛升時閃耀動人的光彩。

十二月十二日，一個特別的日子。

何有爲」

我讀完後，阿州默默地流著淚，我的心底卻不知道爲何充滿力量，我感覺這不像是封遺書，細想，文末也沒押上絕筆等關鍵字，但是，我必須阻止自己繼續胡思亂想。

後來我看阿州哭得太傷心，就問問他這些年過得如何。

在這三十二年裡，他屈服於這個世界對他的期待，和一位女人結婚了，從此沒有和大伯聯繫過。一直到今年六月，他終於和妻子成功離婚了，這些年他一直想著大伯，每當想聯繫他時，卻又擔心打擾他的生活，心情就像暴風圈外圍的小舟般起伏不定。離婚後，他終於鼓起勇氣，寫了一封信，說他即將要去日本生活，等一切安頓好，他會來接他走，無論他是否願意，他都希望來見他一面，時間就訂在十二月十二日。只是沒想到，等到的卻是他的死訊。

阿州問：「對了，那封信呢？」

「我完全不知道有這封信的存在。」

「我還附上一張飛往日本的機票，或許被你媽收起來了。」

「有可能，但她沒跟我提過，她最近情況不太穩定，有一些失智的狀況。」

「我有個想法，不知道你願不願意？」

「你說說看。」

隔天一早，母親與我帶著大伯的骨灰罈，到港口邊去進行儀式。我捧著骨灰罈，母親捧著照片，阿州幫我們撐著黑傘。在法師唸咒搖鈴的帶領下，我們三個人和大伯好好的告別了。

回程時，母親突然停下腳步，轉身看著我和阿州露出欣慰的笑容：「你們終於在一起了，這樣就好，這樣就好。」我和阿州對看一眼並對她微笑。

後來，母親幾乎忘了我是誰，直到有一天，她完全記不起我了，但卻常常叫我阿爲。

後來，阿州就留在我們家裡，幫忙我店裡的生意，也幫忙照顧失智的母親。

後來，我將咖啡廳的小招牌更新了名字：微光與舟。

記得，最後一次夢見他，他佇立在店外，隔著玻璃，眼泛淚光，望著我們三人，笑著。

國家圖書館出版品預行編目資料

有貓悄悄說／士口欲渡著. --初版.--臺中市：白象文化事業有限公司，2023.4
面； 公分
ISBN 978-626-7253-62-5（平裝）

863.57 112000997

有貓悄悄說

作　　者　士口欲渡
校　　對　士口欲渡
發 行 人　張輝潭
出版發行　白象文化事業有限公司
412台中市大里區科技路1號8樓之2（台中軟體園區）
出版專線：（04）2496-5995　傳真：（04）2496-9901
401台中市東區和平街228巷44號（經銷部）
購書專線：（04）2220-8589　傳真：（04）2220-8505
專案主編　陳婕婷
出版編印　林榮威、陳逸儒、黃麗穎、水邊、陳婕婷、李婕
設計創意　張禮南、何佳諠
經紀企劃　張輝潭、徐錦淳、廖書湘
經銷推廣　李莉吟、莊博亞、劉育姍、林政泓
行銷宣傳　黃姿虹、沈若瑜
營運管理　林金郎、曾千熏
印　　刷　基盛印刷工場
初版一刷　2023年4月
定　　價　450元